U0931105

世界文学名著名译典藏

全译插图本

我是猫

〔日〕夏目漱石◎著　李筱砚◎译

吾輩は猫である

长江出版传媒｜长江文艺出版社

图书在版编目（C I P）数据

我是猫 / （日）夏目漱石著；李筱砚译. -- 武汉 ：
长江文艺出版社，2018.6
（世界文学名著名译典藏）
ISBN 978-7-5702-0298-0

Ⅰ. ①我… Ⅱ. ①夏… ②李… Ⅲ. ①长篇小说－日本－近代 Ⅳ. ①I313.44

中国版本图书馆 CIP 数据核字(2018)第 062089 号

责任编辑：黄文娟　　　　责任校对：陈　琪
封面设计：格林图书　　　　责任印制：邱　莉　杨　帆

出版：长江出版传媒 | 长江文艺出版社
地址：武汉市雄楚大街 268 号　　邮编：430070
发行：长江文艺出版社
电话：027—87679360
http://www.cjlap.com
印刷：湖北恒泰印务有限公司

开本：880 毫米×1230 毫米　1/32　　印张：11.875　　插页：4 页
版次：2018 年 6 月第 1 版　　2018 年 6 月第 1 次印刷
字数：298 千字

定价：35.00 元

译者序

得知我在翻译《我是猫》之后，许多朋友都自然发出疑问："市场上《我是猫》的译本已经有这么多，你为什么还要翻译呢?"的确，这是本书之所以诞生的最根本也是最重要的原因之一。不如就以译者序的形式，围绕这个问题简要说说我的想法。

一个作品有这么多译本，那么它的重要性以及对后世的影响力，毋庸置疑一定都是巨大的。众所周知，夏目漱石是日本的"国民作家"，其在日本近代文坛上的重要度无人比肩，而《我是猫》又是漱石的处女作兼成名作，其地位自不必多言。这部作品中，漱石不仅批判了以金田家为代表的大资本家为达目标的不择手段，还将连同自己在内的知识分子也列入批判对象，处处可见其对知识分子戏弄群众、死要面子的辛辣讽刺。这些已有不少先贤已论述过，因此不作为此次的重点讨论对象，这次我们主要说说《我是猫》的影响力。

《我是猫》的第一章最早于1905年在《杜鹃》杂志上发表。本来只是一个小短篇，没承想广受欢迎，于是漱石才又写了续篇，一直在同一杂志上连载。集结成册的单行本通过大仓书店和服部书店出版，其后一百年间，各大出版社争相再版发行，使得该作品成为日本近代文学作品中发行部数最多的作品之一。不仅如此，《我是猫》早在1908年就被选入日本中小学教材之中，并一直被一代又一代的日本中小学生口口相传。不只限于文本，《我是猫》在1933年就已经被近藤浩一路改编为漫画、1936年被制作成电影，1975年又被市川崑导演再次翻拍。此外，体现《我是猫》的影响力的最有趣的一个现象，就是仿作和续作的大量出现：《我是马》《我是胶卷》《我是千里眼》等等各式模仿，以“我是……”开头的作品层出不穷，同时，还有那些名字虽有异、但也模仿漱石的手法以猫眼或其他动物视角旁观人类的作品出现，比如藤川淡水的《我所看见的男与女》。各类《我是猫》的续篇也相继出现，如保坂归一的《我所看到的美利坚》，里面说猫其实没死，不仅没死还漂流到美国去了，借猫之口大论移民与美日关系。可见，《我是猫》在完成之后，影响力不但毫未衰减，反而越来越萌发出生机和活力。①

有人会说，《我是猫》影响力大，地位重要，这都是事实，可是已经有那么多翻译了，我们看既有翻译作品不就可以了吗？的确，先行翻译已经非常杰出，很好地诠释了作品的精髓，特别是刘振瀛先生的译本，二十世纪九十年代初就能译得如此精确且雅致，实在令人叹服。但是不得不说，先行译本中还是有一些值得商榷，有待讨论之处的。

说实话，《我是猫》并非一部容易读完的作品。许多人反映，作品读起来总有诘屈聱牙、磕磕绊绊之感。究其原因，确实与作品内容本身多少有些关系。这部作品并非以情节跌宕起伏取胜，甚至可以说没什么特别的情节可言。也就是一只猫听一群知识分子坐在屋子里聊天，然后转述下来。很多人觉得这或许更像散文。除此之外，还有另一个不可忽视的原因，那就是译本的语言风格。

《我是猫》目前各个译本的风格可谓“百花齐放”“百舸争流”，刘振瀛先生的译本文言色彩很浓，侧重漱石知识分子的秉性；于雷先生的译本最具特色，将原文中“吾辈”译为“咱家”，趾高气扬的“猫陛下”形象跃然纸上；近来年轻译者的译法更随

---

① 关于《我是猫》对后世的影响，可参照《漱石研究》第十四号刊（翰林书房出版）日比嘉高氏《我死之后—“猫的档案”的产生与更新》。

性，有些甚至还加入了网络流行词汇。《我是猫》究竟适合什么风格的语言？要回答这个问题，不妨还原到作品发表当时的语境中去看看。《我是猫》初发表时为1905年，那时明治维新过去已将近四十年，距“言文一致”运动兴起也已过了二十年之久。原作本身的文体中虽然还残留有些许文言体，但绝大部分是以当时的白话来写作的。换句话说，已经是按照当时的日常用语来写作的了，若翻译为中文，那么对当下的读者来说，译文整体语言风格应该比文言要柔和些，却也不至于随意到流行用语上去。偏日常化的书面语加一点成语辅助，应该与漱石当时想要传达的文体质感很接近了。至于前辈翻译家们一直纠葛的问题之一，“吾辈”一词如何翻译，大多数译本还是译为“我”，部分译本译为“咱家”“在下”或者“本猫”等。我一直以为，文学翻译中有一个很重要的原则是“不要给读者设置不必要的障碍。”日语文体的特点之一在于主语时常被省略，而中文则不行，所以日译中的过程中时常需要补充上主语。将“吾辈”译成除“我”之外的作品，满篇都是“咱家”“本猫”，读起来着实有些别扭，私以为这就是设置了不必要的障碍，将读者挡在了继续阅读这一欲望之外。其实将“吾辈”译为“咱家”也好，“本猫”也罢，无非就是想传达“吾辈”这词本身内含的自大之语感。事实上即使不译作“咱家”，也完全可以通过语气、内容来传递这一信息，相信读完将“吾辈”译为“我”的其他译本之后，读者也完全能够领会这只猫有多自大。

除了文体和语言以外，先行译本，特别是早期的译本还有个问题是注释太少。要知道岩波书店出版的《漱石全集》的第一卷《我是猫》，光注释就有将近100页。译者究竟多大程度介入文本才算合适，一直是翻译界探讨的话题之一。私以为，为保证读者能基本领会原文的意境，译者通过注释适度解释文中部分词句阐释自己的理解，应该是完全可以接受的。比如在第一章中，车夫家的猫大黑抱怨自家主人对自己不好时曾这么说：

这世上再也没有比人类更为所欲为的东西存在了。我家那主人，那么随便就把大爷我捉到的老鼠拿去交给派出所了。交去派出所就不知道是谁捉到的了。交上去后每次都会给奖励五钱，我家主人靠大爷我的功劳都赚了一块零五十钱了，但居然也不给大爷吃点好的。

如不加注读者必然疑惑，为什么捉到老鼠要交派出所，而且派出所还给发钱呢？其实一句话就可以交代，因为当时东京正闹鼠疫，是以政府号召全民捕鼠，以求消灭鼠疫。再比如第二章开头上来第一句话是：

新年过后，我多多少少也算是出名了。

很多读者不明就里。猫为什么会出名，因为什么而出名呢？这时若是注释出作品的写作经过，也就是第一章本来是当做一次性结尾的短篇来发表，其后因为受到好评才不断连载，这一背景的话，读者也能理解原来“出名”是指第一章发表后受到的好评。

此外，由于作品本身是喜剧题材，里面必然会涉及不少笑料，而许多笑料都因日语语境的同音词产生，此时如果不加注释，读者必然很难明白笑料所在。试举几个典型例：

第三章：他们学校有个奇怪的家伙，学生问日语的“番茶”用英文怎么说，那家伙一本正经地回答说是“savage tea”，因而成为教员间的笑柄。

第三章：俗话说得好，宁要糯米团子也不要鼻子。

第四章：苦沙弥就可怜啦。要说到股票他也只能想到萝卜的兄弟而已。

首先是“番茶”一词，原意为“粗茶”，但由于“番”字的日语发音与“蛮”“藩”字接近，就被苦沙弥理解成了野蛮的茶或是野蛮人的茶，才翻译成了“savage tea”。“宁要糯米团子也不要鼻子”也是因为日语中“鼻”与“花”同音，寒月才用“鼻”将原本俗语中的“花”替换掉，以契合“赞美”金田夫人鼻子的场景。另外，所谓“萝卜的兄弟”其实就是芜菁，长得和萝卜差不多，只不过萝卜多是长条状，而芜菁都是球形。日语里芜菁和股票的发音相同，才有了此等笑料。这些若不通过注释展现，则很难还原原著的语境。

前面提到了岩波书店出版的《漱石全集》，事实上《漱石全集》也是经历了多次再版和重印，配合研究的最新成果不断修改增补。在笔者翻译期间，岩波书店更是出了一套全新的《定本 漱石全集》，在上一版全集的基础上又增改了不少。这套全集虽名为定本，但可以预见一定不是最终本，漱石的研究者基数很大，研究成果也是日新月异，所以新的全集未来也定会持续出版。经典本身的文本都在不断再版，注释也在不断更新，翻译作品还有什么理由不做到常译常新呢？

序的最后想写一些私人感触。《我是猫》对我而言也是极为重要的一部作品，它是我第一部接触到的日本文学作品，可以说是开启了我对日本文学兴趣的大门。翻译期间我正好住在东京饭田桥附近，也就是漱石在《我是猫》里写的“牛込”车站附近。我专门去车站附近找过作品中提到的那棵吊死松，松树自是早已不见踪影，但每每路过此处，想及书中所写，都是别样的一番体验。在落笔写本文的前几日，我专门去了一趟根津神社背后的漱石旧居处。那周围早已是鳞次栉比，苦沙弥的“卧龙窟”业已也没了踪影。只剩一块石碑安然伫立，一旁的矮墙上，一只猫的雕像摆出行走的步伐。望着那只猫，再看看脚下的土地，感概一百多年前与现在，时间就这么无声地流淌过，这只猫就这样透过漱石的笔触参与了一代又一代人的人生，但愿它也能透过这本书，将所想所感传入你的心里。

一

我是只猫。名字嘛，目前还没有。

对出生于何处我也是一无所知。只记得我曾在一个昏暗潮湿的地方，喵喵地哭喊过。在那里我第一次见到了人类这种东西。后来听说，我当时见到的是个书生①，这种人类里最凶恶狰狞的种群。据说就是书生这类人会把我们这些猫抓住煮了吃。然而，当时我还不省事所以也未尝觉得可怕。只是坐在他手掌上，被嗖的一下举起来时，有些飘忽忽的感觉罢了。在书生的手掌上稍微坐定之后，我瞧见了他的面庞。这应该就是我对所谓人类这种东西的初见。当时我想，人真是个奇怪的生物。那感觉至今还留在我脑海中。最不可思议的就是那张脸，本该长满毛发，可却生得光滑透亮，像个水壶一样。那之后我也遇见过很多猫，但从没见过残废成这样的。不仅如此，人脸的正中间还有一块巨大的突起，从那突起下方的洞里总会呼呼地喷出些烟来。我总是被这烟呛着，实在是受不住。最近我才终于知道，那东西就是人类抽的烟。

在书生的掌中舒服地坐了没多久，我就突然开始以极快的速度转动起来。不知道是书生在动还是只有我在动，总之眼前天旋地转、

① 日本明治大正时代对读书人的称谓。后文亦同。

胸闷恶心。我心想我肯定要死了。最后只听咚的一声响，我便眼冒金星。再之后发生了什么，不管我怎么回想都想不起来了。

猛然醒来，我环顾四周，书生已经不在，那么多兄弟姐妹们也不见了踪影。就连我最重要的母亲也不知去向。眼前的景色和我之前住的地方完全不同，这里异常明亮，明亮到有些刺眼了。周遭的一切，样子都很奇怪，我试着蹒跚地走了几步，只感觉全身上下痛不欲生。我被抛弃了，一瞬间被从稻草窝里扔到了矮竹丛中。

好不容易终于爬出了矮竹丛，迎面铺开的是一片大池塘。我坐在池边想着接下来要怎么办，可最终也没能做出像样的决断。我还想着或许叫上几声，书生听到了就来迎我回去了。我试着喵喵地哭喊了几下，结果连个人影都没有。此时，池塘上冷风掠过，水面沙沙作响，日头也眼瞧着渐渐沉了下去。我肚子饿得厉害，想要呼救却也没力气叫出声来。没办法，只好暗下决心，怎么样都好，总之先找个有食物的地方填饱肚子再说。于是我绕着池子左沿缓步爬行。

一路强忍着剧痛，我终于勉强爬到了有几户人家的地方。想着爬进某家屋子里的话，总会有办法的吧。于是我从竹篱笆上破开的口子处钻进了一家宅子。缘分真是不可思议的东西。要是这个竹篱笆没有破洞，我说不定早已饿死街头，终了一生了。正所谓“一树之荫亦是前世之缘”，真是一点不错。这篱笆墙的洞至今还是我去邻居三毛姑娘①家做客时的必经之路。话说回来，我虽是爬进了这宅子，但对接下来该怎么做还是毫无头绪。天色又黯淡了些，还下起了雨来，饥寒交迫，我已经没时间再犹豫了。我只好先往明亮温暖的地方走。现在回想起来，那时候事实上我已经踏入家里的院子了。在这里，我有机会见到了书生以外的其他人类。首先遇见的是女佣。这可是比书生还要粗暴许多的人，她一发现我，就不容分说猛地拎起我脖子，将我扔去屋外。我想着：“啊，这次肯定没救了。只好闭上双眼听天由命。”然而又冷又饿，实在是难以忍受，于是我趁女佣不注意，再次偷偷溜进了厨房。可没过多久，我又被扔了出来。我

① 据后文，应为一只小母猫。

就这样被扔出来又再爬进去，爬进去了又被扔出来，没记错的话反复了有四五次。当时我真是恨死那女佣了。前几天我偷吃了她的秋刀鱼，总算是报了仇，出了口恶气。女佣最后一次拎起我准备往外扔时，家中的主人走了出来，说，“怎么回事？吵吵闹闹个不停。”女佣拎着我对着主人说：“这野猫可烦了，怎么赶都赶不走，非要往厨房里爬。”主人捻捲着鼻子下方的黑毛，望了望我的脸，然后扔下一句“那就索性留它在家里呗”便扬长而去。主人显然是个寡言的人。女佣心里好不痛快，一把把我扔在了厨房里。就这样，我终于找到了自己的住家。

我几乎不太能和主人见上面。据说主人的职业是教师。从学校回来后他整日都在书房，很少出来。家里人都觉得他是努力好学之人。他自己也以一副学者的模样示人。然而，实际上他可并不像我们所以为的那般勤勉。我有时会轻手轻脚地爬到他书斋里窥探，总是见他在午睡。有时涎水还嗒喇着流到摊开的书上。他胃不好，所以皮肤淡黄，毫无弹性，没精打采。但奇怪的是他饭量却很大。饱餐一顿后他定会喝增进消化的高淀粉酵素①。喝了之后又再摊开书，看了几页就困，然后口水又滴在书本上，这些都是他每晚必做之日课。我虽然是只猫，但我偶尔也会思考。“当老师可真是轻松。若是我生而为人，那就一定做教师。像这样睡着就把工作给做了，我们猫也可以啊。”可主人却说，世上没有比教师更难做的职业了。每次主人的朋友来，他都要叽里咕噜抱怨一大堆。

刚住进来时，除主人之外，我普遍不受人待见，去哪儿都被拒之门外，没有人愿意理会我。我到底有多么不受重视，从我至今还没有个名号这件事便可看出来。无奈，我只好尽可能地待在把我收留下来的主人身边。早上主人读报时我定会坐在他的膝上。他午睡时我就趴在他背上。倒不是说我有多喜欢主人，只是再无其他人照顾我，我不得已罢了。之后积累了经验，我就早上睡饭桶上、晚上

---

① 使用1894年高峰让吉从酵母中提取的淀粉酶制造的淀粉酶制剂。有促进消化的功效。

睡暖炉上、天气好的正午睡在檐廊边。可最舒服的还是夜深之后悄悄钻进家里小孩的被窝里，和他们一起睡。家里的小孩一个五岁一个三岁，晚上两个人会挤一张床睡觉。我总是在他俩中间寻找容身之地，想方设法加塞进去。要是运气不好吵醒了任何一个小孩，那麻烦就大了。小孩可不管夜有多深，只会大喊大叫："猫跑进来了，猫跑进来了。"特别是年纪小一些的那个，品性更恶劣更闹腾。于是我那神经性胃不良的主人定会被吵醒，怒气冲冲地从邻屋跑过来。这不，前几天我屁股还被他用尺子狠狠地打了一番。

和人类同住后，我越是观察越敢断言他们就是个任性的物种。特别是偶尔与我同寝的小屁孩，真是不可理喻。全凭自己喜好就让别人倒立，或者给我头上套个袋子，抑或是将我抛扔出去，塞进灶中，真是无所不为。而我稍微出手反抗，他们就会全家动员，对我四处追赶，施加迫害。前几天我在榻榻米上稍微磨了一下爪子，夫人便大发雷霆，之后便再也不轻易放我进客厅了。我在厨房一角蜷缩着冻得发抖她也毫不搭理。每次见到住斜对门的邻居、敬爱的小白姑娘时，她都会说从没见过像人类这样没人性的物种。小白姑娘前几日诞下了八只白玉般可爱的小奶猫。然而才过了三天她们家的书生就把八只都扔进了屋背后的池塘里。小白姑娘流着泪说一定要毕生和人类战斗，将他们全部剿灭。简直是振聋发聩的高论，我不能更同意了。旁边的三毛君很愤慨，人类是不知道所有权的存在的。本来我们猫族之间，不管是小鱼干的头，还是鲻鱼的胃，总之先发现的人就有吃的权利。要是谁不遵守这一基本规则，那必定诉诸武力。可怎么看人类脑子里也没有这种意识，我们发现的美食最后必然会被他们抢夺一空。他们仗着自己有手腕就吃定我们。小白姑娘住在军人家，三毛君家的主人则是个律师。可能因为我住在教师家里，所以与两位相比，对这些事还算乐观。每天挨着挨着，日子就过去了。我想，就算是人类也不可能万年称霸下去吧，我只需要保存精力等待我们猫主宰世界的时日到来即可。

既然说到了任性，不如借机讲讲我家主人因任性而失败的事吧。我家主人本身就没什么过人之才，却偏偏什么都想去尝试一下。写了几首俳句①就去《杜鹃》杂志②投稿，几首新体诗又寄给了《明星》杂志③，写些满篇错误的英文，偶尔还会拉弓、练习谣曲④，再有时间又会拿起小提琴瞎拉一阵，可怜的是没一项算得上是优秀的。明明就胃病缠身，对这些爱好却还十分上心。他还经常在茅厕里唱谣曲，附近的人给他取了个绰号叫“茅厕先生”，他也毫不在意，继续反复唱着“在下平宗盛参上!”⑤ 人们笑到喷饭，说他是个“冒牌宗盛”。也不知我家主人是怎么想的。在我住进来一个多月后，某个发工资的日子，他提着个大包慌慌张张地回来了。还以为他买了什么了不起的东西，打开一看原来是水彩颜料和毛笔，还有瓦特曼纸⑥。说从今天起不唱谣曲也不写俳句了，下定决心要开始学画画。果然第二天起一段时间，每天都在书斋里画画，连午觉都不睡了。可是画出来的东西给别人一看，没人知道是个什么东西。可能他自己也觉得画得不怎么样，某天正好他一位搞美学的朋友来访，便听他说了如下的话。

“画画还真不是件易事。看别人画时觉得没什么大不了的，自己提起笔来才知道有多困难。”这是我家主人的抒怀。原来如此，他还真是很诚实。他的朋友透过那副金边眼镜看着主人的眼睛说道：“对，一开始都不太容易的。首先闭门造车一样只在室内凭空想象是画不好画的。以前意大利画家安德烈·德尔·萨拖曾经说过，画画其实就是描绘自然本真的样貌。天有星辰、地有花露、飞的有禽、跑的有兽、池里有金鱼、枯木上有寒鸦。自然本身就是一幅生动的

---

① 日本特有诗歌模式，5、7、5句式。

② 明治三十年（1897）创办的俳句杂志。内容除俳句外也刊载小说和散文。夏目漱石在上面发表过《哥儿》等许多作品。《我是猫》最初也是发表在这本杂志上。

③ 与谢野宽于明治三十三年（1900）创办的新诗杂志。

④ 日本古典文艺形式能剧中的唱段和念白。

⑤ 谣曲《熊野》的配角平宗盛出场时的第一段念白。平宗盛为日本平安末期武将。

⑥ 一种高级绘画用纸。

画。你要是想画出像样的画作，不如开始写生，如何啊？”

“呀，安德烈·德尔·萨拖还说过这样的话啊。之前完全不知道。原来如此，说得太对了，就是那样。”主人一个劲儿地称赞佩服，可我却看到金边眼镜背后露出嘲讽的笑容。

第二天，我照旧走到檐廊边午睡。主人却出人意料地从书斋里出来了，在我身后不停地捣鼓着什么。我一下醒了过来，眼睛眯成一条缝瞄了瞄，这才发现他正心无旁骛地实践着安德烈·德尔·萨拖的理论。我看他那样子，真没憋住，笑出了声来。他被朋友揶揄，结果竟先以我为对象开始写生。我已经睡饱了，想伸懒腰想到不行，但主人好不容易津津有味地提着画笔在作画，我要是动一下实在太不厚道，于是就一直忍着了。他已经勾勒出了我的轮廓，此刻正在给我脸部上色。我坦言，在猫里面我确实长得不算出众，不管是脊背还是毛色，抑或是面容都没有胜过他猫之处，但是，我长得再丑，也不至于丑成我主人画的那怪样子。连最基本的颜色都不一样。我的皮肤灰中带点波斯猫的那种黄，似漆器一般有着花纹。这一点是任谁看了都不会置疑的事实。可是现在看主人上的色，既不是黄色也不是黑色，灰色也不是，褐色也不是，甚至连这些颜色的混合色都不是。除了说是一种颜色以外别无他评。比这还不可思议的是没有眼睛。本来画的就是睡着时候的样子，也没法要求太多，可是连个像眼睛的地方都没有，让人搞不清楚到底是只盲猫，还是只是猫在睡觉。我心里暗自揣度，再怎么说要向安德烈·德尔·萨拖学习，画成这样也真是没办法接受的。不过对于主人的热情还真不得不佩服，所以为他着想尽可能不动弹。但从刚才开始我一直想小便，身上的肌肉都开始抽搐了。实在是一分钟也无法忍受了，不得已我将两手使劲伸长，头也压低，“啊”的一声心满意足地伸了个懒腰，真是失敬。既然已经这样了，再乖乖待下去也不是办法。反正已经破坏了主人的计划，索性就去解个手吧，于是我慢吞吞地开始爬行。主人又是失望又是愤怒，在客厅里大吼一声：“这个混蛋!”我家主人骂人一定会骂“混蛋”，仿佛是种习惯，也可能是不知道别的骂人的词汇，倒也情有可原。只是完全不顾别人刚才一直忍着不适给他画的情绪，就骂“浑蛋”，实在是没礼貌。要是平时我在他背上躺着时候，他能给点好脸色看，这样的谩骂我也就心甘情愿接受了，但他从来也不为我的方便着想，我去撒个尿就说我“浑蛋”，真是太过分了。人类一直对自己的控制力引以为傲，且这种控制力还在不断增长，要是还没有胜过人类的东西出现，欺辱一下他们的话，他们这力量不知道会增长到什么程度。

任性要只是这种程度也就都忍了，关于人类的不道德我还听过比这悲伤数倍的事情。

我家背后有个十坪①左右的茶园。虽说不大但也足够清爽，是个舒心晒太阳的好地方。家里小屁孩们吵闹不停让我没法午睡的时候，或者是太无聊肚子不太舒服的时候，我总会来这里养浩然正气。某个初冬晴朗安稳的日子，下午两点左右我吃过午饭睡了个好觉，想着活动一下身子顺便来茶园走走。我挨个嗅过每一根茶树的根部走到西侧杉树林边，发现有只大猫推倒了枯菊在上面睡得昏天黑地。面对我的靠近，他丝毫未察觉，或者是察觉了也满不在乎，照旧鼾声如雷伸长身体横躺安眠。潜入别人家的院子里竟然还能这么安然大睡，我暗自惊讶于他的勇气。他是只纯黑猫。刚过正午的太阳发出透明的光，投射在他的皮肤之上，他那闪闪发光的软毛间似乎迸射出一股看不见的火焰。他有着可以称作猫王的伟大体格，至少有我一倍那么大。我心中又是赞叹又是好奇，也没心思思前顾后，径直地杵在他身前，呆若木鸡地望着他。

此刻，初冬晴日里和煦的风轻轻触碰了围墙上伸出的梧桐枝条，两三片树叶落在了枯菊丛上。大王猛然睁开了他滚圆的眼睛。我现在都还记得，那眼睛是比人类珍视的琥珀还要美上许多的耀眼光辉。他的身子一动不动，双眸深处射出的光积聚在我矮小的额头之上。他说：“你这家伙谁啊？”就大王的身份来说，遣词造句确实有些粗鄙了，可是那底气却蕴含着可以挫败野犬的力量，让我很是恐惧。但要是不回应的话也很危险，于是我尽可能装作若无其事冷静地说：

---

① 日本传统面积计量单位。1坪约合3.3平方米。

“我是只猫，名字还没有。”当时我的心跳比平时快了数倍。他用极其轻蔑的语气说：“大爷我知道你是猫，可你是啥猫啊？光说是个猫就让人厌烦。最基本的，你小子住哪儿啊？”真是目中无人。

“我就住在这老师的家里。”

“估计也是这样。你这家伙还真是瘦得只剩皮包骨头了啊。”大王气焰嚣张，话语里充满了挑衅的语气。言语间可以断定，他确实不是只良家所养之猫。可从他丰满肥硕的身躯来看应该是不愁吃食、家境充裕的。我情不自禁地问道：“那你说说你究竟是谁。”

“我是人力车夫家的大黑啊。”他昂首挺胸地说着。车夫家的大黑是远近皆知的粗野老猫。因为出身车夫家，强壮是强壮，却没有一点教养，所以和谁都没有来往。是个对同盟主义敬而远之的家伙。我听到他的大名，一方面夹紧尾巴有些害臊，另一方面也生出了些蔑视的念头。我想先试试看他到底有多不学无术，于是问了他下面的问题。

“车夫和老师哪个更厉害？”

“废话，肯定是车夫更强啊。你看看你家那主人，只剩个皮包骨。”

“对呀，就连您这车夫家的猫也都如此强壮，还用说车夫吗？看来在车夫家能吃到不少好东西。”

“大爷我不管去到哪儿，在吃的方面都不会有任何妨碍。你也别在这茶园瞎晃悠了，跟在我屁股后面转转，不出一个月包你肥得跟换了个脸一样。”

“以后再说吧。不过就住房面积来说还是老师家大啊。”

“蠢货，住家再大又有什么用，又不能吃。”

他似乎大动肝火，耳朵频繁磨蹭，仿佛就要削掉寒竹一样凶狠地离去了。我和大黑成为知己是自此之后的事情了。

之后我和大黑数度邂逅。每次碰面他摆出一副和车夫家养的猫身份相称的盛气凌人的样子。刚才我说的不道德事件就是从他口中听说的。

某天和往常一样我和大黑在温暖的茶园里晒太阳睡午觉，瞎聊天的同时他又开始说那些不甚新鲜的自吹自擂的话。突然他问我："你小子目前为止抓过多少只老鼠?"虽说论知识和智力我自觉比大黑要强，但能力和勇气方面到底还是无法和他相提并论。我虽然内心有这觉悟，但真正面对这个问题时心中还是不太舒服的。不过事实就是事实，没办法欺诈，于是我便照实回答："一直都说抓来着，还没抓着。"大黑刺啦啦地抖动着他鼻子前骤然伸长的胡须笑到合不拢嘴。本来大黑就是那种你只需要听他吹牛，一个劲地佩服他厉害，表现出自己不行，很想变得像他那样便非常容易相处的猫。从我靠近他之后便深得与他往来的要领，此刻自然也不会再愚蠢到为自己辩论丝毫，让形势变得更加糟糕。定心一想，不如就让他把以前的功勋事迹都说个遍，然后点头附和一下是再好不过了。于是我便乖乖地激起他的言说欲："您混了这么多年江湖，肯定抓了许多吧。"果然他对着墙壁的洞口大喊道："也不算多，就三四十个吧。"真是满面得意春风的回答。

他继续说着："老鼠抓个一两百只都不是问题，就是黄鼠狼那厮可烦人。有一次遇上个黄鼠狼，倒了大霉。"

"啊，原来如此。"我应声附和。

大黑眨巴着眼睛继续说："就是去年大扫除的时候。我家主人拿着石灰潜到房椽子下，你知道吗，一只老大的黄鼠狼慌张地飞逃了出来。"

"噢?"我表现出关注的样子。

"虽说是黄鼠狼，其实也就比老鼠大那么点儿。我就追着那畜生，终于把那厮逼到了泥沟里。"

"干得漂亮!"我大声喝彩道。

"可那家伙一到危险时，你猜怎么着，就放屁了。那可真是臭翻天，自那之后我一看到黄鼠狼就想到那臭味，真是恶心。"他说着仿佛现在都还能闻到去年的臭味一样，抬起前脚反复擦拭了两三遍自己的鼻尖。我也觉得他有些可怜，于是给他鼓劲加油说："但如果要是老鼠，一被你盯上必定气数已尽了。你捉老鼠那么厉害肯定天天都吃老鼠，所以才这么彪悍肥壮，毛色还这么好。"

我本想着奉承大黑的，没想到却适得其反。他长长地叹了一口大气说：“一想到这事就觉得这一辈子没劲。就算抓再多老鼠也没用。这世上再也没有比人类更为所欲为的东西存在了。就那么随便把别人捉到的老鼠拿去交给派出所了。① 交去派出所就不知道是谁捉到的了。交上去后每次都会给奖励五钱，我家主人靠大爷我的功劳都赚了一块零五十钱了，居然也不给大爷吃点好的。你看看，人类这货就是假装善良的大强盗。”看来就连不学无术的大黑也都明白了这个道理。此刻他正容颜大怒，背上的毛也都竖了起来。我稍微觉得身子不舒服，于是敷衍了几句便回家里去了。从那时起，我下定决心永远不捉老鼠。当然也决定不做大黑的小跟班去寻老鼠以外的吃食。比起找吃的，睡觉更轻松自在。在教师家待久了，猫也变得和教师的心性相近了。要是再不提防着，说不准什么时候我也该犯胃病了。

说到教师，我家主人看起来似乎近来终于明白自己不是画水彩的料了。他在自己十二月一日的日记里这样写道：

> 今日会上与某某初次见面。那人据说是个吃喝嫖赌什么都做的浪荡之人，但确有专家的风采。这类资质之人大多招女人喜欢，所以与其说是他浪荡，还不如说他有浪荡的资本、不得不浪荡更贴切些。那个人的妻子是个艺伎，真令人羡慕。本来那些说浪荡之人坏话的家伙大部分都没有浪荡的资质，还有那些自视为浪荡之人的其实也大多没有资质。这些人就是客观条件本没有逼他到不得不的地步，自己偏要勉强为之。就跟我的水彩画创作一样，总是难以下定决心彻底放弃。但这些人自己总觉得自己是专家，要是进艺伎酒馆喝口酒就算是专家了的话，那我早就是出类拔萃的水彩画家了。我的水彩画还是不画为好，

① 明治三十二年（1899）十二月，东京爆发鼠疫。政府为奖励灭鼠行为，规定居民上交老鼠一只奖励四钱或五钱。派出所为上交点，居民取得现金兑换券后可去区政府窗口兑换相应数额现金。

与此相同，比起愚昧的专家来，质朴的乡巴佬要高级得多。

主人的“专家论”我很难苟同，而且作为教师竟然说出“妻子是艺伎真让人羡慕”这样的话，真是低劣。不过对自己水彩画的批评倒是很中肯。主人虽说有如此的自知之明，却很难从自恋中抽离出来。过了两天也就是十二月四号的日记里又这样写道：

> 昨晚我梦见自己将觉得画得四不像的水彩画扔掉后，竟被不知何人捡到，用高级画框装裱起来挂在栏杆间。我定睛一看画竟变得很高明了。太开心了。我就这样一个人欣赏着这杰出的画作。天亮了我睁开眼，朝阳清楚地挂在天边，画也清楚地依旧是原来那副丑陋的模样。

主人仿佛到了梦里，也肩负着自己青涩的水彩画作前行。这么一来主人肯定成不了他自己口中所说的“专家”的样子了。

主人梦见水彩画后的第二天，那个戴金边眼镜的美学家时隔许久又来了。他刚落座就劈头盖脸开口问道：“画画得怎么样了啊？”主人一脸平静地说：“按你的忠告我开始写生了，写着写着就关注到事物的形状和颜色的细微变化，以前完全都没有发现。我觉得西洋一定是一直以来都主张写生，所以艺术才如现在这般发达。不愧是安德烈·德尔·萨拖。”

日记里写的事主人只字不提，又一味地佩服安德烈·德尔·萨拖。

美学家笑着一边挠头一边说：“其实那是我胡说八道的。”

“什么是胡说的？”主人还没意识到自己被骗了。

“你还问是什么？就是你一直佩服的安德烈·德尔·萨拖啊。那是我稍微捏造的故事啦。没想到你还这么认真地相信了，哈哈哈哈。”他还真是笑得捧腹啊。

我在檐廊上听到这番对话后，不禁思考主人会在今天的日记里怎么记述。这美学家就是个大言不惭地说些不靠谱的话、以戏耍别人为唯一乐趣的人。他毫不顾虑安德烈·德尔·萨拖这事给主人内心造成了怎样的影响，春风得意地说了下面一段话："呀，偶尔我开开玩笑，就有人当真。激发出这种滑稽的美感实在有趣。刚刚跟某个学生说尼古拉斯·尼克贝①劝吉本②别用法语写他的旷世巨作《法国革命史》③，最好改用英文④，那学生又偏巧是个记忆力超群的人，在日本文学学会的演讲会上一板一眼地重复了我的话，真是滑稽透了。可那时旁听者有数百人，大家都趣味正浓地倾听着。那之后还有更有趣的事情。前几日在某个文学家的集会上，谈到哈里森的历史小说《塞奥法诺》时，我说那可是历史小说中的白眉啊。特别是女主人公死的时候，阴气袭来般的恐怖。坐我对面的老师畅聊时从没说过自己不知道，附和道：'那段简直是经典啊。'我这才知道那家伙和我一样也没读过这本小说。"

神经性胃功能不良的主人瞪大双眼继续问道："你那样胡说八道要是别人真读过怎么办？"好似欺骗别人并不是重点，只是怕一旦暴露了不好收场。

美学家丝毫不为所动："真要有那种情况，就说跟别的书记混了呗。"说着说着便咯咯地笑起来。

这个美学家虽说戴着金边眼镜，但内里中却和车夫家的大黑没什么两样。主人静静地抽了口日出牌香烟，吞云吐雾，表情仿佛是在说我是没有那种勇气的。美学家的眼神似乎在说所以画也是白画。"但玩笑归玩笑，绘画其实是很高深的艺术。据说莱昂纳多·达·芬奇曾经让自己的徒弟摹写墙壁上渗水的纹样。所以，去厕所专心致志地端详一番漏水的墙壁，自然而然就能画出一幅绝妙的图了。你也可以注意着点画画看，肯定能画出点有意思的东西的。"

---

① 英国小说家狄更斯的作品《尼古拉斯·尼克贝》中的主人公。

② 爱德华·吉本（1737—1794）英国历史学家，著有《罗马帝国衰亡史》。

③ 吉本并未写过《法国革命史》，1837 年出版的卡莱尔作品《法国革命史》很有名。

④ 吉本在写作《罗马帝国衰亡史》之前一直用法语写作。

“你又在骗人了吧。”

“没有没有，这次是真的哦。这样的奇言妙语，也就达·芬奇能有此般见地。”

“奇倒确实是挺奇的。”主人已经差不多快败下阵来了。可他似乎还不打算去厕所写生。

车夫家的大黑后来瘸了。他那光泽的毛发也渐渐褪色掉落。我曾评价说比琥珀还美的眼睛也长满了眼屎。特别吸引我注意的是他气焰的消沉以及身体的每况愈下。我在茶园最后一次见到他时曾问他究竟怎么了，他说：“黄鼠狼的臭屁和鱼铺的扁担真是受够了。”

赤松间点缀的两三片红叶似旧梦般跌落到石盆里，近来日渐凋零的红白色山茶花也落尽了最后一缕芳华。那三间半的朝南檐廊里冬日的脚步也越发临近，摧枯拉朽的北风呼啸的日子也随之增加，感觉我午睡的时长也不得不缩短了。

主人还是照常每天都去学校，回来之后就把自己关在书房里。一有客人来就抱怨教师难做。水彩画也不怎么画了。高淀粉酵素效果不怎么样也没继续用了。令人开心的是小屁孩儿们没逃课天天都去幼儿园，但一回来就边唱歌边拍球，偶尔拉着我尾巴把我倒吊起来。

我没吃什么山珍海味，所以也没长胖长壮，但无论如何，没瘸也没拐健康度日。老鼠是绝对不抓的。女佣还是那么讨人厌。名字还是没人给取，可欲望这东西一旦有了就无穷无尽，所以还是一辈子就在这教师家中做个无名之猫吧。

二

新年过后，我多多少少也算是出名了①，虽说我不过是只猫，但也有种扬眉吐气之感。

元旦一大早主人名下就寄来了一张明信片。是他某位画家朋友寄来的新年贺卡。贺卡上部涂成了红色，下方则是深绿色，正中间用蜡笔画着一只蹲坐着的动物。主人在他的书斋里横看竖看，仔细端详着这画，不禁称赞颜色真美。我原以为主人业已赞美了一次，该就此作罢，没想到他依然拿着左右端详。不仅如此，时而扭曲着身子看看，时而伸长手臂，像个看相的老人把画拿得远远的，或又朝向窗边将画收至鼻尖处观察。我心里想，主人你别再折腾了，否则膝盖一直摇晃，坐在上面的我危险极了。好不容易摇晃总算没那么剧烈，主人又开始小声嘟囔，到底画的是什么。看来主人虽是佩服明信片的颜色，却不知道上面画的是什么，所以刚才一直在绞尽脑汁思考。我还以为画得有多深奥，结果半睁开睡着的眼睛，优雅地定神一看，毋庸置疑画的就是我啊。不像主人那般极尽安德烈·

① 《我是猫》本来是作为独立的短篇小说于明治三十八年（1905）发表在《杜鹃》杂志上的。发表后广受好评于是才继续写作续篇。此处“有名”也是指第一章发表之后受到的好评。

德尔·萨掩的画法，可毕竟别人是画家，形体和色彩都画得很逼真。任谁都看得出是只猫。稍微有点眼力的还能判断出并非别家之猫就是我，可见画得有多好。这么明显的事却还不知道，一直费心思量，人类还真有些可怜。要是可以的话我都想告诉主人这画里是我，就算不知道是我也没关系，至少能让他明白画的是一只猫也好。然而人类这种生物终究是未蒙天恩，不能领会我等猫族的言语，虽然遗憾但也只好就此作罢。

想跟读者事先声明，人类本来就是这样，一被别人问到我们是什么，就说是“猫儿猫儿”什么的，总爱用漫不经心又轻蔑的语气来评价我们，真是特别不好。人类排泄的渣滓中产生了牛马，牛马的粪便中又制造出了猫，类似这样的想法其实是被自己无知所操控，教师之中常有如此高傲之人，旁人看来实则特别不成体统。就算是猫也并非如此简单粗暴就能被制造出来。外人乍一看所有的猫都长得大同小异，平等无差别，没有一只有自己的特色，然而在猫族的社会里却十分纷繁复杂，人类所言“十人十样”用在猫身上也毫无问题。不管是眼神、鼻子的形状，还是毛色以及步伐，每只猫都不一样。另外胡须的张合度以及耳朵竖立的角度，甚至尾巴下垂的程度，世上所有的猫都不相同。美丑、好恶以及潇洒与否，说不可尽数、千差万别也毫不夸张。有这么多明显的差别，人类却只会说“向上看”什么的，一味地仰望天空，别说了解我等猫族的性格了，就连最基本的外貌都难以识别，真是太可怜了。同类相吸，据说很早以前就有这个词汇，的确如此。年糕店的人寻年糕店的人，猫去找猫，果然猫族的事情还是只有猫族自己才知道。不管人类进化到多高级，这一点还是差很多，更别说他们的那种奇怪的自信总觉得自己有多伟大让他们要想分清我们更是难上加难。更何况像我主人这般缺乏同情心的人，就连“相互间彻底了解是爱的最基本要义”这一点都不明白，真拿他束手无策。他就像个性格乖僻的牡蛎吸附在书斋之中，从未向外界开眼看过，开口说过。还以一副唯有自己看透世间一切的嘴脸自居，真是可笑。他并没有看透一切，最直观的证据就是现在放在他眼前的我的肖像，他一点识别出来的迹象都没有。还说什么“今年是讨伐俄国的第二年所以估计是画的熊吧”①，也没弄清楚就此草草了事了。

我在主人的膝间边打瞌睡边想这些事情，没过多久女佣又拿来了第二张明信片。我一看，上面用活版印刷着四五只西洋猫，一字排开手中握着笔翻开书本在学习。其中还有一只离席在桌子一角跳着“猫儿呀猫儿呀”舞蹈②。上方用东方日本的墨汁写着“我是猫”，右侧还有一句俳句：“读书又跳舞，猫之春一日。”这是主人以前的门生寄来的，任谁一看就能明白所画所言为何意，可我那疏忽大意的主人还参不透彻，拧着脖子，觉着不可思议，自言自语道：“今年该不会是猫年吧。”我已经这么出名了，可主人似乎还未察觉。

随后女佣又拿来了第三张贺年明信片。这次明信片上没画儿了。全是文字，说什么“恭贺新年”啊，“诚惶诚恐，愿能转达对猫儿之问候”之类的。这么明白地写着，主人总该明白是在说我了吧，果然他一边嗯嗯地顿悟般说着，一边看了看我，眼神中露出了以往未曾有过的些许尊敬之意。以前未被世人认可的主人突然大长面子，完全是我的功劳，这点尊敬的眼神自然也是理所应当。

正值此时，格子门丁零零地响了。大约是客人来了吧。若是来客，女佣便会前去接待。除了鱼铺的梅公上门以外，我都不会出去看的，于是我便安然地继续坐在主人的膝间。可主人仿佛就像是被高利贷催债的人找上门来一般，不安地观望着门庭口。主人最讨厌客人来拜年喝酒，人到了如此偏执的地步也是没什么可说的了，真要是不想会客一大早就出门不就好了，又没那个勇气，越发显现出牡蛎的根性了。没多一会儿女佣来报，说是寒月君来了。这个寒月据说也是主人以前的学生，只不过现已毕业，各方面都比主人发展得好。也不知为何，这男的老来主人家玩，每次一来就说些有无喜欢自己的女人、世界有趣或无趣，厉害的或是艳情的，总之各种抱

① 俄国的象征是熊。第二部分创作时正值日俄战争第二年。

② 俗谣。江户明治时期流行。“猫儿”是艺者的异称。

怨一通之后就走了。专程来和主人这种萎靡不振的人讲这些话，令人难以理解，不过过着牡蛎般幽闭生活的主人听了这些事竟然还偶尔会点头附和，真是有趣。

“好久不见。去年年底开始就四处忙里忙外，每次都想着来拜访，却总没机会走到这边来。”寒月摆弄着和服外褂上的系带，说着猜谜解谜式的话。

“那你都去了哪边了啊？”主人一本正经地问着，拉了拉黑木棉制的和服礼服的袖口。这礼服木棉制的，长度不长，下身左右各露出半寸长的内里的丝质衣物。

“嘿嘿，稍微不同的别的方向。”寒月笑着说。我一看，他今天门牙掉了一颗。

“你牙齿怎么回事啊？”主人转换了话题。

“啊，是在某个地方吃了香菇。”

“吃了什么？”

“吃了点香菇。我本想用门牙咬断香菇那伞盖的，哪知道门牙一下就掉了。”

“咬香菇把门牙给咬断了，这是上了岁数的老爷子才会有的事啊。这事儿倒是可以写一句俳句，只不过却发生不了恋爱啊。”说着主人用掌心轻拍了下我的头。

“啊这就是文章里那只猫啊，长得还挺肥的。不输人力车夫家那只大黑，长得很不错。”寒月君对我大加赞赏。

“这几天长大了些。”主人有些骄傲地敲着我的脑袋。虽说被表扬很开心，可头还是有些许疼痛的。

“前天晚上我们又搞了次演奏会。”寒月君又将话题扯了回来。

“在哪儿啊？”

“在哪儿这事儿就免污您尊耳了。三把小提琴配一台钢琴的伴奏，还挺有趣的。小提琴的数量增加到三把，要是拉得不好肯定立马露馅。夹在两个女提琴演奏者中间，我自己都觉得自己拉得很不错。”

“这样啊，那你说的那两个女演奏者是谁啊？”主人充满艳羡地问道。

主人平常表情虽似枯木寒岩般冷峻，事实上却并非对妇人冷淡之人。过去他曾读过一本西洋小说，主人公一出现，几乎所有女性都会为之钟情。小说讽刺地写道，算起来街上往来的妇人中有百分之七十都对他动过心。主人读到此处，感叹道："这是真理。"这般轻浮不专的男人缘何过着牡蛎般闭门不出的生活，我这猫眼是看不透彻的了。有人说或许是因为他失恋了，也有人说是因为胃病，还有人说是没钱又胆小怕事。不管是因为什么反正和明治大历史都无甚大关系，随意且无妨。不过他以羡慕的口吻追问寒月君和女性来往之事确是真实。

寒月君用筷子夹起一块鱼糕茶点，用仅存的半边门牙边咬边吃。我担心他那另一块门牙这次是不是又要脱落。还好没事。

"什么呀，两人都是名门闺秀哦，不过您不认识。"寒月冷言冷语地回答道。

主人本想说"原来如此"，拉长了"原来"一词的发音时间，省略掉"如此"陷入沉思。

或许寒月也觉得时间差不多了，于是提议："天气真不错，您要是有空的话一起出门散步吧。旅顺已经打下来了，现在街上可是一片繁华盛景啊。"

主人满脸"比起攻占旅顺，我更关心和你玩耍的女性的身份问题"的表情，思索了好一会儿仿佛是终于下定决心说："好，那就出门走走吧。"

主人起身准备出门，照旧穿着那套黑木棉的礼服，以及兄长处继承的那套茧绸棉袄。那棉袄已经穿了有二十年了，茧绸再结实，这么一直穿下去也遭受不住啊。棉袄各处都已变薄，透过阳光一看，内里打过补丁的针脚还依稀可见。主人穿衣服可不管什么腊月正月，也不管休闲装和访问装，两手一揣就出门。也不知道是没有出门穿的正式服装，还是有但嫌麻烦不愿更换。只是应该确实不是因为失恋的缘故。

两人出门后我就稍稍失礼，吃掉了寒月君剩下的鱼糕。现时间我已不再是普通的猫了，至少有桃川如燕①所描述的猫之特色，也有库伯笔下②偷金鱼的猫那般的资格。车夫家的大黑我从来就没放在眼里过。吃一片鱼糕也不是什么大不了的事，不会被别人说三道四。而且这种掩人耳目偷食的癖好也不是我们猫族才有，我们家用人阿三也常常在夫人出门时偷吃糯米点心，不止一次。还不只阿三，被夫人吹嘘说很有教养的两小儿也有此等倾向。四五天前，两个小孩傻乎乎的在主人和夫人还没起床时就醒了，两人面对面坐在饭桌前。她俩每天早上都要吃主人吃的那种面包，不过要加些糖。那天早上，碰巧糖罐就放在桌上，旁边还搁着勺子。主人夫妇都没起，没人像平常那样给她们分白糖，于是大的那个就自己动手，舀了一勺腾在自己盘子上。小的那个也有样学样，和姐姐一样舀了同分量的白糖用同样的方法腾挪到自己盘里。两人面面相觑不一会儿后，大的那个又拿起勺子舀了一勺加到自己盘子里。小的立马也拿起勺子给自己舀了相同分量。姐姐又舀了一勺，妹妹也不甘示弱加上一勺。姐姐又把手伸向罐子，妹妹也拿起勺子。眼看着两人一勺接一勺地舀，终于两人的盘子里都像山一样堆满了白糖，而罐里一勺也不剩了。这时主人揉着惺忪的睡眼从卧室出来，好不容易舀出来的糖又被主人给倒回去了。看着这光景我不禁感叹人类由利己主义出发而创造出来的公平之概念，确实比猫族社会先进不少，然而论智慧却是比不过猫族。别一个劲儿地往自己盘子里盛啊！堆得个小山似的有什么意义，还不如趁早舔上两口。不过正如之前所说，人类听不懂我等猫族的语言，我暗自觉得她们可怜，但也只能坐在饭桶上旁观了。

也不知主人和寒月君去了哪里，那天晚上他回来得很迟，第二天早上上桌吃饭也已是九点左右。我还是照例坐在饭桶上观望，主

---

① 桃川如燕（1832—1898），说书先生（“讲释师”），擅长讲关于猫的故事，作品有《猫怪传》等。

② 单行本以后订正为“格雷”，《漱石全集》仍沿用初出时版本。库伯和格雷都是十八世纪英国代表诗人，夏目漱石可能因此混同了。格雷曾为悼念友人作家霍勒斯·渥波尔家所养猫为抓金鱼而掉入鱼缸溺死一事写过《悼金鱼缸中溺死之爱猫诗》。

人安静地吃着年糕汤，吃了一碗又一碗。虽说年糕切得小，但也吃了六七片，最后一片留在碗中，放下筷子说了句“吃饱了，不吃了”。要是别人这么任性他可不依不饶，主人却滥用自己在家中的威势，自鸣得意地看着浑浊的汁水中年糕焦烂的死骸，满不在乎。

夫人从壁橱里拿出高淀粉酵素放桌上，主人说：“这东西不管用，不喝。”

“但是夫君，对淀粉类食物的消化还是很有效的，你还是吃了吧。”夫人还是想让他吃药。

“不管对淀粉还是对什么，都没用。”主人的顽固品性显现。

“你这人还真是朝三暮四。”夫人自言自语道。

“不是我朝三暮四，是这药没效。”

“那你前几天怎么还一个劲儿地说有用有用，每天都吃呢。”

“之前有效果的啊，现在没效果了嘛。”主人的话仿佛一出对联。

“你这样一会儿吃药一会儿又不吃，再怎么见效的药都不会起作用的。你就再忍忍吧，胃病这东西和其他病还不一样。”夫人给站在一旁端着盆子候着的阿三使了个眼色。

“夫人说的是啊，老爷。药您再吃吃看吧，要不然到底有没有用也不知道的啊。”阿三不由分说立马就站在了夫人那边。

“够了别说了，我说不吃就是不吃，女人懂什么，安静地待一边去。”

“反正我就是这样的女人。”说着夫人把高淀粉酵素推到主人跟前，似逼他切腹般一定要让他吃下去。

主人一言不发，径直站起来朝书房走去。夫人和阿三眼神交互，而后哈哈大笑起来。

这个时候我要是还尾随主人进书房坐他腿上的话，那可是会吃不了兜着走，于是我悄悄从院子里绕到书房的檐廊上，透过纸布门的缝隙暗中观察。主人正打开爱彼克泰德①的书在看。他要是真像平

① 爱彼克泰德，古罗马多葛学派哲学家，主张不受情感支配清心寡欲。正好与此刻主人的状况形成反差。

常那样看得进去的话，我还真是有些佩服他的，可五六分钟后就见他把书摔到了桌上。估计也就那样了吧。再定睛一看，主人又拿出日记本开始记事了。

> 与寒月一同前往上野、池之端、神田附近散步。在池之端候车点前，艺伎们穿着下摆花样的春装在拍羽毛毽子。装束是很美的，长相却十分不堪，总觉着和我家猫有几分相像。

用我来做长得不堪之例，其实大可不必。我要是也去喜多床理发店剃个脸毛，和人类也并无差异之处。人类总是这样自恋，真让我猫头疼。

> 拐过宝丹药店的角落，又来了一位艺伎。这次是位身材苗条、柳肩飘飘、容貌姣好的女子，穿着的淡紫色衣服也是素色得体，气质很是典雅。她露出洁白的牙齿笑着说，“小源，抱歉啊昨晚人家太忙了。”那声音仿佛乌鸦般嘶哑干枯，让她好不容易给我们建立起来的好感受急速下落，以至于所谓的小源究竟是何方神圣我也懒得回头去看了，索性揣着手往御成街道走去。寒月不知为何似乎有些心慌不安。

没有比人类的心理更难理解的东西了。我家这位主人现时间心里是在发怒呢，还是在高兴呢，抑或是借哲人的遗作在寻求一份安慰呢，我完全不明白。是在冷淡地嘲笑这个世界呢，还是想融入世间之中呢，为无谓之事大动肝火呢，还是超然于物外，我完全不明白。猫的世界就单纯许多了。想吃便吃，想睡便睡，生气的时候就努力生气，哭的时候就哭到穷途末路。最基本的，日记这种无用的东西我们是绝对不会记的，因为没有必要记。像主人这种表里不一的人，需要写日记将自己不能展现给世人的一面在暗室中发泄一通，而我等猫族日常生活的行住坐卧，行屎送尿便是真正的日记，不再需要那般麻烦的手续，将自己真实地面貌保存下来。有记日记的闲工夫还不如在檐廊边舒舒服服打个盹呢。

昨天在神田某亭吃的晚餐，时隔许久喝了两三杯正宗酒，今早胃的状况很好。对付胃病最好的办法就是晚酌几杯。高淀粉酵素自然是没用的，谁说都没用，要说为何，毕竟没用的东西就是没用。

一直在攻击高淀粉酵素，就跟一个人自己跟自己在吵架一样。今天早上的怒火延续到了现在。可能人类日记的本质就在于此吧。

前几日〇〇君说不吃早饭胃就会好受很多，于是我两三天没吃早饭，可肚子一直咕咕叫，也没见有何功效。△△君忠告我一定不能吃酱菜，按他的说法，大凡胃病的起因皆是酱菜。只要不吃酱菜就断了胃病的源头，定会痊愈。于是我一周左右筷子没碰过丁点儿酱菜，也没见有何效果。于是近几日又开始吃了。一问XX君，则说一定要用揉腹治疗法才会有效，可是普通的揉腹是不起作用的，要用“皆川流”的古风揉法才行，治疗一两次大多数胃病皆可根治。安井息轩①也很喜欢这种按摩术。且坂本龙马这样的豪杰也时常去治疗，于是我赶快去了趟上根岸，让按摩师傅给揉了揉。可是据说要是不揉骨头就不会好，不把五脏六腑的位置给来个大颠倒就无法根治，实在是揉得太残暴了。揉了一次后身体变得像棉花，还仿佛患上了昏睡病，所以去了一次后便以受不了为由拒绝了。A君说一定不能吃固状物，于是我便每天只喝牛奶，可肚子里叽里咕噜像是要发洪水一样彻夜难眠。B先生则说用横膈膜呼吸加速内脏运动，胃功能自然会健全起来，不妨一试。这我也确实试了几次，腹中总有些许不安。且偶尔想起来这事便一心不乱地开始尝试，

① 安井息轩（1799—1876），江户末至明治时期的儒学家。著有《论语集说》等。

可过了五六分钟便给忘了个干净。想着一定不能忘，于是就总在意横膈膜，读书写作什么都做不了了。美学家迷亭①看我这样子冷嘲热讽道："又不是即将临盆的男人，还是别搞了。"这段时间便不再做了。C老师又建议说，吃荞麦会管用，于是我赶紧每天汤荞麦和蘸食荞麦换着吃。结果一味腹泻，屁用没有。我为治疗这多年来的胃病试过了所有能试的方法，所有都没用。唯独昨天和寒月一同小酌的三杯是真正见效的。决定了，以后每晚都要喝他个两三杯。

这决定绝对也没法持久。主人的心性就跟我眼球一样不断地在变化。他就是个无论做什么都坚持不下去的男人。而且，日记里显得自己多在意这胃病，公开场合却总是逞能忍受，真是可笑。前几日有位叫某某某的学者朋友来访时说："只是我个人的见地而已，所有的病其实都源于祖辈的罪恶以及自己的罪恶。"大约这位也是研究过的，条理明晰秩序井然，是很优秀的理论。可怜的是我家主人终究没有能够反驳的头脑和学问。可毕竟自己此时正饱受胃病困扰，若不辩解一番则难保住面子，于是说道："你这理论很有趣，不过那位卡莱尔②也是有胃病的哦。"仿佛卡莱尔有胃病，所以自己的胃病也算是种光荣一般，真是驴唇马嘴般的回答。友人说道，"卡莱尔是有胃病，但有胃病的病人并不都是卡莱尔啊。"友人这话算是公理，无可反驳，主人也只得默不作声。主人就是这样极富虚荣心，暗地里却又觉得胃病还是没有的好，还说什么今晚开始每天都喝几杯什么的，真是贻笑大方。仔细想想看今早吃了那么多年糕汤估计也是昨夜与寒月喝了正宗酒的影响。搞得我也有些想吃年糕汤了。

我虽说是只猫，但大都不挑食什么都吃。不像车夫家大黑那样有远征巷口鱼铺的气力，不用说自然也没有像街对门二弦琴师傅家

---

① 第一章中"搞美学的友人"，此处首次被命名。

② 托马斯·卡莱尔（1795—1881），英国历史学家，评论家。著有《法国革命史》。

三毛姑娘那般高贵奢华的身份。所以我并不是挑食的主。小孩吃漏在地上的面包渣我吃，糯米点心的馅儿我也吃。酱菜虽说很难吃，但因为没试过，之前也曾吃过两片泽庵腌萝卜。有些东西吃吃还觉得很奇妙，所以大多数食物我都吃。这不吃那不吃，这样奢侈的态度终究不是在教师家中能生活下去的样子。

据主人说，法国有个小说家叫巴尔扎克，这人可挑了。但他还不是吃东西挑，而是作为小说家要把文字挑三拣四地磨炼到极致。某天巴尔扎克要给自己小说里的人物起名，试了好几个都不甚满意。此时正值友人来访，便邀约一同出门散步。友人对此一无所知情况下就被带出来了，而巴尔扎克则一心想着自己一直以来烦恼的角色姓名，在街上来来往往什么也不做就光顾着看店招牌了。可即使这样还是没找着中意的名字。他带着友人一路暴走，友人不明就里只好跟着，从早到晚，他们最终把整个巴黎给探险了一通。归途时分，巴尔扎克偶然抬头一望，看到一家裁缝店的招牌上写着“马卡斯”三个字。巴尔扎克拍手称好：“就是这个了，一定是这个。马卡斯，很好的名字，不是吗？在马卡斯前加个Z字，简直无可挑剔。必须要是Z，别的都不行，Z. 马卡斯，简直妙极了。自己造的名字虽也不赖，但总有种刻意为之的地方，不甚惊艳。这下总算找到中意的名字了。”巴尔扎克完全忘记了自己给友人造成的麻烦，独自在那欣喜若狂。话说回来，为了给小说里的角色起个名字就要绕巴黎一圈，也真是太大费周章了。若是能像这般奢侈挑剔也是好的，只不过像我这样搭上个牡蛎般的主人的猫是没法那样的。什么都可以，只要有吃的就行，这都是境遇使然。所以现在我萌发了想吃年糕汤的念头绝非是奢侈挑剔，只是基于吃什么都行总之先吃吃看这种想法，猛然想起来主人吃剩的年糕汤可能还放在厨房而已……于是我绕到厨房去一看究竟。

碗底依然存着和今早一样模样的年糕，颜色也没变。目前为止白色的年糕我一次也没吃过。看着似乎挺好吃，但黏黏的又有些许恶心。我用前腿将盖在上面的菜叶拨拢到一起，看看我爪尖，已沾上了年糕的表皮，黏黏的。闻了闻有种将锅底的饭移到饭桶中的那种香味。要吃吗？还是不要？我踌躇着观察周围的状况。也不知是幸运还是不幸，周围谁也不在。阿三年末和开春都一样的表情，在院子里玩羽毛毽子。孩子们在里间唱着“您说什么，猴子先生？”①。

要吃的话就是现在了。若错失此次良机就要等到明年才能知道年糕的味道了。那一瞬间我以猫身感悟到了一个真理。“千载难逢的机会会让所有的动物铤而走险，做并不情愿之事。”说实话我也并不是那么想吃年糕汤。不，我是越看碗底的样子越觉得恶心而不想再吃了。此刻若是阿三突然推开门，或者里间的小孩的脚步声越来越近的话，我定会毫不犹豫断然不吃，而且也不会一直到来年都惦念着年糕汤。可是谁也没来，犹豫徘徊了许久还是没人来。好像内心有人在催促，赶快吃赶快吃。我一面凝视着碗底，一面默念赶紧来个谁吧。可还是没人来。结果我还是得吃这碗年糕汤。最后我将身体全部的重量都落在碗底，用力地咬了一口年糕。花这么大力气咬了下去，大多数的食物都是能咬断的，真让人吃惊，我觉得差不多了开始将牙齿往外拔，却发现拔不出来。想着再咬一口却无法动弹。当我觉察到年糕这东西是魔鬼时已经晚了。就跟掉入沼泽中的人焦虑着想要拔出陷入的腿，却越陷越深一样，我也是越咬嘴变得越重，牙齿也无法动作。年糕确实是有嚼劲的，但正因为太有嚼劲了却无法善后处理。美学家迷亭曾批评我家主人，说他是个不果断之人，现在想想，他这词用得还真是好。这年糕就和主人一样，一点都不果断。不管怎么咬都跟10除3一样无限循环，没有休止。值此烦闷之际我又领悟了第二个真理：“所有的动物都能凭直觉预知合适与否。”

真理都发现了两个了，但年糕依然附着，丝毫未有愉快之感。牙齿被年糕吸附住，就像要被拔掉一样疼痛。再不赶紧吃掉阿三就要来了。孩子们的歌声也停了，肯定是往厨房这边来了。烦闷至极，尾巴左右甩动着试了试也没任何用处。耳朵竖起又放下，还是没什

① 单行本作“您说什么，兔子先生”。按单行本则出自童谣《兔子与乌龟》（石原和三郎作词，纳所辩次郎作曲）中的一句。

么用。想了想，确实耳朵和尾巴与年糕真是扯不上一点儿关系。想到摇尾、竖耳什么的都是白费功夫后，我便放弃了。此时我终于意识到，要把年糕弄下来必须要借助前腿的力量。我首先抬起了右腿来回抚摸嘴巴周围，可年糕不是随便摸两下就能掉的。于是又换左腿以嘴为中心急速画圆。用这种巫术魔鬼年糕也掉不下来。想着关键是要耐心，便两腿左右交替着使用，可牙齿还是吊立在年糕之中。真是麻烦，我双脚并用，于是不可思议的事情发生了——我竟然用后腿直立起来了！这一刻，我总觉得自己不再是猫了。是猫还是不是猫，现在可不是在乎这些的时候，赶紧一口气把年糕这个魔鬼弄下来才是正道，我不停地用力挠脸。前腿运动过于猛烈，差一点就快失去重心跌倒下去了。快要倒下去之时便会用后肢掌握平衡，也就无法一直在同一个地方，我在厨房跳来跳去。我惊讶于自己居然可以这么灵巧地站立。此刻第三个真理蓦然出现在我眼前："面临危险，猫能够做到平常所不能之事，这就是所谓的上天保佑。"

幸而得以享受上天庇佑的我正不停的和年糕魔王做斗争。此刻，好像有脚步声响起，似乎是里面有人过来了。要是现在有人来，那就麻烦了。我这么想着，于是跳得越来越高，简值是在厨房上蹿下跳了。脚步声渐渐靠近，真遗憾上天好像并没那么保佑我，我终于被小孩发现了。"啊你们看，猫正在偷吃年糕汤，还在跳舞呢。"小孩的声音很大，第一个听到的是阿三，她抛掉打羽毛毽子的拍子从厨房后门口跑了进来。夫人也穿着绉绸礼服出来，说："这猫可真讨厌。"主人也从书房里出来了，说："这个混蛋猫。"一直说有趣有趣的只有小孩儿。大家好像都商量好了似的，咯咯咯地笑个不停。我很生气，很痛苦，但又不能停止跳舞。我太弱了。渐渐地，他们笑声也停止了。五岁的姐姐说："妈妈，猫也真是厉害啊。"她也算是以力挽狂澜之势，又让大家笑了起来。人类缺乏同情的行为我也有所耳闻，但从未感到如此可恨。上天的保佑也终于消失，我恢复了原先的四肢行走，但在两眼煞白之前依旧继续表演着丑态，困苦难耐。主人实在不忍心见死不救，于是命令阿三："还是赶紧把年糕给它拿掉吧。"阿三的眼神的意思好像是还想看我再跳一会儿，她看了看夫人。夫人也想继续看我跳舞，但并不想我跳到死，所以默不作声。“赶快给他拿掉吧。要不然他就死了。赶快!”主人再次回头看了看女佣。阿三的表情好似从梦中惊醒，发现自己好吃的被人拿走了一般。她一脸不情愿，抓住我嘴上的年糕，一下子扯了下来。虽然我不是寒月君，但我的门牙好像也快折断了。阿三才不管我痛不痛，她毫不留情地将粘在我牙上的年糕使劲儿一拔，让我无法忍受。此刻，我经历了第四个真理：“大凡所有的欢乐都必须通过困苦才能获得。”当我得以若无其事地看着周围之时，家人们都已经回到了大厅里面去了。

经历了这等失败再让里面的阿三看到我，我也觉得没有颜面、不好意思。索性换换心情，去造访一下新街的二弦琴师傅家，看望看望三毛姑娘。于是我走出了厨房。

三毛姑娘是附近出了名的美人儿。我确实是猫，但物事之风雅还是大概懂得的。在家里看多了主人的愁眉苦脸、或是被阿三痛骂心情不好的时候，通常我都会来找我这位异性朋友聊聊天。聊着聊着不知何时心情就变好了，一直以来的担心和辛苦不知不觉就忘掉了，仿佛重生了一样。女性的作用就是这么巨大。

透过杉树篱笆间的缝隙，我远望着想看看三毛姑娘在不在。因为是正月，三毛姑娘戴了个新项圈，颇有礼貌地坐在檐廊上。她脊背的圆弧有种不可言说之美，她的曲线之靓丽达到了极致，她尾巴的弯曲程度、脚的弯折程度还有倦怠的样子、轻轻拂动的耳朵都有着难以形容之婀娜。特别是天气上好的时候，她暖暖地高雅地坐着，身体中也显露出端正严肃的态度。她那满身丝滑的毛反射着春天的光芒，在无风的日子里一丛一丛地微微抖动，足以以假乱真，似天鹅绒一般。我恍惚了好一会儿，看得入神。好不容易回过神来，才抬起前脚打招呼，同时用低沉的声音叫了声：“三毛姑娘，三毛姑娘。”三毛姑娘从檐廊上下来，说：“哎呀，是老师你啊?”系在她红色项圈上的铃铛叮叮当当地响着。哎呀，一到正月铃铛也系上了啊，声音真好听啊。我内心正感慨之时，三毛姑娘已经来到了我跟前。“老师，新年快乐。”说着，三毛姑娘往左边摇了摇尾巴。我们猫之间相互打招呼，就是把尾巴像棒子一样竖立起来，然后往左摇晃。

这附近称呼我为老师的也就三毛姑娘一个人了。我上一章就提前说过，我还没有名字。因为我住在教师家中，所以三毛姑娘就尊称我为老师。被叫老师，我也并没有厌恶之感，所以总是“唉唉”地回答。“啊，新年快乐。今天打扮得真好看。”

“这是去年年底我们家师傅给我买的。好看吧。”说着，她叮叮当当地摇了一下脖子上的铃铛。

“原来如此，声音真是好听。我自打生下来还没听过这么好听的声音。”

“哎呀，你真讨厌。大家脖子上不是都挂着吗？”说着，三毛姑娘又摇了摇铃铛。“铃铛声音好听吧，我很开心。”三毛姑娘一直不停地摇着铃铛。

“看来你们家的师傅还对你真是特别好啊。”我回想了一下自己的境况，暗自泄露出羡慕的语气。

三毛姑娘很纯真：“真是这样，对我就好像对自己的小孩一样。”她天真烂漫地笑着说道。虽然我们是猫，但我们并不是不笑。人类总以为自己之外的生物就都不笑，这是大错特错的。我们笑的时候，鼻孔成三角形，震动喉结。人类是不会明白的。

“你家主人到底是做什么的呀？”

“哎呀，你说我家主人？问得真奇怪呀，不就是师傅吗？二弦琴的师傅。”

“那我知道。更具体是什么身份呢？好像听说以前是一个很厉害的角色。”

“对呀。”

待君前来的小松姬……

拉门内传来师傅弹二弦琴的声音。

“好听吧？”三毛姑娘很骄傲。

“好听。但我不太明白到底在唱什么。”

“就是那个什么呀。我也忘了。师傅最喜欢这首曲子了。师傅已经六十二岁了。身体还这么好。”六十二岁还活在世上，那肯定是身体很棒的了。我回答了一声“啊。”确实有些不合拍，但也找不到更好的回答，勉强这样了。

“别看他现在这样，以前身份也是很高贵的。大家都这么说。”

“那他以前是做什么的呀？”

“是天璋院的记录官的妹妹嫁到对方家里去后的妈妈的外甥的女儿。”

“你说什么？”

“是天璋院的记录官的妹妹嫁到对方……”

“原来如此。稍等一下，你说是天璋院的妹妹的记录官……”

“哎呀不是啦。是天璋院的记录官的妹妹。”

“好的，我知道了。是天璋院对吧？”

“对。”

“是书记官，对吧？”

“对。”

“嫁过去了，对吧？”

“是妹妹嫁过去了。”

“啊，搞错了。嗯，妹妹嫁到的对方家里的什么来着？”

“妈妈的外甥的女儿啊。”

“妈妈的外甥的女儿啊？”

“对，你明白了吗？”

“没有。总觉得太混乱了，抓不住要害。就是说到底是天璋院的什么人呀？”

“你还真是笨。都说了是天璋院的记录官的妹妹嫁到对方去了之后的妈妈的外甥的女儿，刚才不是说过好几遍了吗？”

“这个我完全明白。”

“那你明白了不就行了吗？”

“嗯。”没办法我投降了。我们有时候也不得不说一些不合道理的谎话。

拉门中二弦琴的声音突然断了，里面传来师傅的声音。“三毛，三毛，吃饭了。”三毛姑娘开心地说：“哎呀，师傅叫我了，我得回去了。好吗？”我就算是说不好也没办法。

“再来玩啊。”说着，三毛姑娘摇着铃铛跑到院子前面去了。突然她又折返回来，一脸担心地问我：“你看起来脸色不太好，发生什么了吗？”

我也不可能跟她讲偷吃年糕汤，然后跳舞的事情。于是就说：“没什么。只是一直在思考，有些头痛。跟你讲讲话就好了，这不我才出门的嘛。”

“哦，那你要保重身体啊，再见。”三毛姑娘的脸上显露出些许恋恋不舍。

这么着，让年糕汤弄掉的精神也完全恢复了，心情变得十分舒畅。回家途中，我想着顺道路过那个茶园再去看看吧。于是踏着还未完全融化的霜柱，从建仁寺的崩塌处进入。我刚露出头，就看到车夫家的大黑正在苦菊上竖着脊背，伸懒腰。近来看到大黑，我也不再觉得恐怖。只是跟他搭话太麻烦了，于是装作没看到，悄悄路过。大黑的性格是他一旦认为别人侮辱了他，就绝不善罢甘休的。

“喂，那个没名儿的乡巴佬。最近你还真是越来越高傲了啊。就算你吃的是教书匠家的饭，也傲慢不到那个程度吧。可别瞧不起人。”大黑看来还不知道我已经出名了的事情，说给他听吧，他终究也是明白不了的，所以也就随便打个招呼，尽早离开才是上策。

我下定决心：“哎呀，大黑君，恭喜你，新年快乐，你还是一如既往这么有精神啊。”我把尾巴竖立起来，往左摇了摇。

大黑只是把尾巴竖了起来，却没有打招呼。“什么恭喜啊？要是一到正月就得恭喜，那你这家伙岂不每年都得恭喜？好好说话。注意着点。你这个风箱出气口。”

风箱出气口这词听起来像是骂人的，但我不明白什么意思：“问您一下，这个风箱出气口到底是什么意思啊？”

“哈？你这家伙，被人骂了还要问别人什么意思。所以才说你是正月野郎①。”正月野郎听起来好像诗语，但意思比风箱出气口还让人费解。为做参考，我本想再问问，但问了也得不到明确的答复，所以就和大黑面对面相顾无言，杵在那儿。略微感觉有点尴尬之时，突然间大黑家的车夫老婆扯着嗓子大喊：“哎呀，我放在架子上的鲑鱼没了。糟了，肯定又让大黑那个畜生给偷走了。真是让人讨厌的猫。一会儿回来看我怎么收拾它。”车夫老婆的声音划破了初春静寂悠闲的空气，让高枝不鸣的清平盛世也变得俗气。

大黑一脸厚颜无耻的样子，仿佛在说：“你要怒吼就尽管怒吼吧。”他把四角形的下巴往前伸了伸，好像在朝我暗示，“你听到了她说的话了吧？”

刚刚和大黑说话时，一直没注意看，现在才发现他脚下横躺着一片鲑鱼骨头，估摸着得值两钱三厘。“你还真是和以前一样的厉害呢！”我忘了刚刚他的架势，一不小心用上了感叹词。

我这么夸大黑，大黑还是没办法调好心情。“什么叫厉害？你这家伙，鲑鱼一两片就说我和以前一样？什么意思？别瞧不起人。也不是我说大话，我可是车夫家的大黑呀。”如果是人的话，此时就该挽起袖子跃跃欲试了。不过大黑是猫，但也近乎同样，将右前脚倒立放在肩膀附近挠着。

“你是大黑君这件事情我一开始就知道了。”

“你知道那还说什么和以前一样，什么意思？”大黑频繁挑衅。

若是人类，此刻该是揪住对方的前襟推嚷着了吧。我稍显为难，内心正困顿之时，他们家那位夫人又大声地叫了起来。“喂，西川先生，是我，西川先生，这边有事儿找啊。给我来一斤牛肉，听到了吗？牛肉不太硬的地方来一斤。”车夫老婆订牛肉的声音划破了四邻的寂静。

“切，明明一年就订一次牛肉，还出这么大声。订一斤牛肉就在邻居面前自以为了不起，真是难应付的女人。”大黑一边嘲笑着一边用四只脚蹬地。

---

① 日语就写作“正月野郎”，表示喜欢过正月的家伙，引申为闲人之意。

我也没法插话，所以就一直沉默着。

“才一斤呀，真不明白这老婆子在想啥。没办法，好了，我去拿一点吧，一会儿也好吃。”仿佛这牛肉是为自己订的一样。

“这次是真正的好吃的到了，真好真好。”我尽可能说些话让他赶快回去。

“你这家伙知道个屁啊。别说话。太吵了。”大黑一边说着，一边用后脚将霜柱崩塌地方的冰碴子和泥土扒拉到我的头上。我大吃一惊，拂了拂身上的泥，而趁此期间大黑已经潜入了墙里，不知道藏到哪儿去了。大概是去吃西川家的牛肉了吧。

我一回到家里，客厅中弥漫着不常有的春意，连主人的笑声都显得很有精神。哎呀稀奇呀，我从檐廊的开阖处进了屋子，靠到主人身旁才发现来了个稀客。他的头发均匀地分成两半，穿着棉质的和服外褂，下身则是小仓布的裙裤，看起来是个很认真的书生样子。主人手炉的一角放着有春庆图绘的卷烟盒，并排放着的是一张名片，上面写着“谨介绍越智东风君。水岛寒月”。这么一来，客人的名字以及他是寒月君的朋友这事我都知道了。主人与客人之间的对话我从中途开始听的，所以前后的关系也不太明白。但好像是和我上次介绍过的美学家迷亭君有关。

“所以他就说：‘我有一个很有趣的方案，你一定要一起来呀。’”客人很稳重地说着。

“什么呀？去西餐店吃午饭能有什么方案？”主人续了杯茶，将其推到客人面前。

“他所说的方案当时我也不太明白，不过既然是那个人说的，估计肯定有什么有趣之处吧。”

“你们一起去了啊？原来如此。”

“不过可真是让我大吃一惊。”主人啪啪地敲了几下盘坐在他大腿上的我的头，仿佛是在说：“看到了吗？”稍微有点痛。

“肯定又搞了些愚弄别人的滑稽事呗。那家伙就喜欢搞这些。”主人突然想起了安德烈·德尔·萨拖的事情。

“他说：‘要不我们吃点有意思的东西吧。’”

“吃的什么呀？”

“他首先看了菜单，就各种料理说了一通。”

“在点餐之前吗？”

“对。”

“然后呢？”

“然后扭头看了看服务员说：您这儿没什么特别的菜啊。服务员不服气，推荐了鸭胸肉牛排骨什么的。老师就回答：‘那种俗套①的东西为什么还要特意来这儿吃啊。’服务员没明白俗套是什么意思，一脸茫然，默不作声地待在原地。”

“那肯定呀。”

“然后他就朝向我说：‘你知道吗？去法国或者英国就能吃到天明调②和万叶调③，日本的西餐店都一个模子印出来的一样，感觉进的根本就不是西餐店。’迷亭好大的气魄。他是真的去过西方吗？”

“你说什么？迷亭哪去过呀。不过他倒是有钱又有时间，要是想去的话肯定随时都能去吧。大约他是计划去，然后将其比作过去之事，然后调侃一下吧。”主人觉得自己说得很妙，于是笑出声来。

不过客人看起来并不是那么认为：“这样啊，我还以为他以前去留过洋呢。我还认真真地听他说。他那样子看起来好像真去过。不仅说蜗牛汤的事，还形容了青蛙浓汤的味道。”

“那估计是从别的地方听来的吧。他撒谎可是出了名的。”

“好像确实是。”客人看了看花瓶中的水仙，脸上的神情稍显遗憾。

“他所谓的想法就是刚才那个吗？”主人确认了一下。

“哪里，那只是开胃菜罢了，真正的正菜现在才开始呢。”

“哦？”主人发出表示好奇的感叹词。

“然后迷亭君说：‘这里肯定吃不到蜗牛和青蛙，所以就勉强吃

---

① 原文词为“月并”，来自于俳谐用语，表示每月都做的俳谐，后演变为低俗平凡之意。

② 江户时代天明年间芜村等人开创的俳句新风。

③ 日本上古时代和歌集《万叶集》中的和歌风格，主要为质朴、弘大。

一点“托奇门波”① 吧。跟你说着说着我自己也不知不觉地觉得“托奇门波”很好了。’”

“‘托奇门波’听起来还真奇怪呀。”

“对呀，特别奇怪。但先生一脸认真的样子，我也没细想。”客人好像在向主人道歉自己的疏忽一样。“之后怎么样了呢？”主人对客人的道歉完全不表示同情，满不在乎地问道。

“之后就把服务员叫过来说，给我们来两份‘托奇门波’。服务员重新确认了一下，问是不是‘门奇波’②？老师也更加认真的样子纠正说，不是什么‘门奇波’，是‘托奇门波’。”

“可这‘托奇门波’到底是什么东西啊？”

“是呀，我也觉得奇怪。但无论如何老师都一脸沉着的表情，而且我也以为他确实是个西洋通，尤其是当时还相信他是留过洋的，所以也跟着附和，对服务员说，是的，是‘托奇门波’‘托奇门波’！”

“服务员怎么办的呢？”

“服务员现在想起来还真是滑稽。服务员稍微思考了一下，可怜巴巴地说，今天‘托奇门波’不巧正好没有。‘门奇波’倒是立马能给做两人份。老师一脸遗憾地说，好不容易来一趟结果白来了。拜托能不能想想办法，让我们吃上‘托奇门波’吧。先生塞给了服务员二十钱银币，服务员立马回答说，‘那请让我先跟厨师长商量一下’，于是进了内厨。”

“看来他还真是想吃‘托奇门波’啊。”

“过了一会儿，服务员出来说，实在是抱歉今天确实没有。要是订的话，可以给您准备，但稍微要花一些时间。”

“一听服务员这么说，老师也稍微松了口气说道，反正我们正月也闲着没事儿，稍微等等再吃也没关系。说着他从口袋里拿出卷烟噗噗地抽起来。我也没办法只能从怀里拿出日本新闻看起来。于是

---

① 汉字写作“橡面坊”，即日本派俳人橡面坊。该词的发音很像欧洲语言，后文以此来嘲笑不懂装懂。

② 音译。发音与“橡面坊”接近。意思为“肉丸子”。

服务员又去里面商量。”

“‘托奇门波’还真是费事儿。”主人仿佛有读日俄战争通信的新闻的义气，往前坐了坐。

“服务员又出来了，说最近‘托奇门波’的材料脱销了，龟屋也没有，横滨的十五番也买不到，目前是没有办法了，实在抱歉。老师回答道，那可真是头疼啊，好不容易来了一趟。他频繁地往我这边看，我也没办法沉默，就附和道，还真是遗憾，太遗憾了。”

主人也很赞成：“那还确是遗憾。”但哪儿遗憾我不明白。

“服务员看起来也很可怜，说要是材料到了的话，拜托您再光顾。先生追问材料到底是什么时，服务员只是呵呵呵地笑，也不回答。先生这时候顶回去说，材料应该是日本派的俳人吧。服务员说，啊，原来如此。如果是那个的话，最近去横滨也买不到，实在抱歉了。”

“哈哈哈，原来伏笔在这儿啊。真是有趣。”主人发出不同寻常的大笑之声。大腿也跟着摇晃，晃到我都快落下了。主人还是毫不介意地笑着，估计是知道被安德烈·德尔·萨拖整蛊的不只自己一个人而感到愉快吧。

“我俩走到大街上后，他说，怎么样，厉害吧。用橡面坊做包袱是不是挺有趣的。先生一脸得意。我说了句‘真是佩服之至’便和他分开了，事实上因为午饭时间延后太久，我肚子已经饿到痛了。”

“那还真是给你添了大麻烦。”主人开始表示同情。这一点我倒没有异议。话到这儿中断了一会儿，我喉咙发出的笑声主人也听到了。

东风君一口气喝干了已经凉了的茶：“今天我来其实是有事儿想拜托先生。”

“啊。什么事？”主人也不客气地应付道。

“您估计也知道，我是喜爱文学和美术的。”

“这很好啊。”主人给予鼓励。

“前几天我们几个志同道合的人一起组了个朗读会，准备每个月搞一次，想着以后做这方面的研究。第一回已经在去年年底举办。”

“唉，我稍微打断你一下，我听说朗读会就是那种带着节奏然后朗读诗歌文章的东西，是这样的吗？具体朗读什么呢？”

“最开始我们读古人的作品，到后来准备慢慢也做同人创作。”

“古人的作品是白居易的《琵琶行》那样的作品吗？”

“不是。”

“那是芜村的《春风马蹄曲》那类东西吗？”

“也不是。”

“那到底读什么东西呢？”

“前几天读的是近松的情死剧。”

“近松？你说的是净琉璃的那个近松吗？”近松可没有两个。提到近松一定就是指戏曲家的劲松了。我刚想说“这点还确认，真是愚蠢”，主人却不懂我的心情，细心地抚摸着我的头。这世界上总有人把斜视当作爱恋，所以主人的这点谬误还是不足为奇的。我就让他尽情地抚摸吧。

“对。”东风君回答后看了看主人的脸色。

“那么，是一个人朗读吗？还是分角色读呢？”

“第一次我们分角色轮流表演了一下，重点是尽可能对剧中的人物报以同理心，发挥其性格特色。所以手势姿势也都配合上，台词也尽可能描绘出当时人的状况。不管是大小姐还是小学徒，只要当时确有那样的人物我们就都演。”

“那不就是和演戏一样？”

“对。除了衣服和布景没有以外，其他都差不多。”

“我多嘴问一句，进行得顺利吗？”

“第一次还算成功吧。”

“你说之前演过的情死剧具体是什么呀？”

“就是船夫载着客人去吉原①那段。”

“这一幕还真是辛苦啊。”主人明明是老师，却还显出怀疑。从主人鼻子里吹吐出的日出牌香烟的烟雾，掠过耳畔绕到主人的侧脸。

---

① 东京著名的烟柳巷，妓院街。但近松作品中没有出现过吉原。

“没多辛苦。出场人物也就是客人、船夫、花魁、女招待、老鸨、检番而已。”东风还真是淡定啊。主人虽然听到花魁时只是稍微皱了一下眉头，但听到女招待、老鸨、检番这些术语后，发现都并没有明确了解，所以想先问了一下后面几个词。“你说的女招待是娼妇家的婢女吗？”

“我也没有仔细研究过。女招待应该就是向导茶馆的女佣吧，所谓老鸨估计就是娼妇房的助理吧。”东风子刚才还说尽可能模仿人物的声调来着，居然连老鸨和女招待的性格都不清楚。

“原来如此。简而言之，女招待是隶属于茶馆的，老鸨是居住在娼妇家中的，对吧？你说的检番①是个人呢，还是一个场所呢？如果是人的话，是男的还是女的啊？”

“检番应该是男的吧。”

“检番是做什么的呀？”

“具体哪方面我还没有仔细调查过。这几日我就去查查看。”

我观察主人的表情，好像在说：“这么看来那天的演出估计也是不着边际了。”主人意外地竟然还挺上心，继续问道：“那么朗读家们除了你之外还有什么人呢？”

“有很多各种各样的人。花魁是法学士 K 君。他长着胡子，还得模仿女人娇滴滴的语气，真挺有意思的。而且剧中那个花魁还会腹痛。”

“朗读也要表演腹痛吗？”主人担心地问道。

“对，总而言之表情很重要。”东风子真是彻头彻尾的文艺大家。

“那他腹痛得顺利吗？”主人冒出一句金句。

“第一次嘛，所以腹痛得还是有些勉强。”东风子也回了一句金句。

“话说回来，你演的什么角色？”主人问。

“我演的船夫啊。”

---

① 艺伎管理所。或者艺伎管理所的工作人员。介绍艺伎出店，结算艺伎费用的人和地方。

“你是船夫？”主人的语气中好像暗含“如果你可以演船夫的话，我都可以是检番了”之意。不多久，主人便也不奉承，直言不讳地说道：“你演船夫还是太勉强了吧。”

东风子也并不生气，依旧用沉着的语调说：“好不容易才开展起来的演出上，我这船夫给弄了个虎头蛇尾，半路遭终结了。是这么回事，我们的朗读会场旁边住了四五个女学生，也不知道是听到了我们的声音，还是在哪儿得知我们当天要搞朗读会，便在会场的窗户下旁听。我正模仿着船夫的语气，渐渐有了状态，还得意地以为这么一来应该没问题。其实就是说我的神情可能太过夸张，在我表演之前女学生们都忍住了笑，但在我朗读那一刻她们还是没忍住，哇的一声笑了出来。说我那时是吓到了，也真是吓到了，说是羞耻也真是羞耻。朗读会也就此被中途打断，实在难以继续，最终也就散会了。”

东风子说的第一次聚会成功举办如果就是这种局面的话，要是失败了真不知道该是什么样子了，想到这里我就情不自禁地觉得好笑。不知不觉我的喉结又响了，我又笑出了声。主人更加轻柔地抚摸我的头。我在笑别人的时候，他抚摸我，我很感激，但同时又觉得有点可怕。

“那还真是祸从天降。”主人正月间就说出了不吉利的词。

“第二次集会开始我们想再努力些，搞个更盛大的。今天来您这儿也完全是为了这事。希望老师能加入我们的朗读会，助我们一臂之力。”

“我不行，我没法表演腹痛。”消极的主人立马拒绝了。

“不用，不用表演腹痛。您只需在赞助人的名册上……”东风一边说着一边从紫色的布包袱里小心翼翼地拿出了一个小号笔记本。

“请您在这上面署名并盖章。”说着便打开笔记本，放到主人的膝前。

主人一看，当今知名的文学博士、文学学士的名字都有序地排列在上面。“啊，当赞助人也不是不可以，但是有什么义务呢？”牡蛎先生看来还是有些担心。

“义务嘛，也没有什么特别要您操劳的事儿。只需签个名表达一下赞成之意就可以了。”

“那我可以加入。”主人一听没什么义务，一下子轻松了许多。他的表情好像是说，只要没有责任，就算是谋反、联名公约他都可以签上名字。加之知名学者们的名字都罗列在上面，只要在其中写上自己的名字即可。目前为止主人还没遇到过这种事，对他来说也算是无上的光荣了。所以他这么快便答复也并非没有道理。

“稍等一下。”主人进书房去取印章。我啪嗒一声掉到了榻榻米上。

东风子抓起点心盘子中的鸡蛋糕，一口包住，咀嚼了一下，表情好像有些痛苦。我不由得想起了今早的年糕汤事件。主人从书房拿出印章来时，鸡蛋糕已经在东风子的胃里镇定了。主人完全没有注意到点心盘子里的鸡蛋糕少了一点，如果注意到的话首先被怀疑的应该就是我吧。东风子回去后，主人进了书房，一看桌上，迷亭先生的新年贺岁信件不知何时送到了。

“谨贺新年，诸事顺遂……”

主人想，迷亭这家伙怎么突然这么正经了。此前迷亭先生的来信几乎没一封是正经的。就比如前几天寄来的一封：

“之后，既无其他恋眷之妇人，亦无别处寄来之情书，只是无事消磨光阴，纵然冒昧还请宽心。”与此相比，这封贺年明信片，简直平常太多，实属例外。

“本欲参上拜谒，然与兄之消极主义相反，吾欲尽可能以积极之方针，迎此千载难逢之新年，故每日又每日，忙碌至头晕眼花。恳请体谅……”

原来如此，这家伙，正月肯定忙着四处玩乐。主人心里对迷亭信件内容表示了赞同。

“昨日得闲一刻，本欲以‘托奇门波’之佳肴飨东风子，不料原料脱销，未达微意，遗憾万千。”

老一套差不多又该出现了，主人微笑无言。

“明日参加某男爵之纸牌会，后日则是审美学协会之新年宴会，大后日又是鸟部教授欢迎会，又次日为……”

真啰唆呀，主人想着，便跳过了这段。

“以上，诸如谣曲会、俳句会、短歌会、新体诗会等等，会议此起彼伏，眼下不得间断频繁出席，不得已谨以此贺信，聊代趋拜之礼，烦请宽宥。”

“也无须你来啊。”主人对着信即席回答道。

“下次光临寒舍之时，当奉供晚餐以待。寒舍后厨虽无美味佳肴，然窃念‘托奇门波’仍可提供也。”迷亭又开始搬弄他那‘托奇门波’了。主人有些生气地说了句：“真没样子！”

“然则，‘托奇门波’近期原料脱销，或难以备齐，不可预知。诚如是，则以孔雀之舌，供君聊品风味亦可……”

“还脚踏两只船啊，不止一招呢。”主人急于读下文。

“如您所知，一只孔雀，舌肉分量不足小指之半，因此若要充满大兄健硕之胃囊，则……”

“瞎扯得没边了。”主人置若罔闻。

“非捕获二三十只孔雀不可。然而孔雀虽于动物园或浅草花园等处不时可见，但普通禽肉店中却未见贩卖，吾正为此苦心竭虑……”

“这不是自讨苦吃吗？”主人毫无感谢之意。

“此孔雀舌料理，为往昔罗马全盛之时，极为流行之物，吾平生亦对此奢侈风流之物垂涎已久。伏请体察……”

“体察个什么！真是混球。”主人态度十分冷淡。

“及至十六七世纪，全欧各国，孔雀皆为宴会不可或缺之美味。犹记得，莱斯特伯爵①于肯尼渥斯②招待伊丽莎白女王③时，亦使用孔雀。著名画家伦勃朗所绘《飨宴图》④ 之上，亦有孔雀保持开屏状，横于桌上……”

---

① 莱斯特伯爵，16世纪英国政治家，军人。承伊丽莎白一世宠爱。

② 英格兰中部城市。

③ 伊丽莎白一世。

④ 伦勃朗作品《怀抱萨斯基亚的自画像》左侧有孔雀。

主人心中不满："这家伙，既然有时间写孔雀宴的历史，可见也并没有多忙吧。"

"总之，倘若吾如近日般日日享用盛餐，小生恐于不久之将来，亦如大兄样，必定患上胃疾……"

"'如大兄样'真是多余！以我的胃病做衡量标准，有必要吗？"主人嘟囔着。

"据历史学家之说法，罗马人日设两三次大宴。每日两三次如此饱腹，纵使胃肠极健之人，亦将酿成消化机能不良之病症，于是自然如大兄样……"

又是"如大兄样"，真没礼貌。

"然而罗马人充分研究兼顾豪奢与卫生之策，贪尝大量美味的同时，仍需保持胃肠如常态般健全，于是想出一秘诀……"

"哎呀呀。"主人突然间热心关注起来。

"罗马人食后必入浴，浴后则以某种方法使浴前咽下之物悉数吐出，以清扫胃内。一旦胃内得奏廓清之功效，又再次就座于宴席之上，尽尝珍味。饱腹之后，则又入浴，再呕吐出。如此则可尽享美食佳肴而毫不损伤内脏各器官。愚以为此诚可谓一举两得之计也……"

原来如此，真是一举两得。主人脸上浮现出艳羡之神色。

"二十世纪之今日，交通频繁，宴会增加，已毋庸多言。今岁适逢军国多事，乃征俄之第二年。值此之际，吾等战胜国之国民，定当效仿罗马人，研究此种入浴呕吐之术，吾相信此时机业已成熟。如若不然，吾大国国民不久之将来，将悉如大兄样成为胃病患者。每念及此，心痛惶惶，窃为担忧。"

又是"如大兄样"，真是让人恼火的家伙。

"当此之际，我辈通晓西洋事情之人，若能考究古史传说，发现废绝之秘方，并将其应用于明治社会，则必成所谓防患于未然之功德，亦可报答默许吾等平素擅自纵情逸乐之鸿恩耳。"

主人歪了歪头，总觉得有些奇怪。

“近期吾虽涉猎吉本、蒙森①、史密斯②诸家之著述，仍未寻得发现之头绪，遗憾之至。然而如大兄所知，吾之为人，一旦念及，不到成功之时绝不中途而废，因此自信不远之将来，吾必将振兴呕吐之方。一旦发现即刻汇报，敬请稍候。至于上述‘托奇门波’以及孔雀舌之美味，亦待该方发现之后，再行招待。如此，不但小生方便，于素来为胃病所烦扰之大兄亦更为方便也。草草谨上，多有不备。”

“又让他给忽悠了一次。这信字里行间措辞正式，不由得信以为真一口气读完了。刚过完年就开这种玩笑，迷亭还真是闲得无聊啊。”主人笑着说。

这之后四五天，一切平安无事。白瓷盆中的水仙渐渐凋零，瓶中的绿萼梅含苞待放。成天看着这些度日未免无聊，我便去访问了两三次三毛姑娘，但都未能见着。第一次我以为她不在家，第二次去才知道她卧病在床。我躲在洗手钵旁的叶兰影子后悄悄看见纸拉门里二弦琴师傅正和女佣说话。

“三毛吃饭了吗？”

“没呢。从今早起就什么也没吃。为了保暖，已经让她睡到暖炉里去啦。”这哪是猫儿呀，简直人的待遇。

对照自己的境遇后我一方面深感羡慕，另一方面想到我深爱的猫咪受到此等厚待，又深感高兴。

“怎么办啊。不吃东西，身体只会越来越疲累。”

“是啊，就连我这样的人，您一天不给我饭吃，第二天就没法干活了。”

女仆好似在说，比起自己，猫倒是更为上等的动物。不过说实话，在这家里，说不定猫真要比女佣更重要。

“你带她去看医生了吗？”

---

① 特奥多尔·蒙森（1817—1903），德国历史学家。著作有《罗马史》等。

② 威廉·史密斯（1813—1893），英国古典学者，著有《希腊罗马故事词典》等辞典类书籍。

“带去了。但那个医生太可笑了。我抱着三毛去他诊疗室，他却要给我诊脉，问我是不是感冒了。我说病人不是我，是这位。然后就把三毛放到膝上让她坐好。那医生笑嘻嘻地说猫的病他治不了，放她在一边两三天自然就好了。真是太过分了。我生气地说：‘您不给看算了，这可是我们家最宝贝的猫。’我抱着三毛就赶紧回来了。”

“真是的啊。”

“真是的啊”这样的词可不是在我家能听到的。我感叹道，果然只有天璋院的远亲，才会用这样极雅的语言。

“好像她在抽泣呢。”

“好像是，估计是着了凉喉咙正疼呢。着了凉谁都会咳嗽的。”

就连天璋院什么什么远亲的女仆，说起话来也很谦恭郑重。

“听说最近肺病盛行。”

“可不是嘛。这阵子肺病、鼠疫什么的，新病一个接一个，一点也粗心大意不得啊。”

“这种旧幕府时期没有过的，都不是什么好东西，你也要当心呀。”

“确实如此。”

女佣十分感动。

“我们家的猫怎么会着凉呢？她都不怎么出门。”

“不，太太，最近她交了个坏朋友哟。”女佣好像在讲国家机密一般，扬扬得意。

“坏朋友？”

“对。就是前街老师家那只不干不净的公猫呀。”

“你说的老师就是那个每天早上发出没教养的声音的人吗？”

“对。就是那个每次洗脸都跟掐鹅脖子一样发出奇怪声音的人。”掐鹅脖子这形容还真是贴切。主人每天早上在洗漱间漱口时，都有个坏习惯，就是用牙刷堵住咽喉毫不在意周围，发出奇怪的声响。心情不好的时候，啊啊啊的特别大声；心情好的时候可能更有精神些，但也是啊啊啊地叫个没完。也就是说，不管心情好还是不好，主人都不停地力气十足地啊啊啊地大叫。据夫人所说，在搬来这块之前主人并没有这个坏习惯，不知何时突然就开始了，到现在为止一天也没有停止过。还真是麻烦。为何主人对这类事情很有毅力，我等猫族到底是无法想象的。这姑且先放一边，不过叫我“不干不净的猫”还真是过分。于是我又竖起耳朵继续听。

“发出那样的声音是不是在念什么咒语啊？维新前就算是杂役或者侍仆都懂得相应的规矩的，武士公馆里从未见过那样胡乱洗脸的人。”

“对啊。真的是。”女佣一个劲地附和师傅的意见，一直都“对呀，对呀”地说着。

“那猫跟了个那样的主人，肯定也是个坏野猫。下次再来稍微教训他一下。”

“那肯定是要教训的。三毛生病完全也是那家伙的错。一定会给三毛报仇的。”

真是天降不白之冤啊。看来这儿最近是来不得了。最终没见到三毛姑娘我就回去了。

回去一看，主人正在书房里作沉吟状提笔写作。要是告诉他二弦琴师傅对他的评价，他肯定会生气。不过眼不见为净耳不听不烦，主人此刻正念念有词，做着神圣的诗人。

然而，说自己最近很忙来不了，还专门寄了个贺年信来的迷亭君居然飘然而至了。“你在写什么？新体诗吗？要是有什么有趣的给我看看。”

“嗯，我看到一篇好文章，正准备翻译。”主人开启金口。

“文章？谁的文章？”

“不知道谁的。”

“无名氏？无名氏的作品也很好啊，可不能小瞧。从哪看到的？”

“第二读本。”主人不慌不忙地回答道。

“第二读本？第二读本怎么了？”

“我是说，我翻译的这篇文章就是出自第二读本。”

“你在开玩笑吧，是不是想报孔雀舌的仇，所以才要我的。”

“切，我可不像你那样就爱吹牛皮。”主人捋了捋胡须，泰然自若。

“以前有个人叫山阳①，人家问他：‘先生最近可有好文章？’山阳拿出马夫催款的单子说：‘这就是最近得到的好文章。’和你的审美眼光说不定有异曲同工之妙。哪个哪个，读给我听听。我来评点评点。”迷亭先生俨然一个审美方面的专家。

主人像参禅小和尚读大灯国师②的遗诫一样，出声读了起来：“巨人引力。”

“你在说什么呀？什么巨人引力？”

“题目是巨人引力啊。”

“还真是奇特的题目，不清不楚的。”

“就是说有个巨人名字叫引力嘛。”

“略微感觉有点牵强，但只是题目，就先放一边吧。赶快读正文吧。你声音很好听，听起来有意思。”

“你中途可不能插科打诨了。”主人事先声明，然后又读了起来。

凯特眺望窗外，孩子们正在玩投球游戏。他们把球高高抛向空中，球便一直上升，可不一会儿便落了下来。他们又将球高高抛向空中，又抛一次，每抛一次球总会掉下来。“为什么会掉下来呢？为什么不一直一直往上升呢？”凯特问。妈妈回答道：“因为有个巨人在地底下住着，那就是巨人引力。他很强大，它可以将万物拉向自己所在的方向。他把房子拉到地上，要是他不拉房子就飞了，小孩也飞了。你看，叶子也掉下来了，对吧？那就是巨人引力在呼唤他。书也会掉下来，对吧？那是因为巨人引力叫它过去。球飞向空中，巨人引力就呼喊，引力一呼喊，球就掉下来了。”

“就这样啊？”

---

① 赖山阳（1780—1832），日本江户后期儒学家。

② 大灯国师，日本镰仓时代僧人，著有《大灯国师语录》。

“对。是不是写得很好？”

“哎呀，这我可算服输了。你还真要回我‘托奇门波’的礼啊。”

“我没有回你的什么礼。我是真觉得这文章很好，所以才翻译的。你不觉得吗？”主人说着，看了看金边眼镜里迷亭的眼睛。

“还真让我吃惊。你居然也会这伎俩。这次可真的是被你骗了。投降投降。”迷亭一个人在那儿自说自话。

主人完全不明白。“我可没有想让你投降的意思，我只是觉得这文章有趣，翻译了一下罢了。”

“哎呀，真的确实是很有趣。你要不这么说那就不够真资格了。真厉害，拜服。”

“不用拜服。我最近没画水彩画了，所以才想着要不要写写文章。”

“哎呀这可跟远近无差别黑白相同的水彩画完全无法比呀。我真是太佩服了。”

“你一直这么夸我，我也会来劲儿的。”主人一直没明白迷亭在说什么。

寒月君说了句“前几天打扰了”，便突然进来了。

“哎呀失敬失敬，刚才听到一篇绝妙的文章，将‘托奇门波’的亡魂都给退散了。”迷亭先生捕风捉影地描述着事情经过。

“啊，这样啊。”寒月也随口不明就里地回了一句。只有主人没什么特别兴奋的样子。“前几天你介绍的越智东风来了。”

“啊，他已经来过了啊？那个越智东风是个实诚人，虽然略有怪异之处，或许会给您带来麻烦，但他一直拜托我一定要介绍你们认识，所以……”

“没麻烦。”

“他到这儿来有介绍自己名字的由来吗？”

“没说那事。”

“这样啊。他以前第一次跟人见面可都会讲一讲自己名字的由来呢。”

“怎么讲的啊？”一旁的迷亭君唯恐天下不乱插嘴问道。

“他对于东风二字的念法十分在意。”

迷亭先生从皮质烟盒中抽出一根烟。

“‘我的名字不念 ochitofu，而念 ochikochi。’他每次必定会这么说。”

“哦，真有意思。”迷亭将云井烟吞进肚子里。

“那完全是基于他对文学的热爱，才一定要读成 kochi。这么读就会变成‘远近’一词。① 不仅如此，姓和名之间的押韵也让他很得意。所以，要是按音读读成 tofu 的话，他费心取名的玄机就没法让人发觉，心中自会愤愤不平。”

“原来如此，这还真有些特别。”迷亭有些得意忘形，将吞进肚子里面的云井烟又从鼻孔里吐出来。可中途烟好像迷了路，堵在喉咙的出口处，他便握着烟管，吭吭地咳嗽了几声。

“他前几天来的时候说了自己朗读会时演船夫，然后被女学生给嘲笑的事情。”主人边笑边说。

“对对对。就是那个。”迷亭先生也用烟管敲了敲膝盖。我感到有些危险，便稍微离他身边远了些。

“那个朗读会啊，上次请他吃‘托奇门波’的时候他也说了。还说第二次会邀请一些知名的文士，搞个大的，请我一定出席。于是我就问，那这次还是演近松的剧作吗？他说不是，这次是一个新人撰写的作品，叫《金色夜叉》②。我又问，那你演什么呢？他说我演阿宫姑娘。东风演阿宫姑娘，有意思吧。我反正一定要去看看的，给他喝彩加油。”

“真有趣。”寒月君也发出奇怪的笑声。

“不过东风还真是诚实，毫无轻薄之处。和迷亭截然不同。”主人还耿耿于怀安德烈·德尔·萨拖、孔雀舌还有“托奇门波”的事

---

① 日语“越智”念作 ochi，“东风”音读为“tofu”，熟字训音为“kochi”。“ochikochi”正好与“远近”一次的念法重合，达到一语双关的效果。

② 明治时期作家尾崎红叶代表作。阿宫是其中女主人公。

情吧。

迷亭也毫不介意的样子，大笑着说：“反正我等就是行德的菜板呗。”

“估计就是那样吧。”主人说。事实上，行德的菜板这词到底什么意思主人并不明白。但不愧是常年教书之人，蒙混过关还是很厉害的，此刻便将多年执教的经验应用在社交之上了。

“行德的菜板到底是什么意思啊？”寒月倒是很率真地问道。

主人看了看壁龛说：“那水仙是去年年底我洗澡回来路上买的。插在瓶子里这么久了，现在还开着。寿命真长。”主人强行将行德的菜板的话题给引开。

“说到去年年底，去年年底我还真经历了一件不可思议的事情。”迷亭像要杂技一样将烟管在指尖来回转动。

“你经历了什么呀？说给我们听听。”主人一看迷亭已经抛弃掉“行德的菜板”的话题了，终于松了口气。至于迷亭先生的不可思议之事是什么，且听他慢慢道来。

“没记错的话应该是去年年底，腊月二十七。就是刚才那位东风君，他说要来找我，有点文艺上的事情要请教我，拜托我在家等他。他既已提前告知了我，我便从早上起一直准备好等他前来。但东风君老是不来。吃过午饭之后，我在炉子前读着巴里·佩因①的喜剧小说，静冈老家母亲的信也寄来了。母亲还把我当成孩子一样看待，信里说什么天气很冷，晚上不要出门，可以洗冷水澡但室内一定要烧好炉子保证暖和，否则会感冒的之类的话。总之，各个方面都提醒我注意。原来如此，父母对自己是真好，换作别人肯定不会这么为我着想。就连这么心不在焉的我当时也十分感动。因此我下定决心，自己不能再碌碌无为下去了，要写部大作给家里争光。趁母亲还健在，让天下人都知道明治文坛有一位迷亭先生。接着读信件：‘你这家伙还真会享清福啊。对抗俄国的战争都开始了，年轻人们都辛苦地在为国劳作，这年末时间你还跟过正月一样游手好闲。’我现

---

① 巴里·佩因（1864—1928），英国喜剧作家。

在真的是像母亲说的那样游手好闲吗？信里紧接着又说我小学时候的朋友们现在都参战了，死的死伤的伤，还把名字都附在了后面。我一个一个看着那些名字，顿觉得世间无趣，人生无常。信的最后母亲说：‘我也年纪大了，估计能吃上新春的年糕汤也仅限今年了吧。’母亲写些内心无依无靠之话，我读着更加闷闷不乐了。希望东风君赶快来，但他还是没有来的迹象。终于到了晚饭时间，想着要不给母亲回个信吧，便写了十二三行。母亲的信足足有六尺多长，我肯定写不了那么长，每次都是十行左右就草草结束了。我一整天都没有活动，所以胃部的状况也不太舒服，想着要是东风君来了就让他等会儿吧，先去给母亲把信寄了，顺便出去散散步。走着走着我到了平时不太去的富士见町，又不知不觉到了堤岸边三番町的方向。那天晚上天气有些阴沉，风从壕沟的对面吹了过来，异常的冷。神乐坂方向上火车咻的一声通过堤坝下，非常寂寥之感。年末、战死、老衰、无常等等都迅速在我的头中来回搅动。经常听人说上吊，但这个时候不经意间内心产生了死亡的想法。我抬头一看堤坝上方，不知何时便来到了那棵松树的正下方。”

“那棵松树？什么那棵松树？”主人打断了迷亭的话。

迷亭缩了缩领结说：“就是吊死松啊。”

“吊死松不是在鸿台吗？”寒月进一步扩大战局。

“鸿台的是系钟松，堤岸的三番町的是吊死松。为什么给起了个这样的名儿？因为以前开始就有传言说，谁走到这个松树下面来，都会想要上吊。堤坝上方松树有好几棵，但是来上吊的只要到这儿一看，一定会选择吊死在这棵松树上。每年至少有两三次有人在这儿吊死，但就是没人想着去其他松树。我一看这树，枝丫正好横到往来人群的方向。真是好枝条啊，就那样放它在一边怪可惜的，总想往那上面吊一个人。会有人来吗？我看了看周围，正好没有人来。没办法就我自己吊上去吧。哎呀呀，要自己吊上去的话命就没了，很危险，还是不要了。可是以前希腊人宴会上也用模仿上吊来助兴。据说是这样的：一个人登上高台，将自己的头放进绳子打结之处，刚放进去别的人就踢一下台子，把头放进去的那个人在被台子吸引的同时，将绳子一松飞跳了下来。这想法不错，如果是事实的话就无须担心害怕了。我也试试好了。于是我用手抓住树枝，树枝的弯曲程度刚刚好，弯的样子美极了。一想到脖子挂在上面飘飘然的样子，我就觉得特别开心，一定想挂挂看。但转念一想，要是东风来了，一直等我的话太可怜了。没事，我就先去见见东风，按约定把该说的话给说完后再重新来这儿。于是我就急忙回去了。"

"这样就完了？"主人问。

"真有趣啊。"寒月偷偷地笑着说。

"我一回家，看到东风还是没来，却收到了一封他寄来的明信片，上面写着：'今天不得已有急事，无法出门改日再登门拜会。'我终于放心了，这样我就没有后顾之忧可以安心去上吊了。真开心。我迅速穿上木屐，紧赶慢赶回到原来的位置。"讲到这儿，迷亭停下来，看着主人和寒月的脸一言不发。

主人稍显急躁："看了然后怎么样呢？"

寒月揉捻着他和服礼服上的系带说："渐入佳境呀。"

"我一看，已经有个不知是谁的人先在那儿吊上了。我晚了一步，真遗憾。现在想想看，那时候我应该是被死神附体了吧。詹姆斯①说过，下意识中存在的幽冥界和我所存在的现实世界是以一种因果的法则而相互感应的。真不可思议。"迷亭说完便坐好了。

主人心想又被他摆了一道，于是默不作声大口吃着空也饼，嘴里使劲儿嚼着。

寒月轻轻地拂了拂手炉上的灰，俯身哈哈地笑着，不久语气沉着地开口说道：

"听着确实觉得事情有些不可思议，好像不太可能发生。但近来我自己也遇到了类似的事，所以我一点也不怀疑。"

"哎呀，你也是想去上吊啊？"

"不是，我这事情和上吊无关。也是去年年底发生的事，算算看和先生正好是同日同时发生的事，更让人觉得不可思议。"

---

① 詹姆斯·威廉姆斯（1842—1910），美国哲学家，心理学家。

“这太有意思了。”迷亭说罢也吃了口空也饼。

“那天在向岛的熟人家里有场忘年会兼合奏会，我也携小提琴前往。十五六位小姐和太太济济一堂，也算是个盛会。说起来也是近来难得的一次快事，万事都进展得很顺利。晚餐、演奏都结束后，大家侃侃而谈。时间已经很晚，我想着差不多该向主人告辞。此时，某博士的夫人来到我身旁，小声问我：‘您知道某某小姐害病了吗？’其实我两三天前刚见过那位小姐。那时她还和平常一样，感觉不出哪里不舒服。我当时大吃一惊，详细问了问。据说是从我见到她那天晚上起，她突然发烧嘴里不断发出各种谵语。如果只是那样也还好，可那谵语中时常会出现我的名字。”

主人自然不会说什么，连迷亭先生也没有说“你俩关系不一般啊”之类俗套的话，两人都安静地洗耳恭听。

“请医生来看了后，也无法断定是什么病，估计烧得太厉害影响到脑部了。医生诊断说，如果安眠药起不了作用就很危险了。我一听心中顿时生出厌恶之感，和中梦魇时所感到的沉重感很像，周围的空气仿佛突然凝固，从四面把我身体勒紧。回家路上，这件事也一直在我脑中挥之不去，十分难受。那漂亮、活泼又健康的某某小姐却……”

“不好意思，我打断一下。刚才开始你一直说某某小姐，都说了两遍，没有什么特别妨碍的话，想知道她具体为何芳名。”迷亭看了一眼主人，主人只好随口应了声“嗯”。

“哎呀，说了名字可能会给她本人带来不便，还是避而不谈为好。”

“看来你是准备一切都在朦胧暧昧中讲下去了。”

“别冷嘲热讽，我可是极其严肃认真地讲。总之，一想到那位妇人突然害上那样的病，心中满是飞花落叶、世事无常之感，好像全身的活力瞬间罢工，精神突然消沉起来。我踉踉跄跄地来到吾妻桥上，倚着栏杆往下一看，也不知是涨潮还是退潮，只觉得黑黢黢的河水聚在一起不停地流动。花川户方向驶过来一辆人力车，匆匆跑过了桥，我目送着那辆人力车上灯笼的火光远去，光亮越来越小最终在札幌啤酒工厂附近消失了。我又低头看水，就在这时，我听到了有人在遥远的上游呼唤着我的名字。哎呀真怪呀，这个点怎么会有人叫我啊。是谁啊？我透过水面仔细看了看，但一片漆黑难辨东西。我想一定是心理作用，赶紧回去吧。刚走一两步，那呼唤我的名字的声音，微微弱弱又从远处传来。我又停下来竖起耳朵仔细听，第三次听到之时，我抓住栏杆，两腿直打哆嗦。那个喊声，要么从远方，要么从河底发出，毫无疑问就是那位小姐的声音啊。我不由自主地回答了一声‘我在’。回答的声音太大，响彻平静的水面，我自己也震惊了一下，惊诧地看了下周围，人呀、狗呀、月亮呀，什么都看不见。那时我被卷入这‘黑夜’之中，一心想着要奔向声音发出的那个地方。那位小姐的声音似在泣诉，又似在求助，刺穿了我的耳膜。于是我答了一句‘我这就来’，从栏杆上探出半个身子望了望黑色的河水。看来呼唤我的声音应该是从浪底艰难传出来的。应该就是这水下了！我终于爬上了栏杆，眼睛死盯着河水，我下定决心若再唤我，我就跳下去。这时，那哀怨的声音又如丝线般浮了上来。就是这儿了！我用力一跃，然后身体像块小石子似的，毫无留恋地落了下去。”

“终于还是跳下去啦？”主人眨巴着眼问道。

“还真没想到会事情如此发展。”迷亭抓了抓自己的鼻头。

“跳下去以后，我就失去了知觉，沉溺忘我了一段时间。不久睁眼一看，冷倒是有点冷，可哪里也没打湿，也没有呛了河水之感。可我确实是跳下去了的啊，太奇怪了。我发觉不对劲后再看了看周围，吓了一跳。我以为是跳进水里，但其实搞错了方向，跳到桥正中去了。当时真觉得遗憾，就因为搞错了前与后，才没能去成那声音发出的地方。”寒月嘻嘻地笑着，照例把和服外褂上的系带当作累赘不停揉捻着。

“哈哈，这太有意思啦。和我遇上的事情太像了，真奇特。果然这也能成为詹姆斯教授的研究材料呢。以‘人类的感应’为主题写篇写生文，定会震惊文坛的。对了，那位小姐的病，最后怎样了呢？”迷亭先生刨根问底。

“两三天前年初时我去拜年，看她在门里和女佣打羽毛毽子，看来病已经痊愈啦。”

主人从最开始起一直都在沉思，此时突然开口，以不肯服输的劲头说：“我也有。”

“有？有什么呀？”在迷亭眼里，主人是肯定不会遇到什么不可思议之事的。

“我这也是去年年末的事。”

“大家去年年末是不是暗地里商量好了啊，真奇妙呀。”寒月笑着说。他缺掉的门牙边上，粘着一点空也饼。

“也是同日同时？”迷亭插科打诨道。

“不，时间日子都不同。应该是二十号左右。那天，我妻子向我说：‘不给我买年终礼物也行，让我去听一次摄津大掾①的演出吧。’带她去也不是不行，我问她今天演什么时，妻子参看报纸后说演《鳗谷》②。我说《鳗谷》我不喜欢，今天算了吧。于是那天就没去。第二天妻子又拿着报纸来说：‘今天演《堀川》，这下可以了吧？’我说：‘《堀川》主要是三味线演奏的，太吵闹没实际内容，还是算了。’妻子一脸不满地打道回府。再过了一天妻子又说：‘今天演《三十三间堂》，我就想听摄津的《三十三间堂》。也不知道你喜不喜欢，就算不喜欢让我听一次过过瘾，跟我去一次也是可以的吧？’妻子的谈判咄咄逼人。我说：‘你那么想听，当然是可以去的。但这次可是他告别舞台的特别演出，肯定特别卖座，贸然前往是进不去的。本来去那种地方，先要与“观剧茶屋”交涉，让他们给订个合适的座位，这才是正当的手续。不这样而做些脱离常规的事不太好。虽然很遗憾，但今天还是算了吧。’我这么一说，妻子的眼神里充满哀怨，几乎要哭出声来。‘我一个女人家，哪懂得那些艰难的手续。我就知道大原家夫人，铃木家的君代，都没按什么正当手续，好好

① 摄津大掾（1836—1917），明治时期义太夫节（净琉璃的一种调）的名人。

② 净琉璃《樱锷恨鲛鞘》中的鳗谷八郎兵卫那一场。

地去听了回来。就算你是个当教师的，去看个戏听个曲也不用这样费事吧。太欺负人了。’我只好投降说：‘好了好了，那这样，就算可能进不去，咱们也去，吃完晚饭坐电车去好吧。’‘要去就必须四点钟前出门，哪有时间磨磨蹭蹭呀。’妻子一下来劲了。我追问道：‘为什么非要四点钟前？’于是她把从铃木家的君代那里听来的话照搬过来，向我解释：‘不那么早去占位置就进不去了。’我又确认了一下：‘就是说过了四点钟再去就进不去了，是吗？’她回答说：‘是呀，那肯定的。’于是不可思议的事情便发生了，那一刻开始突然打起了寒战……”

“谁啊？是夫人吗？”寒月问道。

“哪里，我妻子可精神着呢。是我啊。感觉像个泄了气的皮球似的一下子萎缩了，眼冒金星动弹不得。”

“这是急性病啊。”迷亭给加了句注解。

“啊，这就是麻烦事了。妻子一年中就提这么一次请求，我真心想让她如愿以偿。平时我对她又是责骂，又不听她话，还让她辛苦操劳家计，照看孩子，却从来没有对她的辛劳付过半点酬谢。今天恰好有闲暇时间，囊中又不那么羞涩，带她去是肯定可行的。妻子想去，我也想带她去。虽然很想带她去，但像这样打着寒战、眼冒金星，别说坐电车了，连走到门口穿鞋处都困难。我越是觉得抱歉，恶寒和眩晕就越严重。我想着赶快请医生给看看，服点药之后四点钟前应该能痊愈吧。于是我和妻子商量后，打发人去请甘木医生，不巧昨夜正好该他值班，现在还没从大学回家。请的人回话说，下午两点左右就会回来，一到家立刻赶过来。真烦躁，要是当时喝下杏仁水，四点前肯定能好。人运气不好的时候，喝凉水都塞牙缝。我本期待着偶尔能看看妻子的喜悦的笑脸，不承想这计划眼看就要突然落空了。妻子眼中满是怨恨，问：‘果然还是去不成了吗？’我说：‘去，一定去，四点钟前一定会好，你就安心吧，赶快洗洗脸换好衣服，等着我就行。’我嘴上虽然这么说，心中却无限感慨。恶寒加剧，眼睛也眩晕得越来越厉害。倘若四点之前我的病没能痊愈，无法履行诺言，我那气量狭小的妻子肯定不会善罢甘休的。没想到竟到了此番悲惨的地步，该怎么办才好啊。我得趁现在告诉她‘有为转变、生者必灭’的轮回之理，万一真发生什么变故，她也能有临危不乱的思想觉悟，这不也是做丈夫的对妻子应尽的义务吗？于是我赶紧把她叫到书房来。我问她说：‘你虽是个妇道人家，但many a slip，twist the cup and the lip[①]这句西方民谚应该也是听过的吧。’‘那种横行的文字谁会懂得呀。你明明知道我不懂英语，还故意用英语来嘲笑我。好吧，反正英语我是懂不起的，你那么喜欢英语，怎么不去娶个教会学校毕业的女学生呢？世界上再没有比你更冷酷无情的人啦。’妻子怒气冲冲，我的一番苦心就这样被拦腰折断了。我要向你们辩解一下，我的那句英语绝不是出于恶意才讲的，完全是因深爱妻子而说的，如果你们也像我妻子那样理解的话，那我真没立足之地了。而且，刚才的恶寒和头晕早就让我的脑子陷于混乱，我又急着想让她早些了解‘有为转变、生者必灭’之理，一下子忘了她不懂英语这件事，不经意就用上了英语。想来也确实是我的错，完全是我疏忽了。这么一失败，恶寒更加强烈，两眼也越发昏花。妻子按我要求去洗澡间化妆打扮，从衣柜里取出衣服换好，一切准备就绪随时可以出发。我更焦急了，甘木医生能快来就好了。我看了看表，已经三点了。离四点钟只差一个小时了。妻子拉开书房的门，露出头说：‘差不多该出门了吧。’夸赞自己的妻子或许有点奇怪，但我真的从来没有比那时更觉得妻子漂亮了。她露出上半身，肥皂清洗后的皮肤光滑发亮，映衬在黑绉绸礼服之下。肥皂以及去听摄津大掾的急切希望，有形和无形两方面使她熠熠生辉。我心想无论如何也要满足她的希望，一定要去听这一场。那么就硬撑着去吧，我吸了一口烟正准备出门时甘木医生来了，一切都还算顺利。我告诉他病况，甘木医生看了我舌头，又握了握我的手，再敲敲我的前胸，又摸摸我的后背，翻了我的眼皮，又摩挲我的头顶，进而陷入沉思。我说：‘我总感觉有些危险。’甘木医生却冷静地说：

---

① 直译为：“嘴唇与酒杯，距离虽短但其间仍可能发生变故。”表示世事无常。

‘不，没什么大碍。’妻子问：‘那，稍微外出一会儿也没事吧？’‘是的。’甘木医生又寻思起来。然后说：‘只要不觉得恶心……’我说：‘我就是觉得恶心。’‘总之，我先给你开点口服药吧。’‘嗯，有劳。我总觉得病得危险哩。’‘没事，不用担心，别有精神负担。’他说完就走了。这时已过了三点半钟。我派了女佣去取药。我妻子严厉地命令她跑着去跑着回来。回来时已是三点三刻，距四点还有十五分钟。刚才还没什么事，就是从这时起，我突然想要呕吐了。妻子把药水倒在碗里放到我的跟前，我端起碗来正要喝，胃里突然有人发出嘎啦嘎啦的大喊声，没办法只好将碗放下。妻子逼迫道：‘赶快喝了就好了。’若不赶快喝完赶紧出发，情理上也不好。但当我下决心喝下去将碗拿到嘴边，那嘎啦啦的声音又执拗地出现，妨碍着我。就这样，我端起碗又放下，放下又端起，直到最后客厅里的挂钟叮叮当当地敲了四下。啊，四点了，不能再磨蹭啦，于是我又拿起碗来。要说最不可思议的就是这事。与四点的钟声一同，我呕吐的欲望完全消失，丝毫不觉苦涩一口气就把药水喝下去了。到了四点十分左右，我才真正切身感受到甘木医生真是个名医。脊背的寒战，头晕目眩的感觉，瞬间都如梦般消散。我本以为无法站立的病痛，这时忽然痊愈，真令人高兴。”

“然后你和夫人一起去看歌舞伎了吗？”迷亭一副不太明白的样子。

“我真是想去。但妻子说过四点以后出门就进不去了，所以没办法。如果甘木医生能早来一刻钟，那么我也能尽情分，妻子也能满意。就差这短短的一刻钟，真是遗憾至极。现在回想起来，还是觉得当时真是危险呢。”

主人讲完，好像自己总算尽了义务一样。或许他觉得有了这段话在另外两人面前也可以不丢自己的面子吧。

寒月又露出他那缺了的门牙，笑着说：“这真是遗憾得很啊。”

迷亭故意装傻：“一个妻子有你这样热心的丈夫还真是幸福啊。”仿佛在自言自语。此时纸拉门后传来夫人故意咳嗽的声音。

我依次听了三人的故事，既不觉得可笑，也不感到可悲。人类为了消磨时间，强行让嘴运动，因不可笑之事而笑，因无趣之事而乐，人类除此之外再无别的本事了。我早就知道主人任性又狭隘，但平常他也不怎么讲话，我也很难捉摸了解。正因为很难了解，所以我感到有点可怕，但是听了刚才这段话，我突然瞧不起他了。他为什么就不能沉默着听两个人讲话呢？就是不服气，非要瞎扯些愚蠢到家的事，有什么意义呢？总不可能爱比克泰德曾在书里教唆他要这样做吧。总之，无论主人、寒月还是迷亭，都是太平盛世的游民，他们就像藤上的丝瓜被风吹拂，看似超然物外，澄澈万分，其实世俗之心，欲望之气丝毫未离他们远去。竞争之念，争强好胜之心，就连在他们日常的谈笑中都隐约可见，再进一步就与他们平日唾骂的俗人成了一丘之貉，就连我这猫看来都觉得可怜得很。只是他们的言语动作不像一般的一知半解卖弄之辈，不会说那种惹人讨厌的老一套言辞，还算有聊为可取之处罢了。

一想到这里，三人的谈话就变得无趣，我想还是去看看三毛姑娘吧，于是我来到二弦琴师傅的院子门口。门松、界绳都已撤除，新年业已过了十日，但柔和的春日从万里无云的碧空上普照着四海天下，不足十坪的庭院的表面也比沐浴元旦曙光时，显得更生机勃勃。檐廊上放着个坐垫，却不见人影，拉门紧闭，师傅大概是到澡堂泡澡去了。女师傅不在家也无所谓，三毛姑娘身体是否稍微好了些，这才是我担心的。四周寂静无人，我便拖着带泥的脚爬到檐廊上，往坐垫正中一躺，舒服极了。不知不觉困意袭来，三毛姑娘的事儿我也给忘了，兀自打起盹来。突然拉门里传来了人声：

“辛苦了。弄好了吧？”看来女师傅没有出门。

“是的，让您久等啦。去佛像店，师傅说刚好做出来。”

“怎么样？给我看看。啊，做得很漂亮呀。这样三毛也能成佛啦。这金箔应该不会剥落的吧？”

“嗯。我特意追问过一句，他说用的是上等材料，比人的牌位还要经用哩。还说‘猫誉信女’的‘誉’字用草书写会更好看些，还稍微改动了一下笔画。”

“好，好，咱们赶快放佛龛里，点炷香吧。”

三毛姑娘怎么了？看这情况不太好啊。我从坐垫上站起来。里面传来二弦琴师傅的声音："南无猫誉信女，南无阿弥陀佛，南无阿弥陀佛"。

"你也来念念，给三毛祈福。"

叮的一声，"南无猫誉信女，南无阿弥陀佛，南无阿弥陀佛。"这回是女佣的声音。我突然感到一阵心悸，直立在坐垫上，像一只木雕的猫，眼睛一动不动。

"真是太遗憾了。最初只是稍感风寒呀。"

"甘木医生要是给开了药，或许还能好。"

"就是那位甘木医生不好，太瞧不起我们三毛了。"

"别这样说他人的坏话。寿命到了，也是没法。"

看来三毛姑娘也让甘木医生给看过病啊。

"说到底，还是因为街口上教书匠家的那只野猫一直引诱她出门。我反正这么觉得。"

"对，那畜生可是三毛一辈子的敌人。"

我真想稍微辩解一下，但此时还是忍着、吞口唾沫继续听下去比较好。她们的谈话断了一会儿又继续。

"这世上就是没法让人自由操控。三毛这样貌美的猫偏偏早死，那丑陋至极的野猫却安然无恙地活着，还四处闹事……""正是这样。像三毛这样可爱的猫，就是敲锣打鼓地遍地去找，也找不出第二个人……"

女佣没用"第二只"这词，而说"第二个人"，看来在女佣的思考体系里猫和人是同种族。这么一说，难怪总感觉这女佣的面孔与我们猫族甚为相似呢。

"要是可以的话真该让那只野猫代替三毛去……""教书匠家那只野猫死了，那可真是梦想成真啊。"

要是她真"梦想成真"了，我可就不成真了。死究竟什么样，我也没有经历过所以说不上喜欢还是讨厌。不过前几天天气太冷，我钻到闷火罐里取暖，女佣不知道我在里边，从上边把盖子盖上了。一想到那时的痛苦，现在都觉得恐怖。按小白姑娘的说法，那痛苦若再多持续一会儿我就要死了。替三毛姑娘去死，我也并无怨言。若是死就一定要受那种苦，那我不愿意替任何人去死。

“不过，她虽然是只猫，我也请了和尚来给她诵经超度，还给她备了个戒名，她应该也没什么遗憾了吧。”

“是那样呢。三毛算是幸运的了。不过非要说点什么的话，那个和尚念的经也太短了。”

“我也觉得太短了，就问说，这么快呀？月桂寺僧人回答：‘嗯，我挑最有用的一段念的。一只猫嘛，这一小段足以让她升上极乐净土了。’”“哎呀呀……不过，若是那只野猫的话……”

我说过许多次我没有名字，可这个女佣张口闭口就叫我“野猫”“野猫”。真是个不懂礼貌的家伙。

“那野猫罪孽太深重，给它念什么经，它都升不了天。”

不知之后又被她们叫了几百遍“野猫”。她们这漫无边际的谈话我听到一半，便从坐垫上滑下，又从檐廊上跳下。此时，我浑身的八万八千八百八十根毛发一齐竖立，我猛地打了个寒战。自那之后，我再也没去过二弦琴师傅家附近，如今恐怕这位师傅本人正在接受月桂寺僧人为她念的一段微薄稀少的超度经文吧。

最近我丧失了外出的勇气，总觉得世间了无生趣。我变成了个不逊色于主人的懒猫了。有人说主人成天把自己关在书房里是因为失恋。现在想想，这么说或许也没错。

我还是没捉过一只老鼠，一时间阿三那将我驱逐的理论又甚嚣尘上。但主人知晓我不是一只普通的猫，所以我依然得以在此家游手好闲地生活着。这点，我既深谢主人之恩宠，同时也毫不犹豫要对主人慧眼识珠表示钦佩。阿三不能理解我辈的非凡之处、时时虐待我，但我也并不特别生气。不出几日，左甚五郎就会出来把我的肖像刻到楼门柱上，日本的斯坦朗①也会爱上我，将我的肖像画在画布上，到那时，让这些有眼不识泰山的家伙再为自己的不明智而惭愧去吧。

---

① 斯坦朗（1859—1923），法国画家，作品中有关于猫的素描。

三

三毛姑娘过世了，大黑又不待见我，略有些寂寞之感。不过近来多了位人类知己，倒也不觉无趣。前几日有个男的给我家主人寄了封信索要我的照片。这几日又有人专门以我为收件人寄来了冈山特产吉备糯米团子。渐渐被人类寄予同情之心，我都将自己是猫这件事给忘却了。所以比起和猫打交道，不知不觉中我竟有与人类更为亲近之感，此前要纠集同族与两只脚的教师一决雌雄的想法现也荡然无存。不止如此，偶尔我竟觉得自己有望进化成为人类社会的一员。并非我蔑视同族，只是靠近与自己性情相近之处，乃势之所然，以求得一身安稳。若被评判为变心或是轻薄甚至背叛，那都是错怪我了。搬弄此等言语咒骂他人的大多是不知变通、天生穷命之人。猫之习性从我身上如此这般退化掉后，也不再老想着三毛姑娘和大黑的事情了。果然还是想以和人类同等的高度来评价他们的思想和言行。这也并非不可能之事。只不过我家主人依然将如此有见地的我当普通猫儿看待，还一声不吭就将别人给我的吉备糯米团子给吃了个精光，真是遗憾至极。而且好像也没有要拍我照片给别人寄去的意向。这说是不满也确实是不满，不过主人是主人，我是我，相互间见解存异也是自然，没办法。我现已经很靠近人类了，所以鲜有交往的猫儿们的近况便很难再言说任何。只好讲讲迷亭，寒月

等诸先生的事情，还请海涵。

今天天气上好，恰逢周日，主人慢吞吞地从书房出来，在我身旁铺开笔砚和写作用纸，俯卧着，嘴里念念有词。大约是开始草稿之前的序曲而发出些奇怪的声响吧，定睛一看，不一会儿他笔头写下了“一炷香”三个字。是要写诗吗，还是俳句，不管怎样“一炷香”这样的开头对主人来说未免有些风流过头了。刚这么想着主人便提笔写下“一直想着要写写天然居士此人”。而后笔便停在此处不再动弹了。主人一直持笔歪着脖子，似乎没有特别卓越的想法，竟开始吮笔尖，嘴唇整个一片墨黑。而后又紧接着在文后画了一个小圆圈，圆圈中点了两点算是眼睛，正中间再画上小鼻子，一个一字算是嘴。这下既不是文章也不是俳句了。主人自己似乎也厌恶了，几下子就把画出的这张脸给涂掉了。主人又提了一行。

他自己曾漫无目的地想过，只要提行，文字就会变成诗呀，赞啊，语录啊什么的。不久便用言文一致体写下了“天然居士是研究空间、读《论语》，吃烤红薯，爱流鼻涕的人”。真是个乱七八糟的文章。其后主人毫不客气地朗读着，不知不觉中笑道：“有意思，不过写别人流鼻涕还是太过分了，删掉吧。”便只将那一句画了横线。本来一根线就可以的，偏要画两根，三根，整齐万分的平行线。线都已经画到别的行去了还不管不顾继续画了八条，可接下来的话要怎么写也还是没想出来。这下便将笔扔到一边捋胡须。大有要将文章从胡须中捋出来的势头，捋上又捋下反反复复。

此刻夫人从起居室出来，正好坐在主人的眼前。“夫君，我有话要跟你讲。”

“什么话？”主人的回答好似水中敲铜锣，闷声闷气。

夫人对主人的回答态度不甚满意，于是又说了一遍：“夫君，我有话要说。”

“什么嘛？”这次用拇指和食指插进鼻孔拔起鼻毛来了。

“这个月不太够了。”

“不可能不够。医生的药费和酬礼都付了，书店的钱上个月也付清了。这个月肯定是有结余的。”说着将自己拔下来的鼻毛当作天下奇观般地观望。

“你又不吃饭，只吃面包，还吃果酱什么的啊。”

“我究竟吃了几瓶果酱啊。”

“这个月可是买了八瓶啊。”

“八瓶？我可不记得我吃了那么多。”

“又不是只有你吃，孩子们也吃啊。”

“就算这样也就五六块钱罢了啊。”主人一脸无所谓的表情，仔细地将鼻毛一根根种在草稿纸上。鼻息肉还附着在上面所以竟可以像针一般直立起来。主人似有惊人发现般深受感动，轻轻一吹，可黏性太强吹不跑。“这玩意还挺顽固嘛。”主人用尽全力地吹。

“不只果酱，还有些并没必要非要去外面买的东西。”夫人极端不满，面颊都鼓得通红。

“可能有吧。”主人又把指头伸进鼻孔里拔鼻毛。鼻毛有红有黑其中唯有一根是白色的，主人十分惊讶目不转睛地盯着看，然后指尖夹着鼻毛凑到夫人眼前。

“哎呀，真讨厌。”夫人眉头紧锁，将主人的手推了回去。

“你瞧瞧，鼻毛里也长白发了。”主人大肆感动。夫人也被逗笑，回起居室去了，似乎断了继续纠缠经济问题的念头。主人又接着写他的天然居士。

用鼻毛赶走了夫人的主人似乎在说“总算可以安心写了”，再拔一根鼻毛就赶紧开始写。可一直无法下笔。“烤红薯也是画蛇添足，忍痛割爱吧。”又把这句也给删了。“一炷香也太唐突了，不要了。”毫不吝惜地也给删掉了。这下就只剩“天然居士是研究空间、读论语的人”这一句了。主人想就这么点也太简单了些，于是嫌写文章麻烦改写墓志铭了。大笔挥毫，在稿纸上画个十字，再用力地画了个文人画的兰花。好不容易写下的一句话，现在一个字也不剩了。于是又转到背面，“生于空间，究于空间，死于空间。亦空亦间，天然居士也”。将一些意义不明的词组合在一起。正当此时，那位迷亭又来了。迷亭进别人家门就跟自己家一样，也不打声招呼，大模大样进门来。不仅如此，他偶尔还会突然间从后门飘飘然边唱边跳地进来，担心、客气、顾虑、劳苦这些东西似乎生来便被他抖落掉了。

“又在写巨人引力呢？”还没坐下就问主人。

“也不能一直都写巨人引力啊。在撰写天然居士的墓志铭呢。”主人夸夸其谈地说道。

“所谓天然居士是和偶然童子一样的戒名吧？”迷亭还是一如既往地胡诌。

“还有叫偶然童子的啊？”

“应该是没有。我也就是预测一下可能会有。”

“偶然童子我是不认识，天然居士你倒是也认识哦。”

“到底是谁，取了个天然居士这样的名字啊？”

“就是那个曾吕崎。毕业后进了研究生院做空间研究。后来学习过猛，因腹膜炎过世了。曾吕崎也算是我的至交了。”

“至交也好啊，我也并没觉得多不好。只是究竟是谁把曾吕崎给变成天然居士的啊？”

“我啊。我给取的名字。僧人原来给他取的戒名太俗气了。”主人自命不凡以为天然居士是十分高雅之名字。

迷亭笑着说：“那给我看看这所谓的墓志铭吧。”说着便拿起稿纸，“什么？生于空间，究于空间，死于空间。亦空亦间，天然居士也。”大声朗读起来。“原来如此。真好，与天然居士的名字十分契合。”

主人高兴地说：“很好吧。”

“把这墓志铭刻在压腌萝卜的石头上，或是像寺庙中堂背后的验力石一样给抛出去放着。十分典雅，天然居士的形象也跃然纸上。”

“我也正想这么做来着。”主人极端认真地回应。“我稍微出去一趟，很快回来，你逗猫玩玩。”也不等迷亭给句回应，主人便似一阵风冲了出去。

不承想我竟突然被命令接待迷亭先生，一脸冷漠也不好，便喵喵撒娇般叫了几声爬到他腿上。“哟，长肥了嘛，让我看看。”迷亭说着便没礼貌地抓着我颈部的毛发将我提了起来。“后脚这般吊着，肯定是不会抓老鼠的。是吧，夫人，这猫抓老鼠吗？”看来他是嫌只我招待还不够，跟旁屋的夫人也搭上了话。

“别提抓老鼠了，光顾着吃年糕汤跳舞了。”想不到夫人竟如此揭我短。

我虽还在半空中却也有些害臊。迷亭还不肯把我放下来。“原来如此，这么一看确实长了一张会上蹿下跳的脸。夫人这猫可是大意不得的长相哦，和以前的草双纸中出现的双尾妖猫颇有几分相似。”他继续胡言乱语不断和夫人搭话。夫人似也觉得麻烦便停下手中的针线活到客厅来了。

“抱歉让您干等了，估计他也快回来了吧。”夫人重沏了一杯茶端到迷亭面前。

“他到底去哪儿了呢。”

“我也不清楚，他每次出门都不打招呼。大约是去医生那里了吧。”

“甘木那里吗？甘木医生搭上他那样的病人还真是个灾难啊。”

“嗯。”夫人也没法往下接便简单回应了一下。

迷亭完全不在意，继续问：“近来怎么样，胃的状况好些了吗？”

“好了还是变差了也不清楚。就算是让甘木医生帮忙看着，那般天天就知道吃果酱胃病能好才怪了。”夫人把刚才心中的不满使劲地跟迷亭宣泄。

“那么爱吃果酱啊？跟个小孩子一样。”

“还不只果酱呢，近来又说萝卜泥是治胃病的良药，又一个劲地吃起了萝卜泥。”

“真让人震惊。”迷亭感叹道。

“说什么萝卜泥里有消化酶，报纸里面这么说。”

“原来如此，是想着用来补偿吃果酱造成的伤害啊。很有想法啊。”迷亭听了夫人的倾诉后脸上显出愉快的气色。

“近来还让孩子也吃。”

“吃果酱吗？”

“不，是萝卜泥，我跟你说。他就跟孩子说，小鬼头来来爸爸给你吃点好吃的。还以为他偶尔也想着要关照一下孩子，哪知道做的都是这等蠢事。两三天前还把二女儿抱到衣柜上去放着。”

“这又是搞什么名堂呢？”迷亭听了什么都加上个“名堂”这样的词作注解。

“哪有什么名堂，就想让孩子从衣柜上往下跳。那可是三四岁的女孩子啊，怎么能做那种野丫头才会做的事情。”

“原来如此，那还真是太没什么名堂了。不过他腹内无毒，是个善人。”

“他那样要是腹内还有些什么毒点子，那我可真是一点都受不了了。”夫人气宇轩昂。

“哎呀，没必要这么大发牢骚嘛。就这样过着衣食不缺的小日子就很幸福了。苦沙弥君也没不良嗜好，穿着上也没大的要求，很适合居家过日子啊。”迷亭这不合身份的说教中充满了乐观的情绪。

“可你大错特错了……”

“难道他还有什么瞒着你悄悄做的吗？这世间可真是什么都不得不防啊。”迷亭飘飘然地回应道。

“也没什么别的不良嗜好，就是喜欢买些读也不读的书。要是盘算着多少稍微买点也就罢了，总是随手便去丸善书店拿上几本，一到月末就摆出一副事不关己的样子，去年年末每月的欠款堆积起来真头疼死了。”

“我还以为什么呢。书这东西他去拿回来就让他拿吧。有人上门催款你就说过几天就给，自然那些要账的就回去了。”

“就算是那样也不可能一直拖欠着啊。”夫人难掩满脸失望的神情。

“那就跟他说说理由削减一点书本费开支吧。”

“要怎么说啊。就算是说了他也不会听的。之前他还说：‘你一点都没有个学者妻子的样子，完全不明白书籍的价值。以前罗马有这么一则故事，你这后学好好听听。’”

“还真是有趣。什么故事啊？”迷亭兴致勃勃地问。与其说是在同情夫人，不如说是他自己起了好奇心。

“以前罗马有个国王叫樽金……”

“樽金？樽金听起来有点奇怪了。”

“外国人的名字那么奇怪，我哪儿记得住啊。据说是第七代国王。”

“原来如此第七代樽金啊，也还是很奇怪啊。好吧。那第七代樽金做了什么啊？”

“哎呀，连您也要嘲笑我吗？那我可没有立足之地了。您要是知道的话不妨直接告诉我得了。真坏。”夫人极力反驳迷亭。

“我哪有嘲笑啊，我可不会做那么烦人的事情。只是觉得第七代樽金有些古怪而已……等等，你说是罗马的第七代国王是吧。我也记不太清了好像是叫塔奎因大帝①还是什么的。哎，别管是谁了，那国王到底怎样了。”

“那个国王处来了个女的，手持九本书，要国王买下来。”

“原来如此。”

“国王问怎么卖，结果价格高得惊人。国王就问能不能打点折扣，结果那个女子突然就把九本书中的三本都给烧掉了。”

“真可惜。”

“国王就想书已经从九本变为六本了，价格怎么着也得降一些了吧，一问六本多少钱，价格还是跟原来一样，一文钱也不少。国王就说你这真没道理。于是那女的又拿了三本书给烧掉了。国王还是不死心，问剩下三本卖多少钱，果然还是要九本书的价钱。九本变成了六本，六本变成了三本，价格还是和原来一样，一分一厘都不少。要是问他打个折，说不定剩下的三本也给烧个精光。国王最后出了高价钱买下了剩余的那三本书……他就说，如何，听了这故事是不是多少懂了些书籍的重要了。他还饶有兴致地问我如何，究竟哪儿重要了我可真是一点没懂。”夫人说了自家的见解，催促迷亭给予答复。

如此厉害的迷亭也有些犯难了，从袖口中取出手绢，逗了逗我，

① 罗马第七代国王，塔奎尼乌斯大帝。

然后像突然想到了什么似的大声说："但是啊夫人，正因为他那样爱买书堆书房，才会被外界以为是学者啊。这几日看文学杂志还读到一篇写苦沙弥文章的书评呢。"

"真的吗？"夫人转变方向。这么在意别人对主人的评价，果然还是夫妇啊。"说了什么啊？"

"也就两三行吧。说苦沙弥的文章如行云流水。"

夫人稍微笑了笑说："就这样啊？"

"还说，欲拒还迎，若隐若现，逝而忘归。"

夫人表情微妙："是赞美吗？"心里没什么底。

"应该是赞美吧。"迷亭说完又把手绢垂吊在我眼前。

"书是谋生的工具，也是没办法的事。但他也太偏执了吧。"迷亭想夫人的抱怨估计又从别的方面扑面而来了："偏执是有些偏执，但做学问的人就是那样的。"仿佛是在迎合夫人的语气，又仿佛是在为主人辩护，若即若离真是绝妙的回答。

"前几天从学校回来立马要去别处，嫌换下和服来太麻烦于是便外套也不脱坐在桌前吃起饭来。他把菜就放在暖炉的木框架上，我在一旁抱着饭桶，那场景真是好笑……"

"总觉得像现代版的验明头颅正身啊。① 不过那就是苦沙弥之所以称之为苦沙弥的地方了。不落俗套。"还真是令人难受的表扬方式。

"俗不俗套我等女人是不明白的，但不管怎么说他也太乱来了。"

"但也比俗套强啊。"迷亭继续添了把柴火。

夫人一脸不满："大家老说俗套俗套什么的，究竟什么是俗套啊。"她一本正经地问起了俗套的定义。

"俗套嘛，俗套就是……还真有点不好说明。"

"如此暧昧不明的话，俗套可能也是个好东西也说不定。"夫人以女人一流的理论步步紧逼。

"不是暧昧不清，意思很清晰明了的。只是不好说明而已。"

---

① 日本古时打仗士兵砍下敌人头颅，则拿着头颅回营找将领领赏。此处形容饭桶是头颅，而主人是坐在营帐中的将军。

“肯定是把自己不喜欢的事都归为俗套吧。”夫人本能说出的话一针见血。

迷亭想，到了这个地步要是不给俗套来个彻底说明是不行的了。“夫人，所谓俗套就是，一提到十六十八岁的妙龄少女，就接着说辗转反侧思念爱人，亦是一提到今日天气晴朗，必然会接着说携一壶酒同游隅田川堤岸公园的人。”

“真有这样的人吗？”夫人不明就里所以随意答复道，“什么乱七八糟的我听不明白。”终于承认自己不行了。

“那换个比喻吧。就好比在曲亭马琴①的躯干上架上梅约潘登尼斯②的头颅，让他在欧洲的氛围中浸润两年。”

“那么做就能产生俗套吗？”

迷亭也不回答，就哈哈大笑。“也没有啦。不用那么麻烦也可以做到。给中学学生加个白木屋百货店的掌柜，再除以二，就可以得到很优秀的俗套了。”

“这样吗？”夫人歪着头似乎不太理解和认同。

“你还在啊？”主人不知何时回来了，坐在迷亭旁边。

“什么你还在啊，这么说也太过分了吧。不是你自己说的马上就回来让我稍等的吗？”

“看吧，他就是那样。”夫人看了看迷亭说道。

“你不在这段时间我可是听了好多你的奇闻异事。”

“女人就是这般多嘴，人类要是都能想这猫一样坚守沉默该多好。”主人轻抚我的头。

“你给婴儿吃萝卜泥啊？”

“对啊。”主人笑着说，“别小看婴儿，现在的婴儿可机敏了。给吃了之后每次问她‘孩子，哪里辣？’，她都会伸出舌头来，奇妙吧。”

---

① 曲亭马琴（1767—1848），江户时期作家。代表作有《南总里见八犬传》，擅长“惩恶扬善”的东方传统语境的作品。

② 梅约潘登尼斯，英国作家潘登尼斯少校的自传小说《潘登尼斯》中的主人公。

“就好像让狗记住招式把戏一样，真残忍。这么说来，寒月应该快到了吧。”

“寒月要来吗？”主人满脸疑惑。

“来啊。我给他寄了明信片说下午一点来苦沙弥家。”

“也不问问别人方不方便擅作主张。你把寒月叫来做什么？”

“什么呀，这次可不是我的主张哦。是寒月老师自己主动提起的。老师要去理学学会做演说，要我听听看他的练习提提意见。我就说正好也让苦沙弥听听，于是就把他约到你家里来了。反正你也是个闲人不是正好吗？也没什么妨碍，听就是了。”迷亭独自认可了自己这番话。

“物理学的演说我怎么可能懂。”主人愤慨迷亭的独断专行。

“没事他这次讲的不是磁气体化的空气喷射口这类枯燥无味的话题。据说是‘吊死之力学’，够超凡脱俗，值得一听。”

“你上吊没成功正好可以听听，我听什么啊……”

“但你也不能就此得出结论，因歌舞伎演出而身患恶寒的人就不能听吧。”迷亭还是那般爱讲俏皮话。夫人笑呵呵地看了看主人，退去了隔壁房间。主人无言，只一直抚摸着我的头，只有此刻抚摸才非常温柔。

其后约七分钟，寒月君如约来了。因今晚要演讲所以与以往不同，一身气派的西装礼服，洗得亮白的衣领高耸着，男子气概也提升了两成。不动声色地说了句：“稍微迟了些。”

“我俩可秋水望穿了。赶快开始，对吧？”迷亭说了之后，看了看主人。主人不得已便随口附和说是。

寒月君倒不紧不慢，说：“先给我一杯水吧。”

“要动真格的啊，是不是接下来该要求我们给你鼓掌了啊。”迷亭自己一个人在那胡闹。

寒月君从里兜取出草稿，慢悠悠地说：“因是练习，还请各位不吝赐教、多多批评。”开场白之后，练习正式开始了。

“将罪人施以绞刑主要是在盎格鲁撒克逊民族间通行。上溯到古代，上吊是自杀方法的一种。犹太人中有抛石处死罪人之习俗。《旧约》中所谓上吊这一词主要是指将罪人的尸体吊起来用作野兽或是肉食禽类的饵料之意。按希罗多德①的理论，犹太人在离开埃及前就十分忌讳在夜晚曝晒尸骸。埃及人习惯将罪人斩首后只留躯干、将其钉在十字架上夜晚风干。波斯人则……”

“寒月君，话题离上吊越来越远了，真的没关系吗?”迷亭插话道。

“马上就进入核心论述阶段了。您少安毋躁。那么，波斯人究竟如何呢？也是习惯对死囚处以钉死之磔刑，不过是活着的时候就钉上去还是死了之后再钉就不甚明了了。”

“那种事情也没必要知道。”主人甚觉无趣，打起了哈欠。

“本想再展开说说，但估计会使诸位感到困扰……”

“估计会使诸位感到困扰什么的不太好吧，应该会使诸位觉得困扰好听些，是吧，苦沙弥君。”迷亭又开始挑刺了。

主人满不在乎地答道：“都一样啊。”

“终于进入主题，待我慢慢讲来。”

“讲来这个词就想说书的一样。演说家还是多用些高雅的词汇好一些。”迷亭又开始打岔。

“讲来这词若是过于通俗，那什么词比较好呢?”寒月的语气中有些发怒的味道。

“也不知道迷亭究竟是在听，还是在打岔。寒月君你别管他瞎起哄，赶紧继续往下讲吧。”看来主人是想赶紧渡过难关啊。

“颇有不悦地、讲起来哟讲起来、是那垂柳吧。如何?”迷亭还是那般飘飘然，突然作了一首俳句。

寒月忍俊不禁。“绞杀真正用于行刑，据本人调查，应是自《奥德赛》② 的第二十二卷之记载始。也就是忒勒玛科斯③绞死珀涅罗

---

① 希罗多德，古希腊历史学家。著作主要有《历史》，记载了各地传说和见闻。

② 古希腊史诗。

③ 忒勒玛科斯，希腊神话中的人物。为寻找下落不明的父亲走遍各国，又与回国后的父亲杀死了向其母亲求婚的众多求婚者。

珀①的十二个侍女那条。也可以用希腊语朗读全文，但未免有炫技之嫌还是放弃。请看465行至473行之间的记述即可。”

“希腊语什么的还是避而不谈较好，否则就像显摆自己会希腊语一样，是吧苦沙弥君。”

“这点我也赞成，别说那种故意吸引人眼球的事情反倒显得更有深度。”主人少有的支持迷亭的看法，当然两个人都不懂希腊语。

“那么今晚就不说这一段了，讲一讲，哦不是，叙述下一个问题。

“这段绞杀的描写现在想象一下，执行起来应该有两种方法。第一种，忒勒玛科斯在尤迈俄斯和费洛蒂奥斯的帮助下，将绳子一端拴在柱子上。再将绳子各处打上结，弄出一个小洞，将每个侍女的头都套进洞里，再将绳子另一端猛地拉起，便可以吊起来了。”

“就跟洋洗衣店挂衬衫一样呗。”

“正是。第二种方法如前面一样，将绳子的一端系在柱子上，另一端从一开始就高高地挂在天花板上。再从高处的绳子处吊下几根别的绳子，再将其系成圆形状，将女人的脖子放进去。行刑时抽掉女人们脚下的高台即可。”

“打比方说，就像垂绳门帘下吊几个小灯笼球一样，这么想没错吧。”

“我没见过你说的灯笼球，所以也无可评价。如果有的话应该和你形容的差不多。接下来从力学角度证明第一种情形是无法成立的。”

“真有意思。”迷亭这么一说主人也跟着附和，“嗯，有意思。”

“首先假定女人们被同间距地吊起来。且假定离地面最近的两个女的，连接她们头和头之间的绳子是水平的。$\alpha_1\alpha_2\cdots\cdots\alpha_6$则为绳子与地平线之间的角。$T_1T_2\cdots\cdots T_6$则表示绳子各部所受力。$T_7=X$表示绳子最低部分所受的力。W无须说明表示的是女人们的体重。怎么样，明白了吗?”

迷亭与主人面面相觑说：“大概懂了。”只不过这所谓的大概的

① 珀涅罗珀，忒勒玛科斯的母亲。夫君不在期间，她拒绝了许多求婚者。

分寸都是两人内心随意而定的，可能无法适用于别人。

“根据众所周知的多角形平均性理论，可列出如下十二个方程式。$T_1\cos\alpha_1 = T_2\cos\alpha_2$…… （1）$T_2\cos\alpha_2 = T_3\cos\alpha_3$…… （2） ……”

“方程式有这么多啊。”主人又胡说。

“其实这些公式才是演讲的关键。”寒月君舍不得割舍掉任何一段。

“那就让我们只听听演讲的关键吧。”迷亭讲话时多少有些惶恐。

“要是把这段公式也省掉的话，好不容易做出来的力学研究也白费了。”

“不用那么小心翼翼，省去吧省去吧。”主人毫不在意地说。

“那就悉听尊命，虽说不应该却也省略掉吧。”

“这样最好。”迷亭在奇怪的地方啪啪地鼓起掌来。

“接下来转入关于英国的论述。《贝奥武甫》① 中可见绞刑架一词，也就是 galga，所以可以确定绞刑在这个时代是存在的。按布莱克斯通②的说法，若有被执行绞刑之人，万一因绳的原因未被绞死应再度承受同样的刑罚。可奇怪的是《农夫皮尔斯》③ 中则记载即使是暴徒也不应承受两次绞刑。到底哪个是真的已不可考，不过过往确实有一次绞刑没死成的例子。1786 年恶名昭著的暴徒菲茨杰拉德被执行绞刑。可阴差阳错第一次从台上跳下时绳子切断了。又重来了一次，结果绳子太长脚沾地了，又没死成。终于第三次在周围看热闹人的帮助下才得以往生。”

“哎呀呀。”迷亭一到这种话题突然来了精神。

“还真是死得艰难啊。”主人也略显轻狂。

“有趣的是，据说上吊的话身高会长一寸。有医生真实测量过应该不会有错。”

---

① 古英语写成的叙事诗。

② 布莱克斯通·威廉（1723—1780），英国法学者。讲义曾以《英国法释义》结集出版。

③ 《农夫皮尔斯的梦幻》，中世纪英国寓意诗。

“这还真是新办法，如何苦沙弥君你要不要试试。你要长高一寸就差不多正好与正常人持平了。”迷亭朝着主人说道。

主人听了一本正经地问道：“寒月君，长高一寸之后还能活过来吗?”

“当然不可能。吊死之后脊髓扩张了，简而言之，与其说是身高变长了不如说是脊髓抻坏了。”

“那就算了吧。”主人终于断念。

其后的演讲内容还很长，寒月君本该要论及上吊的生理作用，可迷亭一直人来疯似的插些奇怪的话，主人偶尔也毫不客气地打起哈欠，最终，讲到一半寒月不得以提前结束回去了。当晚寒月君以何等姿态做何等雄辩，毕竟是离我十万八千里外发生之事，我也不得而知了。

两三日无事，某日午后两点左右迷亭先生又偶然童子般飘然而至。一落座便说：“你听说越智东风的高轮事件了吗?”那气势直逼通知攻陷旅顺的消息之时。

“不知道。近几日没见着他。”主人的回答一如往常无精打采。

“今天我就是百忙之中专程抽空来向你报道东风子的失败故事的。”

“又讲得那么夸张，你还真是爱胡扯。”

“哈哈哈哈哈，别说我胡扯，我可是胡诌。这点是必须区别开的，可是事关我的名誉。”

“没差啊。”主人咆哮道。纯正的天然居士又回来了。

“上周日东风子去了高轮的泉岳寺。这么冷的天不去多好。而且这个时间去参拜泉岳寺肯定是不了解东京的乡巴佬。”

“去参拜是人家东风子的自由，你没有阻止别人的权利。”

“确实，我没有阻止的权利。权利这东西无所谓。寺内有个义士遗物保存会的展出，你知道吧。”

“不。”

“你不知道?你不是去过泉岳寺吗?”

“没去过。”

“没去过？真让人吃惊。怪不得你要为东风辩护了。江户人①不知道泉岳寺还真是说不过去。”

“你看我现在不知道，还不是照样做着教师。”主人真是越发天然居士了。

“好吧随你。东风踏进展览区看着看着，碰巧一对德国人夫妇来了。最开始对方用日语向东风请教了些什么问题，可先生就还是一如往常爱用德语讲话。于是流利地讲了几句试试，竟然广受好评。不过后来回过头看这就是一切灾难的源头。”

“然后呢，怎么样了。”主人还是被迷亭的话给吸引了。

“德国人看了大鹰源吾②的泥金画印盒，就想买问问能不能卖。那时东风的回答还挺有趣，说日本人可都是清廉君子，肯定不会卖的。那一段还很顺风顺水，紧接着德国人就因为碰上了个上好的德语翻译，便频繁地问了许多问题。”

“问了什么？”

“那嘛，要是听懂了就无须担心了啊。德国人说得又快，又一直问个不停，东风完全不得要领。偶尔几句词似乎是明白了，可仔细一听似乎又是在问消防钩、榔头之类的东西。西洋的消防和榔头要如何用德语表达东风先生又没学过，声势便弱了下来。”

“确实是。”主人联系自己做外语教师的经历，表示同情。

“此时周围聚拢了许多看热闹的闲人，把东风和德国人团团围住了。东风面红耳赤，张皇失措，和最初的架势比已是判若两人。”

“最后怎么样了呢？”

“最后东风忍不了了用日语说了句撒以娜拉便灰头土脸地回来了。我问他撒以娜拉怎么听起来那么奇怪，日语不是应该叫撒扬娜拉吗，他说是啊应该是撒扬娜拉，但对方不是西洋人嘛，为了配合西洋的发音便调和一下改成撒以娜拉了。东风子身陷囹圄也不忘要调和，真是令人佩服。”

---

① 东京古称江户。江户人是指在江户（东京）土生土长的人。

② 大鹰源吾，即大高源吾，幕末日本义士。

“撒以娜拉什么的随便吧，那洋人最后怎么样了？”

“洋人自然是在原地呆若木鸡茫然无措。哈哈哈哈，有趣吧。”

“也不是多有趣，专门跑来给我讲这事儿的你更有趣。”主人将卷烟的烟灰抖落在火盆里。

此时格子门上的铃铛发出似要飞起的响声，一句女性尖锐的喊声响起：“不好意思打扰了。”主人和迷亭不约而同对视后陷入沉默。

主人家中鲜有女客造访，不来则已一来惊人。女客声音尖锐，身着双重绉绸盛装擦着榻榻米碎步进来了。年纪大约四十刚出头，额边的发际线外露，刘海高高盘起，似堤防一般，少说也向天上凸起了一半脸那么长的距离。眼睛似挖开的陡坡般成一条钩吊出的直线左右鼎立。她那所谓直线般的眼睛，其实就是形容比鲸鱼眼睛还要细长。① 唯独鼻子大得出奇。就像盗了别人的鼻子安装在自己脸中间一样。还像把招魂社的大石灯笼移入一个十八平米的小庭院一样，独自占了老大个地方，总让观者不能安心。她那鼻子就是所谓的鹰钩鼻，一口气往上生长，长到一半突然想着要谦虚一下，再往前便与最初势头不同低垂下来，窥探下方的嘴唇。鼻子如此有特色，以至于这个女人在讲话时，总让人觉得不是嘴巴在说，而是鼻子在讲。我决定为了表达对如此伟大之鼻子之敬意，从此以后就鼻子鼻子地称呼此女了。

鼻子上来先做了个初次见面的简单问候后说：“这房子还不赖嘛。”环视了一圈房子的状况。

主人心里想：“骗人，你才不是这么想的。”专心致志地抽着烟。迷亭望了望天花板说：“喂，那是漏雨形成的还是木板的纹路啊。样子很奇怪啊。”他不住地催促主人。

主人说：“还用问吗，肯定是漏雨浸湿的啊。”

迷亭答道：“挺好看的。”

鼻子心里忍住怒火，想“真是一群不懂社交礼仪的家伙。”

三人短暂鼎足而坐，相顾无言。

① 东京方言，鲸鱼眼睛，形容眼睛细长。

还是鼻子先开口："我有点事想问您才来拜访的。"

"啊？"主人的回答冷淡至极。

鼻子想着看来不给他们点颜色瞧瞧是不行了，于是说："我其实就住在这附近，对面横街那街角的大宅子。"

"就是那个大宅子，有西洋馆一样的仓库的那个？难怪门口有个写着金田的牌子。"主人总算认出了金田的西洋馆，金田的仓库，可对金田夫人的态度还是一如往常。

"本来应该我丈夫来与您交谈的，无奈公司事务太忙。"金田夫人的眼神似乎在说，这下总该奏效了吧。可主人依然不为所动，心里想鼻子从起初的遣词造句开始就不像初次见面的女子该有的态度，实在太过失礼，主人心中愤愤不平。

"公司还不止一所，两三所公司事务都兼带着要做，而且每个公司都是重要职务。我估计您也知晓。"这次的表情仿佛在说，看你是不是还不服输。

本来我家主人对博士啊大学教授是佩服得服服帖帖的，奇怪的是对实业家却没什么尊敬感。他相信比起实业家中学教师都更伟大。就算是不相信也没什么妨碍，毕竟性格是那般不知变通，到底是不会承蒙实业家和大富翁们的恩顾了，索性便彻底放弃了。不管对方多么有钱有势，对于并不期待受其照顾之人，是并不在乎利害关系的。所以主人对学者社会以外其他方面之事都十分粗心，特别是对企业界，谁在哪里做什么一概不知。就算是知道也不会有任何尊敬畏服之感。

鼻子可能做梦也不会想到天下还有这样的怪人同在日光底下生活着。目前为止她和世上许多人都接触过，只要一说是金田的妻子，对方态度当下立变，不管在哪儿，不管在身份多高的人面前，用金田夫人的名号都可以通吃。更别说在这闷居在家的老书生这里了，来之前她还想，只要说家是街角的那大房子就会让其震惊，都不需说职业什么的更多的信息。

"你认识这叫金田的人吗？"主人漫不经心地问迷亭。

"当然知道啊。金田先生是我伯父的朋友。前段时间还莅临我们游园会呢。”迷亭认认真真地回答。

“啊，您伯父是谁来着？”

“牧山男爵。”迷亭越来越正经了。主人正准备要说什么的时候，鼻子突然转向迷亭那边看着他。迷亭穿着的大岛粗长袍上罩着个旧时外国进口的棉纱布还是什么的，端坐着。

“哎呀，您就是牧山先生的——您怎么会在这里，我都没反应过来。实在太失礼了。我家夫君时常说，一直都很受牧山先生的照顾。”鼻子突然改用礼貌尊敬之词汇，甚至还鞠起躬来。

迷亭笑着说：“啊，哪有照顾，哈哈哈哈。”主人发呆地看着两人。

“据说关于我女儿的亲事，也一直承蒙牧山先生操心奔走……”

“啊？这样啊？”就连迷亭也觉得鼻子突然这么说太唐突了，声音中有些发怯。

“其实一直以来都有各种人士来找求这门婚事，我们也是有身份的人，也不能随便说成就成的……”

“您说的很对。”迷亭终于心安了。

“还是这事儿，想跟你打听打听。”鼻子突然面朝主人，又改回了粗鲁的问法。“据说有个叫水岛寒月的人常来你们家，那个人具体是个什么样的人啊？”

“你问寒月来做什么？”主人语气中充满不悦。

迷亭倒是突然一机灵：“还是令爱的婚事吧，是不是想窥探一斑寒月君的性情啊？”

“要是能告知我那真是太好了……”

“这么说来您是想把令爱嫁给寒月？”

“我又没说想要把女儿嫁给他。”鼻子立马回顶了主人一句。

“那你问寒月的事情来做什么，还不如不问。”主人急得上火。

“你也没必要遮遮掩掩啊。”鼻子似乎想要吵一架。

迷亭坐在双方之间，手持的银烟管如相扑裁判的团扇一般，心中怒吼着：“好的加油！好的加油！决一胜负吧。”

“那么说来是寒月说他一定要娶令爱？”主人从正面开始进攻。

“他也没表明说一定要娶……”

“但你觉得他是想娶的，是吗?”看来主人已有觉悟，对付这个妇人就得来硬的。

“话也没说到那分上，不过对寒月先生来说也不是什么不悦之事吧。”鼻子的回答勉强将自己从危险边缘拉了回来。

“寒月做了什么事，让你觉得他是爱慕令爱的吗?”主人仿佛是在反驳，有的话你且说说看。

“反正也八九不离十。”这次主人的攻击不甚奏效。一直以裁判自居在一旁观望的迷亭也被鼻子的一句话给挑拨起了好奇心，放下烟管也加入战斗。

“寒月是给令爱写了情书吗?这可是让人愉快了，新年可是又增加了一项谈资。”迷亭独自兴奋着。

“不是情书，是比情书还激烈的那种。你们两个人不是也知道吗?”鼻子冷嘲热讽道。

“你知道吗?”主人一脸狐疑地问迷亭。

迷亭装作愚笨的样子说：“我哪知道，不是你知道吗?”两人在无谓的地方谦虚着。

“不，是你俩都知道。”鼻子扬扬得意。

“啊?”两人都表现出些许佩服。

“要是忘了我来讲吧。去年年末向岛的阿部先生宅子里举办了演奏会，寒月先生不是也参加了吗?当晚归途时在吾妻桥上发生了什么，不是吗?详细的事情我就不说了，可能会给当事人添上些麻烦。都发生了那样的事证据已经足够了，怎么样?”鼻子将镶嵌有钻石的戒指的手放在膝上，装模作样地调整了坐姿。那伟大的鼻子更放异彩，迷亭也好，主人也好，都似有还无，不足入眼。

主人自不必说，就连迷亭也被突如其来的袭击吓破了胆，似身陷疟疾之病人呆坐半晌。然而，惊愕的头箍稍稍松动，他们渐渐恢复原样，滑稽之情便在心中呐喊。两人不约而同地发出哈哈哈的笑声，笑到崩溃。只剩鼻子稍觉对方与期待的态度不同，此刻大笑实在甚为失礼，一直瞪着两个人看。

“那个就是令爱啊？原来如此，正如您所说，对吧苦沙弥君，寒月肯定是喜欢这位大家小姐的。已经没必要隐瞒了，所有事情都坦白吧。”

主人只是鼻子发出哼哼之声，并未讲话。

“真的不用隐瞒了，已经露出马脚了。”鼻子又得意起来。

“既然这样没办法了，与寒月君有关的所有事情，都讲出来供您参考。喂苦沙弥君，你可是主人，一直在那笑个不停也不是个办法啊。秘密这东西真是令人生畏，不管怎么隐藏总会露出马脚。但要说不可思议也还真是，金田夫人，您是如何知道这个秘密的啊？真是令人吃惊。”迷亭一个人说个不停。

“我这边也可是滴水不漏啊。”鼻子又开始自鸣得意了。

“也太滴水不漏了。到底是听谁说的啊？”

“就是这背后的车夫家的夫人啊。”

“就是那家养黑猫的车夫家吗？”主人吃惊道，眼睛都瞪圆了。

“对，为了寒月先生的事最近可没少麻烦她。寒月先生每次一来这里我就拜托车夫夫人告诉我他都说了什么。”

“这也太过分了。”主人大声呵斥道。

“你吼什么，我只是关心寒月先生的事情，你说了什么又无关轻重，跟你有什么关系。”

“不管是寒月的事，还是谁的事，反正我就是不喜欢车夫家的夫人。”主人独自怒气冲冲。

“可是来你家墙角站着是别人的自由，你无权干涉。”鼻子一点脸红的样子都没有。

“还不只车夫夫人，对面二弦琴师傅也告诉了我许多事情。”

“寒月的事情吗？”

“不只寒月先生的事。”鼻子这话很厉害。

本以为主人会惧怕，没想到他说：“那师傅也是自恃清高，内里其实就是个笨蛋草包。”

“真可怕，人家可是女的，你骂草包骂错人了。”鼻子的用词越发显现出她的心性了。这样看来鼻子仿佛是专程为吵架而来，可到了这分上迷亭毕竟是迷亭，依然饶有兴味地听着这场谈判，好似铁拐李看斗鸡，一副事不关己高高挂起的看热闹姿态。

主人自觉骂人不是鼻子的对手，不得已被迫只好暂时先保持沉默。仿佛突然记起了什么似的，说："你一直说寒月喜欢你女儿，可我听到的似乎有些不同啊，是吧迷亭君。"主人像迷亭求救。"嗯，当初听到的应该是令爱生了病，说些胡话什么的。"

"什么啊，没那事儿。"金田夫人的用词斩钉截铁。

"可寒月确实是听某某博士的夫人说的啊。"

"那是我使的手段，是我拜托某某博士的夫人试探一下寒月先生的。"

"那位博士夫人就那么听的你话，你说做就做？"

"要让她心甘情愿，白做肯定是不行的。我们也送了不少礼呢。"

"看来你是下定决心今天不刨根究底了解到寒月君的所有事情就不回去了。"迷亭似乎也有些不爽，也用上了平日不用的粗糙质感的语气。

"好啦，说一下又不会少块肉，就讲一下吧苦沙弥君。夫人，不管是我还是苦沙弥君，只要是没妨碍寒月君之事我们知无不言言无不尽。你就按时间先后挨个问吧。"

鼻子总算认可了准备提问。刚刚那粗鲁的言语又收了回去对迷亭又毕恭毕敬起来。"寒月先生据说也是理学上。他专业具体是什么呢？"

"在研究生院里做关于地球磁性的研究。"主人认真如实地回答。

不幸的是鼻子听不明白，说了句"啊？"满脸惊讶之神情。"学那个可以做博士吗？"鼻子问。

"要是不能做博士你就不把女儿嫁给他吗？"主人言语中充满不悦。

"对啊。只是个学士的话，一抓一大把。"鼻子淡定自若地回答。

主人看了看迷亭，脸上越发不悦。

"能不能成为博士也不是我们说了能算的，你还是换个问题吧。"迷亭也不是特别愉快。

"他最近还在学那个地球，地球的什么吗？"

“两三天前还在理学协会上做了关于上吊之力学的演说呢。”主人未加考量随口说道。

“哎呀讨厌，上吊什么的，真是个怪人。搞什么上吊之类的，肯定成不了博士。”

“要是本人上吊的话确实很难成，可若是上吊的力学兴许可以哦。”

“是这样吗？”这下鼻子看着主人端详脸色。可悲的是鼻子并不明白力学为何意，所以还算沉着，然而她或许觉得为这点事就让主人说明未免太没面子，所以只好察言观色来做个大致判断。主人脸色阴沉。

“那之外还在学些什么浅显易懂的东西吗？”

“前几日还写了篇《关于橡果的稳定性、兼论天体的运行》的论文。”

“研究橡果可以在研究生院里学习吗？”

“我们也是外行，不了解。不过寒月君在做也就意味着还是有研究价值的吧。”迷亭冷冷地答道。

鼻子察觉到关于学问上的问题难以胜任，于是便断念了，话锋一转问道，“虽然和刚才的问题不同，但我听说他正月吃香菇把门牙给磕破了两个，是吗？”

迷亭觉得此问题正中他下怀，于是抢着回答道：“对，磕破的地方现在还粘着空也糯米饼呢。”

“还真是不修边幅之人，他怎么不用牙签给剔掉呢？”

“下次遇见他我会提醒他的。”主人偷笑着回答。

“吃香菇就能把牙给磕破，这牙还真是不太好，是吧？”

“反正不能说有多好，是吧迷亭？”

“确实不是特别好，却平添几分可爱。那之后一直没去补这事儿挺有意思的，现在空也糯米饼依然粘上面算是奇观一桩。”

“不知道是缺补牙的零花钱呢，还是就喜欢缺着的那个样子。”

“他也并没有说今后要号‘门牙已缺’先生，所以大可放宽心来。”迷亭的心情渐渐好转。

鼻子又换了个问题："您家中有他寄来的信件或者他写的什么东西吗？我想拜读一番。"

"明信片的话有许多哦，随便看。"主人从书房里拿出来三四十张。

"不用看那么多，我就看个两三张就行了。"

"来，我来给你挑吧。"迷亭先生说着便拿起一张："这张挺有趣的。"

"哎呀，还会画画呢。很有本事啊。让我看看。"鼻子看了看立马发出惊叫，"啊真讨厌，怎么画狸猫啊。为什么别的不画偏偏画狸猫啊。不过画得还挺像的，不可思议。"鼻子稍微有些佩服之情。

"你看看他写的。"主人笑着说。

鼻子像家里女佣读报一样一字一句地念着："旧历除夕夜，山中狸猫开游园会，仪式盛大，手舞足蹈。其歌曰：今宵除夕夜。巡山人也不会来。嘶砰克砰砰。""这都什么啊？简直在戏耍人嘛。"鼻子胸中愤愤不平。

"那这张天女的能入您眼吗？"说着迷亭又拿出一张。

鼻子看了看是天女身着羽衣在弹琵琶。"这天女的鼻子也太小了。"

"哪有，那是正常人鼻子的大小。别看鼻子了，先读读看写了什么吧。"

句子是这么写的："从前在某个地方有一位天文学者。某夜如往常一样登上高台，一心望着天空，于是天上出现了一位美丽的天女，演奏着这个世上未曾耳闻的美妙音乐。天文学者忘记了彻骨寒冷听得入神。到了早上天文学者的尸体上积上了一层雪白的霜。这是真人真事，那位爱撒谎的老爷爷如是说。"

"这又是什么，完全没有意义。就这东西也能取得理学士学位吗？还是多看点《文艺俱乐部》① 好些。"鼻子一味地批评寒月。

---

① 明治二十八年（1895）创刊的杂志，日渐通俗化。昭和八年（1933）废刊。

迷亭有些看热闹地又拿出第三张："这个如何？"

这次明信片上活版印刷着扬帆之舟，下方还是一样写着些什么。"昨夜渔港边，年方十六小女郎，对着荒滩的海鸟、深夜睡醒的海鸟倾诉，父母已不在。他们乘船出海，葬身海底。"

"写得真好。让人佩服。都可以说成评书了。"

"能说成评书吗？"

"对啊，跟三味线很搭。"

"要是配弹三味线那是真地道了。这个怎么样？"迷亭又拿出一张。

"够了够了，已经看了这么些了，其他的太多了。已经大概知道他不是那种乡巴佬就行了。"鼻子自己首肯了。关于寒月的问题应该差不多也问完了，"真是失礼了。请不要告诉寒月先生我曾拜访过二位。"她开始提出无理要求。看来她的方针是寒月的事情什么都得知道，但关于自己的事情一概不让寒月知晓。

迷亭和主人都不以为然："啊？"

于是鼻子又补了一句："过几天会给二位送上谢礼的。"鼻子用心提醒之后起身站立。

两人前往送行，回来还没来得及落座，双方都异口同声地问："那是什么货色？"里间的夫人没憋住，偷偷地哧哧大笑起来。

迷亭大声说："夫人夫人，这不就是现成的俗套之样本吗？俗套到那般境界也是厉害啊。不用客气，尽情地笑吧。"

主人用不满的口吻恶狠狠地说："首先我就看不上她那副嘴脸。"

迷亭立马接过话茬跟着附和，"鼻子占据着脸的正中间，仿佛驻屯军一样。"

"而且还是弯的。"

"有点驼背，驼背的鼻子还真是奇特。"迷亭颇感有趣地笑道。主人还觉得不过瘾，继续说道："一看就是克夫相。"

"十九世纪卖剩的东西，拿到二十世纪来照样滞销的感觉。"迷亭尽说些奇怪的比喻。

这时夫人从里间出来，以女性的身份提醒他们："别再说别人坏话了，小心又让车夫家的听了告状去。”

“她告状才是好的呢，夫人。”

“可你们老评判别人长相，太低级趣味了。谁也不是生来就想长成那副鼻子的啊。她只是一个妇人，你们太过分了，也不积点嘴德。”夫人在为鼻子辩护的同时，也间接为自己的容貌辩护。

“有什么过分不过分的，那种人不是妇人，是蠢人。是吧，迷亭君？”

“或许确实是蠢人，不过人家也有几把刷子啊，你不是也败下阵来好几次吗？”

“他到底对教师是什么样的态度啊。”

“估计地位和背面住的车夫一样吧。要让那种人尊敬你就得成为博士，没做上博士是你自己的错。对吧，夫人？”迷亭笑着对夫人说。

“可能以后能成博士也没准。别瞧不起人。你知道吗，以前苏格拉底九十四岁写成了大作，索福克勒斯①写出杰作震惊天下时也快一百岁了。西摩尼德斯②八十岁写出绝妙的诗篇③。我说不定也……”

“说什么蠢话。就你这样胃病缠身之人能活那么久吗？”夫人已经替主人计算好寿命长度了。

“真没礼貌。你去问问甘木医生。说到底还是你给我穿这皱巴巴的黑木棉外套、满是补丁的和服才让那女人瞧不起。明天我也要穿迷亭穿的那种衣服，给我拿出来。”

“你说什么拿出来？你可没那么好的衣服。而且金田夫人对迷亭客气完全是听了他伯父的名字之后，才不是衣服的错。”夫人成功地回避了责任。

---

① 索福克勒斯（前496—前406），希腊三大悲剧诗人之一。

② 西摩尼德斯（前556—前468），希腊抒情诗人。

③ 苏格拉底活了七十岁，索福克勒斯活了九十一岁，这里是作者的夸张。

主人听到伯父一词，好似突然想起来一样，问迷亭："我今天还是第一次听说你有个伯父。以前都没听你说过，你真有个伯父啊？"

迷亭好似正等着主人这么问呢，便对着主人和夫人说道："我那位伯父啊，是个愚蠢的老顽固。从十九世纪一直连绵不断地活到了现在。"

"您还真爱打趣。他住在哪里啊？"夫人问。

"在静冈。他可不只是活着啊，而是顶着个发髻活着，蔚为大观。我说你戴个帽子吧，他还逞强说自己还没到要戴帽子御寒的岁数。我说太冷了你睡着吧，他回答说：'人每天睡四个小时就够了，超过四个小时就是浪费时间。'于是每天天还没亮就起来了。他又接着说：'只是我也是经过常年修行才得以将睡眠时间缩短到四个小时的。年轻时候无论如何都觉得困得不行，最近终于进入随心控制的境地，甚为欢喜。'他都六十七了当然不困。修行什么的也是无用功，但他本人还一直觉得完全是克己之功劳。而且他每次外出必定会带着铁扇出门。"

"铁扇作何用？"

"不知道有何用，只是拿着吧。或许是代替拐杖吧。不过倒是有一桩奇事。"迷亭对着夫人讲道。

"啊？什么奇事？"夫人对迷亭提起的话题毫无抵触情绪。

"今年春天我突然收到伯父寄来的信件，让加急给他送一顶圆顶硬礼帽和礼服大衣回去。我觉得很吃惊于是写信回去问了一下，得到的答复是老人自己要穿。说是二十三号静冈要开日俄战争胜利的庆功会，务必赶在那之前筹措到。不过可笑的是，伯父的命令中这样写道，帽子按着差不多的大小买就行，衣服的尺寸你也看着去大丸①买个合适的尺寸就行。"

"大丸最近开始做西服生意了？"

"什么呀老师，伯父是把白木屋和大丸弄混了。"

"尺寸看着办什么的是不行的吧。"

① 日本桥附近的和服店。

“那就是伯父之所以称之为伯父的地方了。”

“那你最后怎么办的？”

“反正紧赶慢赶总算赶上了。看了看地方的报纸，说当日牧山翁竟稀奇地穿了礼服大衣，手持一贯的铁扇……”

“铁扇依旧是不离手啊。”

“估计死后也只有铁扇会跟着陪葬吧。”

“不过帽子衣服都正好合身，也算不错。”

“那就大错特错了。我起初也以为一切顺利十分感激，可没过多久地方上就寄来一个邮包，我还以为是谢礼，没想到打开一看竟是那顶帽子，他还附上信件说：‘好不容易拜托你买的帽子尺寸稍微有点大，请再拿到帽子店去稍微缩小些尺寸。缩小的费用会用汇票支付给你。’”

“原来如此，这么粗枝大叶啊。”主人发现世上还有比自己更粗心之人，心里甚为满足。没过多久追问道：“后来怎么样啦？”

“怎么样？还不是只有我接下来自己戴啊。”

“你说那顶帽子啊？”主人笑个不停。

“您的那位伯父是男爵吗？”夫人觉得不可思议于是问道。

“谁？”

“就您那位持铁扇的伯父啊。”

“什么啊，他是个汉学家。年轻时在孔庙里专心地学朱子学还是什么的，电灯之下恭恭敬敬地盘起头发，拿他没办法。”说完他一个劲地捋胡须。

“可你刚才不还跟那女的说是叫牧山男爵的吗？”

“对啊，您是这么说的，我在起居室里都听到了。”夫人在这点上和主人还是很一致的。

“这样吗，哈哈哈哈。”不知为何迷亭大笑起来。“那是骗人的啦，我要是有个男爵伯父，现在早就做局长了。”迷亭平心静气地说。

“难怪，我就觉得奇怪。”主人的表情也不知是高兴还是担心，总之很复杂。

“哎呀，你还真能一本正经瞎说呢。你吹牛还真是在行。”夫人非常佩服。

“那女的可比我强多了。”

“你也不赖啊。”

“可是夫人，我吹牛可只是单纯地在吹牛啊。那个女的可不一样，都是有阴谋有目的的谎话。品性太坏。将要小聪明的手段与天生的滑稽趣味混为一谈的话，喜剧之神也会气到叹息。”

主人低下头：“谁知道呢。”

夫人也笑着说：“还不都一样。”

我至今为止没踏足过对面横街。街角金田家的大宅子到底有多气派我也没见过。我也是刚才才有所耳闻。主人家中的谈话一次也没有提到过实业家，吃着主人家的饭的我也跟着与实业家划清界限，对其也甚为冷淡。可刚才无意间撞见了鼻子的来访，暗中偷听到他们的谈话，想象着她家女儿的美艳以及她家的富贵与权势，我虽是只猫却也不能安然在檐廊边随意躺卧地住了。不只这样，我对寒月君甚为同情，对方不知不觉就买通了博士夫人、车夫家的夫人以及二弦琴天璋院师傅，打探到寒月门牙磕破的信息，相比之下寒月君只能在这里笑嘻嘻地摆弄着自己和服外套的系带，纵然是业已毕业的理学士，也未免太无能了。

虽然这么说，但那女的脸正中安置着这么大一块伟大的鼻子，一般人是无法接近的。对待这类事件，主人一副漠不关心的姿态，加之囊中也羞涩，迷亭呢金钱上倒是没什么不自由，却是个没准性子的“偶然童子”，估计也不会给寒月什么援助。这么看来可怜的只有这位做上吊之力学研究的老师了。要是连我都不奋发图强，潜入敌军阵营侦察其动静的话，未免也太不公平了。虽说我是只猫，但也是寄居在读过爱比克泰德然后将其扔在桌上的学者家的猫。与世上普通的傻猫笨猫迥然不同。这份敢于冒险的肝胆侠情早就存入我尾巴尖中。并非我有意要施恩于寒月君，也不是为我个人一时兴奋之决定。往大了说是将喜好公平、爱好中庸之天意转化为现实的漂亮善举。既然鼻子可以不经别人允许就将吾妻桥事件四处乱讲，放“狗”到别人屋檐下潜伏再将获得的情报逢人便讲，指使车夫、马夫、无赖、流氓书生、月嫂、接生婆、妖妇、按摩师、呆子罔顾国家栋梁之材而频寻麻烦，那么我这只猫也做好觉悟。幸亏天气不错，虽说霜雪已化湿答答的些许有些难行，但为了道义舍命也要去。脚底沾上泥，在檐廊上印下些梅花脚印会给阿三添些小麻烦，于我并未有任何苦痛。下定决心，勇猛精进，不等明天，今天就出门。冲到厨房时我突然想到，等等，我虽说作为猫已进化到极致，且智力已发达到不逊色于初中三年级学生，但可悲的是因咽喉的构造还是无法说人类的语言。即使成功潜入金田家，打探到足够的敌情，不能告诉给寒月君，没法告知主人和迷亭。没法说的话就和埋在土里的钻石难见天日一般，好不容易获得的知识却变为无用之物。这太愚蠢了，要不就别去了，我在门口踌躇徘徊着。

然而一旦想做之事中途放弃，就好似期待傍晚雷雨可事与愿违、黑云眼瞧着要飘至邻县一般，总觉得可惜。而且若是错在我方也就算了，可为了正义、为了人道就算是无辜牺牲也要前进。这是熟稔义务男儿之胸怀。白费力气，白沾一脚泥，这点事情我猫儿还是能承受的。生而为猫，不能与寒月、迷亭以及苦沙弥诸位以三寸不烂之舌交换思想，可正因是猫，论潜伏之忍术我还是在诸先生之上。成就他人自己也会心感愉悦。就算只有我一人知晓金田家的内幕，也比谁都不知道要更愉快些。虽不能告知别人，但也可以让金田家的人知道“若要人不知，除非己莫为”之真理。仅这点就足够让人身心愉悦。既然愉快的心情接连不断出现，那看来是非去不可了。所以还是去吧。

来到对面横街，和听闻的一样，西洋馆大到占据了我整个视线。这家的主人应该也和这西洋馆一样傲慢无比吧。进门之后望了望建筑，只觉得压得喘不过气来。两层楼也只是高而已并没有什么实际用处。迷亭所谓的俗套估计就是这样吧。过了大门后靠右，穿过绿植丛中，绕到后厨门口。不愧是大户人家，后厨少说也有苦沙弥家的厨房十倍那么大。也不比前几日《日本新闻》上详细介绍的大隈家的后厨逊色，整齐又锃亮。“真是模范后厨。”进门一看石灰浆砌成的十二尺泥地房里，车夫家的正站着和厨师以及专用车夫频频交换意见。这些家伙太危险了于是我赶紧钻到水桶后藏起来。

“那个教书匠，连我家老爷的名字都没听过。”烧饭厨师说。

“怎么可能不知道，这附近不知道金田先生的豪宅的人肯定既盲又聋。”这是专用车夫的声音。

“说不好，那教书匠除了书本以外其余一概不知，是个怪人。要是让他知道我家老爷的威风，他肯定早已吓破胆，但估计是不行的，他连自己家小孩几岁都不知道。”车夫家的说。

“居然不知畏惧金田先生，真是榆木脑袋。没事，我们去吓唬吓唬他吧。”

“好啊，还说什么夫人的鼻子大到出奇，看不上夫人那张脸什么的，真是太过分了。自己的脸长得像今户窑①烧出的狸猫造型的土器，还恬不知耻，觉得自己有独当一面的威风，简直受不了。”

“还不只他那嘴脸，拎着毛巾去澡堂时那股傲慢劲儿，就跟天下伟人只他一人一般。”看来苦沙弥先生在烧饭厨师那里很不得势啊。

“走我们一起去他墙根脚下说他坏话去。”

“去，那样他肯定就怕了。”

“不过不要让他发现我们，就出声干扰他学习，尽可能地干，刚刚夫人也嘱咐过了。”

“这我知道。”车夫家的仿佛是说她要负责三分之一的坏话。原来如此，这三人准备去说苦沙弥先生的坏话。我瞧了瞧，从她们旁边通过，进入里间。

猫的脚若有似无，不管走哪儿都不会发出声响。如行云踏空，如水中击磬、洞里鼓瑟。如尝尽醍醐味，言外自知冷暖。俗套的西洋馆、模范后厨、车夫家的夫人、男佣、炊事员、小姐、共事者、鼻子夫人、夫人的丈夫这些都不是我猫脚的对手。想去哪我就去哪，想听什么我就听什么，伸伸舌头摇摇尾巴，再竖竖胡须便悠然回去。我对此道尤为擅长，堪称日本第一。连我自己都疑惑我是不是继承了草双纸中双尾猫的血脉。

---

① 东京台东区今户区域起源的素陶瓷器。

据说蛤蟆的额头上有夜明珠，我的尾巴上不仅有神祇、释教、恋与无常，还融入了能将全天下的人都变傻的代代相传之妙药。我这么人不知鬼不觉地潜入金田家廊下，简直比哼哈二将踩碎一块魔芋还易如反掌。此刻我正佩服着自己能力之时，也注意到此等一切都归功于平日素来为我珍重的尾巴，便禁不住一定要朝着尾巴大明神礼拜一二祈求猫运昌盛。我稍微低头，但事情却与我想象的不同。我想着要尽可能对着尾巴拜上三拜，一回转身子瞧尾巴，尾巴也自然跟着回转，扭着脖子想去追，尾巴也保持相同间隔往前跑。果然这将天地玄黄宇宙洪荒皆收入三寸之中的灵物，终究是我手不能及的，绕着尾巴转了七圈半，我也颓废了只好放弃。稍有些眩晕。分不清方向搞不清自己在何处。管他三七二十一先随便走走看。拉门的背面响起鼻子的声音，就是这儿了！于是我停下脚步，屏息凝神，侧耳倾听。

“穷酸教书匠竟敢那般猖狂。”还是那熟悉的尖嗓子。

“真是太猖狂了，必须要惩戒他一下给他点教训。他教书的学校里正好有我们老乡。”

“有谁啊？”

“津木拼助和福地喜佐古都在，让他们捉弄一下他去。”我不知道金田君老家是哪儿的，可他老家的人的名字也真是太奇特了，让我稍有些震惊。金田君继续说：“那家伙是英语老师吗？”

“对，据车夫的老婆说是专门教英语阅读什么的。”

“反正绝对不是什么好老师。”“绝对不是”这词用得也让我很佩服。

“前几天偶遇拼助，他还说他们学校有个奇怪的家伙，学生问日语的‘番茶’用英文怎么说，他一本正经地回答说是‘savage tea’①，成为教员间的笑柄。居然还有那样的教员，真是给整个教师

① 日语“番茶”意为粗茶。“番”字读音近似拼音“bang”，与“蛮”字读音相同。苦沙弥翻译的“savage tea”直译便是“野蛮的茶”之意，故传为笑谈。而近来有学者考证这一翻译或许并不完全算错。

行业丢脸。估计说的就是这家伙吧。”

“肯定是他啊。一看他面相就是会做这种事情的人。留着招人厌的胡须。”

“真不像话。”要是留胡须就不像话的话那没有一只猫像话了。

“还有那个叫迷亭，还是憋亭的家伙，真是个好管闲事之人。还说自己有个伯父叫牧山男爵，就他长那样还能有个男爵伯父，怎么可能。”

“你也不对，听外面的来历不明的人随意说两句就信以为真。”

“我不对？是他太不把人当回事了。”语气中充满遗憾。

不可思议的是言语中并未涉及寒月君。或许是在我偷偷来之前品定已经结束，抑或是寒月的落第已是不言自明，所以无须再拿出来说。我对此虽然也很在意，但也没有办法。隔着廊下我稍微伫立了一会儿便听到对屋传来铃声。那边肯定有什么事。为了不错过我紧赶慢赶，移步过去。

一看，是一个女的一人在那边自说自话。声音和鼻子很相似，以此判断这应该就是这家的大小姐，令寒月君入水自尽未遂的那位主子了。可惜的是隔着拉门我无法拜见她的玉姿。因此她的脸中间是不是也祭祀着一桩大鼻子，我也未可知。可从谈话的样子以及鼻息剧烈程度综合来看，应该不会是个不惹人注目的塌鼻子。那女的一直在说话，却听不见对方的声音。我猜想这或许就是传闻所说的电话吧。

“是大和屋①吗？明天我来看戏，给我订个鹌鹑三号席②，行吧。——明白了吗？——什么没明白？真烦，让你帮我订鹌鹑三号席。——你说什么？——订不到？不可能订不到。一定要订到。——哈呵呵呵，你说开玩笑的？——开什么玩笑啊？——别戏弄人啦。你到底是谁？长吉吗？长吉不管事，叫你们老板娘

① 安排歌舞伎订座的茶点铺名，据考证当时市村歌舞伎座确有名叫大和的茶点铺。

② 观看歌舞伎最好的席位。

来。——什么？你应对所有的事情？——你还真是失礼啊。你知道我是谁吗？我是金田——你说你知道。你这人还真是蠢。——我说我是金田。——什么？感谢我一直以来的照顾。——感谢个屁啊。我又不是来听你道谢的。——又在笑什么，你还真是个蠢蛋。——你说什么？我说得对？——你再这样瞧不起人我可挂电话了。听到没。别给人添堵。——别不吭声到底怎么样，说说看如何啊。”好像长吉那边把电话给挂了，没再听到答复。大小姐大动肝火使劲转动着电话拨号盘。脚底的哈巴狗突然叫出声来。这可大意不得，于是我赶紧潜到房檐下方。

此刻廊下响起脚步声，越来越近。拉门被拉开。我竖起听究竟是谁来了。“大小姐，老爷和夫人叫您。”是个小侍女。

“谁管他。”大小姐痛斥道。

“老爷说有事找您，让我来叫您去。”

“话真多，不是说了不管吗？”大小姐又呵斥了这位小侍女。

“好像是因为水岛寒月先生的事情找您。”小侍女想迎合她的喜好让她心情好些。

“什么寒月水月的，我才不管呢——讨厌死那人了，长得个丝瓜一样茫然的脸。”这第三棒敲在了可怜的不在场的寒月身上。“哎呀，你个小丫头片子，什么时候把头发梳起来了。”

小侍女叹了口气说：“今天。”侍女的回答尽可能简短。

“哎呀一个小侍女，这么狂妄。”这第四棒又来自别的方面。“还系了个新的和服衬领。”

“是的。这是小姐您前几日给我的。当时觉得太好看了穿了太浪费就收起来了。但以前的那个实在太脏了，就换了。”

“我什么时候给过你这东西。”

“就是正月的时候，您去白木屋来着，买了这东西。染上了茶绿色的相扑出场顺序表。您说太土里土气了不适合您，就是那个。”

“哎呀真讨厌，你穿着竟然还很合适。真让人怨恨。”

“我很惶恐。”

“我可没在夸你，你惶恐什么，我这是怨恨。”

“啊？”

“这么合身的衣服，你怎么还一声不吭就收下了。”

“啊？”

“既然你穿着都那么合身，我穿着肯定也不会奇怪。”

“您穿着肯定会很美的。”

“那你知道我穿着好看为什么一声不吭，还悄悄地自己给穿上。真坏得透顶。”大小姐的呵斥一点没停，朝着侍女接连开炮。我正打算听听接下来事态要如何发展时，对面屋子传来金田君大声呼唤的声音：“富子，富子哟。”大小姐没办法应了一声“唉”走出了电话室。比我还大一些的哈巴狗眼睛嘴巴都集中在脸的正中，也跟着小姐去了。我还是用我擅长潜伏的双脚哪儿来的回哪儿去吧，急急忙忙溜了出去回到主人家。这趟探险也是卓有成效的。

回来一看，从干净漂亮的屋子一下子挪到了脏兮兮的地方，我的心情就好似从阳光正好的山顶瞬间掉入了黑黢黢的洞窟中一般。探险时注意力一直集中在其他事情之上，没工夫仔细打量屋内的装饰、拉门、隔扇的状况，感到自己居所低级的同时也对那所谓的俗套颇为向往。果然实业家还是要比教师厉害。我也觉得这想法似有些怪异，便问了问竖起来的尾巴，尾巴尖似在点头昭示神谕：正如你所想。回房一看，惊讶于迷亭先生居然还没回，盘腿坐着，身旁的火罐中插满了烟头好似蜂巢。迷亭在说着什么，不知何时寒月也来了，主人用手肘做枕头呆望着天花板上的雨渍。又是一如既往的太平逸民之聚会了。

“寒月君，昏睡中叫你名字的那个妇人的名字，你当时说是秘密没告诉我们，现在可以说了吧。”迷亭暗讽道。

“跟我相关的事情我自然是言无不尽，只是说了会给对方添麻烦。”

“还不能说啊？”

“毕竟答应了某某博士的夫人。”

“答应了不告诉别人是吗？”

“对啊。”寒月君还是照旧揉捻着他那和服系带。那系带是紫色的，不似一般店里卖的那种。

“你那系带的颜色颇有天保年间的古风啊。”主人躺着说。主人对金田事件倒是满不在乎。

“对啊，这可不是日俄战争时期的东西。一定要戴个江户武士的笠形盔，穿个带立葵家纹的骑马用后开叉大褂才配得上啊。据说织田信长入赘之时盘了个茶刷状的发型，那时用的好像也是这样的系带。”迷亭的话还是一如既往的又臭又长。

“实际上这是我爷爷征讨长州藩①时用过的。”寒月君认真回答。

“差不多可以捐给博物馆了。一个做上吊之力学演讲的理学士水岛寒月君居然打扮成旗本武士的样子，不太体面啊。”

“虽应承蒙忠告就此照办，但无奈有人夸这系带很适合我，所以……”

“谁啊？谁这般不懂情趣？”主人翻了个身大声说道。

“是两位都不认识的人。”

“不认识也没关系啊，到底是谁？”

“就是位女性。”

“哈哈哈哈哈，真是风流啊，让我猜猜看，是不是就是在隅田川底呼唤你名字的那位女子啊？你穿着这衣服再去跳一次河怎么样？”迷亭从旁插嘴。

“嘿嘿嘿，已经不从水底呼唤我了，现在是从西北方的清净世界……”

“也不是什么清净世界，不过是个有毒的鼻子。”

“啊？”寒月满脸狐疑。

“就对面那鼻子刚才兴冲冲地跑了过来啊，来这儿。把我俩吓一跳，对吧苦沙弥君。”

“嗯。”主人照旧躺着喝茶。

“你们说的鼻子是谁啊？”

“就是你那亲爱的在远方的女人的令堂大人啊。”

---

① 今日本山口县境内。

“啊？”

“一个自称是金田夫人的人来打听你的事情来了。”主人一板一眼地替他说明。

我仔细看了看寒月，想知道他此刻的样子究竟是惊讶还是开心还是害羞，但事实上却没有任何变化。他还像往常一样安静地说：“是求我一定娶了她家女儿吧？”说着又开始摆弄他的紫色系带。

“那你可大错特错了。那位令堂可是伟大鼻子的所有者……”迷亭说到一半主人打断他：“喂，我刚才想着给那鼻子作首俳体诗①来着。”主人以木续竹般转换了话题。旁屋的夫人呵哧呵哧地笑出声来。

“你还真有这闲心。做好了吗？”

“差不多了。第一句是‘此颜之上祭此鼻’。”

“然后呢？”

“此鼻之上供神酒。”

“下一句呢？”

“暂时只想到这里。”

“挺有趣的啊。”寒月君暗自笑道。

“下一句加上‘鼻有两孔甚寂寞’如何？”迷亭即刻续上一句。

于是寒月也不甘示弱：“‘鼻孔深深不见毛’不行吗？”

各自正乐在其中作着连句之时，墙角附近传来四五人大声喧哗：“今户窑烧就的狸猫啦，今户窑子烧就的狸猫啦。”主人和迷亭都吃了一惊，透过围墙缝隙窥视，哈哈大笑的声音还有渐行渐远的足音。

“今户窑烧制的狸猫是什么东西？”迷亭一脸不可思议地问主人。

“我怎么知道。”主人答道。

“还有点讲究呢。”寒月也加以点评。

迷亭好像突然记起了什么突然站起来说：“我近年来从美学角度对鼻子做了些许研究，现披肝沥胆为各位讲述一番，烦请二位垂

① 十七字十四字长短两句的连续。《杜鹃》杂志有载。

听。”模仿演讲时的架势开始起范儿。主人对迷亭的人来疯感到愕然，不出声就这么看着他。寒月则小声说：“请务必告知。”

“我查阅了许多资料，关于鼻子的起源不甚明晰。最奇怪的是，若以实用学的角度来看，两个鼻孔就已足够，没必要再高耸在脸的正中间。可为何鼻子渐渐凸出为现在我们所看到的样子呢？”说着迷亭还抓了一把自己的鼻子。

“你这鼻子也没见有多凸啊。”主人也不奉承。

“总之不是凹进去的就行。你们要是把我的鼻子与单纯的两个鼻孔之并列混同起来的话，容易产生误解，所以我提前提醒一下。愚见认为鼻子的发展与我们人类擤鼻涕这个细小动作密切相关。这一动作反复累积，便造就了我们今天的鼻子。”

“你这愚见还不假。”主人又插入短评。

“众所周知，擤鼻涕时一定会抓鼻子，抓鼻子就会给局部刺激，按进化论的大原则，为回应局部刺激便会导致与其他部位不协调的发展。皮自然会变硬，肉也同样，最终便凝固成骨头了。”

“这也太……肉可以那么一蹴而就变成骨头吗？”不愧是理学士，寒月君从逻辑上提出异议。

迷亭不予理会继续说道：“您觉得奇怪理所应当，可就论据来说我们现在脸上就是有鼻骨，所以也没办法。鼻骨已经出现了，鼻骨出现之后鼻涕依然会流，鼻涕一流就要擤。因为这个动作最终鼻子左右被削得扁平高高地隆起。真是令人畏惧的动作啊，如水滴石穿、宾头颅罗汉①的头自放光明、香臭难辨的比喻一样，这样鼻梁便完全挺立起来了。可为何就您的还这么胖嘟嘟的呢？”

“演讲者自身的部分可能会产生强烈辩护，所以并不专门论及。想将那位金田令堂所持有的鼻子那般最伟大，天下最稀有之珍品介绍给你俩。”寒月君情不自禁笑出声来。

“可是物之极致，伟岸自然是好的，却也因此让人恐惧，难以接近啊。那鼻梁确实是很优秀，但也有些过于险峻了。古人中也有诸

① 宾头颅罗汉，十八罗汉中的第一位，也称宾头颅尊者。

如苏格拉底、哥尔德斯密斯①或萨克雷②的鼻子构造上有所缺陷，可也正因那缺陷才显得可爱。鼻子不以高为贵，而以奇为贵，正是为此。俗话说得好，宁要糯米团子也不要鼻子③，从美学价值来说我迷亭的鼻子更为合适。”寒月和主人不约而同扑哧一笑。迷亭自己也愉快地笑着：“闲话休提……”

“先生你这闲话休提未免也太说书人的范儿了吧，太低级了最好换一个说法。”寒月君在为前几日复仇。

“那样的话我就洗净面庞重新粉墨登场。额，接下来想论证一下鼻子和脸的权衡问题。要是单独论鼻子，那么那位令堂的鼻子去到任何地方都不觉羞耻。就算是去鞍马山④参加展览会也会得一等奖。可悲的是，这鼻子并没和眼睛、嘴巴等其他面部的老师商量，擅自生长成这样。尤里乌斯·凯撒的鼻子很卓越这没错，可要是将凯撒的鼻子用剪刀剪下来，安装在此家猫的脸上会怎样呢？就好比在猫的额头这么小点的地面，突兀地耸立着一根英雄的鼻柱，就好比棋盘之上坐立着奈良的大佛像。比例过于失调，美的价值便会一落千丈。令堂的鼻子就和凯撒的一样，英姿飒爽地隆起着，这点绝对没错。然而那鼻子周围的脸面条件如何呢？当然没有这家的猫那么差，但是就跟身患癫痫病的女丑角面具一样，八字眉细钩眼，这是事实。各位，难道不会感叹这么好个鼻子插在这么张脸上吗？”迷亭的话刚一落，背后就传来声音：“还在说鼻子呢。真是自以为了不起的家伙。”

“车夫老婆。”主人告诉迷亭。

迷亭又继续说：“不承想背后竟出现了新的异性旁听者，演讲者倍觉光荣。特别是她那婉转之娇音，给干巴巴的讲演之席平添了一

---

① 哥尔德斯密斯（1728—1774），英国小说家，诗人，剧作家。

② 威廉·梅克比斯·萨克雷（1811—1863），英国作家，代表作《名利场》。

③ 俗语应是“糯米团子比花更实用”。日语中“花”与“鼻”同音。

④ 传说鼻子长的天狗之栖息之所。

分艳丽，真是喜出望外之幸福感。为了不背弃佳人淑女的眷顾，我尽可能说得通俗些，不过接下来要进入力学问题，或许各位妇女朋友理解起来会稍有困难。还请见谅。”寒月君听到力学一词，又开始扑哧扑哧地暗自发笑。

“接下来我将证明这个鼻子和这张脸不协调，违背了蔡津的黄金定律。接下来我以严谨的力学公式来为各位演绎。先假设H为鼻子的高，α则为鼻子与脸所在平面交叉形成的角度。W不用说表示鼻子的重量。怎么样，大致明白了吗？”

“怎么可能明白。”主人说。

“寒月君呢？”

“我也不太能理解。”

“这可让人头疼了。苦沙弥不懂也就算了，寒月你可是理学士你怎么也不懂。可这个公式是此次演讲的核心，若是省略就前功尽弃了。啊，也没办法了。不说公式了直接说结论吧。”

“还有结论啊？”主人不可思议地问。

“当然。没有结论的演讲就跟没有甜点的西餐一样。听好了两位，接下来我要说结论了。根据以上公式，并参照微耳和①及魏斯曼②诸位的学说，先天性形体遗传首先是无可辩驳的。其次附随此形体而产生的心理状况也会遗传，这点在某种程度上也必须承认是必然的结果，虽然确有某些学说认为不存在后天性遗传之说。因此，有着如此与身份不合的鼻子的人生下的孩子，她的鼻子自然也会有所异样。寒月君可能还年轻，看不出金田小姐鼻子构造上有什么特别的异样之处，可遗传这东西潜伏期很长，不知何时随着气候的剧变，便会突然发达生长成和她母亲一样，转瞬间就膨胀起来也说不定。因此，根据迷亭学理上的论证，应该趁早打消结这门婚事这一念头，这是最安全的。这家的主人自不必说，就连那边睡着的双尾猫殿下也没有异议。”

---

① 微耳和（1821—1902），德国医学家，细菌病理学的创立者。

② 魏斯曼（1834—1914），德国进化学家，遗传学者。

主人终于起身："那是自然。那种货色的女儿怎么可能嫁得出去。寒月君你可不能要啊。"主人情绪饱满地说着自己的主张。我为了聊表赞成之意也喵喵地叫了两声。寒月君倒没有特别的变化："各位老师的意思若皆是如此，我断念倒也无妨。只是若因此让对方气急攻心患上什么病症那可就是罪过了。"

"这就是所谓的风流罪吗？"

唯独主人一本正经地说："怎么会。那家伙的女儿肯定不是善茬。初次来我家就要高傲地要驳倒我，什么玩意儿。"主人独自在那里怒不可遏。

于是墙角又传来哈哈哈的笑声。一个人说："自以为是的蠢木头，"又一个人说："估计是想倒插门去更大的家族吧。"又一个人大声说："真可怜，还以为多厉害，就知道在家里逞威风。"

主人出到檐廊，不服输地怒吼道："吵死了，跑到别人墙根来。"

"哈哈哈，野蛮茶，野蛮茶。"不停地骂。

主人勃然大怒，操起拐杖冲到大路上。

迷亭拍手称道："有意思，打他，打他。"寒月揉捻着他的和服系带偷笑。

我跟在主人的身后从围墙缺口处跑到大街上一看，只有主人手持拐杖呆立在那里。道路上一个人也没有，主人好似被狐狸迷了心窍。

四

我照例潜入金田宅。

为什么是照例，我想已没必要再解释了。就是我自称“多次”，表达程度的一个词而已。做了一次就想做第二次，第二次之后又想做第三次，这种好奇心也不是仅限于人类才有的。我虽是猫但也请读者诸位认可，我也是有此心理特权而生活在这世上的。事情重复三次以上就开始冠以习惯之词，进而进化成生活上的必需，这也与人类无异。若诸位疑惑我为何要如此频繁去金田家，那我想先反问一下人类，为什么要从嘴里吸进去烟又将其从鼻子里吐出来呢？那烟既不能饱腹，对血管病症亦无好处，为何还要不知羞耻地吞云吐雾。既然人类可以这样，那么我出入金田家你们也无须大声苛责。金田家就是我要抽的烟。

“潜入”这词说起来也有语病。听着就像小偷或是奸夫一般，怪不舒服。我去金田家确实不是受他们邀请而去的，但也绝不是为了趁机偷块鲣鱼片，也不是为了与眼睛鼻子都集中在一处的哈巴狗密谈。你说什么？做侦探？太荒谬了。我认为大凡世上最卑贱的职业莫过于侦探与放高利贷。你说什么？是为了寒月君而发了猫本不该有的侠肝义胆之心？确实曾经暗地里窥探过金田家的动静，但也就那一次，之后绝对没有做过对不起猫的良心的卑劣勾当。那为何还要用“潜入”这个字眼？那可是有很深的意味的。我以为天空是为覆盖万物而存在、大地是为承载万物而存在的，再怎么执拗的人类也无可否认这一事实。那么他们人类为创造这天空与大地付出过任何劳力吗？一尺一寸都没有。既然不是自己创造的，又何来主张为他们所有这一说呢？当然要主张也可以，却不能成为阻碍他人进出的理由。将这茫茫大地，自作聪明地围墙立桩，划条线说是某某的所有地，就好像把苍天也圈定起来，这部分是我的天，那部分是他的天一样。如果可以圈地，标价每平方米的所有权多少钱而出售的话，那么我们呼吸的空气也可以切割个一平方来买卖了。既然空气不能买卖、天空也不能圈划，那么土地的私有也是不合理的。因如是观、信如是法①的我因此也可以随心去任何我想去的地方。当然我不想去的地方肯定不会去，但只要我想去就无论东南西北，都可以泰然自若、悠然自得地前往。不用跟金田这样的人客气。然而可悲的是猫族终究在力量上不是人类的对手。只要“强势就是权力”这类格言还存在在世上一天，不管猫怎样占理都不能让人信服。若是要勉强让人类信服，就会像车夫家的大黑那样不经意间被鱼铺的扁担打了。若是我方占理而权力归属对方，那要么弃“理”屈服于权力，要么瞒过权力的耳目贯彻真理。我当然选择后者，为了避开扁担，就必须得“悄悄地”；要在不影响别人情况下进入屋子就必须得“潜入”，所以我才使用了“悄悄潜入”这一词。

潜入次数多了，就算没有打探的想法，金田一家的情况也会映入我眼帘，就算不想记住，印象也自然会留在脑海中。鼻子夫人每次洗脸都会专门擦拭鼻子，富子小姐特别爱吃阿倍川饼，金田自己呢？金田和他夫人不同，鼻梁很低，不仅鼻梁低，整张脸都低。好似小时候打架被孩童的头目捉住脖子，使劲按压在土墙上，那因果一直留到了四十年后的现在一样。他的脸十分平坦，那的确是一张极其稳妥没有威胁的脸，但太缺乏变化了。不管如何发火都是那张平坦的脸。还有金田吃金枪鱼生鱼片时总会啪啪地拍自己的秃头。

---

① 佛教常用语：“如是观”“如是法”。

他不仅脸低，身高也矮，所以总爱穿高木屐、戴高帽子。还有他还会讲车夫的糗事给书生听。书生总会奉承金田观察机敏等等。这些事数都数不尽。

近来我总是穿过金田家的后厨口旁边的院子，从假山背面观望对门情况，确认拉门紧闭一切安静之后才缓缓进去。若是里面人声鼎沸，感觉可能会被屋子里的人发现，我就会沿着水池绕到东面，从厕所的旁边悄悄钻到廊下。我虽没做任何坏事，也毫无可隐瞒和畏惧之事，只是若是碰见人类这一无法无天之类，便要不走运了。如果世间都是熊坂长范①那样的人，不管多有圣德的君子都会有和我相同的态度吧。金田是堂堂正正的实业家，我当然不担心他会像熊坂长范一样挥舞五尺三寸的大刀，但据我所知他有不把人当人的病。既然不把人当人看，那自然更不会把猫当猫看了。如此看来，无论德行多高尚的猫进入他家宅子都不可掉以轻心。可是正因为不可掉以轻心，我才觉得有趣，我这些日子频繁进金田家的门或许就是为了冒险。详细情况待我勤学苦研、将猫脑彻底解剖之后再向各位汇报吧。

今天是什么情况呢？我照例从假山下的草坪上抬起下巴眺望，一个有着十五张草席大小的客厅，拉门全敞开着，阳春三月里金田夫妇正和一位客人在交谈。正巧鼻子夫人的鼻子朝着这边，停留在我的额头之上瞪着我。这是我有生以来第一次被鼻子给瞪着。幸好金田君只是侧脸对着这边，与客人相对而坐，他那平坦的脸隐藏了一半，也因此难以判断他的鼻子究竟在何方。只是他斑白的胡子杂草般丛生，我估摸着在那之上就该有两只鼻孔了。顺便想象了一下，春风若是拂过那般圆滑的面部一定十分轻松。三人中客人的面庞倒是最普通。不过就是因为普通，所以都不值得专门拿出来做一番介绍。普通其实也很好，但要是进入平凡、庸俗之殿堂那就太值得怜悯了。生就如此这般无特点的面相到此明治之圣代还会有谁呢？我

① 熊坂长范，源义经传说中出现人物，谣曲中时常出现。传为平安末期的盗贼。

照例潜入廊下听听他们谈话。

“……于是我妻子才专门去他家打听了下状况……”金田君还是一如往常那般说话蛮横。虽说蛮横，话语间却也并不险峻陡峭。他的言语与他脸面相称，平坦而巨大。

“原来如此。那男的以前教过水岛先生。原来如此，真是好想法。原来如此。”这客人还真是什么都要加上个“原来如此”。

“但他却不知进退。”

“是啊，苦沙弥就是不知进退。我曾经和他一起租过房，实在太不干脆。肯定让您很困扰吧。”客人朝着鼻子夫人说道。

“困扰不困扰什么的，跟你说啊，我活这么大岁数去过多少人家里，还从来没见过那么不待见人的。”鼻子照例用鼻子吐露怒火。

“他做了什么无礼之事吗？以前就很顽固，就从他十年如一日一直做英语阅读的教师这事便可见一斑。”客人调整姿势迎合鼻子的步调。

“哎呀，真是说不得，我妻子就问了几句，得到的却是极其冷淡的答复……”

“真是太不像话了。稍微有点学问就萌发居高自傲之心，再加上又穷更是不服输，这世上还真有这样无法无天的人。自己没本事还老与有财产的人争辩，就好像人家卷走了他的财产一样。真让人震惊。哈哈哈。”客人的样子相当开心。

“简直是超乎寻常，那种人毕竟是不看境况，任性妄为之流，稍微惩治一下对他也好，于是我们便对他小施惩戒。”

“原来如此。应该很有效果吧，毕竟也是为了他本人好。”客人也不问是如何惩戒的便直接赞同金田的观点。

“可是铃木先生啊，他还真是个顽固的人。到学校也不和福地先生、津木先生说一句话。还以为他是觉得惶恐而选择沉默，后来竟然拿着拐杖追着我家那毫无罪过的书生跑。三十多岁的人了还跟小孩儿计较，真是不顾一切，心性怪异啊。”

“啊？怎么又这样乱来啊？”看来客人也觉得有些奇怪了。

“不过是在那家伙面前说了几句话而已，他就突然拿着手杖赤脚追了出来。就算我家书生悄悄说了些他什么，也还是个孩子嘛，一个胡子都老长的大人，还是老师，跟孩子计较什么？”

“对啊，毕竟是老师啊。”客人这么一说，金田也跟着附和：“是老师啊。”仿佛三人都认同只要是老师就应该无论遭受何等侮辱都要像木像般逆来顺受这一论点。

“还有，那个叫迷亭的男的才真是个酒疯子。净说些没用的谎话。我还是第一次遇到那般古怪之人。”

“啊，迷亭啊？他还是那么爱吹牛啊。您是在苦沙弥家见到他的吧。要是惹上他可就麻烦了。我和他也是以前一起租房做饭的同伴，他老爱捉弄人，我们没少吵架。”

“他那种人谁见了都会生气。撒谎也不是完全不行，基于人情、为了迎合客人心愿不得不说几句违心之言，这谁都会遇到。可那个男的明明可以不用撒谎却不停地说谎，真无可奈何。不知那般撒谎究竟是为了什么。”

“您说得对，他撒谎全凭爱好，真让人苦恼。”

“我本来专程去打听水岛的事，最后也变成一团乱麻。还说我自高自傲什么的。但人情该做还是得做，我去了趟别人家，装作什么也不知道也不好，于是后来我就让车夫补送了一打啤酒过去。可你知道怎么样了吗？他说：‘没理由收你这东西，赶紧拿走。’车夫说：‘是给您的谢礼，请您收下。’‘什么谢礼，这东西那么苦，我每天都吃甜果酱，怎么可能喝你这么苦的东西。’他扔下一句话，一下子就进里间去了。这家伙，一点也不会说话，真是太失礼了。”

“这也太过分了。”客人这次好像是真觉得过分了。

短暂间隔后金田继续说：“于是今天才专门请你来。那种蠢货要是悄悄捉弄他几下便能解决问题，我也就不至于这么苦恼了。”跟吃金枪鱼寿司时一样，他拍了拍已秃掉的脑袋。本来我藏在廊下，本不应该看得见是不是真的有拍脑袋，但近来我已熟悉这拍脑袋的声音，就好似比丘尼敲木鱼般，即使在廊下也能听清且立马就能断定那声音就是来自秃头。“所以才想着麻烦你……”

“有什么我可以帮忙的您尽管说。这次能够调回东京也都承蒙您殚精竭虑的照顾。”客人二话不说立马答应了金田的要求。听这口气这客人应该是受了金田不少照顾。哎呀，事情越来越有趣了。今天天气也很好，本来没什么心情出门的，获得了这么个好材料也真是值得。就好像春分彼岸会时去寺庙参拜，偶然从方丈处获得了一块牡丹饼一样。金田到底拜托客人做什么呢，我继续竖起耳朵在廊下听着。

“苦沙弥那个怪人，不知为何一直给水岛出主意，暗示他不要娶我家闺女。是吧？”

“不是暗示，就是直接说的。说什么找遍全世界都找不到会娶那家伙的女儿的人，寒月你一定不能要。”

“称呼您为那家伙，这可真是失礼，太乱来了。”

“铃木君，如何。事情就如你所听到的这样，很棘手对吧？”

“真让人苦恼。恋爱这种事情和别的事情不同，本是不容当事人以外的旁人随意置喙的。这道理苦沙弥应该是再明白不过的了。究竟是因为何事呢？”

“因为你学生时代曾和他同宿舍过，现在又还保有亲近的关系，所以才拜托你。你去见见你这位老同学，跟他讲讲利害关系吧。或许他正生气着，但生气也是他自找的，他若是能安分些我自然少不了给他好处，别再做令大家都不愉快的事情了。要是他还继续我行我素，那我也有我的办法。说白了，继续顽固到底对他没有一点好处。”

“完全如您所说，继续愚蠢的抵抗只会是他本人的损失，毫无益处。我好好跟他说说。”

“而且，我家女儿也有很多求婚者，也并不是非寒月不嫁。只是通过了解觉得他学识品性都不差，如果他近来可以努力学习取得博士学位的话，或许这门亲事会有戏。你可以旁敲侧击地暗示他一下。”

“这么一说对寒月也是一种激励，学习也会加倍用功的，真是再好不过了。”

“奇怪的是，与水岛身份不符，他好似一直叫苦沙弥这一怪人老师老师的，言听计从，真叫人苦恼。我也不是非水岛不行，苦沙弥一直阻挠对我们也没多大妨碍……”

“水岛先生真是可怜。”鼻子夫人插话道。

“我没见过水岛这人，不过这份亲事若是能成，他一生也会幸福，本人肯定不会有任何异议吧。”

“水岛先生是想娶我家闺女的，就是那苦沙弥和迷亭怪人说这说那在阻拦。”

“那还真不是好事。他们也是受过高等教育的人，怎么会做出这种事。待我好好去和苦沙弥谈谈。”

“给你添麻烦了，拜托你了。还有水岛的情况苦沙弥是最熟悉的了，上次去也没问出个什么究竟来，这次也拜托你好好问一下水岛本人的才干品性。”

“明白了。今天是周六，我现在过去估计他也差不多回来了。他最近住哪里您知道吗？”

“出门往右走到头，再往左走过一个街区，就能看见一个快倒的黑墙，就是那家了。”鼻子说着。

“那就在这附近了。没问题，我回去时顺路就去看看。看门牌大概就能找到吧。”

“门牌时有时无的。据说他是用饭粒贴的门牌。一下雨就被冲掉了。天气变好了他又用饭粒粘回来。所以靠门牌不一定找得到。与其那么麻烦掉了又粘还不如一口气挂个木牌子得了。真是个让人捉摸不透的怪人。”

“真让人吃惊。那么找人问路说崩塌的黑墙那家应该就能找到了。”

“对。那么脏的屋子整个镇子也就他一家了，立马就能找到。要是还找不到的话，你就找房顶长草的屋子，那肯定不会错。”

“还真是有特色的屋子啊。”

在铃木君光临之前我要是不赶回去恐怕不太好，他们的谈话听了这么多也差不多够了。我从廊下下来，从厕所边绕到西边，再走过假山背面进入大街，急急忙忙回到我那长草的家中，若无其事地绕到家里廊下。

主人在檐廊边铺着白毛毯，俯卧着，沐浴着和煦的春日。太阳光还算是公平，这蓬头长草的陋室也和金田的客厅同样沐浴着温暖。唯独可怜的是毛毯没有春天的气息。出厂时织造成白色，贩售的洋布店也是按白毛毯在卖，主人订货时也确实选择的白色，只是那都是十二三年前的事情了。毛毯白色的时代早已过去，现在遭遇的是由白变为深灰色的时期。过了这段时期，这毛毯是否还能活到暗黑色的时候还是未知数。到现在他已被摩擦了数万遍，横竖的条纹已经难以明晰，称作毛毯已经算是僭越了，应该去掉毛字直接叫“毯”比较合适。可主人觉得这毯子可以用一年、两年、五年甚至十年以上，非常从容不迫。那么他躺在这有因缘的毛毯上做什么呢？两手撑着下颚，右手手指间还夹着卷烟，仅此而已。不过他那满是头皮屑的脑子里宇宙之真理或许正如火轮一般在高速回转，但从外部来看做梦也不会联想到是那样。

烟头的火渐渐逼近尾部，燃尽的烟灰啪嗒一声掉在毛毯上。主人也不管不顾继续盯着烟草升起的烟雾。那烟在春风里浮沉，流动的圆圈一层叠一层，吹着吹着，就附着在夫人深紫色头发的根部。哎呀，应该先说说夫人的，我给忘了。

夫人此刻正将屁股对着主人。你说什么？夫人怎么这么不懂礼义廉耻？这也没什么失礼的啊。有礼还是没礼因解释不同完全是可以颠倒互换的。主人毫不忌讳地将脸靠在夫人屁股附近，夫人也满不在乎地将庄严的屁股放在主人脸前，这既不失礼也不奇怪。两人结婚后不到一年就将礼仪作风给抛之脑后，俨然一对超然世外的夫妇。夫人的屁股对着主人，也不知夫人是什么想法，将就今天的好天气，用海苔末和生鸡蛋洗净了她一尺多长的黑色带绿的头发。夫人像是夸耀自己的一头秀发般将头发披着，专心致志地织着小孩的袖子。事实上，夫人也是为了晾干头发才把薄呢的被子和针线拿到檐廊上，恭恭敬敬地将屁股对着主人的。或者是主人把脸凑到夫人屁股附近也说不定。于是此前提到的烟雾便流到夫人随风飘动的黑发间，主人聚精会神地望着这不合时宜燃烧的热气。然而烟雾本就不是停在一处静止不动的东西，它的本性就是会不断上升，主人若要不落丝毫，观赏此烟雾与头发之间纠缠的奇观，那么就必须眼睛随之一起移动。主人首先从夫人的腰边开始观察，慢慢上升到背部，从肩部再到脖子，最后渐渐到达脑子顶端时，不经意间发出啊的震惊之感。主人发誓要一起白头偕老的夫人的头脑正中间有一块圆形的秃发地带。而且这块秃发地在暖阳照耀下正得势地闪闪发光。不经意间遭遇了此等大发现，主人眼珠中显现出充分的震惊，强烈的光线刺开了瞳孔不说，他依旧一心不乱地盯着看。

主人看到这块秃发之处时，首先浮现在他脑海中的是家中代代相传的佛坛上一直装饰着的油灯盏。他们一家人都信真宗，真宗的惯例便是在佛坛上镀上与身份不相称的金。主人年少时家中的仓库里，昏暗光线中佛龛上装饰着厚厚的金箔，佛龛中总放有一块铜制灯盏，灯盏就算是午间也闪烁着昏暗的光。周遭的昏暗之中唯有此灯盏比较明亮，于是儿时的主人看了几遍就留下了印象。此刻主人看到了夫人的秃头，这一印象又被唤醒，突然从脑海中蹦了出来。灯盏的形象一分钟不到就消失了。这下换想起观音殿前的鸽子了。鸽子与夫人的秃头本没有任何关系，可在主人的脑子里却能将其密切联系起来。同样是小时候的事情，儿时主人去浅草时一定会买豆子来喂鸽子，豆子一碟两块文久钱，放入红色的土器里。土器的颜色和大小与这块秃头非常相似。

“原来如此，确实很像。”主人好似很佩服一般暗自说着。夫人头也不回，问道：“你说什么？”

“什么？我说你头上秃了一块，你知道吗？”

“知道啊。”夫人依然没停下手里的活儿回答道。而且也没有害怕暴露的样子。真是超然物外的模范妻子。

“是嫁给我的时候就有的，还是结婚之后才有的？”主人问。嘴上虽没说但心中想的是，要是嫁给我前就秃了那我岂不是被骗了。

“不记得什么时候有的了，秃不秃有什么所谓吗？”夫人已经参悟透了一切。

“什么叫没什么所谓，不是你自己的头吗？”主人稍带怒气。

“就是因为是我自己的头，我才可以无所谓啊。”虽然夫人这么说，但还是有些在意，于是用右手放头上摸了摸秃的地方。“哎呀，真的大了不少啊。原来没有这么大一块的。”夫人这么说了才逐渐察觉这秃发随时间推移越来越大。

“女人要盘头发，这边都是要钩钓起来的，谁都会秃的。”夫人稍加辩护。

“这个速度下去，到四十岁就全秃了。你肯定是患病了。可能还会传染，趁早去甘木医生那里看看。”主人频繁地摸着自己的头。

“你别老说别人。你自己不也鼻子里面长白毛吗？要是秃头会传染，那你的白鼻毛岂不是也会传染。”夫人有些不高兴。

“鼻子里面的白毛又看不见，所以无害。但头上，要是年轻女性头上都秃成那样就太难看了。残废一样。”

“我是残废？那你当初干吗要娶？自己心甘情愿娶过来的现在又骂别人残废……”

“我娶之前又不知道。今天才知道的啊。你现在这么逞威风，当初结婚时候怎么没把头给我看？”

“蠢蛋！你见过哪儿的人结婚的时候要头上合格才准嫁的？”

“秃头我还勉强能忍受，但你这身高也比常人矮太多了。太难看了。”

“身高可是一眼看过去就知道的。你是在知道我很矮的前提下才娶的我。”

“知道，我是知道，但我当时不是以为你还会长个儿吗？”

“20岁了还长个儿，戏弄人也没个分寸。”说着夫人将坎肩一挥扭头看着主人，那势头仿佛是说你不好好回答我决不罢休。

“谁说20岁以后就不会长个儿了，还是有办法的嘛。我以为你嫁过来之后好好吃些营养品，就可以长高些了。”主人一脸认真地阐述着自己的歪理。就在此刻，门铃响声打破了谈话，仿佛是在催促赶快开门。看来是铃木君终于光临苦沙弥这长草的卧龙窟了。

夫人只好把吵架留到改日，慌忙将针线盒、坎肩都抱起来，逃进起居室。主人将深灰色毛毯卷起，扔进书房。不久看了看女佣拿来的名片，稍有惊讶之情，但立马吩咐请客人进来，自己则握着名片进了厕所。为何突然要进厕所我完全不知所以然，而且为何要拿着铃木藤十郎君的名片进厕所更是难以说明。总之最痛苦的是被迫随行前往臭处的名片君了。

女佣重新摆放了壁龛前印花布坐垫的位置，说了句请坐之后便退下了。铃木君环视室内，壁龛里挂的是‘木庵花开万国春’的赝品，又一一打量了京都制便宜青瓷中插着的寒樱。不经意间瞥见女佣让座的坐垫上盘踞着一只猫。不用说，那猫就是我。此刻铃木君脸上虽未显露，但胸中已起波澜。这坐垫无疑是为铃木君铺的。给自己铺的坐垫在自己坐上去之前，就有个奇怪动物不动声色地先占着了。这是打破铃木君内心均衡的第一条件。若是这坐垫一直空着，任春风吹拂，铃木君或许会专门表达谦逊之意，在主人说请坐之前，先在坚硬的榻榻米上坐着忍一会儿。可还有谁会不打招呼，就坐在早晚都该归自己所有的坐垫之上呢？要是人类的话兴许还能让给他，是猫就不行。坐上面的是猫就总让人觉得不悦。这是打破铃木君心中均衡的第二条件。最后这猫的态度更让人窝火。要是装装可怜坐上面也就算了，可却傲然挺立，眨着那又圆又不可爱的眼睛，好似在说“你这家伙是谁”一样瞪着铃木君。这是破坏铃木君内心平衡的第三个条件。要是这么窝火的话，直接提起我的脖子把我扔开不就好了吗，可铃木君依然一言不发地瞪着我看。威风凛凛的人类是不会惧怕猫到不敢出手的，那为何不尽快将我处分掉以发泄自己的不满呢？这完全是铃木君个人为了维持自己体面而约束自己的自律之心所导致的。若是诉诸武力，三尺高的小孩也可以轻松将我提上提下，若从重视体面这点来看，就算这金田君的股肱之臣铃木藤十郎也拿坐在二尺见方的坐垫上猫大明神毫无办法。就算是无人之处，但和猫争座位也太有损人类的威严了。和猫认真地争个是非曲直也很不成熟，太滑稽了。为避免名誉受损，虽稍有不便但还是忍着为妙。可是越是忍耐对猫的憎恶感越是增加，铃木君偶尔瞥我一眼脸上阴阴沉沉。看铃木君这不爽的脸色反倒很有趣，我尽量抑制住滑稽的念头，显露出无所谓的神情。

在我与铃木君演此番哑剧的当儿，主人理了理装束从厕所出来了。走到座位附近说“呀”手里的名片连影子都不见了，看来铃木君的名片在臭臭的地方被判无期徒刑了。我还正想着名片真可怜，遭遇了此等厄运之时，主人便揪起我颈后的毛发，说着“这臭家伙”，一把将我扔到了檐廊上。

“请坐。还真稀奇啊，你什么时候来的东京啊？”主人让旧友落座。铃木君将坐垫翻了个面儿，坐了下去。

“近来一直都很忙，没来得及跟你报告，实在不好意思。其实我已经调回东京总公司工作了。”

“那太好了。我们也很久没见了。你去地方上之后我们还是第一次见吧。”

“对啊，差不多有十年了。那之后偶尔也回东京来过，但也是事情繁多，总没时间来看你。你可别见怪啊。公司职员和你的工作不同，是很忙的。”

“这十年你可完全变了个样啊。”主人上上下下将铃木君打量了个遍。铃木君头发中分，一身英国制的苏格兰毛呢大衣，打着鲜艳的领带，胸前还挂着金表链，无论怎么看都不会让人联想到他是苦沙弥的旧友。

“是啊，现在都必须要吊个这种东西才行了。”铃木君频繁将金表链展示给主人看。

“你那是真金吗？”主人的问题稍显无礼。

“18K 金哦。”铃木君边笑边说，“你也变老了啊。听说你都有小孩了，是一个吗？”

“不是。”

“两个？”

“不是。”

“还有啊？那是三个？”

“对，有三个小孩。以后还会生几个还不知道。”

“你还是老样子不紧不慢啊。老大几岁了啊？应该也不小了吧。”

“嗯，几岁了我也不知道，大概六七岁吧。”

“哈哈哈，做老师真好可以这么随性。早知道我也去做个教书匠得了。”

“你去当当看，只三天你就会厌烦的。”

“真的吗？总觉得又有地位、也不紧张、闲暇日子还多、还可以学自己想学之事，挺好的啊。实业家也挺好的，但像我这样程度的就不行，要做实业家就要做到顶端。最底层的话就得不断阿谀奉承，吃自己不爱的食物等等，真是烦不胜烦啊。”

“我还是学生的时候就讨厌实业家。实业家们只要能赚钱就不顾一切，和以前的臭奸商没什么两样。”主人在实业家的面前如此出言不逊。

“怎么可能。也不全是你说的那样。确实稍有下作之处，可若是没有与钱财共赴生死的决心是做不好的。可是钱可不是那么听话的东西，这是我刚才从一个实业家那里听来的，他说要赚钱可必须得要使用三角函数。是哪三角呢，缺道义、缺人情、缺羞耻心这三缺，很有趣吧。”

“谁啊说这种蠢话。”

“人家可不蠢，是个很聪明的男人。在实业界还算有些名气。你不知道吗？就是这附近横街那位。”

“你说金田啊。那家伙算什么东西。”

“你好像很生气啊。不过是开玩笑啊，犯不着。只是比喻说要是不做到那分上是赚不到钱的。你要那么认真解释，可就麻烦啦。”

“三角函数什么的，开开玩笑也就算了。我说的是那家女主人的鼻子。你去了的话也看到了吧，那鼻子。”

“你说金田夫人啊，夫人相当通情达理啊。”

“我说的是鼻子，那个大鼻子。前几日就那鼻子，我还做了首俳体诗呢。”

“俳体诗是什么？”

“你连俳体诗都不知道啊，真是落伍啊。”

“我这么忙哪有时间关注文学啊。而且以前也没多喜欢。”

“你知道查理曼①的鼻子什么样吗？”

---

① 查理曼大帝（732—814），西罗马帝国皇帝，被后世尊府的“欧洲之父”。

“哈哈哈，你还真有闲心。我可不知道。”

“威灵顿①被部下取了个鼻子的绰号，你知道吗？”

“你怎么这么在意鼻子啊，怎么了吗？尖鼻子还是圆鼻子都无关紧要不是吗？”

“那可不见得。你知道帕斯卡尔②吗？”

“又问我知不知道。好像我是来面试的一样。帕斯卡尔怎么啦？”

“帕斯卡尔曾经这么说过。”

“怎么说过？”

“如果女王姑娄巴③的鼻子稍微短一点，世界就会产生和现在完全不一样的变化了。”

“原来如此。”

“所以你那么瞧不起鼻子是不行的。”

“好吧好吧，我以后会好好重视鼻子的。这事姑且放一边，我今天也是无事不登三宝殿，想问你点事情。那个水岛，水岛什么来着，一时间想不起来，不是老来你家吗？”

“你是说寒月？”

“对对，就是寒月，寒月。我想问你一下他的情况。”

“结婚的事情吧？”

“差不多吧，类似的事情。我今天去金田家……”

“前几天鼻子自己来过了。”

“是吗。金田夫人自己也这么说了。说本来想问苦沙弥先生点事情，哪知道正好迷亭也在，把事情搞乱了，结果什么也没了解到。”

“明明就是带着那个鼻子来的人不好。”

“没说你不好啊，都说是因为那个迷亭才没问出个所以然来，这不，才拜托我来再打听一遍。我之前也没做过这种事，但既然当事

---

① 威灵顿（1769—1852），英国军人，政治家。做过英国首相。

② 帕斯卡尔（1623—1662），法国哲学家，科学家。流体力学中帕斯卡尔原理的发现者。

③ 帕斯卡尔作品《冥想录》中的话。姑娄巴为埃及皇后。

人双方都有情有意，我在中间牵线搭桥也不是坏事，所以我才来了的。”

“辛苦你了。”主人嘴上回答得虽冷淡，但内心听到当事人双方一词时，不知怎的就被触动了。有了一种闷热夏夜里袖口潜入一阵凉风那样的心情。本来我家主人生来便是鲁莽顽固无趣之人，自然与那些冷酷无情的文明社会的产物本质不同，从他总爱大发雷霆这点便足可见。前几日和鼻子吵架也是因为看鼻子不顺眼，鼻子的女儿本身是何罪之有呢。讨厌实业家所以对实业家的成员之一的金田也嫌恶，这倒也是正常，只是他女儿与实业又无任何直接交集。对于他家女儿既无恩也无怨，寒月又是自己胜过亲弟弟般最爱的门生，如果真如铃木君所言，当事人之间关系很好，自己岂不间接阻挠了两人，算不得君子该有的作为。苦沙弥先生还觉得自己是君子呢。如果当事人互相爱慕的话……所以问题就在这个地方，要让自己改换态度，那就必须先确认真相。

“你说那家的女儿事实上是想嫁给寒月的是吗？金田或者鼻子怎么样都行，关键是他们女儿是怎么想的。”

“这个嘛，这个，怎么说，这个呀，应该是想嫁的吧。”铃木君的回答有些暧昧。事实上他也只是想问问寒月君的情况，问完便回去复命，还没有确认金田家小姐的想法。所以八面玲珑的铃木君也稍显狼狈。

“应该是？那就是不确定咯？”主人也不闪避，有种不正面击打一拳誓不罢休的感觉了。

“不是不是，是我说法有问题。大小姐事实上也是有这想法的。不是有，是强烈地有。啊，是金田夫人这么跟我说的。偶尔还会说两句寒月君的坏话。”

“谁？你说他家女儿吗？”

“啊。”

“真不像话，还说坏话。那显然就是无意于寒月了。”

“这正是这世界的奇妙之处。越是自己喜欢的人越爱说点坏话。”

“这般愚蠢之人哪儿有啊？”如此微妙的人际关系之事跟主人讲

他也不会明白。

“这般愚蠢的人这世上还挺多的呢。没办法。金田夫人也是这么解释的。还说女儿像个迷惘的丝瓜脑袋，时而说寒月的坏话，内心肯定是想着寒月的。”

主人听了这番不可思议的解释，难以理解，便瞪圆眼睛，也不回答，像看街头算卦之人一样一直凝视着铃木君。铃木君似乎意识到这样子下去说不定事情会被这家伙搞糟，于是赶紧将话锋转向主人实习的领域。

“你想想看就明白，金田小姐家里又有钱人又长得不错，要找亲家岂不是容易得很。寒月君或许身份也很尊贵，或许扯到身份上有些失礼，但财产上谁看都会觉得两个人不配。可是她父母还专门费心派我来打探情况，那不是本人对寒月君有意还会是什么。”铃木君的说明很有道理。似乎主人这次也完全认同了，铃木君也稍显安心了。再继续耗在这里说不定又会捅出什么篓子来，还是赶紧将话题推进，早日完成使命才是万全之策。

“所以，就和刚才所说的那样，对方不要寒月有多少金钱财产，但希望他能有个属于自己的资格，所谓资格呢就是头衔。不是逞威风说要是拿到博士学位就嫁给你之类的，不能这么误会。前几天来的时候迷亭君也一直说些奇怪的话，不是说你不好啊，夫人还夸你不会拍马屁是个刚正不阿的人呢。都是迷亭不好。所以如果寒月能拿下博士学位，在世间也是吃得开有面子之人。怎么样，近期寒月君有没有可能提交博士论文获得博士学位呢？其实金田也没那么在乎学士博士什么学位的，但这世间总是有流言蜚语嘛，也不可以轻视而草草了之的。”

这么一听，对方要求博士学位也并非完全没有道理。若并非毫无道理，就会想按着铃木君拜托的那样做。现在主人已是人为刀俎我为鱼肉，要杀要活任凭铃木君处置了。哎，主人真是个单纯正直之人啊。

“那下次寒月来的时候我劝劝他写博士论文好了。但是我肯定要先问清楚他到底是不是对金田家的小姐有意。”

“不用问清楚，你这么横在中间反倒把事情变麻烦了。你就在日常交谈中旁敲侧击地问两句是最省事的了。”

“旁敲侧击？”

“对啊。旁敲侧击好像也有语病，也不用敲不用击的。两个人聊着聊着自然就明白了。”

“你可能能明白，但我要是不好好问我是不明白的。”

“不明白就算了，要是像迷亭那样插手管闲事坏了人家好事才最不妥当。就算是不劝合也不能劝分啊，这种事情本就该随当事人自己的性子去。下次寒月君来了你就尽可能不要妨碍就行了。不是说你，我是说迷亭。那家伙要是说起话来可就没辙了。”我代替主人听着铃木说迷亭的坏话，此刻说曹操曹操到，迷亭君就像往常一样从后门乘着春风飘然而至了。

“哎呀真是稀客啊，像我这等常来的不速之客，苦沙弥的招待可简陋了。看来苦沙弥家还是只能十年来一次啊。看，这点心都比以往高级许多。”迷亭赶紧吃了一口藤村家的羊羹。铃木君手足无措。主人则在一旁暗自发笑。迷亭嘴里都快包不下了。我在檐廊边观看着此情此景不禁感叹，这一幕都可以演一出哑剧了。禅宗的无言问答讲究心领神会，这哑剧的场景也是靠心领神会的。

“还以为你一辈子都要在外漂泊了呢，什么时候又飞回来了啊？真想活久一点啊，说不定以后还能交上什么好运呢。”迷亭对铃木君跟对主人一样毫无顾忌。就算以前是一起合伙吃饭的好友，十年未见怎么着都会有些生分，可唯独迷亭是丝毫未见有隔阂之感。不知该说他是厉害还是傻。

“看你说得多可怜，我可不像你说的那么愚昧。”铃木君的回答虽说八面玲珑，但他心中却难以平静，依然在摆弄胸前的金表链。

“你坐过电车吗？”主人突发奇想问铃木君。

“我今天好像是专程来被各位讽刺的啊。把我当地方来的乡巴佬看啊。别看我这样，我也是保有市街铁道公司 60 股的人啊。”

“那可是让人刮目相看。我之前有 888 股，可惜的是大都被虫给啃了，现在只剩半股了。你要是早点来东京，趁着还没被啃，我说不定能给你个 10 股，太可惜了。”

“你的嘴还是那么损。不过玩笑归玩笑，要是真有那股票可不会亏哦，年年看着水涨船高。”

“对啊，就算是只有半股，过一千年也会涨到可以建三座仓库的价值的。你我在这方面都是当世之才子，苦沙弥就可怜啦。要说到股票他也只能想到萝卜的兄弟而已。①”说着迷亭又拿了一块羊羹塞嘴里看着主人，主人的食欲似乎被迷亭传染了，也伸手去够装点心的盘子。世界上万事都积极主动的人才拥有被他人模仿的权利。

“股票什么的无所谓啦。我还真的想让曾吕崎能有机会坐一次电车。”主人沮丧地望着咬了一口后留在羊羹上的齿痕。

“曾吕崎要是坐电车的话一定每次都坐去品川，与其让他坐电车还不如死后给他刻在压腌萝卜的石头上安全无事些。”

“这么一说曾吕崎过世了啊。真可怜，那么聪明的人，真可惜。”铃木君刚一说完，迷亭便接过话匣子，

“确实聪明，就是不会烧饭。每次轮到曾吕崎做饭时，我都只好出门吃荞麦面。”

“真的，曾吕崎烧的饭又煳又夹生，我也受不了。而且肯定会有生豆腐这道菜，冷得要命根本没法吃。”铃木君也从记忆深处唤醒了十年前的不满。

“苦沙弥那时开始就与曾吕崎关系很好，每晚都一起去吃红豆汤。也正因此才落下个胃功能不良的毛病。说实在的，论吃红豆汤的次数苦沙弥还在曾吕崎之上呢，先死的应该是苦沙弥才对啊。”

“你这理论哪儿学的啊？比起我吃红豆汤你才是呢，每晚都拿着竹刀去背后墓地运动，敲墓碑。最后给僧人撞见还大骂了你一顿呢。”主人也不示弱曝光迷亭过去的糗事。

“哈哈哈，对对，我记得那僧人好像说这么敲会妨碍佛祖安眠的，快别敲了。可是我用的还是竹刀，这位铃木将军可是徒手的啊。

① 日语股票念作“kabu”，芜菁（块茎为椭圆形，跟长萝卜类似）发音也是“kabu”。

和墓碑角力硬是推到了大小三个啊。”

“那僧人那时候可是真生气了，还让我一定要恢复原样。我说等等我去雇人来，他说雇的人不行，必须自己来，以表忏悔之心，否则就是违背佛祖圣意。”

“那时候你可没什么风采哦。穿个细棉布的衬衫，越中兜裆布，在雨后积水的小坑洼里哼哧哼哧地搬着。”

“你那时还若无其事地给我写生，太过分了。我这种很少会生气的人那时候都从心底里恨极了你。你还记得你那时候说了什么吗？”

“十年前说的话谁还记得。但我现在还清楚地记得那墓碑上刻着‘归泉院殿黄鹤大居士安永五年辰正月’的几个大字。那墓碑很典雅，相当不赖，我搬家的时候都想盗走的。美学理论上来看也是十分合理，颇有哥特式风格。”迷亭又大讲他的美学心得了。

“那无所谓啦。你当时说的是这样的：‘我以后要专攻美学，天地间所有有趣之事都尽可能写生记录下来，以供将来参考。什么可怜啊，同情啊这些私情，像我这般忠实于学问之人是不应该提的。’你毫不在意地高谈阔论，我当时真觉得实在是太没人性了，就用沾满泥巴的双手撕烂了你的写生簿。”

“我本来前景甚好的绘画天分就是在那时受挫而一蹶不振的。锋芒彻底被你折戟了。我恨死你了。”

“别捉弄人。我才对你恨之入骨呢。”

“迷亭从那时开始就喜欢吹牛啊。”主人吃完了羊羹，继续插入两人的谈话，“承诺从未兑现过。被别人质问的时候也绝不道歉东拉西扯。那座寺庙里紫薇花盛开的时候，迷亭自己说在紫薇花凋落之前写出一本《美学基本理论》来。我就说他肯定不行，绝对不可能写得出来。然后迷亭又回答：‘别看我这样，可是有表面不易察觉的超强意志力的人。你要是那么不信我，不如赌一把。’我当时很认真接受了，说谁输了谁就请一顿神田的西餐。我虽说也是抱有信心他肯定没心思写书，但内心也稍有些惶恐的。毕竟我可没有请西餐的钱。然而这位老师可完全没有丝毫下笔的迹象。七天过去了二十天过去了一张纸也没写。眼看着紫薇花就要落到一片花瓣也不剩了，他本人还是若无其事，我越发觉得这顿西餐有戏了。等到逼迷亭兑现承诺的时候，他完全不理会。”

“肯定又找了什么理论做借口呗。”铃木君插了句话。

“对，真是不知廉耻的家伙啊。他说：‘我别无所长，可意志力上丝毫不输于你。’固执己见。”

“我一张都没写还这样吗？”这次换迷亭自己问。

“那还用说。你当时是这么说的：‘我在意志力这方面对任何人都是一步不让，只是遗憾的是我的记忆力连常人的一半都没有。写《美学基本理论》的意志足够强，但这意志在向你展示之后的第二天我便忘了。所以在紫薇花谢之前没写出书来是记忆的错，不是意志的错。既然不是意志的错，那就没有请你吃西餐的道理了。’看，就是这般强词夺理的。”

“原来如此，迷亭君发挥出了自己的特质，真有趣。”不知为何铃木君竟觉得有趣。这和迷亭君不在场的时候的语气大相径庭。这或许是聪明人的特色也说不定。

“哪里有趣了？”主人好像到现在还在生气。

“那可真是委屈你了。你看我现在不是为了补偿你，揣着钱敲着大鼓给你找孔雀舌去了吗？别生气了安心等着吧。不过说到写书，今天我可带了个劲爆新闻来。”

“你每次来都说带了个劲爆新闻，可不能都信你。”

“这次是真的啦。明码标价毫厘不差的劲爆新闻。你知道寒月已经开始写博士论文了吗？我还以为寒月那样有真知灼见之人是不会将劳力无谓地耗费在博士论文之上的，但这么看来他还是有一些世俗之野心啊。你一定要通知那鼻子，说不定她现在还做着橡果博士的梦呢。”

铃木君一听到寒月的名字，就用下巴和眼睛不断暗示主人话题不要接话，可主人完全没能领会。刚刚接受铃木君教训之时一直觉得金田的女儿很可怜，现在迷亭又鼻子鼻子地叫，搞得主人又想起了那天的争吵。一想起来就觉得滑稽又可恨。不过，寒月开始写作博士论文这一消息算是个巨大的礼物，还真是迷亭老师自诩的劲爆新闻。还不只是劲爆新闻，是个让人开心痛快的劲爆新闻。娶不娶金田家大小姐都无所谓，总之寒月开始写论文了就是好事。像自己这样本就成色不佳的木像一辈子闷居在佛像店的角落，任凭虫蛀变白都毫无遗憾，迷亭这般成色上佳的雕刻，就想尽快给他涂上金箔让他发光。

“真的开始写论文了吗？”主人无视铃木君的手势，热情地追问道。

“你还真是爱怀疑人。不过题目是关于橡果还是上吊之力学我还真不清楚。总之寒月写的东西肯定会让鼻子佩服得五体投地的。”

从刚才开始迷亭一直鼻子鼻子地叫，铃木君每次听到都很不安。迷亭自己倒是毫不顾忌心安理得。

“那之后我又研究了一下鼻子。最近发现《特里斯兰·项狄》①中有关于鼻子的论述。要是把金田的鼻子也给斯特恩看看的话肯定会成为上佳的写作素材的，真是遗憾。鼻子本有名垂千古的资格，若是就此腐朽实在太值得怜悯了。下次她要是再来这儿，为了做美学参考，我给她写生吧。”迷亭还是一如既往地口无遮拦。

“不过据说她家女儿想嫁给寒月。”主人如实转述铃木君的话，铃木君频繁朝主人眨眼示意，别说了再说就麻烦了，可主人就像绝缘体一样完全不导电。

“那还真是别有风味呢。那样的人的女儿也会恋爱啊。不过也不是什么了不起的恋爱吧，估计也就鼻子那么大吧。”

“鼻子那么大的恋爱也行啊，只要寒月想娶就行。”

“想娶就行？你前几天不是还强烈反对来着，怎么今天突然态度就变软了呢？”

“我哪有变软，我绝不会变软的，只是……”

“只是什么啊？铃木你说说，你也算是个位居实业家末席之人，我说你听听看。那个叫金田什么的，将那个无名之人的女儿嫁给天

① 英国作家斯特恩（1713—1768）小说。作品第三第四卷中都有关于鼻子的描写。

下之优秀人才水岛寒月，奉为水岛夫人，就跟灯笼配吊钟一般，千里马配了个破鞍。你说我等朋友怎可默许此事呢。就算你是实业家你也对我这看法没有异议吧。”

“你还是老样子，精神百倍啊。很好，跟十年前的样子一点没变。”铃木君顺着迷亭的话说，想要蒙混过关。

“既然你都夸我厉害了，那我就再向你展现一下我的博学吧。从前希腊人特别重视体育，所有的体育竞技都花重金奖赏，实行了百万奖励之政策。不可思议的是，偏偏不见有任何记录说曾对学识有过褒奖。到现在为止我都很纳闷究竟为何。”

“原来如此，还真是奇怪。”铃木君到哪儿都很配合。

“可两三天前我在做美学研究之时不经意间发现了原因，解开了多年以来困扰我的谜团。那感觉就好似拔漆桶般醍醐灌顶，达到欢天喜地之高潮。”

迷亭的话未免太夸张，就连擅长附和的铃木君表情都显露出不好对付的样子。主人一直俯身用象牙筷敲着点心碟的边缘，仿佛是在说：“又开始了。”只有迷亭春风得意地继续夸夸其谈。

“你们猜明确解释此矛盾之现象，将我从疑惑的万丈深渊中解救出来的是谁。那就是自有学问以来便被称作学者的那位希腊哲人、逍遥派的鼻祖亚里士多德本人。他的说明中这么写道，喂喂喂，别再敲盘子了好好听着。他说他们希腊人看待竞技中得到的奖励比技能本身还要贵重，所以那些奖品才能成为奖品，成为奖励的工具。然而，知识又如何呢？如果要给予知识什么东西以当作报酬的话，那就必须要给比知识本身还要有价值的东西才行。可是世上还有比知识更宝贵的东西吗？当然是没有的。若是给个不像样的东西，反倒有损知识的尊严。他们堆积整箱整箱的金银，堆到奥林匹斯山那么高，还倾尽克利萨斯①的财富也都无法给予与知识相当的报酬。既然穷尽一切也无法找到与知识相匹配的东西，那么自那之后就再不给知识任何东西了。在承认这一原理的基础之上再来看看眼下的问

① 克利萨斯，吕底亚王国最后的国王。富有，爱资助学者。

题。金田不就是把钱都贴在眼睛鼻子之上的人吗？用新奇点的词来形容的话，他不过就是个流动纸币而已。流动纸币的女儿充其量就是个流动支票。回过头来看看寒月君如何呢？不辱使命以第一名的成绩从最高学府毕业，毫无倦怠之心，身着长州讨伐时代和服上的系带，夜以继日地研究橡果的稳定性，即使这样他仍不满足，近来又准备发表超过洛德·凯尔文①的高论。偶然在吾妻桥上意欲投水一事虽有损他的身段，但这也是热诚青年间常有的行为，丝毫没有波及他知识批发商之形象。若以我迷亭一流的比喻来说的话，他就是流动图书馆。用知识可以捏出28厘米的炮弹。这炮弹一旦时机成熟便会在学界爆发，如果爆发了，肯定会爆发。"迷亭此处突然停住，他自称的迷亭一流之形容词好像并未如期想出，就好似人们所说的虎头蛇尾一般稍显畏怯，但立马紧接着说，"就算是有几千万张流动支票也会被轰个粉碎。所以寒月切不可和那般不匹配之人交往。我不同意。就好像百兽之中最聪明的大象与最贪婪的小猪结婚一样。对吧苦沙弥君。"迷亭说完退下后，主人又默不作声地敲着盘子。

铃木君稍显颓废束手无策地回应了一句："也不是那样吧。"刚才他说了那么多迷亭的坏话，现在再继续讲下去的话，像主人这样无法无天之人不知道要捅出什么事来。尽可能冷淡应对迷亭的锋芒，顺利切换到别的话题才是上策。铃木君是聪明人，他知道现今世上无用的抵抗能避开的都要尽量避开，没用的嘴皮争执是封建时代的遗物。人生的目的不是逞口舌之快而是行动。事情能按着自己的想法顺利进行的话，人生的目的便达成了。若是没有劳苦、担忧与争论，事情就能顺利进展，那人生的目的就达到极乐状态了。铃木君毕业后正是靠着此等极乐主义而成功，靠此等极乐主义买了金表链，靠此等极乐主义接受金田夫妇的拜托，同样还是靠此等极乐主义十有八九快要说服苦沙弥君之时，不按常理出牌、拥有一般人类之外心理活动的迷亭人来疯似的出现，铃木君多多少少还有些不知所措。发明极乐主义的是明治的绅士，实行极乐主义的是铃木藤十郎君，

① 洛德·凯尔文，十九世纪英国物理学家。

现在因极乐主义陷入困境的也是铃木藤十郎君。

“你什么都不知道所以才装模作样地说不见得是那样，少言寡语显得自己很高尚。你要是看到前几日那鼻子来时的样子，就算你多为实业家撑腰也会感到很为难的。是吧，苦沙弥君，你当时也是辛苦斗争了好一阵子。”

“不过据说我比你的评价要好。”

“哈哈哈，你还真有自信啊。要没自信的话也就不会被老师学生嘲笑成‘野蛮茶’还能安然去学校了。我虽说意志力也不差，但还不至于到那般厚脸皮的地步，实在佩服。”

“学生和老师们稍微唠叨一下有什么可怕的，圣博夫可是横贯古今优秀的评论家，他在巴黎大学开课之时评价也很不好，他为了应对学生的攻击外出时一定会藏一把匕首在袖子下方以防身。布伦蒂埃在巴黎的大学里攻击左拉的小说之时……”

“可你又不是大学教师啊。一个中学英语阅读教员引用这么多大家的例子跟小杂鱼以鲸自喻没什么两样。你再这么说更会被嘲笑的。”

“你给我闭嘴。圣博夫也好我也好都是同等地位的学者。”

“这见解卓越。只是藏个匕首出门太危险了，还是别学的好。大学老师揣匕首的话，中学阅读老师就揣个小刀吧。算了算了，刀这东西太危险了，我看你还是去商店街买个玩具气枪背着走好了。又可爱又有用。是吧，铃木君。”铃木君想着话题总算离开金田事件了，稍微松了一口气。

“你还是这般天真烂漫啊。十年后与你们再会仿佛从一条窄巷子来到了广袤的平原一样。我们实业家之间的谈话可这般大意不得，说每一句话都得用心琢磨，又辛苦又憋屈真不好受。跟你们在一起说话真好，和以前书生时代的朋友一起说话时最无须忌讳的了。今天与迷亭君不期而遇实在愉快。我还有点事我先告辞了。”铃木君刚一站起来，迷亭就说：“我也走，我一会儿要去日本桥的演艺矫正风气会，我陪你一起走到那边吧。”“那正好，一起来次久违的散步吧。”两人携手归去。

五

要是将二十四小时的事情都滴水不漏地记下，再滴水不漏地读一遍，那至少要二十四小时吧。虽然我曾鼓吹要写写生文，但也不得不承认这才能终究不是我们猫儿所能企及的。因此无论我家主人整日做了何等值得细细描写的奇言奇行，我都没有逐一为读者们汇报的能力和毅力，实在遗憾。虽然遗憾却也是不得已。虽说我是猫，休养也是很必要的。铃木君与迷亭君走了以后，就好似摧枯拉朽的北风吹过，白雪无声落下的夜里一样安静。主人还是像往常一样钻进书房。孩子在六块榻榻米的房间里列枕而睡。隔着九尺多宽的拉门，朝南的屋子里夫人躺着在给三岁的绵子喂奶。天空淡云密布，急着落山的太阳下降得飞快，大街上路过行人的木屐声也触手可及般在起居室里清晰可闻。附近街道的公寓里传出的时断时续的鸣笛声，不时地给予我耳膜沉重的刺激。外面已约乎朦胧。晚餐吃的鱼糕汤，我还将鲍鱼的壳①都给掏空掉了，如此饱腹我无论如何都是需要休息的。

我稍有耳闻，世间有称作猫之恋爱的俳谐趣味现象，说什么一到春天我们猫族就不得安眠夜里四处游荡，可我还没有遭遇此等内

---

① 据后文，鲍鱼壳应为猫吃饭容器。

心的变化。恋爱是宇宙最原初的活力。上到天上的丘比特神，下到土地中的蚯蚓、蝼蛄，万物皆为恋爱消得憔悴万分。我等猫辈也朦朦胧胧，释放些不安的风流趣味也是理所应当的。回想从前我也曾朝思暮想三毛姑娘，传言“三角函数”主义之典范金田君，他的女儿——爱吃阿倍川饼的富子小姐也曾恋慕寒月君。所以我根本不认为满大街的雌猫雄猫都抓紧一刻千金的春宵四处乱晃是自寻烦恼，只是不管如何诱惑，我都没那心思，所以也没法。眼下我的状态是想休息。这么困也没法谈恋爱。于是偷偷摸摸地找到被单一角，钻进孩子们的被窝里睡大觉。

我不经意间睁眼一看主人不知何时从书房出来到寝室里，钻进夫人旁边的被窝熟睡着。主人睡时习惯从书房中拿一本横排版的小书，可是躺下之后从来没读超过两页。有时候拿过来放在枕边，手够都够不着的地方。既然一行也不读那拿过来还有什么意义，不过那就是主人之风格，不管夫人如何笑话、如何制止，他也绝不改变。每晚读也不读的书千辛万苦拿到寝室来。有时还贪欲过剩三四本一起抱过来。前几日每晚都把《韦氏大辞典》抱过来。想想这也是主人的病，就跟奢靡之人不听龙文堂响彻的松风之声就无法入眠一样，主人也是，要是没有书放在枕边就无法安睡。这么看来书对主人来说不是用来读的而是催眠的工具，是活字印刷而成的催眠剂。

今天拿了什么书呢？我一看，一本薄薄的红皮书快碰到主人的胡子，半摊开着躺在一边。主人左手拇指夹在书中间，以此推断今天竟神奇地读了五六行。红书旁边的是那块镀镍的怀表，散发出与春日格格不入的寒光。

夫人将婴儿推出一尺开外，张口打着鼾，枕头也错位了。大凡人类最难看的便是张着嘴巴睡觉时候了。猫可一辈子都不会有此等耻辱。本来嘴巴是用来发出声音，鼻子是用来呼吸空气的工具，可到了北方人类就变得没精神尽可能不用嘴而节省能量，结果就是用鼻子发出吱吱的声音。不过比起这吱吱声，不用鼻子只用嘴呼吸的样子还更不成体统。最简单的一点，要是天花板上突然掉下老鼠屎怎么办。

再看看小孩，睡姿也不比他们父母强。姐姐俊子好似在行使姐姐的权利，伸长右手放在妹妹耳朵之上。妹妹澄子好似在复仇，抬起一只脚压在姐姐的腹部之上。两个人的姿势比刚开始睡时翻转了九十度。而且这种不自然的姿势一直维持下去，两人没有一个表示不满，都安静地熟睡着。

春夜之灯火总是特别的。天真烂漫静稳无风的光景之后，灯火好似在闪烁着告诉人们要珍惜良宵。我想这到底几点了，于是环视室内四周，能听见的只有挂钟的滴答响声和夫人的鼾声以及远处女佣的磨牙声。这女佣每次被人说她磨牙她都矢口否认。强词夺理说自己生下来到现在从来不记得磨过牙，也不改正也不道歉，只一味主张自己不记得发生过。可是睡都睡着了自己怎么可能记得。事实显然是存在的，就算你自己不记得。世上就有这种做了坏事还总以好人自居之人，自信自己没罪可以让自己天真烂漫地生活那当然也无可厚非，只是不管如何天真都改变不了让人困扰这一事实。许多绅士淑女其实也是与此女佣属于同一系统。夜已深了。

厨房防雨门突然传来两声轻轻的敲门声。这个点了不可能有人来了吧。大概是老鼠吧。我既然决定了不抓老鼠，那就任随他闹腾吧。又咚咚地响了几声，又不像是老鼠。如果是老鼠那也该是个很小心翼翼的老鼠。主人家的老鼠就跟主人在学校教的学生一样不管白天黑夜，都专心于大吵大闹，以惊扰可怜的主人的美梦为天职，所以不可能如此小心克制。刚才应该不是老鼠。前几天闯入主人寝室，咬了一口主人不高的鼻头后，大奏凯歌逃跑的那只老鼠可没有这么胆小。肯定不是老鼠。这次是吱的一声，防雨门被从下往上抬起来了，同时拉门也被尽可能缓慢地沿着沟槽给拉了开。果然不是老鼠，是人。这深夜时分不请自来擅自开锁的可不会是迷亭老师或者铃木君。这难道就是我曾有耳闻的小偷隐士？要真是隐士还真想赶快一睹尊容。隐士现在正随心所欲穿着鞋就上了地板，缓缓走了两步第三步就绊到厨房的活动地板上了。嘎达一声划破寂静的夜空。我身上的汗毛都全竖起来了。好一会儿没有任何声响。看看夫人，依然开口大睡吞吐着这太平年代的空气。主人的拇指还是夹在红书之间，好像还做着梦。不一会儿厨房传来擦火柴的声音，看来这隐士可没有我这夜行眼，要是视线不好的话肯定也不好行动吧。

此刻我蹲在一边思考着。这位隐士是从厕所往饭厅去呢，还是左转绕过大门口往书房去呢。脚步声与拉门声一同出现在檐廊边。隐士果然是进了书房。那之后好长一段时间没有声响。

我才想起要赶快叫醒主人夫妇，可是要怎么叫醒我也没有头绪，脑子里像火轮一样飞快转动，却找不到合适的办法。我想要不咬着被子的边角晃晃吧，可是晃了两三次毫无效果。我又想要不用我冰凉的鼻子蹭主人的脸好了，刚凑近主人的脸就被熟睡中的主人一伸手打到鼻子将我打飞了。鼻子可是猫的致命要害，特别痛。没办法了只好喵喵叫两声叫醒他们，也不知为何此刻喉咙像是被什么堵住了一样发不出声音。好不容易发出了几声低沉的声响，自己都吓到了。主人没有丝毫醒来的迹象，反倒是招来了隐士的脚步声。唧唧唧唧从檐廊一侧慢慢靠近。这下来了，没办法只好放弃了，我躲在隔门和柳条箱中间的地方观察情况。

隐士的脚步声到了拉门前就正好停止了。我屏息凝神，这次他要做什么呢？事后我想我要是捉老鼠时也能有这样的状态就好了，我那时可是魂魄都快从眼睛里飞出来一般紧紧盯着，真该感谢这位隐士让我获得空前绝后的大彻大悟。突然拉门的第三格好似被雨打湿了般，正中间变了颜色。透过其中薄红色的东西渐渐变浓，最终纸终于破掉，红色舌头清晰可见。舌头没多久就消失在黑暗中，取而代之的是某种可怕的发光物，从破掉的小孔对面出现。无疑，这便是隐士的眼睛。奇怪的是这眼睛也不看房间里的其他东西，就盯着柳条箱背后的我看。虽然只是不到一分钟的短暂时间，可被那样瞪着我感觉仿佛折寿了好几年。我都快下定决心受不了了从箱子的影子里逃走好了，这时拉门嗖的一声响，久候多时的隐士终于出现在我面前。

按照叙述顺序，我本该在此拥有向诸位介绍此稀客——小偷隐士的荣誉的，可在此之前请允许我先略述愚见，多有烦扰还请谅解。古代的神向来都是被尊为全知全能的。可俗人所认为的全知全能，有时也可以解释为无知无能。这听起来显然是自相矛盾的，可道破此中自相矛盾之玄机的开天辟地以来只有我一个人。这么一想我更觉自己不是猫，虚荣心泛滥了。所以我一定要在此陈述一番理由，以敲醒人类诸位，切不可瞧不起猫。天地万物都由神创造，人也不例外，《圣经》中明确记载着。

关于人类，人类自身数千年来观察的结论，有一项非常玄妙不可思议的，且让人更加认同神是全知全能的事实。不是别的正是人类虽然此番蠢蠢欲动，却在世界上找不到面相完全相同的两个人这一点。当然制造面孔的工具都一样，大小也都差不离，换句话说他们是被用同等材料制作出来的。可即使如此却也没弄出完全相同的一个来。就算是当代首屈一指的工匠殚精竭虑力求变化，充其量也就只能画出十二三种脸，以此来看一己之力制造了所有人类的神的能力真令人惊叹。然而毕竟这是人类社会无法目击的伎俩，所以称作全能之伎俩也无可厚非。人在这点上对神好像有无限崇敬之感，确实以人类的角度来看确实值得崇敬，可从我们猫的视角来看，同样的事实却正好暴露了神的无能。也不是完全无能，只是可以断定绝对没有超越人的能力。神制造了这么多人类的脸，可是在制造之初就想着要展示此般丰富的变化呢，还是本来是想完全制造相同的脸但最终没能成功，便成此等混乱状态呢，无人能断言。人现在脸面的构造既可以被看作是神成功创造的纪念，也可以被看作是失败的痕迹。既可以说是全能，也未尝不可以说是无能。他们人类的眼睛在同一平面并列，并不能同时关照左右两边的事物，所以视线中总是只有半边事物，真是可怜。换个立场看如此简单之事实在他们的社会日夜不间断地发生着，他们却头晕眼花被神所蒙蔽难以悟透。制造之时，富于变化当然是困难的，但在其之上彻头彻尾的模仿同样也是困难的。让拉斐尔画两张完全相同的圣母像，和让他画出两张完全不同的玛利亚来，对拉斐尔来说都很麻烦，但更为困难的很可能是画相同的两张。让弘法大师写下与昨日完全相同的空海二字，很可能比让他换一种字体更为困难。人类使用的语言完全是靠模仿来习得的。他们人类从母亲、乳母或者其他人那里学习日常用语时，

只会将听到的内容重复，之外再无其他野心。尽可能地模仿他人。如此完全模仿他人而学会的语言能力，十年二十年之后，发音上自然起着变化，这正好证明他们并没有完全纯粹的模仿能力。纯粹的模仿是相当困难的。因此，神要是能将人类制造成全部一个模子刻出来的、毫无区别的话，确能表明其全能，可如果像现在这样将随意而成的样子就此暴露于日光之下，出现让人应接不暇的变化，反而可供我们推测其之无能。

我究竟为何要发表此番言论我已经忘记了。人类都常常会忘本我们猫也自然，所以还请各位宽恕。总之，我看到将寝室拉门打开出现在地板上的小偷隐士之时，以上的感想便自然而然从胸中涌现出来了，为何涌现呢？既然你问为何涌现，那我就必须要重新考虑之后回答你。嗯，原因是这样的。

我本来平常就怀疑神创造万物该不该算作无能，可在我看到悠然出现的隐士之脸之时，那脸庞特征鲜明，使我疑虑瞬间消失了。所谓特征不是别的，他眉眼间与我亲爱的美男子水岛寒月君像极了。当然我也没有认识很多小偷朋友，但根据其行为之粗鲁，我平时也并非没有想象过他的样子，我脑海中他们应该是细小鼻梁上长着铜钱般大小的眼睛，留着寸头才对，可没想到想的和真实见到的大相径庭。看来想象这东西是不靠谱的。眼前这位隐士，脊背修长，淡黑色皮肤上一字眉展开，真是个相貌出众的小偷。年龄估计二十六七岁，这点也和寒月君吻合。既然神可以创造此二位高度一致之人，那可绝不能称作无能了。真是像到我还惊讶地想寒月君是哪根筋搭错了深夜跑来。唯独寒月鼻子下方那块浅黑色的胡子这人没有，我才发觉应该是不同的人。寒月君可是严肃端庄的美男子，是将迷亭称作流动支票的金田富子小姐迷得神魂颠倒的世间尤物。然而此隐士就面相而言对妇人的吸引程度毫不逊色于寒月君。如果金田家女儿真被寒月的五官给迷倒的话，没有不以同等热度恋上这位小偷君的情理。情理先放一边，首先道理上就不通，你看她那般才气逼人，什么事都可未卜先知，这等事情还需要别人告诉她吗？所以若是献上此小偷君而替代寒月之地位，那这位小姐也定是奉献出满满的爱，夫妻间也是琴瑟和鸣。万一寒月君真被迷亭君的劝告说动，这千古良缘告吹的话，只要有这位隐士在就没关系。我先将未来可能发生的事在此做个预想，为富子小姐也稍微安心了些。这位小偷君存于此天地间对富子小姐生活的幸福是一大重要条件。

隐士腋下好像夹着什么。一看原来是主人放进书房的旧毛毯。他穿着条纹布罩衫，灰蓝色的博多产的腰带系在屁股上方，膝盖往下雪白的小腿一览无余，此当儿正抬起一条腿迈到榻榻米之上来。刚才还梦见手被一本红书咬着的主人此刻突然咚的一声大翻身，吼道："寒月！"隐士吓到扔掉了毯子，伸出去的脚也赶紧收了回来。只见拉门的影子里两条细长的腿在微弱地抖动。主人发出嗯呀之声将红书打飞之后，像皮肤病一样挠他的黑色手臂。之后又静静地翻个身，头也脱离枕头，继续酣睡。看来叫了声寒月也只是梦中呓语罢了。隐士稍微在檐廊上站了一会听了听室内的动静，确认主人夫妇都在熟睡之后又将一只脚踏入榻榻米上。这次大叫寒月的声音也听不到了。不久他的另一只脚也随之踏入。这一盏春灯照耀着的六张榻榻米房间里，隐士的影子被锐利地分成两半，透过柳条箱，穿过我的头，最终半壁都整个遮住变黑。回头一看隐士的脸的影子正好在墙壁三分之二高度之处，漠然地动着。就算是美男子只看影子也活似一只八头怪物、形状奇特。隐士从上往下看了一眼夫人的脸，不知为何偷笑了一番。连笑的样子都和寒月很像，真让我震惊。

夫人的枕畔放着一个四角都用一尺五寸的钉子钉住的箱子。这是筑后国久留米的多多良三平君前几日回老家时特意带来的山药。把山药放枕边确实少有耳闻，不过这位夫人可是会将细白糖罐子放进衣柜里的人，可见她是多么缺乏场所合适与否的观念。对夫人来说，别说山药了，就算把腌萝卜放寝室里也未尝不可。然而肉眼凡胎的隐士是不可能知道这女子是这般样子的。既然如此珍贵地放在近身之处，那一定是很重要的东西，这么判断也无可厚非。这隐士稍微提了一下试试，其重量沉甸甸的，让隐士十分满意。看来是要偷这山药了。一想到这美男子竟然偷山药，就突然觉得好笑，不过切不可笑出声，否则会很危险，我只好忍着。

不久隐士开始用旧毛毯将山药的箱子包裹起来，他四下观望，找有没有可以拴住这个毛毯的绳子。幸好主人睡觉时解下的纱衣带就在旁边。隐士用此腰带仅仅缠好山药的箱子，一点不觉苦地背起来。这可不是女性爱看的样子。又拿了两件小孩的棉衣，塞进主人的棉裤里，裤子大腿附近鼓起来活像青花蛇在吃青蛙的样子，或者说是青花蛇临产之样或许更合适。总之样貌奇怪，要是觉得我说的是假的你自己试试看便知道了。隐士将棉裤骨碌碌地缠卷在脖子上，紧接着又将主人的茧绸大褂摊开成一个大包袱布，再将夫人的腰带、主人的外套以及内衣还有其他杂物都整齐地叠了进去，业务之熟练、想法之聪颖，让我也有些佩服。接下来他又将夫人的捋腰带和腰带背衬都连接起来绑在包袱上，单手提了提。再环顾了四周看看还有没有别的可以拿的，发现主人脑袋附近朝日香烟的袋子，即刻扔进了自己袖子里，又从那烟袋中抽出一根，借着灯火点燃，美美地深吸一口又再吐出的烟雾，缭绕在乳白色灯罩之间还未消散之时，隐士的脚步声已经从檐廊渐渐远去，最终再也听不到了。主人夫妇依然沉睡。看来人类也真是够粗枝大叶的。

我又需要暂时休养一番了。没完没了地讲下去身体会吃不消的。安眠一觉之后睁开眼时，三月万里晴空下，主人夫妇正在厨房口与警察交谈。

“这么说是从这里进入寝室的。你们睡得很沉，完全没察觉，是吗？”

“对。”主人觉得有些羞耻。

“那么盗劫事件大概是几点发生的？”警察问得也很无厘头。要是知道具体几点的话还会被偷吗？主人夫妇完全没察觉到这一点，还在频繁就此问题交换意见。

“几点来着？”

“是啊，几点啊。”夫人也在想，好像想就能想出来一样。

“你昨晚几点睡的来着？”

“我在你之后睡的。”

“对，我在你之前就上床躺着了。”

“睁眼时候是几点来着?”

“七点半吧。”

“那盗贼进入室内是几点左右呢?”

“那肯定是晚上啊。”

“谁都知道是晚上啊，现在问的是几点。”

“这要是不好好想想是不知道的。”夫人好像还要继续想。警察只是形式上那么一问，几点进来的其实无关痛痒。撒个谎或者随便说说都行，主人夫妇却偏要较真地你问我答，还讨论不出个结果来，警察也有些焦虑了，说：“那就是说发生盗窃的具体时间不明呗。”

主人还是以往的节奏：“对，是的。”

警察不苟言笑，说着：“那写个书面文件吧。写清楚明治三十八年几月几日锁上门睡觉后，盗贼从何处的防雨门进入，又潜入了何处，偷走了哪些东西，最后加上‘如右所控告也’。记住是写控告书，不是写报告。抬头最好别写。”

“被盗的东西每个都要写吗?”

“对，外衣几件，价值多少，列个表交上去。我就不进去看了，看了也没用，毕竟偷都被偷了。”满不在乎地说了几句后警官就回去了。

主人拿出笔砚放房间正中，再把夫人叫到跟前，说：“我现在写盗窃控告书，被盗的东西一个个说给我。快说。”那语气仿佛就是要吵架一样。

“真讨人厌，讲什么快说快说，就你这仗势欺人的样子，谁会说啊。”夫人腰上系着条细带子，就这么一屁股坐下去。

“你这样子，跟个住宿驿站的妓女打扮一样。怎么不系一个像样的带子出来。”

“你要是嫌不好倒是给我买一个啊，还说我是什么驿站妓女，东西都被偷了不是没办法吗?”

“腰带都偷啊，真过分啊这家伙。好吧那就从腰带开始写。腰带是个什么腰带?”

“你问什么腰带？哪有那么多条腰带啊，就是个黑缎绉绸的双层腰带啊。”

“好，黑缎绉绸双层腰带一条。价值多少？”

“六块钱左右吧。”

“这么任性，系这么贵的腰带啊。以后买一块五的。”

“哪有那么便宜的腰带。所以才说你不通人情世故，自己的妻子打扮得多脏乱不堪都无所谓，自己好看就行了是吧。”

“行了行了，还有什么。”

“丝织外套。那可是河野姨妈去世时留下的纪念物，同样的丝织品那时的和现在的质量完全不同。”

“这段理由不说也罢。价格多少？”

“十五块钱。”

“你还穿十五块的外套，和你的身份不匹配。”

“你管我，又不是花你的钱买的。”

“还有什么？”

“黑袜子一双。”

“你的吗？”

“你的。价格是两毛七。”

“还有呢？”

“山药一箱。”

“山药都偷啊？这是准备煮了吃呢，还是做成山药汤啊。”

“我怎么知道人家什么打算。你自己去问问小偷去。”

“多少钱？”

“山药的价格我怎么知道。”

“那就写个十二块五好了。”

“蠢也得有个限度，就算是久留米挖来的山药，也值不了十二块五啊。”

“不是你自己说的不知道吗？”

“是不知道啊，虽然不知道但十二块五也太夸张了。”

“你又说不知道，又说十二块五太夸张，到底是要怎样？完全不合逻辑。所以才说你是欧坦青·帕莱欧洛卡斯①嘛。”

“你说什么？”

“说你是欧坦青·帕莱欧洛卡斯。”

“那是什么？什么欧坦青·帕莱欧洛卡斯？”

“随便什么意思都可以。继续下一个，我的衣服不是也没了吗？”

“下一个是什么无所谓，赶紧告诉我欧坦青·帕莱欧洛卡斯是什么。”

“哪有什么意思？”

“告诉我一下有什么不行的，你就是这样老是戏弄我，肯定就是欺负我不懂英语用英语在骂我。”

“别说些没用的，赶紧说都没了些什么。赶紧写好控告书，否则东西都回不来了。”

“反正现在写什么控告书也来不及了。你还不如告诉我欧坦青·帕莱欧洛卡斯到底是什么。”

“你这女人还真是吵啊，我不是说了没什么意思吗。”

“那么被偷的东西也没了，就这么多。”

“顽固愚蠢的女人。那随你便吧。再不说我也不写这盗窃控诉书了。”

“我也不告诉你被偷了多少东西。控告书是你自己要写的，不写对我来说也没影响。”

“那就不写了。”主人像往常一样突然站起来走进了书房。夫人则退回饭厅坐在针线前。两个人有十分钟一言不发各自默默望着纸拉门。

不料此时山药的赠送人多多良三平君朝气蓬勃地拉开正门走了进来。多多良三平君原本是此家的书生，现在从法科大学毕业在一家公司的矿山部工作。这也是实业家的苗子，铃木藤十郎君的晚辈，

---

① “欧坦青”为音译，为江户俗语，为骂人笨蛋之语，发音很似西方语言。帕莱欧洛卡斯是东罗马帝国最后的皇帝。此处为若沙弥欺负夫人不懂外文。

三平君因从前的因缘常常造访从前老师的草庐，周末的时候甚至一整天都待在这里，关系密切到毫无隔阂。

“夫人，今天出大太阳呀。”多多良君说着久留米还是哪儿的方言，穿着西裤支起一条腿便坐了下来。

“哎呀，多多良先生。”

“老师出去耍了吗？”

“没呢，在书房里。”

“夫人，像老师那样老用功不得行。好不容易是个周日，对不对？”

“你跟我说也没用，直接跟你老师说吧。”

“确实是，只不过……”说到一半的三平君环视一圈说：“今天也不见娃娃们啊。”话音未落姐姐俊子和妹妹澄子就跑出来了。

“多多良先生，今天带寿司来了吗？”姐姐俊子记住了前几日的约定，看着三平的脸催促道。多多良一边挠头一边说：“你还记得真清楚啊。下次一定带来。今天忘记了。”

“不开心。”姐姐这么一说，妹妹也有样学样地说：“不开心。”夫人看着此情景，心情也终于好了些，脸上浮现出些许笑容。

“寿司没拿来，不是给山药了吗，娃娃们吃了没？”

“山药是什么？”姐姐一问妹妹也跟着问三平君，“山药是什么？”

“这看来是还没吃啦。赶紧让妈妈给煮了吃。久留米的山药和东京的不一样，可好吃啦。”三平君夸耀自己故乡时，夫人才想起来。

“多多良先生真是让你费心啦。”

“味道如何，吃了吗？为了不折断，我专门定制了一个箱子，塞得紧紧的，应该还是那样长没断吧？”

“承蒙你费心带来的山药，昨天晚上让小偷给偷走了。”

“被偷了？这小偷这么蠢啊？难道说是个喜欢山药的小偷？”三平君很激动。

“妈，昨天家里进强盗了？”姐姐问。

“对。”夫人随口一答。

“进强盗了，呃，进强盗了。那强盗进来时长什么样啊？”这次发问的是妹妹。夫人面对此番发问不知该作何答复。

“长的一脸恐怖样哦。”夫人回答之后看了看多多良君。

“恐怖样的意思是多多良先生那样的吗？”姐姐也毫无顾忌地反过来问道。

“说什么啊，真没礼貌。”

“哈哈哈，我的脸有这么恐怖吗？真伤脑筋啊。”说着一边挠头。多多良君头的后部有一块直径一寸左右的秃发区。一个月前就有了去看医生，医生说不容易痊愈。第一个发现这块秃发区的是姐姐俊子。

“哎呀呀，多多良先生的头和妈妈的一样闪闪发光。”

“不是让你别瞎说吗，这孩子。”

“妈，昨天晚上的小偷头也这么亮吗？”这次是妹妹在问。夫人和多多良君同时间忍俊不禁。孩子们老在这儿烦也说不了话，于是夫人说：“好了好了，妈妈现在给你们好吃的点心，你们拿着去院子里玩去。”夫人总算把孩子们遣走了。

“多多良先生你的头发到底怎么了？”这次夫人认真地询问。

“长虫癣了。不好痊愈。夫人也是吗？”

“哎呀我的可不是虫癣。女人盘发嘛，拉拉扯扯总归都会有些的。”

“秃发可都是由细菌引起的。”

“我的可不是细菌引起的。”

“夫人您不要逞强了。”

“不管你怎么说我的就是不是细菌引起的。不过英语秃头怎么说啊？”

“秃头应该‘博鲁德’①。”

“不是这个，不是，是不是还有个名字更长的。”

“您问问老师吧，肯定立马就知道了啊。”

---

① 英文“bald”。

“你们老师就是不告诉我，我才问你的。”

“我只知道博鲁德这一种说法。您说更长，是有多长？”

“叫欧坦青·帕莱欧洛卡斯。肯定是欧坦青是秃的意思，帕莱欧洛卡斯是头的意思呗。”

“可能真是那样。一会儿我去老师的书房查查《韦氏大辞典》就知道了。不过老师也真是奇怪，这么好的天在家里窝着。夫人，那样胃病是不会好的啊，您还是劝劝他去上野看看樱花也好啊。”

“你带他去吧。你们老师是绝不会听女人说的任何话的。”

“最近还在吃果酱吗？”

“吃。还是老样子。”

“前几日老师还跟我发牢骚来着，说什么‘我老婆说我吃果酱吃得太狠，但我可没有吃那么多，肯定是我老婆搞错了’什么的。我想一定是夫人您和小孩们也一起吃了吧。”

“哎呀你这多多良先生，真讨厌，说什么呢。”

“不过夫人您脸上看起来真是像吃过果酱的啊。”

“脸上怎么会看得出来？”

“脸上是看不出来。不过夫人您真的一点都没吃吗？”

“那还是吃了点的。但我吃点不也正常吗？毕竟是自己家的东西。”

“哈哈哈，我就猜是这样。不过话说回来，入室盗窃还真是天降灾难啊。小偷只拿走了山药吗？”

“要是只是山药我们就没这么烦了。平时穿的衣服也都给偷走了。”

“那还真是苦恼啊。您是不是又得借钱了。这只猫要是狗就好了。可惜了。夫人您养一只大狗吧。猫不中用的，只吃不干活。这猫捉老鼠吗？”

“一只也没捉过。真是爱偷懒厚颜无耻的猫啊。”

“那可真是没用。赶紧丢了吧。或者给我，我拿去吃了。”

“哎呀，多多良先生你还吃猫啊？”

“我吃过啊。很好吃的。”

“还真是豪杰。”

我确实听说下等书生之中有吃猫的野蛮人类，但曾对我多有眷顾的多多良君居然也是这些人中的一员，我做梦也没想到。更别说他早已不再是书生，虽然毕业的时日还浅，但好歹也是位堂堂法学士，六井物产公司的职员啊，我着实是大吃一惊。“遇人先想他是贼”这句格言虽已为寒月二世的行为所证实，但“遇人先想他吃猫”却是多亏了多多良君才让我感悟到的真理。入世则知理，知理固然可喜，但危险也与日俱增，警惕性也得跟着与日俱增。不管是变狡猾，还是变卑鄙，总之穿上表里两套的护身服，都是知晓事理的结果。而知晓事理又是年龄增长的罪过，所以老人中少有好人，就是这个道理。我这样的猫儿趁着还未上年纪，在多多良君的锅中和洋葱一起成佛上西天，或许更是上策。我缩在一角思考之时，刚才和夫人吵了架、临时撤退到书房里去的主人，听到多多良君的声音，也慢条斯理地到客厅来了。

“听说老师这里进了小偷，您也犯傻了啊。”多多良君上来便劈头盖脸来一句。

“进来偷东西的那家伙才是傻的吧。”主人无论何时总以贤人自居。

“进来偷东西的人当然傻，但被偷的也没多聪明吧。”

“多多良君，像你这样身上没什么可偷的，才是最贤明的。”夫人这次站在主人这边。

“不过，最蠢的应该是这只猫。真是，也不知他怎么想的，又不捉老鼠，进了小偷也一副毫不知情的样子。老师，不如把这猫给我吧。养他在这儿也没用。”

“给你也不是不可以，可是你要他做什么？”

“煮了吃。”

主人猛然听到这句话，露出因胃病而恶心的笑容，也不再多作回答。多多良君也没有坚持说非吃不可，我这也算作喜出望外之幸福。主人话锋一转。

“猫的事先放一边。我衣服都被偷了，近来冷得很。”主人意气消沉。是啊，他肯定会感到冷啊，昨天还穿着两件棉衣，今天却只一件夹袍套半袖的衬衫，早上也没运动干坐到现在，血液本就不充分还全为了胃在劳作，根本不往手脚方面来循环。

“老师您不能一直当教书匠。稍微进个小偷，立马就犯愁了。现在换换头脑，当个实业家怎么样？”

“你又不是不知道，你的老师最讨厌实业家了，说这些没用。”

夫人从旁回应多多良君。夫人当然想自己的丈夫成为实业家。

“老师从学校毕业已经多少年啦？”

“今年该是第九年了吧。”夫人看了一眼主人。主人也不说是，也不说不是。

“九年了月薪也不涨。再怎么做学问也没人褒奖，真是‘郎君独寂寞’呀。”多多良君把中学时背过的诗句朗诵给夫人听。夫人也没太懂，便也没有回答。

“教师这职业我不喜欢，实业家更不喜欢。”主人好像在心里考虑自己到底喜欢什么。

“你的老师，什么都讨厌。”

“老师不讨厌的估计就只有夫人吧。”多多良开了个不合身份的玩笑。

“老婆是最讨厌。”主人的答复最为简明扼要。夫人横过脸去，一副毫不在乎的样子，不一会儿又再看着主人，说：“活在这世上也讨厌吧。”夫人存心想揶揄主人。

“也没多喜欢。”主人满不在乎地回答。这么一来夫人也束手无策了。

“老师您要不经常出去活动一下散散步，身子会给搞坏的。您还是当实业家吧，不用费多大事儿就可以赚大钱。”

“也没见你赚多少啊。”

“哎呀呀，夫人，我去年刚进的公司呀。不过就算这样，也比老师有积蓄呢。”

“你存了多少钱？”夫人上心地问道。

“已经有五十元钱啦。”

“月薪是多少呢？”夫人又问。

“三十元，每月存五元钱在公司，先攒着，到了临时需要时也有的可用。夫人，您要不要用零花钱买点外濠线电车公司的股票？过三四个月钱就会翻倍。真的只要有点钱，立刻就能赚两三倍。”

“我要是有钱买股票，也不至于被偷了就这般为难了。”

“所以我说要当实业家嘛。老师当初如果学的是法律，毕业后进入公司或银行，现在月收入也有三四百元了，太可惜了。老师，您认识那位工学士铃木藤十郎吧？”

“嗯，他昨天来过了。”

“是吗？前几天我在宴会上遇见他。提到先生，他说：‘哦，原来你在苦沙弥那里做过书生呀。我和苦沙弥以前也在小石川的寺庙里一起过自炊生活来着。你下次见到他替我问好，我寻思着这几天也去看看他。’”

“据说近来他被调回到东京来了。”

“是的，以前在九州的煤矿上，最近调回的东京。他人很好，和我这样的人也像和朋友一样交谈。老师，您知道他现在挣多少吗？”

“不知道。”

“月薪二百五十元，年中和年末还有两次奖金分红。拢共算起来，月均得有四五百元。他那样的人，赚得金钵满满，老师您一直教英语阅读，十年过去了仍是一身敝裘①，太傻啦。”

“真是傻啊。”主人这样超然物外之人，对金钱观念却也与普通人无异。不对，或许正因为他穷，所以比常人更想要钱。多多良君已经充分鼓吹了当实业家的好处，也无话可说。

“夫人，老师这里来过一个叫水岛寒月的人吗？”

“嗯，他常来。”

“他人咋样啊？”

“看起来是位很有学问的人。”

---

① 春秋时传言晏子一狐裘三十年。

“是位美男子吗？”

“哈哈哈哈，和多多良君你差不多吧。”

“是吗？是和我差不多吗？”多多良当真了。

“你怎么知道寒月的名字？”主人问道。

“前些日子有人托我打听。他真的是那样值得打听的人物吗？”多多良君还没有听到主人的答复，就先摆出了在寒月之上的架势。

“他比你厉害多了。”

“这样吗？比我厉害吗？”多多良也不笑也不怒，这正是多多良君的特色。

“最近能当上博士吗？”

“好像最近正在写博士论文。”

“那看来也是个傻子。还写什么博士论文，我还以为他是个多能言善辩的人呢。”

“多多良君还是一如既往见识不俗啊。”夫人笑道。

“有人跟我说，他要是成了博士，那谁就会把女儿嫁给他。还真有这样的傻子啊。为了娶别人的女儿才去当什么博士。我就回了他一句，把女儿嫁给那种人，还不如嫁给我呢。”

“这个他是谁？”主人问道。

“就是托我打听水岛事情的那个男的。”

“是铃木吗？”

“不，铃木那种人还不配托我办这种事。对方可是个大富翁哩。”

“多多良君这是‘在家门口逞威风’啊。到这里来装得了不起，可真到了铃木先生面前，就说不出口啦。”

“那肯定啊，不那样可就危险了。”

“多多良，出去散散步吧。”主人突然说。主人大概因为一直穿着单衣冷得很，才想出去运动一下会暖和些，所以才提起这个前所未有的建议。漫无计划的多多良君当然是不会犹豫不前的。

“走吧。去上野吗？还是要去芋坂吃糯米团子？老师，您吃过那里的糯米团子吗？夫人，您也去吃一次试试看，又软又便宜，还有酒喝。”他照例又无厘头地扯了几嗓子。这期间，主人已戴上帽子，走到门口了。

我也需要休养一番了。主人和多多良君在上野干了什么，在芋坂究竟吃了几碟糯米团子，这类逸事我既没有必要去打探，也没有勇气尾随其后，所以就都略去，趁此时间好好休养。

休养是万物向苍天要求的必然权利。在这个世上保有生息的义务又蠢蠢欲动的物种，为了履行生息的义务，必须要休养。假如有神跳出来说“尔等是为劳作而生，非为睡眠而生”之类的话，那么我也会这么回答：“诚如所言，我是为劳作而生，所以为了好好劳作我要乞求休养。”就连主人那样对机器愤愤不平的糙汉子，星期天以外的时间也会自主休养吗。我这么多愁善感，日夜劳神，就算只是只猫儿，需要比主人更多的休息时间也是毋庸赘言的。只是刚才多多良君骂我是除了休养以外别无所长的废物，我总心有不甘。总之，只看物体表象的俗人们，除了五官刺激之外就再无其他活动，所以他们评价别人时，不会涉及形骸以外之物，这是最烦的。他们认为说到劳动，就一定要撩起后襟，出汗水才算。据说以前有一个和尚叫达摩，他坐禅一直坐到脚都腐烂，即使墙壁缝隙里长出常春藤，塞住他的眼耳喉鼻，他也不动弹。他没有睡着也没有死去，脑中一直在活动，思考着玄妙深奥的道理，达到了“廓然无圣”的境界。儒家也讲静坐的功夫，但也并非将自己幽闭于一室之中，安闲地瘫坐着修行。而是脑中的活力比别人更多一倍，一直在盛情燃烧。只从外观看，确实是极其沉静端庄严肃之姿态。天下的肉眼凡胎都将此等知识巨匠以为是昏睡假死之庸人、以为是无用之长物、以为是好吃懒做之徒，加上些莫须有的诽谤之声。这些肉眼凡胎都只观形不观心，生来就是视功能不全。刚才这位多多良三平君就是他们中的领头人物，所以这位三平君将我与那些不干净的东西同等而视，也并无什么稀奇。只是可恨的是，读了不少古今书籍，稍微了解事物真相的主人也立刻同意三平君的看法，丝毫没有阻挠他炖猫肉火锅的样子。不过退一步想，他们这么轻视我，也不见得毫无道理。毕竟“大声不入里耳”①、阳春白雪、曲高和寡这些比喻古来就有。对那些不能看形体之外活动的人，强行告诫他们：“你要看看自己的灵魂的光辉！”这么做和逼和尚盘头发、让人对金枪鱼演说、要求电车脱轨、劝告主人辞职和让三平君不要考虑钱一样，毕竟都是无理的要求。

然而我虽是猫，也是社会性的动物。既然是社会性的动物，那就不能一味地自我欣赏，某种程度上还是要与社会调和。主人、夫人乃至阿三、三平等等都对我都没有太好的评价，虽然这很遗憾也没有办法，但他们不明智最终的结果就是扒了我的皮给送去三味线店，宰了我的肉送去多多良君的餐桌，不由分说地将我搞成这样，事情可就严重了。我有如此超群之头脑，蒙受天命在人间大显身手，才出现在此婆娑世界。我可是“前无古猫后无来者”之猫，必须十分宝贝自己的身体。“千金之子坐不垂堂”② 这谚语说的就是这个道理。总觉得自己比人厉害，而让自己深陷危险之中，不仅只会让自己蒙受平白无故的灾难，还是违背上天旨意。猛虎入了动物园也必须得和野猪为邻，鸿雁被抓到卖鸟店也只能和雉鸡一样同上菜板为人果腹。既然和庸人相处，那就不免要化身为庸猫。若不想做庸猫，那就必须要捉老鼠。最终我还是决定捉老鼠。

前些日子，据说日本和俄罗斯展开了大战。我是只日本猫儿，所以自然是支持日本的。要是可能的话，我都想组织个猫的混合编队，去又抓又挠那些俄国兵呢。我如此精力旺盛，所以只要我想捉上一两只老鼠，睡着也能捉住。据说从前有人问当时有名的禅师，怎样才能获得彻悟，那位禅师回答说，像猫瞄准老鼠那样就行了。所谓猫瞄准老鼠那样，意思就是只要那么做必定不会失败。俗语中有“女人要小聪明反倒卖不出牛”的说法，可还没有听说过“猫儿要小聪明反倒捉不住老鼠。”看来，不管我如何要小聪明，总不至于不捉老鼠的。不是没可能不捉老鼠，而是没可能捉不到老鼠。

---

① 出自《庄子》。形容高雅的道理俗人不解。

② 出自《史记》袁盎列传中的汉代民谚。表示有钱人家的孩子，坐卧不靠近堂屋屋檐处，怕被屋瓦掉下来砸着。形容不在危险地方停留。

春日一如昨天又到了黄昏，被阵风扰动的花瓣纷飞如雪，从厨房隔扇的破处里飞舞进来，花瓣映在水桶的倒影，在昏暗的厨房煤油灯下白白发亮。我下定决心，今晚搞个大的，让全家人都对我刮目相看。首先，必须环视战场做到对地形心中有数。当然，战线并能拉太宽，用榻榻米块数来算也就是四块半那么大。其中有一块被对半切开，一半是洗菜池，一半是专供酒铺菜铺小伙计立足的泥土地面。炉灶和我家的穷厨房不相称很气派，上边的红色铜壶也闪闪发亮。后面是护墙板间留有两尺的地方，是我进餐的容器：鲍鱼壳。离客厅近的六尺地方是餐柜，装着碗、碟、罐之类。厨房本就狭小，这么一切割更显狭窄。餐柜的高度和横架着的搁板几乎相同。餐柜下方放着一个擂钵，擂钵中小桶的桶底朝着我。墙上并排挂着擂杵和萝卜礤子，消火罐在一旁悄然而立。黢黑的房椽交叉处垂下来一根吊钩，尖端挂着一只大篮子。篮子不时在风中摇摆。这篮子为何要挂着，我初来时完全不懂，后来才知道是为了不让猫能够得到，故意把食物放在篮子里吊起来。我刻骨铭心地感受到人的心眼儿真是坏透了。

接下来就是制订作战计划了。要说在哪儿和老鼠打仗，当然是在老鼠出现的地方。就算我占据了有利地形，独自一人守着也根本打不起仗来。看来有必要研究一下老鼠从哪儿出来。我站在厨房的正中央，回望四周，想着老鼠会从哪个地方出现。此时总感觉自己仿佛东乡大将。女佣刚去洗澡了还没回来，小孩早就睡了，主人去吃了芋坂的糯米团子回来照旧一个人待在书房。夫人？夫人在干什么我不知道，大概是在打盹吧，说不定还在做山药的梦呢。门前偶尔有人力车通过，通过之后更加寂寥。不管是我的决心，还是我的意气，抑或是厨房的光景还有四周的寂寞，整个环境都充斥着悲壮。无论如何我都觉得自己是猫中的东乡大将。进入此番境界，一方面我觉得自己很厉害，另一方面也被愉悦的感觉充满，谁都会这样。

在这愉快之感之中我发觉了一大隐忧。我已经做好和老鼠打仗的心理准备，所以他们来几只我都不害怕。但若是不知道他们从哪里出现还是不太好办。综合我周密观察而得到的材料来看，鼠贼大致会从三条路径跑出来。他们如果是沟鼠的话，就一定会沿着瓦管顺流而下，绕炉灶的背后出现。这时我只需藏在闷火罐后，堵住他们的归路便行了。他们也有可能走热水沟内从灰浆的洞穴迂回到洗澡的地方，不经意间出现在厨房里。如果这样的话，那我就要在锅炉盖上埋伏好，他们一到我眼皮底下，我立马从上面跳下来一把抓住他们。之后，我又看了下周围，橱柜的右下方有个被咬破半圆形洞，我怀疑他们可能会利用这个洞出入。我用鼻子嗅了嗅，有点老鼠味儿。如果他们从这边呐喊而出，我就得藏在立柱背后，让他们先通过，再从侧面给他们一爪。如果他们从天花板上下来的话……我这么想着，抬头看了看，只见黢黑的煤将灯光照亮，仿佛地狱翻了个个儿，吊在上面。我这点本事既上不去也下不来，他们也不可能从那上面掉下来吧，所以我就解除了这方面的警戒。

但即使这样，他们仍然有可能会从三面夹击我。如果只是一面，我一只眼就能够把他们击退，两面的话，想想办法费点神总还是有自信能把他们击溃的。可是如果遭遇三面夹击，再怎么厉害的捕鼠能手，也应付不来。那我要去请车夫家的大黑帮忙吗？但好像也有损我的威严。那怎么办才好呢？怎么办才好呢？我这么想着，想不出好法子的时候就暗示自己事情是不会发生的。此乃求得安心的捷径。你看看这世界上，那些穷途末路的人都是这么自我安慰的。昨天刚娶了新娘，但其实今天新娘就有可能过世，不是吗？但是新郎还是照样唱着“玉椿千代八千代”这样的吉利的歌，完全没有丝毫的担心。不担心不是因为没有担心的价值，而是不管怎么担心都没有办法。就像我一样，我并没有足够的论据证明老鼠们不会三面夹击我，但是要是觉得他们肯定不会的话，就能够求得安心。安心对万物都是必要的。我也想要安心。所以我就告诉自己肯定不会受到三面夹击。

即使这样，担心也还是不能消除。为什么呢？仔细考虑，我终于明白，因为对于三个计策选哪一个更好，我内心并没有明确的答案，于是一直苦恼烦闷着。若是从橱柜出来我有回应之策，若是从洗澡间出来我也有对付之计，若是从流水管中爬上来，我也有迎战的打算。三者之必须要选择一个，十分困难。东乡大将也很担心，俄国的波罗的海舰队①到底是从对马海峡过呢，还是从津轻海峡出现，又或者是绕到宗谷海峡，现在我以自身的境遇，真是能切身感受到东乡大将当时的困顿。我现在不仅面临和东乡阁下相似的状况，我的地位也和东乡阁下相同，而且同样是在费尽心机地思考周全。

正当我专心致志地想着计谋之时，阿三突然打开了拉门，脸一下子出现在我面前。我只说她脸出现在我面前，并不是说她没有手足。只是其他的部分在我夜晚的透视眼里看不太清，脸的颜色很强烈，所以自然首先映入眼帘。洗澡归来的阿三，脸比平常更红了。她吸取了昨天的教训，早早的便把厨房门给关上。书房中传来主人的声音："把我的手杖给放枕边。"为何要把手杖放枕边我也不清楚。难道他也想学荆轲那位易水的壮士，卧床之际听虎啸龙吟吗？昨天放的是山药，今天放手杖，明天该放什么呢？

夜还很浅，老鼠还没有到出来的时候。大战之前，我需要休养一会儿。

主人家的后厨没有天窗。客厅的话在房梁附近开了一尺左右的小口，四季的风都会吹进来，代为行使天窗的功能。彼岸樱毫无留恋地落了，飒飒春风拂面将我惊醒。我睁开眼，胧胧明月不知何时将炉灶的影子印刻在壁板之上。我担心自己是不是睡过了，于是竖起耳朵三两次，听了听家中的样子。家里依然安静，跟昨夜一样，只听得见挂钟的滴答声。已经到了老鼠出洞的时候了。老鼠会从哪儿出来呢？

橱柜中发出咯嗒咯嗒的响声，老鼠好像是用脚踩着小碟子的边沿，在里面大肆破坏。看来是要从这儿出来呢。我在洞旁埋伏。可一会儿过去了，依然没有出来的迹象。不久碟子窸窣的声响停止了，这次换大碗挂着了，声音比之前沉重，咣当咣当的声响。他们与我就隔着一个橱柜门，就在我对面，离我鼻子尖也就三寸不到。洞穴口不时哧溜哧溜地响起脚步声，不一会儿又远去，反正就是没有一

① 俄国的波罗的海舰队日俄战争中被日本重创。

只露脸。一扇门对面敌人正在暴行逞威，我却只能在洞口干等，只能望洋兴叹。老鼠好像在旅顺碗里开着盛大的舞会。阿三也真是的，至少开一点小口，让我能够进去橱柜里面吧。真是不知变通的乡巴佬。

不一会儿，炉灶背后我的鲍鱼壳附近也开始响动了。看来敌人要从这方面过来。我悄悄地靠近，但只在提水桶间看到一只敌人的尾巴而已。之后他们就迅速隐入了流水之下。不一会儿洗漱间的漱口碗也撞击着金属脸盆叮叮当当地响。这次是从后面袭来啊。我一回头，看见一个五寸大小的家伙，蹬掉他磨牙的袋子，迅速跑到了廊下。哪里逃！我也紧追着跳到了下面，但影子都没看见一个。看来捉老鼠比我想象中要难多了。我或许先天就不具备捕鼠的能力。

我一绕到洗漱间，敌人就从橱柜探出头来。我一加强对橱柜的警戒，他们又从流水口飞上来。我在厨房正中间坐着，他们就在三个地方同时发出些骚动。不知道是该说他们自大呢，还是说他们卑鄙，反正不是可以入君子眼的敌人。我拢共跑了十五六回，一会儿这边一会儿那边，劳心劳力奔走拼命，结果一次也没有成功。是很遗憾，但是如果跟这种小人为敌，就算是东乡大将也束手无策。开始我还有勇气、有杀敌的决心，甚至还有悲壮又崇高的美感，后来都演变成麻烦、愚蠢、困顿和疲累。最终，我坐在厨房正中间，一动也不动。然而不动也可以眼观六路耳听八方，敌人不过是小人，量他们也成不了什么大事。没想到被我当成目标的敌人竟个个都是小肚鸡肠的家伙。原先那种战争的光荣感已经消失，只剩敌人可恨的念头。可恨这个念想一过，脑子里的干劲就突然变得模糊。一模糊就只剩轻蔑的念头：“让这些小人去闹腾吧，反正也不会闹出什么大事儿”，再进一步演变，困意袭上心头。我内心经历了这么些波动，困了起来。于是我就真的睡着了。即使身处敌人中间，休息也是很有必要的。

透过面向屋檐横向开着的天窗，一摞花瓣飘落进来。强烈的风绕过我的耳畔，橱柜口处飞出来一个弹丸大小的东西，我来不及躲避，它以切风之速迅速咬住了我的耳朵。紧接着另一个黑影绕到我身后，我还没来得及反应，他就已经咬住了我的尾巴。这就是一瞬间的事情。我下意识地往上跳蹿，将全身的力气都集中在毛孔上，想要将这些怪物给抖落下去。咬住我耳朵的那个丧失了重心，耷拉地吊在我脸旁，他那犹如橡胶管一样柔滑的尾巴尖不经意地就落入了我的口中。好呀，正中我下怀，我欲一口将他咬碎，于是我叼着他的尾巴左右摇晃，他的尾巴倒是留在了我的门牙之间，身体却摔到了贴着旧报纸墙壁之上，而后反弹回到盖板上。他刚站起来，我就猛地扑上去。他就跟踢皮球一样，掠我的鼻尖跳到吊板上，缩着脚站着。那家伙在橱柜上往下盯着我，我在地板间向上望着他，我们距离有五尺。月光犹如在空中拉起一大幅横带一样，横亘在我们中间。我将力气集中在前脚上，意欲飞上橱柜。可是前脚仅仅抓到了橱柜的边缘，后脚依然悬在半空。尾巴上的那只黑东西有着誓死不松嘴的气势，我很危险了。我换了一只前腿，想要更深地抓住橱柜。我每换一次前腿，因为尾巴上的重量，抓得就越浅。再往下滑两三分，肯定会掉下去的。我越来越危险了。爪子挠着木板发出吱吱的声响也清晰可闻。这样下去可不行。于是我又想换回左前爪，可是没有钩牢，只剩右爪一根支撑着吊在橱柜上。我自身的体重再加上尾巴上那个紧咬不放的东西的体重，将我的身体压得来回摇动。这时，橱柜上刚才一直一动不动地盯着我的那个怪物觉得机会就在现在，于是瞄准我的额头，从橱柜上投石一般飞跳下来。我的爪子也一下丧失了抓力。三个东西一起在月光的竖切之下掉了下来。下一隔上放着的擂钵和擂钵中的小桶以及果酱的空罐都一同，顺带还拉上下面的闷火罐，一半落入了水缸之中，一半跌倒在地板之上。这所有一切在深夜中发出了不同凡响的声势，就连我这个奋不顾身之猫的魂魄也吓得打个寒战。

“小偷！”主人扯着个破嗓子从寝室飞奔出来。我一看，他一手提着煤油灯，一手拿着手杖。惺忪的眼睛里发出与炯炯的光芒，与他身份契合。我乖乖地蹲在鲍鱼壳旁，那两只怪物则藏身于橱柜之中。主人手足无措，略带怒气地对着空气问道：“谁？发出这么大的声响！”月已西斜，地上银白色的光带也变得只有刚才一半的大小了。

六

天这么热，我这猫也受不了啊。听说英国有位叫锡德尼·史密斯①的人，酷热时难受万分，竟说出“把皮脱掉，肉也脱掉，只留骨头尽享清凉”这样的话。就算不让我只留骨头，至少也把我这淡灰色斑纹的毛衣给拆洗一下吧，或者暂时拿去当铺当了也行。

人类中或许有人会以为，我们猫一年四季都一张脸，春夏秋冬都一张招牌过到底，日子单纯、无事、不花钱，可是，即使是猫，对冷热也很敏感的。偶尔我也想去冲个凉，但无奈这身毛衣泡水之后就很难烘干，于是只好忍耐这一身汗臭味，到现在为止也没潜入澡堂过。偶尔我也会想用用团扇，但爪子握不住也不行啊，真没办法。这么一想人类还真是奢侈，很多东西本来生的就可以吃，非要专门煮、烧、渍醋、加味噌，乐此不疲地费尽周折。衣服也是一样。虽然让他们像猫一样一整年都穿同一件衣服，对于生来不健全的他们来说，稍显困难，但是他们也不用在皮肤上套那么多五花八门的东西啊。麻烦完了羊，又去骚扰蚕，还欠棉花人情，看他们这样我都能断言：奢侈就是无能的结果。

① 锡德尼·史密斯（1771—1845），英国牧师，作家。脱皮脱肉一事记载于史密斯女儿的回想录中。

衣食方面暂且可以睁一只眼闭一只眼宽恕他们，但就连和生存没有直接利害关系的一些事情上，这种行为也大行其道，让我实在无法苟同。首先，头发这东西就该是自然生长的，对其放任自由就行，可他们搞些没用的计策，得意扬扬地把自己打扮得纷繁多样。自称光头之人无论何时见他，头上都是青筋暴露。热的时候头上撑把伞，冷的时候又把头给包住。费这么些事当初又为何把头剃光呢，真是不明白。接着看，还有用锯齿一般所谓梳子的道具，欣喜地将头发左右等分之人。也有不等分的，那就七三开，总之在头盖骨上进行人为的区域划分。其中还有分割过头中心旋的部分，一直延伸都后脑勺的，真跟伪造的芭蕉叶一模一样。还有将头顶铲平，左右笔直切下去的，硬生生给圆形的头套了个方形的框，我只能认为这是一幅写生画，画上是一棵送进盆栽店后的杉树根。此外还有剃五分头、三分头、一分头的，最后还有剃到脑后部的，负一分头、负三分头这类新奇的头型似乎也很流行。总之，不明白他们缘何这般“为发消得人憔悴”。就说一点，人类有四只脚却只用其中两只，这就足够奢侈了。若四肢并用也能走得很好，可总是只用两脚，剩下的两只就跟送来的鳕鱼干一样，耷拉着无事可做，真是蠢极了。这么看来，人类比猫闲多了，实在太无聊才想出那么多衣食住行的花招，自娱自乐。但可笑的是，他们一有机会就四处吹嘘自己有多忙，不仅如此，他们的脸色看起来也是很忙，说得不好听些，就是到了被忙碌给咬死了的程度。他们中有人见了我之后会说，真想像猫一样过闲适的日子啊。既然觉得闲适好，那就照做啊。又没人逼他们定要事事急不可耐。搞些力不能及之事强加给自己又叫苦不迭，这和引火烧身后还大喊炙热难耐有什么差别。如果我们猫有朝一日也给自己创造二十多种剃头的样式，那我们也难得清闲。要想清闲就做个修行，像我一样夏天也穿着毛衣度日。不过话说回来还真是有点热，毛衣还是太热了。

这么热，我独门秘诀的午睡也睡不成了。有什么事可做吗？我很长时期没观察人类社会了，不如今天来拜见一番，看他们为奇思异想而忙忙碌碌的样子吧。不巧主人在懒这点上和猫的性格很接近。

午睡的劲头不比我差，特别是暑假之后也没做什么像样的工作，怎么观察都觉不出他有干劲。这时若是迷亭来了，主人那胃功能不良的皮肤也会多少有点反应，暂时不会像猫那么疲懒。

我正这么想着，洗澡间就传来哗啦啦冲水的声音。还不只水声，不时还兼有插话声。“哎呀真舒服”“心情畅快了”“再来一舀水”这声音响彻家中。来主人家不打招呼还能肆无忌惮发出此等声响的不是别人，一定是迷亭。

终于来了！这么一来我今天大半天的时光就有的打发了。先生用肩上的衣服擦了擦汗，像往常一样毫无顾虑地登上了客厅。“夫人，苦沙弥君怎么啦？”他一边说着，一边将帽子抛到榻榻米上。

夫人此时正在旁屋针箱一侧趴着，舒服地睡着午觉呢，突然被迷亭弄出的嘣嘣嘣的声音敲响鼓膜，于是惊醒，将依然惺忪的眼睛故意瞪大，到客厅里来才发现迷亭穿着萨摩上布的衣服，站在后厨处。“哎呀，您来了啊？”夫人说着，略显狼狈。“我完全没发觉。”夫人鼻子上还沾着汗水，就鞠了一躬。

“啊，我也是刚来。刚刚在洗澡间让阿三给弄了点水冲了一下，才终于活了过来。好热啊。”

“这两三天光待着都觉得汗水往外涌，实在太热了。不过您还是没变啊。”夫人依然没擦去鼻尖的汗水。

“谢谢。人也不至于因为热就变样吧。但这热得也太离谱了，总感觉疲惫没精神。”

“我以前也不睡午觉来的，现在这么热，一不小心就睡着了。”

“会的，会的，挺好的。中午有的睡，晚上也有的睡，天下没多少这样好的事儿了。”迷亭还是这般悠闲地调侃，但似乎觉得意犹未尽，又补了一句：“像我这种人就是睡不着的体质。每次来都看到苦沙弥君在睡觉，真是羡慕。不过他的胃病在这热天里更难受吧。再怎么结实的人，这种天光把脖子架在肩上都很辛苦。可既然已经架到肩上了，又不能给拧了。”迷亭不同往常，今天竟然跟脖子干上了。“夫人您脖子往上还多载了个东西，就更没法干坐着了。光发髻的重量都让人想躺着。”迷亭这么一说，夫人忽然感觉刚才睡觉给败露了，可能是因为发髻的状况。一边说着“哎呀，你嘴真不饶人”，一边摆弄着自己的头发。

迷亭毫不在意，继续说了件奇妙的事儿。“夫人，昨天啊，我在屋顶上煎鸡蛋来着。”

“煎？你怎么煎的啊？”

“屋顶的瓦已经被晒得很烫了，我就想搁哪儿怪浪费的，所以就弄了块黄油放上面给熔化了，之后又打了个鸡蛋上去。哎呀呀，可是日头好像并没有我想象的那么辣，没立刻烤成半熟鸡蛋。我就先下楼看了看报纸。后来客人又来了，一不小心我就把这事情给忘了。今早突然想起来，想着差不多煎好了吧。上楼去一看……”

“怎么样啊？”

“哪儿是半熟啊，蛋清蛋黄都给流没了。”

“哎呀呀。”夫人皱了个八字眉感叹道。

“不过，立秋前几天那么凉快，现在反倒突然又热了，真怪啊。”

“确实是。前几天穿一件单衣都觉得冷，前天开始突然间又热回去了。螃蟹横着走，今年的气候是要退着走了。上天没准在说：‘我倒行逆施有何不可？’”

“你刚刚说什么？”

“没什么。这天气反常，又恢复到夏天的时候。好像赫拉克勒斯①的牛一样。”迷亭得意忘形，讲了更奇怪的东西。不出所料，夫人果然没听明白。不过有了刚才那句“倒行逆施”的教训，这次她只答了声“啊”就不再追问了。

夫人不追问，迷亭好不容易说出来的典故就白费了。于是他主动问：“夫人，您知道赫拉克勒斯的牛吗？”

“我可不知道那种牛。”

“您不知道啊？那我告诉您好了。”迷亭说。夫人也不好说不用，于是就回他“嗯”。

“从前赫拉克勒斯牵着一头牛。”

---

① 赫拉克勒斯，希腊神话中的英雄，以勇猛著称。

“那个赫拉克勒斯是养牛的人吗？”

“不是养牛的。不是养牛的，也不是牛肉店的老板。那时候希腊还没有牛肉店啊。”

“是希腊的事情啊？那你早说啊。”希腊这个国家的名字夫人倒是知道的。

“可我不是说了是赫拉克勒斯吗？”

“赫拉克勒斯就是希腊吗？”

“对呀，赫拉克勒斯是希腊的英雄啊。”

“哦，难怪我不知道。那，那个男的怎么了啊？”

“那个男的像夫人一样困了就倒头呼呼大睡。”

“哎呀，真讨厌。”

“睡着睡着伍尔坎①的儿子就来了。”

“伍尔坎又是什么？”

“伍尔坎是个炼铁的。这个炼铁家的孩子呀，出来偷了赫拉克勒斯的牛。他牵着牛尾巴走的声音惊醒了赫拉克勒斯。赫拉克勒斯就到处找，‘牛，牛，你在哪儿呢？’然后就是找不到。他当然找不到啊，因为虽然牛走会留下足迹，但那孩子不是拽着牛往前走的，而是拉着牛往后退的。炼铁家的孩子还真有一手。”迷亭先生已经忘记了天气的事情。

“可是，您丈夫这是怎么了？还是那么嗜睡。虽说午睡出现在中国人的诗中，确为风流韵事，但像苦沙弥君这样，如日课般天天做的话就有些俗气了。跟无事可做，慢慢死去一样。夫人劳您费事，把他叫醒吧。”迷亭这么一催促，夫人也有同感，便冲着主人那边叫道：“喂，你这么睡下去很不好的啊，身体只会越来越差啊。刚吃了饭就去睡觉，真是的。”

夫人刚站起来，迷亭就接着说：“夫人，一说到吃饭，我还没吃呢。”迷亭若无其事般说着，我从未听过来别人家里做客的人还这么说。

---

① 伍尔坎，罗马神话中火与锻造之神。

“哎呀，您怎么都没注意吃饭时间啊。家里也没什么好吃的，不嫌弃的话我给您来碗茶泡饭吧。”

“不用，不用麻烦弄茶泡饭什么的了。”

“不过，也没法合您胃口就是了。”夫人语气中稍有不耐烦。

迷亭可是明白人，说：“不是不是，茶泡饭、汤泡饭都不用了。我在来的路上订了一份餐，一会儿送来。我就在这里吃。”迷亭这话可不是一般人会说的。

夫人只说了一句“哎呀”。这句“哎呀”之中既有惊讶的“哎呀”，也有不爽的“哎呀”，还有因省去做饭之麻烦而感激的“哎呀”，是三者的合成。

因为比平时吵闹太多，主人似被人撕扯掉好梦一样，此刻摇摇晃晃地从书房里出来了。“你还是那么不安静啊。我睡得正好呢，被你给搅扰了。”说着，主人伸了个懒腰，板起个脸。

“哎呀你醒了啊。惊扰了圣上之安睡甚为抱歉。不过偶尔就一次嘛，你就原谅我啦。来，快坐下。”迷亭这口气都不知道谁是主谁是客了。

主人也不出声，坐下后从拼木工艺制作的卷烟盒中抽出一根朝日烟，一口接一口地吸起来。不经意间看到迷亭的帽子翻转在角落里，就问：“你买帽子啦？”

迷亭立即接过话茬：“怎么样？好看吗？”迷亭自我感觉良好，将帽子拿到主人和夫人面前。

夫人前后抚摸着帽子，说：“呀，好看。织得很细致，也很柔软。”

“夫人，这帽子可是我的宝贝哦。它特别听话。”说着迷亭握紧拳头从侧面给这巴拿马草帽来了一记。不出所料帽子凹下去了拳头那么大的地方。

夫人发出“哎呀”的惊叹声，迷亭又从背后给了帽子一拳。这下帽子啪的一声，刚刚凹下去的地方又变尖了。紧接着迷亭又抓住帽子两边的帽檐，向中心一挤压，帽子便乱成了一团。没多久乱糟糟的帽子像用擀面杖擀出来的荞麦一样，又变平了。迷亭像卷草席一样从一头折了折，便把帽子叠了起来。“如何，就是这样的。”说着便把折好的帽子放进了口袋里。

“真不可思议。”夫人就好像在看归天齐正一的魔术一样发出感叹。

迷亭似乎也有魔术师的范儿，故意将由右边收入口袋中的帽子从左袖口抽出来。“哪儿都没坏。”迷亭将其恢复原状，用食指咕噜咕噜地转起帽子来。我以为他的表演到此结束了，哪知最后他砰的一下将帽子扔后面，再啪的一屁股坐了上去。

“你这样没事吧？”连主人都有点担心了。夫人更是担心地说：“这么宝贝的帽子，弄坏了可多不好啊，差不多就得了。”提醒迷亭注意。

扬扬得意的只有帽子的主人：“就是因为不会坏才最稀奇。”于是迷亭又将皱巴巴的帽子从屁股下取出，直接往头上一戴，不可思议的是帽子即刻恢复了原形。

“还真是结实啊，这帽子。你刚刚怎么着它了吗？”夫人越发感兴趣。

“什么我怎么着了它，这帽子自己本身就是这样的啊。”

“你也去买个那样的帽子吧，多好啊。”过了会儿夫人开始劝主人。“苦沙弥君不是有一顶麦秸草帽吗？”“那个前几天被家里的小孩给踩破了。”“哎呀呀那还真是可惜。”“所以才说这次一定要买一个结实漂亮的。”夫人不知道巴拿马草帽的价钱才频繁劝主人：“就这个，这个好。”

迷亭君这次又从右边袖兜中取出一个红色盒子，拿出里面的刀具给夫人看。“夫人，帽子就先别说了，来看看这刀。这可又是个稀奇玩意儿，别看只有这么小可有十四种用途哦。”

要不是迷亭拿出这把刀来，主人会一直被夫人要求买巴拿马帽，幸好夫人有着女人天生的好奇心，主人才避免遭此厄运。我算是看透了，与其说是迷亭的机警救了主人，不如说是主人侥幸得来的福气。

“你那刀怎么又有十四种用途了呢？”夫人话音未落，迷亭就春风得意地介绍起来："现在我一点点说明给您听，您可看好了。这儿有块月牙形的缺口对吧，把卷烟放这儿，嘭的一下就能切断。然后这根稍微有点制作工艺对吧，这是用来剪铁丝的。接下来，将刀放平到纸上，可以用作规尺。刀刃的背部还有刻度，又可以用作量尺。这头表面凹凸不平有锉刀，可以用来磨指甲。怎么样，挺好吧？将这个尖端插入螺丝里转两下，又可以用作螺丝刀。稍一用力插进去啪的一下拔出来，几乎所有用螺丝固定的箱子都能毫不费力地打开。还有还有，这边的刀尖呈锥子形，是用来刮掉写错了的字的。再将这些刀分开，就变成切水果都能用的小刀。最后的最后，夫人，这个最后是最有趣的。您看，这里有个苍蝇眼珠子大小的球孔吧，您稍微瞅瞅看。"

"我才不要，你肯定又耍我。"

"您就相信我嘛。或者您就当被我骗了，瞄瞄看。什么？您说不要，就一下下。"说着便把刀具递给了夫人。

夫人不安地拿起刀具，将自己的眼珠子，贴在苍蝇眼珠子的小孔处，频繁瞄准观察。

"如何？"

"漆黑一片啊。"

"不是漆黑的吧。朝着拉门那个方向，对对，别放平，立起来，怎么样，能看到了吧。"

"哎呀，有张照片。这么小一张照片是怎么放进去的啊。"

"那正是有趣之处呢。"夫人和迷亭接连不断地问答。

一开始默不作声的主人此刻也突然想看这照片，说："喂，给我看看。"

夫人照样将道具贴在脸上，"真漂亮，是个裸体美人啊。"夫人这么说着，完全不离手。

"喂，不是叫你给我看看吗？"

"你等等啦。头发真漂亮，长长的一直延伸到腰部。仰面朝天，个子真高啊。不过真是个大美人。"

"喂，赶紧给我看看。你差不多看看就可以了。"主人十分急切地与夫人争辩。“久等了，拿去好好看吧。”夫人把刀具递给主人之时，正好阿三上来通报说，客人订的餐到了，提着两屉蘸荞麦进了客厅。

“夫人，这就是我自带的食物了。那不好意思我就在这里大口开吃了。”迷亭很有礼貌地鞠了一躬。面对迷亭又认真又有些捉弄人的动作，夫人也是疲于应付，随口回了句“请吧”之后便看着他吃。

主人终于把眼睛从刀具中的照片上挪开，说：“这么热，吃荞麦面可是有毒的哦。”

“什么呀，没事儿。吃喜爱之食物可是很少会中招的。”说着便打开了蒸笼盖。“刚打出来的荞麦粉做的，真棒。若是荞麦面搁太久，就跟人变蠢了一样，便没谱没味了。”说着迷亭将调料放入汤汁中，使劲儿搅拌。

“你放那么多芥末小心辣着。”主人略显担心。

“荞麦面就是蘸汤汁和芥末吃啊。你不喜欢吃荞麦吧。”

“我喜欢吃馄饨。”

“馄饨是马夫吃的。不解荞麦面之美味，真是可怜啊。”迷亭说着，将杉木筷子一下子插入，尽可能多的挑起面来，往上拉了两寸多高。

“夫人，吃荞麦面也有很多讲究的。初学者总喜欢在汤汁里蘸了又蘸，再胡乱放入嘴里，那样吃，荞麦面本身的味道就都没了。必须得这样蘸一下一口气舀起来。”迷亭说着便抬起筷子，将长长的面条吊到一尺多高的空中。迷亭觉得差不多了，往下一看还有十二三根面条的尾巴没离开蒸笼底部，在盛面的竹帘子上缠绵。“这家伙还很长啊。如何啊夫人，这长度。”迷亭又跟夫人搭话。

夫人说：“真长啊。”也是多有感慨。

“将这长东西的三分之一浸泡在汤汁里，然后一口嗦进嘴去。切不可咬断。咬断后荞麦面的味道就没了。吱溜溜地滑入喉咙才够味。”迷亭一口气将筷子抬高，面终于离地。筷子点点下落，迷亭将面条浸入左手端着的碗中，从尾端开始点点下放，按阿基米德原理，荞麦面浸入多少，汤汁便会增长多少高度，可碗中本来就已装有八成汤汁，迷亭筷子夹住的面条才放入四分之一，碗中的汤汁就已满了。迷亭的筷子停留在距碗正好五寸高的位置就暂时不动了。不动也是情理之中。稍微下放一点汤汁便溢出来了。此刻的迷亭也有些踌躇不前，但他突然以脱兔之势，将筷子放到嘴边，发出咻咻的声音，喉管勉强地动了两下，便将筷子上的面条悉数吸入了嘴中。我一看，此刻的迷亭眼角挤出了一两颗似泪珠的东西，流到面颊上。不知是芥末的效果，还是一口气吞咽太费事的缘故。

“佩服，你还真没停顿一下就吞下去了。”主人表达敬服之念后，夫人也跟着赞赏迷亭的技艺，“吃得真漂亮！”

迷亭也不说话，只是放下筷子捶了两三下胸口。“夫人，蘸汁荞麦面必须要三四口内解决，多费一点事儿都会不好吃。”说着，迷亭用手绢擦了擦嘴，稍微歇了口气。

这时寒月君也不知什么打算，辛苦地戴顶冬帽，两脚沾满尘埃便来了。“哎呀，我们的美男子来了。我才吃到一半，我就不客气赶紧先动筷子了。”迷亭便在众人环绕之下毫不羞耻地摊开蒸笼。这次也不像刚才那般夸张的吃法，也没用手绢也没歇气，三下五除二就把两屉荞麦面给吃光了。

“寒月你的博士论文交稿了吗？”主人一问，迷亭便紧随其后，“金田家大小姐等不及了，赶快交了吧。”

寒月君还是一如往常露出瘆人的阴笑：“罪过罪过，我也想早日提交，好让对方安心。可没办法研究就是研究，是很耗费劳力的。”寒月将本不是那么正经之事一本正经地回答道。

“对啊，研究就是研究。也不能鼻子说什么就立马成什么啊。不过听听那个鼻子用鼻息说的话，还是有价值的。”迷亭学着寒月说话的样子。

比较认真对待的只有主人了。“你论文主要研究什么问题呢？”

“紫外线对蛙的眼球的电动作用的影响。”

“那还真是新奇。不愧是寒月老师。蛙的眼球，真是妙极了。怎么样，苦沙弥君，在论文交稿前，把题目汇报给金田家如何？”

主人完全不搭理迷亭的话，问：“你就是在费尽心思研究这个吗?”

“对，其实是很复杂的问题。首先弄清蛙的眼球的构造就不是件易事。需要做大量实验才行。首先第一步便是要做出一个浑圆的玻璃球，才能继续接下来的研究。”

“玻璃球去玻璃店不就肯定能买到吗?”

“怎么会?怎么会?”寒月先生稍稍挺了挺胸：“所谓圆和直线都是几何学的东西，完全符合定义的理想的圆和直线在现实世界中是不存在的。”

“既然不存在那就不做了啊。”迷亭插话道。

“所以才想着要做一个至少不会对研究结果产生影响的球体嘛。前几天我就开始做了。”

“做出来了吗?”主人不明所以地问道。

“怎么可能做得出来?”寒月君脱口而出，但似乎又觉得有些矛盾，又补了一句，“还是很困难的。磨着磨着觉得这边的半径过长了，于是专心磨这边，等弄好了这边又该另一半边长了。再费心去磨另一头，整体的形状又变形了。好不容易不再变形，这回直径又出问题了。最开始是苹果那么大，渐渐磨成了草莓大小。如果再继续追求精准又会磨成大豆粒那么小。可就算是大豆粒那么小了，也还是不是完全的圆形。我也一直仔细地在磨，从过年这段时间算起，我就已经磨坏了大小六个玻璃球。”寒月这话也不知是真是假，总之他滔滔不绝一直说着。

“你在哪儿磨啊?”

“当然是学校的实验室啊。从早磨到晚，也就午饭时间能休息一会儿。真不是容易事儿。”

“原来你每大说的忙到不可开交就是周末都去学校磨玻璃球啊?”

“眼下就是从早到晚都是在做这个了。”

“你这劲头是要成为制作玻璃球博士啊。不过要是将这份坚持劲儿告诉给鼻子，她再怎么势利也会觉得欣慰的吧。前几天我有事去了趟图书馆，办完事准备回了，刚出门就偶然碰见老梅君。我还惊讶说这家伙都毕业了还往图书馆跑，真稀奇。我说了句，‘您还真热心学习啊’。结果先生一脸蒙，然后笑嘻嘻地看着我说，‘哪有，我不是来看书的，正巧路过这儿时尿意上来了，就借图书馆厕所一用。’你和老梅君正好正反两例，该写进《新撰蒙求》啊。”迷亭君还是那样，给寒月的话加个老长的注脚。

主人也变得正经了些，问道：“日复一日磨这玻璃球也不是不行，但大概什么时候能做出来呢？”

“看这样子估计得要个十年吧。”寒月君看起来比主人还淡定。

“十年啊？不能再快些吗？”

“十年已经很快了。有可能还会要二十年呢。”

“那太辛苦了。那岂不是没那么好拿到博士学位啊。”

“对啊，我也想赶快拿到学位，让对方安心，不过不先把最重要的玻璃球给磨出来就很难做最关键的实验了……”

寒月君顿了一会儿，说：“也没必要那么担心啦。金田家也知道我在磨玻璃球的事情。两三天前我就去拜访过，把事情讲清楚了。”寒月满脸得意扬扬的样子。虽然听不懂，但从刚才起一直都在安静倾听三人讲话的夫人突然疑惑地问：“金田一家人不是上个月就去大矶①度假了吗。”

寒月君这么一听也有些畏缩，于是装傻地说道：“那还真是怪了，怎么回事？”此刻救场的就是迷亭君了。不管是无话可讲之时，还是不体面之时，抑或是烦扰困倦之时，任何时候只要有迷亭在就不用担心。“上个月去了大矶，两三天前还能在东京遇见，这就是所谓的神秘，所谓的心灵感应。相思到情真意切之时总会发生此类现象。乍一听像梦一样，可其实就算是梦也是比现实真许多的梦。夫人您嫁给不懂男女情愫的苦沙弥君，一辈子也不会理解恋爱为何物的，所以觉得奇怪也是理所应当了。”

“哎呀，你有什么证据这么说，真是瞧不起人啊。”夫人中途打断了迷亭。

“你不也没为恋爱操过心吗。”主人则从正面助自己妻子一臂

---

① 大矶在日本神奈川县。明治初期开始形成的别墅度假胜地。

之力。

“我的风流艳事可多了去了，不过距现在已是七十五天前的了，可能已经没能留存在各位的记忆之中了。”说着，迷亭挨个看了一下列座诸位的脸。

“哈哈哈，真是有意思。”夫人这么说。

“什么奇怪理论？”对着院子这么说的是主人。

只有寒月君还是那副笑容：“请务必告知我们怀旧故事的详细内容，以为后学之参考。”

“我这个和寒月的一样，也很神秘。若讲给小泉八云①先生听的话，应该会受他青睐。可惜的是，先生已永世长眠，我也没什么讲的欲望。不过好不容易提起来了，还是开诚布公地说说。还请诸公一定要听到最后不要打断。”提前声明后，迷亭君终于开始了正文。

“回忆起来应该是距今，呃，多少年来着，太麻烦了就大约十五六年前吧。”

“开什么玩笑。”主人鼻子里冒出一声哼的不屑之声。“您还真是不记事儿啊。”夫人也跟着暗讽。只有寒月君遵守约定一言不发，仿佛想赶快听接下来的内容。

“反正就是某年冬天发生的事情。我经过越后国②蒲原郡筍谷，翻越蛸壶垭口，将要到达会津③领地之时的事情。”

“真是奇怪的地方。”主人又打断了一次。“安静地听着别插嘴。挺有意思的。”夫人限制住他。

“然而日已西斜，前途不辨，饥寒交迫之时无奈我只好敲响了位于垭口正中的一间屋子的门，陈述了如此这般的情形之后，拜托他们留我入住。对方说，‘小事一桩，请进来吧’。一个女孩拿着蜡烛靠近我的脸，我看了只一眼便浑身发抖。那时，我切身感受到了爱

---

① 小泉八云（1850—1904），原名拉夫卡迪奥·赫恩，是著名的作家兼学者，写过不少向西方介绍日本和日本文化的书。取材日本古来传说的物语集《怪谈》为代表著作。

② 今日本新潟县附近地区。

③ 今日本福岛县西部地区。

情这个老狐狸的魔力。”

“哎呀真吓人，那大山里哪有美女啊。”“不管是山还是海，夫人，真想把那姑娘领来给您看一眼，她可是位梳‘文金高岛田’发髻的美人啊。”“啊？”夫人呆若木鸡。

“进门一看，八块草席大小的房子正中间有个围炉，我和那姑娘以及姑娘的爷爷奶奶四人围坐在周围。对方说，您肚子一定很饿了吧，于是我便顺势请求道：‘什么都可以能赶快给我点吃的就行。’老爷爷说我是客人，就给我做个蛇饭吧。好的，接下来就要讲跟失恋相关的部分了，请务必好好聆听。”

寒月这时说：“先生，听确实有好好听，不过越后国冬天大雪封山那么冷，哪来的蛇啊？”“嗯，这个问题问得好。不过这诗一般的故事，不必过于拘泥于逻辑。泉镜花①的小说里不是还说雪中出螃蟹嘛。”迷亭这么一说，寒月回了句“原来如此”后又恢复聆听的态度。

“那时我可是专吃害虫的人啊，什么蝗虫、蜗牛、红蛙这些都吃腻了。蛇饭还算凑合的。所以赶紧回了爷爷说，有劳您了。于是爷爷在围炉上架上锅，里面烧水倒米，咕噜噜地煮起来。不可思议的是那锅盖上有大小十个左右的孔，水蒸气正从孔里面噗噗地往外冒。我感叹道，想不到这乡下还有这般有想法的工具。爷爷突然站起来，去了某个地方，没过多久腋窝下夹着一个大笼子就回来了。老爷子若无其事地将笼子放在围炉旁，我就悄悄看了看里面。居然真的有长虫。因为天冷长虫们就相互盘绕成一整块。”

“哎呀呀，差不多可以完了，瘆得慌。”夫人的眉毛皱成了八字。

“为什么要？这可是和失恋紧密相关的，没法跳过不讲。不久，老爷子左手打开锅盖，右手将那些缠成一块的家伙们抓住，一下子扔进锅里，然后以迅雷不及掩耳之势盖上。我那时也真是屏息凝神地注视着。”

---

① 泉镜花，与夏目漱石几乎同时期的作家，他的小说《银短册》中有关于雪天螃蟹的描述。

“够了够了别说了。恶心死了。”夫人频繁地阻止道，觉得恐怖。

“马上就到失恋部分了，您再忍忍。于是不到一分钟之后，锅盖上的洞里咻的一声冒出一个蛇头，吓我一跳。刚觉得恶心旁边的小洞里又出来一个，这边也是蛇头，那边也是蛇头。最终锅盖的洞里全变蛇头了。”

“为什么蛇会把头伸出来啊？”

“因为锅里太热了，受不住就出来了呗。不一会儿，老爷子说差不多行了，一起来拉蛇头吧。老奶奶说着好，小姑娘也跟着说是，三个人都握着蛇头一口气往外拉。肉都留在了锅中，只有骨头被抽离出来，一拉头，骨头就顺着出来了。”

“这是蛇之去骨法啊。”寒月君边笑边说。

“就是去骨法。很有效不是吗？接着他们揭开锅盖，用木勺将饭和蛇肉混合均匀。端到我面前说：‘来赶紧吃吧。’”

“你吃了吗？”主人冷淡地问道。

“别问了，太恶心了，我都吃不下饭了。”夫人满脸愁容，大吐苦水。

“夫人您是没吃过蛇饭才这么说，您尝一次试试，那味道一辈子都忘不掉。”

“哎呀烦死了，谁会吃那东西啊。”

迷亭接着讲：“我饱餐一顿之后，寒意渐无。美丽姑娘的样子也看了个够，心中了无遗憾。这时，那家人跟我道晚安，我也因旅途劳顿，便遵从主命，横躺着，没多一会儿就睡得昏天黑地。”

“那之后又如何了呢？”这次是夫人在追问。

“之后，第二天一大早起来我就失恋了。”

“是发生了什么吗？”

“什么也没发生。早上起来，我抽着烟望向后门窗外竹水管的旁边，发现一个秃头正在洗脸。”

“是那个老爷爷或者老奶奶吗？”主人问道。

“那呀，我当时也费了好一番工夫才辨认出来。我就那么看了一会儿，等她面向我这边我才惊讶地发现，那就是我的初恋，昨夜的那位姑娘。”

“可你不是刚刚还说那姑娘扎的是岛田发髻吗？”

“前一晚确实是岛田发髻，还是很漂亮的岛田发髻。但到了第二天就变成秃头了。”

“开什么玩笑，怎么可能。”主人照例将视线移向天花板的方向。

“我也觉得不可思议，内心有点害怕，就只好在远处观望，只见秃头终于洗完脸了，毫不费事地将放在一旁石头上的高岛田假发套上，套好之后再进来。我想，啊原来如此。发出‘原来如此’那一感叹的瞬间，失恋的命运就降临在我的身上了。”

“还有这般无趣的失恋。所以寒月君，就算是失恋也要这般积极乐观、朝气蓬勃哦。”主人面向寒月君评价起迷亭君的失恋。寒月则回答：“不过要是那姑娘不是秃头，迷亭先生早就把她娶回东京了吧。先生估计比现在还更有朝气。但怎么说这么美的女子竟是秃头也是千秋憾事。可为什么那么年轻的女子头发会掉光呢？”

“我也思考了很久，估摸着应该是吃蛇饭吃太多的缘故。蛇饭那东西太容易上火了。”

“可你现在不好好的吗？”

“我是没成秃子，但那之后我就近视了。”说着迷亭取下金边眼镜用手绢细心擦拭起来。

过了一会儿，主人好像想起来什么似的，又追问了一句：“这故事到底哪儿神秘了？”

“那假发究竟是上哪儿买的，还是捡到的，还不清楚，这点很神秘。”迷亭又将眼镜架回了鼻梁上。“好像听了场相声一样。”夫人此时加以点评。

迷亭的闲聊到此告一段落。本以为他会就此收手，没想到猴子的口套都堵不住他嘴。他果真是沉静不下来的性格，于是又开始讲起了下一段。

“失恋本身虽也确实是痛苦，但那时若是不知她是秃头一旦真给娶了回来，就变成一辈子的痛，这么一想还真是有惊无险。结婚这东西，就是在最终拍板那一瞬间，才会发现此前隐藏着的伤口。寒月君你也别对结婚憧憬、失望或是暗自苦恼，专心磨你的玻璃球就行了。”迷亭这观点有些新颖。

寒月君回答道：“我也想专心磨玻璃球，无奈对方不让，我也很为难啊。”寒月刻意做出一筹莫展之状。

“对啊，你的情况是对方老是不依不饶。还有更滑稽的呢。那去图书馆厕所小解的老梅君的经历才是奇特呢。”

“什么经历啊？”主人顺着迷亭的话说着。

“是这样的。先生以前在静冈的东西馆旅店下榻过，虽然也就一晚而已。可就是在那晚他便直接跟旅馆的女佣求婚了。我已经够随性的了，但离他还是差了许多。不过也正常，那家旅店的小夏姑娘可是出了名的美人儿。到老梅君房间服务的正好是那位小夏姑娘。”

“什么不过也正常啊，跟你的什么垭口的经历不是没差吗？”

“确有相似之处。说句实话，我与老梅二人也并无多大差异。总之，老梅就向那位小夏姑娘求婚。还没得到对方答复，老梅就想吃西瓜了。”

“你说什么？”主人满脸不可思议。不只主人，夫人和寒月也像商量好的一样，歪着头思考着。

迷亭可不管，继续往下说：“于是老梅就叫来小夏，问静冈有没有西瓜。小夏说，西瓜的话静冈还是有的。于是端了一大盆山一样多的西瓜上来。据说老梅就都给吃掉了。吃掉之后，继续等小夏姑娘的答复，还没等来，小腹又隐隐作痛。嘴里嗯嗯地念念有词也不起作用。于是又把小夏叫来，问静冈有没有医生。小夏说，医生的话静冈还是有的。于是找了个从《千字文》盗取了个天地玄黄名字的医生过来。到了第二天早上，腹痛也消失了，启程前十五分钟老梅又把小夏叫来，问昨天说的结婚一事是否可允诺，小夏姑娘笑着说：‘静冈有西瓜、也有医生，但就是没有一夜而成的媳妇儿。’说完就再也没露过面了。老梅君就这样和我同样，也失恋了，之后便沉迷于来图书馆小解一事。这么想想女人还真是祸水。”

主人出奇地竟赞成迷亭的观点，说："就是那样。前几日我读缪塞①的剧本，里边人物引用罗马诗人的话如此说道：'比羽毛轻的是尘土，比尘土轻的是春风，比春风更轻的是女人，比女人还要轻的是虚无。'一语道破玄机不是吗？唯女子与小人难养也。"主人在奇怪的地方倒是兴致勃勃。一听主人这么说，夫人可不愿意了："你说女人轻，说女人轻薄，我还说男人重呢。"

"重？怎么重啦？"

"重就是重，就跟你这副德行一样。"

"我怎么就重了啊？"

"你难道还不够重吗？"两人开始了一场针锋相对的奇妙对决。

迷亭听着觉得有趣，也开口插话："就是这种面红耳赤相互责难才是夫妇的本质啊。以前传统的夫妇关系都是没意义的。"也不知迷亭是在嘲讽还是在赞赏，总之说得暧昧，还以为他会就此罢休，没想到又以一副老样子陈述了如下一番话。

"以前敢对夫君的话回嘴的女性，是一个都没有的。可那不和娶了个哑巴妻子一样？我觉得不妥。还是要像夫人这样'你难道不是很重吗'地说点什么才好呢。同样是娶了个妻子，偶尔吵上两句也不无聊。我妈在我爸面前就只能说'好''是'这样的词。他们在一起都二十年了，我妈除了去寺庙参拜之外都没出过门，真是可悲可叹。也因此倒是把家里代代先祖的名字都给记了下来。男女间的交往也是这样，我小时候，没法想象会像寒月君这样与意中人合奏，心灵交换，在朦胧中的桥上相见。在以前，这些都是不可能的事。"

"真是可怜您了。"寒月君低头鞠了一躬。

"真的是可怜。而且那时的女性的品行也不见得比现在好到哪儿去。夫人近来有听到大家都在说女学生们堕落了，吵吵闹闹的吧。什么啊，以前可比这激烈多了。"

"真的吗？"夫人认真问道。

---

① 缪塞（1810—1857），法国剧作家，诗人。

“我可不是胡说八道，我可是有证据的。苦沙弥君你可能还记得，我们五六岁那时，女孩子可是当南瓜一样放笼子里，挑着扁担在街上被叫卖的啊。是吧，你说。”

“我可不记得有那种事。”

“你老家什么样我不知道，反正静冈就是那样。”

“怎么会？”夫人小声地说着。“是真的吗？”寒月君好像不太相信。

“是真的。我爸就还跟别人砍过价呢。那时我也就六岁左右吧，和我爸一起从油街散步到通街，对面传来很大的吆喝声：‘要女娃娃吗？有人要女娃娃吗？’我们正好走到二道街的拐角处、伊势源服装店前，遇到了那个叫卖男子。一说到伊势源啊，那可是有十间房大小的门面，加上五户大小的仓库，是静冈首屈一指的服装店啊。您下次有机会去一定要看看，现在还经营着呢。很气派的房子。那掌柜的叫甚兵卫，每次都板着个脸出现在结账处，像家中老母三天前去世了一样。旁边坐的是二十四五岁的年轻小伙，叫小初。这个小初啊每天都是一张苍白的脸。好像皈依了云照禅师后三七二十一天只吃荞麦面汤一样。小初旁边是老长，他仿佛昨天家里给让火烧了一样愁容满面地靠在算盘边。和老长并排的……”

“喂，你这是要讲服装店还是讲卖小孩儿的啊。”

“哦，对啊对啊，我是要说卖女娃的事情来着。其实这家伊势源也有很多奇谈怪事，我就忍痛割爱，只讲卖孩子的事情好了。”

“干脆把卖孩子的事情也顺带给割爱掉吧。”

“为什么要啊，这可是二十世纪的今日与明治初年女子品性比较的上佳的参考材料啊，怎么能说省略就省略的呢？我接着说。于是我爸就走到伊势源前，那卖女娃的男的看到我爸就问：‘大哥，来点卖剩的女娃娃吗？给您算便宜点，买点吧。’说着便卸下了扁担，擦了擦汗。我一看笼子里前后各放了一个小女孩，两岁左右。我爸就问那男的，要是便宜的话买也行，是不是只剩这两个了？对方回答说：‘不巧今天卖剩的就这两个，哪个都行您拿走吧。’说着他还一手拎起一个女娃，像拿南瓜一样放我们面前。我爸便砰砰地敲了下头，说：‘这声音不错。’谈判开始，我爸砍价砍了许久，最后说：‘买倒是可以买，就不知道你这货真不真。’对方回答说：‘前面这个我一直都看着，真真的完全没问题。后面挑的这个，因为我后面也没长眼睛所以也说不好会不会有瑕疵。你要后面这个的话可以给你便宜点。’这段对话我至今还记得。小时候心里就知道对待女人这东西可是粗心不得。到了明治三十八年的现在，这种愚蠢的走街串巷卖女娃的行为已经杜绝，视线注意不到后面所以挑在后方的那个就不确定，这种话也听不到了。我敢断言，都是西洋文明的功劳才让女性的品行进步神速。如何，寒月君？”

寒月君在回答之前，先抑扬顿挫地咳嗽了一番，然后故意用特别沉静的语气，阐述了他自己如下的观察：“近来的女性在往返学校途中，或是在合奏会、慈善会、游园会上都在自我推荐，‘喂，要不要把我买回去啊，喂’，都不用雇一个蔬菜店的伙计叫卖‘要不要女娃’，无须借助这类下作的委托售卖手段。人类独立自主之心发达之后，自然变成此般模样。老人们总会指指点点杞人忧天，其实大可不必。这是文明的大趋势，应该大为欢喜，暗表庆贺之意才对。买方这边也没有一个是会敲敲头验，或者问一下货是真是假的乡巴佬，这点大可放心。再说了，在这本就复杂的人世上，若还如此费事，就该了无止境了。到了五六十岁也不见得能讨到老婆，娶到媳妇。”寒月君不愧是二十世纪之新青年，观点合乎时代潮流，抽着敷岛牌的烟，吞云吐雾到迷亭的脸上。

迷亭可不是会畏惧敷岛牌香烟的人：“如您所言，当代女性不仅有自信之心，更有自信之骨、自信之肉、自信之皮，无论何处都不输男性，实在佩服之至。要说我家附近女学校的学生，那可是真厉害。穿窄袖吊单杠，令人动容。每次我从二楼的窗户看她们的体操练习，都会追怀古希腊的妇人们。”

“又是希腊啊？”主人好似冷笑地说。

“美感之物大都发源于希腊，所以没法。美学研究者和希腊终究是密不可分的。特别是看到那些黑皮肤的女学生们一心不乱地练习体操之时，我总会想起 Agnodice① 的逸事。”迷亭又摆出了那副见多识广的面孔。

“又出来个难搞的名字。”寒月还是那样偷偷咯咯地笑。

“Agnodice 可是个厉害的女性啊，我真心佩服她。当时雅典的法律是禁止女性做产婆的。不方便。Agnodice 当然自己也感受到那种不便。”

“你说的那是什么？叫什么来着？”

“是个女性，女性的名字。于是这位女性仔细考虑，果然女性不能做产婆，实在太没脸了，不方便。有没有什么办法能让我成为产婆呢？她什么都不做，干想了三天三晚，正好第三天破晓之时，邻居家婴儿哇的一声大哭起来，听到哭声之后她才恍然大悟，赶紧剃掉一头长发，穿上男人衣服，径直听 Hierophilus② 的讲课去了。从头到尾听完课程，觉得技术应该差不离了，终于开业做起产婆来。巧的是，这位夫人一跃成为炙手可热的产婆。这边也呱呱坠地，那边也哇哇降生，都是这位 Agnodice 的功劳，她也因此赚了许多钱。然而，正所谓人间万事，塞翁失马焉知非福，浮沉未定祸不单行，这秘密最终还是暴露了。而且因藐视圣上法度，被要求严厉处罚。”

“就跟在听评书一样。”

“怎么样，我讲得不错吧。然而雅典的女性们一同联名上书，请愿赦免 Agnodice，当时奉命执行之人也无法冷淡视之，最终当事人得以无罪赦免，而且向全天下颁布号令，女性也可以做产婆。故事最终以皆人欢喜告终。”

“你还真是什么都知道啊。真让人佩服。”

“对，大概的事情我还是知道的。不知道的只有自己的蠢事而已。当然，蠢事也些微知道些。”

“哈哈哈，老说些有趣的话。”夫人笑逐颜开。

---

① Agnodice，古希腊一位女医师，改变了雅典法律禁止女性学医的法令。罗马时代作家西吉努斯《寓言》中曾出现此人。

② 西吉努斯的《寓言》中也出现此人。

格子窗上的铃铛响了，声音和刚装上时一样。“哎呀，又来客人了。”夫人此刻退到了起居室。坐到夫人刚刚的位置上来的是谁呢？就是大家熟悉的越智东风君。

东风君也来了，这么一来出入主人家中的怪人们，虽不至于一网打尽，至少可以说已经到了足够慰藉我的无聊的人数了。此刻可不能再嫌不够，若是运气不好被其他家给养了，可能察觉不到人类中还有这些有趣的先生们，便终了一生。幸好成了苦沙弥先生门下的猫儿，每日侍于虎皮之畔，先生自不必说，能躺着看迷亭、寒月乃至东风这些广阔的东京之中也再无他例的一骑当千的豪杰们的举止动作，对我来说也是千年难遇的荣幸。也亏得他们，我才忘记这暑热天里，裹着个毛毯的痛苦，有趣地消磨掉半日时光，真是万分感谢。他们都聚在一起了，肯定不会随意结束，定会讲些好玩之事，我在隔扇背后等着听。

“好久不见。”东风君鞠了一躬。

此时我瞅了瞅东风的头发，果然还是和前几天一样光洁锃亮。若只看头发的话，倒像个歌舞伎小场子的演员一样，但他辛辛苦苦、一本正经地穿着又长又白的小仓产裙裤，只能让我联想到神原键吉①的内弟子。所以东风君的身体算得上和普通人一样的，也就只有肩到腰这一部分了。

“哎呀这么热，难为你还来了呀。来，快往这边坐。”迷亭先生这话说的，就像在自己家一样。

“先生，跟您也是好久不见。”

“对，对。春天的朗读会之后就没见过你。朗读会最近办得还好吗？以后还演阿宫姑娘吗？上次你演得太好了，我全程都在鼓掌。你发现了吗？”

“发现了。多亏您的鼓励，我才有勇气努力撑到结束。”

“下一次还会继续演吗？”主人开口问道。

“七八月我们准备休息，九月某日再大搞一次。各位有什么有趣

---

① 神原键吉（1830—1894），江户时代的剑客。

的方案吗？”

“这样啊。”主人言语中显露出兴味索然之感。

这次是寒月接过了话茬：“东风君，你要不要试试朗读一下我的创作呀。”

“你的创作？听着还蛮有意思的。什么样的创作呀？”

“当然是剧本了。”寒月君话语间尽可能显得有魄力。不出所料所有人仿佛从毒气罐中拔出来一样，不约而同地看着寒月。

“剧本？真厉害，喜剧还是悲剧啊？”东风君进一步问道。

寒月先生答道：“什么呀，既不是喜剧，也不是悲剧。最近关于旧剧好还是新剧好的论争，一直吵吵闹闹、甚嚣尘上。但我寻找到的是另一个境界，我写了一出俳剧。”

“俳剧是什么东西？”

“就是富有俳句趣味的剧本啊，简称俳剧。”这么一说主人和迷亭都多少有些云里雾里，便也一言不发。

发问的果然还是东风君：“那么具体怎么演呢？”

“归根结底还是从俳句趣味而来，所以不能写太长，也不该有太恶毒的东西，所以我就写成了独幕剧。”

“原来如此。”

“首先从道具布置讲起。这也要尽可能极简。在舞台正中间放一棵大柳树，然后柳树树干往右伸出一根树枝，树枝之上停着一只乌鸦。”

“乌鸦会就那么待着不动吗？”主人好像自说自话一样，略显担忧。

“当然不会。所以会提前用丝线把乌鸦的脚绑在树枝上。树下则放一个浴盆。一个美人横躺着，用毛巾擦拭着身体。”

“这家伙还有点颓废主义，首先，谁来演这个女的呀？”迷亭问。

“那还不容易，从美术学校的模特儿里面雇一个不就行了？”

“你这么做，警察肯定会吵吵嚷嚷来找你的。”主人又担心上了。

“只要不公映不就行了吗？不卖票。如果这都不行的话，那学校裸体画写生也没法做了。”

“不一样啊。学校那是为了练习，和你这单单给人观赏是不同的。”

“若是老师们都这么说，那日本就完了。不管是绘画还是演剧，不都同样是艺术吗？”寒月君鼓吹道。

“好了好了，议论就点到为止吧。接下来的剧情怎么发展啊？”东风君好像真的想演，只关心情节。

“从花道①走来俳人高滨须子②。他拿着手杖，戴着白色灯芯草的帽子，穿着透明的和服外套，以及萨摩飞白的半靴出场。虽说穿着好像陆军士兵一样，但因为是俳人，所以要慢悠悠地走，尽可能表现出心中正在思考一句俳句的样子。须子走到了花道的尽头，到达舞台。这时突然睁开思考的眼睛，看到前面大柳树的背后，皮肤嫩白的女性正在沐浴。再往上一看，长长的柳枝之上，有一只乌鸦。乌鸦也在看着这女性沐浴。于是须子先生俳兴大发，感动不已。此刻需要停顿五十秒左右。‘沐浴的女性、一见钟情魂颠倒、是那乌鸦吧。’须子大声地朗诵出这一句。与此同时，拍子木声响起。落幕。怎么样，这想法不错吧？您还喜欢吗？您与其演阿宫姑娘，还不如当须子呢，东风君。”

“总觉得差点什么。后劲不足。再加入一点人情味，有点冲突的事件会比较好。”东风君一板一眼地回答。

刚才一直都很老实地坐在一旁的迷亭，他可不是个能一直一言不发的主：“就这样就可以称作俳剧，那还真是厉害。按上田敏③君的说法，俳句趣味或是滑稽爱好都是消极的亡国之音。不愧是敏君啊，说得真好。你不信就真试着演一下这么无聊的东西，肯定会被上田君嘲笑的。首先第一点，到底是戏剧还是滑稽短剧也弄不清，总而言之就是很消极。虽然不太礼貌，但是寒月你还是回实验室磨你的玻璃球吧。俳剧什么的你作一百篇或者两百篇都是亡国之音，

---

① 歌舞伎演员出场通道。

② 高滨须子，与夏目漱石同时代的俳人。

③ 上田敏（1874—1976），明治时代的英文学者、评论家。

都没用的。”

寒月君稍显愤怒：“真的有那么消极吗？我可是以很积极的心态来写的。”寒月开始为本无所谓的事情争辩起来：“须子先生看到一只乌鸦，然后说乌鸦也被女性给迷倒，这难道不是积极的吗？”

“这可是新想法呀，请您详细地说说。”

“我这个理学士竟然会说乌鸦也为女性倾倒，肯定不合理吧。”

“对啊。”

“这么不合理的事情，我居然能毫无顾忌地说出来，而且也不觉得牵强附会，不是吗？”

“是这样吗？”主人稍微有点疑惑插了句嘴。

寒月完全不理会：“为什么会觉得不牵强呢？我稍微解释一下当时须子的心理状况你们就明白了。实际上，倾倒与否，都是俳人自身的感情，和乌鸦是完全没有关系的。可是须子却感觉到即使乌鸦也为美女倾倒，也就是说，他并不是真正要说乌鸦怎么样，事实上是自己为之倾倒。须子自己也看到了美丽的女性正在沐浴，然后啊的一声恍然大悟，那一瞬间他便为之倾倒了。而且他那一双为女性所倾倒的眼睛，正好看到了树枝上那只乌鸦一动不动看着下方，便感叹道：‘啊，那只乌鸦也和我一样，拜倒在这美女的石榴裙下了。’他此时一定这么想，当然他肯定是想错了。但就是因为这个想错才显得有文学的意义，并因此创造出积极的因素。将只有自己才能感受到的东西，不问对方态度，强行投射扩张到乌鸦的身上，还摆出一副若无其事的面孔，这难道不是相当积极主义的状况吗？怎么样，先生？”

“原来如此，还真是厉害的理论。要是须子本人听到了一定也会很吃惊。你的说明确实很积极，但是实际上看了演出的那些人了，应该都会变得很消极吧。是吧，东风君。”

“嗯，对。我感觉太消极了。”东风君以十分认真的面庞回答道。

主人看到谈话的局面稍微展开了，便问：“如何东风，你近期有什么杰作吗？”

东风君说：“哎呀没什么特别能入您眼的。就是这几天准备出版一本诗集来着。正好我把底稿也都带来了，还请各位批评指点。”于是东风君从怀里掏出一个紫色的伏纱包，从中抽出五六十张左右的稿子放到主人面前。主人煞有介事地说：“来，让我看看吧，”于是翻开看到第一页写着：

与世人不同，纤弱的你
献给亲爱的富子小姐

这么两行。主人表情稍显神秘，就这么一言不发地看着。迷亭从旁凑了过来：“什么，是新体诗吗？”说着也偷看了一下。“哎呀，是献词啊。东风君，你还真是下定决心要赠送给富子小姐啊？”迷亭连连夸奖道。

主人依然觉得不可思议，问东风：“这个富子是真的存在的一个女子吗？”

“嗯，就上次迷亭先生也参加过的朗读会，我也邀请她来了。她就住在这附近，本来今天我是准备拿这个诗集给她看来的，才顺便来这边。不巧上个月他们家都去大矶避暑了，现在不在家。”东风认真地讲述着。

“苦沙弥，这可是二十世纪了，你别干坐着了，赶快读一读佳作啊。不过东风你这个献词写得也太不好了，不应该用纤弱。你知道纤弱这种高雅之语到底什么意思吗？”

“我觉得应该是柔弱或者纤细的含义吧。”

“原来如此。确实也可以这么理解，但它本来的含义在古日语里应该是危险的，危机四伏的这种意思。如果是我的话我会这么写。”

“要怎么写才会更加有诗意呢？”

“要我的话会这么写。‘与世人不同，纤弱的你，献给亲爱的富子小姐的鼻子下方。’别看我只添加了‘鼻子下方’这几个字，可事实上意境完全不同了。”

“原来如此，”东风君好像并未理解，勉强接受了。主人依旧无言，渐渐翻到第一页，终于他读了卷首第一章：

倦怠着的熏香里是你的
灵魂吗？飘忽着的相思之烟
啊我，呀我，于此艰辛人世中
甜蜜地获得你热烈的亲吻

“这我就不太能理解了。”主人叹息着，然后把稿子给了迷亭。“这也确实有点太古怪了。”迷亭又把稿子给了寒月。寒月说：“啊，原来如此。”最终把稿子还给了东风君。

“先生们不能理解，也是理所应当的。十年前的诗坛和今日的诗坛已经完全不同。仿佛两个世界。近来的诗，不是那种能够躺着读，或者在停车场读读就能够理解的东西，就连写作者本人接受问询也很难回答出来。完全是靠灵感的写作，诗人本身并不负其他责任。注释以及训读这些东西都交给研究者来做，与我等诗人全然无关。前几日，我的朋友送籍写了一篇短篇叫《一夜》。谁读起来都觉得朦胧难解不知所云。等遇到他本人时，我认真地问他，作品主要想表达什么。他回答我，‘这种事情谁知道呀’，完全不理不睬。那其实就是诗人的特色所在。”

“确实可能是诗人，但更是一个怪人。”主人这么一说，迷亭也简单的一句“蠢蛋”就将送籍君给打倒了。

东风君仍觉意犹未尽：“嗯，送籍确实是我们同仁之中比较特别的一类。不过我的诗也请您务必以这种心情来阅读。特别希望您注意的是，我特意将‘艰辛人世’与‘甜蜜亲吻’做成对照而呈现出来。”

“能够看出这煞费苦心的痕迹。甜蜜与艰辛，真有趣的对照，好像十七味辣椒调味料那样。我对东风君这独特的技巧佩服得五体投地。”迷亭不停地调侃老好人，以此为乐。

主人好像想到了什么似的，突然站起来往书房走去。不一会儿，拿着半张大小的纸走了出来。“东风君的大作我们已经读了，现在大家来点评一下我这篇短文吧。”主人也煞有介事，似要真干一场。

“你那天然居士的墓志铭我们已经听过两三遍了。”

“哎呀，迷亭你就闭嘴吧。东风，虽然这也不是我的得意之作，但算作余兴，就听听看吧。”

“我一定洗耳恭听。”

“寒月，你也顺便听听吧。”

“不用顺便，我一定认真听。反正也不是什么特别冗长的东西吧。”

“仅仅六十多个字而已。”苦沙弥先生终于开始读起了他亲手制作的文章——

“大和魂！日本人大叫一声。好像肺病痊愈后的震天一咳般。”

“起得有气势。”寒月君褒奖道。

“大和魂！卖报纸的人这么说。大和魂！小偷这么说。大和魂一跃而起远渡重洋。在英国进行大和魂的演说，在德国演出大和魂的戏剧。”

“原来如此。这可是比天然居士还要厉害的作品。”这次迷亭先生挺胸说道。

“东乡大将有大和魂。鱼铺的老银有大和魂。骗子、樵夫、杀人犯有大和魂。”

“先生，把寒月的名字也给加后面吧。”

“要问大和魂究竟是个什么样的东西？它就是大和魂。可是，当他走过五六间屋子后，你就会听到‘嗯咳’的一声咳嗽。”

“这句太妙了，文采太棒了。下一句呢？”

“三角的东西是大和魂吗？四角东西又是大和魂吗？大和魂如名字那般，它就是魂魄。既然是魂魄，那就该一直是摇摆不定的形态。”

“真是有趣啊。不过大和魂会不会太多了。”东风君提醒道。“赞成！”这么说的当然是迷亭。

“无人不提及大和魂，却没有任何人见过。无人没听过大和魂，却没有任何人见过。大和魂就是与天狗同类的存在。”主人一气呵成瞬间念完，余韵犹存——就算是千古流芳之名作，也太短了，核心思想为何也难于理解。三人以为还有下文，静静地等待着。可是不管怎么等待，主人也一声不吭，最终寒月问："就这么点？"主人才随口一答："对"。这句"对"答得太轻松。

不可思议的是迷亭对于这篇名作，并没像往常那样开始瞎扯。而是支持地说道："你也把你这些小短篇集成一卷，献给某个人吧。"主人不假思索地就说："那就献给你吧。"迷亭一听立马答道："没门儿！"然后就自己一个人用刚才给夫人看过的那剪刀剪起了指甲。

寒月君朝着东风君说："你认识那个金田家的大小姐？"

"嗯，春天朗读会的时候招待她来过，自那之后我们就变得亲近起来，从头到尾一直在交往接触。我一见到那个大小姐就有一种说不出的亲密感，当时就想着作诗咏歌，愉快得很，总是诗兴大发。这个集子中有许多是恋爱相关的诗，完全是因为这位异性朋友给的灵感。所以我才想对那位小姐表示真切的感谢，于是利用这个机会将这部诗集献给她。以前不是说吗？没有一个妇人好友是很难写出优秀的诗作的。"

"真的是这样吗？"寒月君面庞深处隐笑着回答道。

就算这几位先生都是闲聊瞎扯之大王，但也无法一直持续下去。谈话的势头渐渐微弱下来，我也没有义务整天听他们讲些毫无变化的杂谈，所以我就稍微失陪，先行告退，去庭院里捉螳螂了。梧桐叶点缀的绿色中间，日头西斜，露出斑驳的阳光，树干上寒蝉正在努力鸣叫。傍晚或许会有一场阵雨吧。

七

我近来开始做运动了。肯定会有人不由分说就开始冷嘲热讽，说我不过是只猫而已，还自命不凡搞什么运动。那我就要反问：骂我的这些人不也是到最近才理解何为运动，以前可都是只以吃和睡为天职的啊。这些人应该还记得，以前是如何打着“无事是贵人”的旗号，揣着手不仅不让那眼看就要糜烂的屁股离开坐垫，还扬扬得意以为那就是爷们的光荣。说什么要运动、得喝牛奶、必须泡冷水浴、全都跳进海里去、一到夏季就去山里修行与烟霞为邻，要知道，这些接二连三出现的无聊要求，都是近来西洋传染给神国日本的一种病症，与鼠疫、肺结核、神经衰弱同属一类。我去年刚出生，算年龄才一岁，记忆中当然不可能有人类患此病时的情形。不仅如此，那时我肯定也还未卷入这浮世风中。说猫一岁相当于人的十岁也不为过，所以，我们猫儿的寿命虽比人短两三倍，但从一只猫短时间内就可以十分发达这一点来推断，将人类的年岁与猫的年岁视为同等是极大的谬误。我还不到一岁零几个月就有此番见识，可见一斑。主人的三女儿据说虚岁已经三岁，但智力发达程度嘛，哎呀，依然是迟钝的。除了哭、尿床和吃奶之外什么也不懂。和愤世嫉俗、忧国忧民的我相比，她真是幼稚至极了。正因如此，我才把运动、海水浴、异地疗养的历史都放在我那方寸之心上考虑，这丝毫不足为奇。若有人对这等事也感到惊奇，那肯定是人比猫少两条腿，所以愚钝的缘故。

人从前就是愚钝之人，因而直到最近才开始鼓吹运动之效用，像赞叹伟大发明般，喋喋不休地讲海水浴的益处。这点事我还未出生就已知晓。首先，要问海水为什么是一种药材，你去一趟海岸边就立马能明白。那辽阔的大海里究竟生活着多少条鱼虽无法知道，但可以知道的是，没有一条鱼生病去看过医生。鱼儿们都健健康康地游来游去。若是害病，身体自然无法动弹了，若是死了定要漂浮起来。所以鱼的往生称作“漂上来”，鸟的薨去称作“掉下来”，人的寂灭则号作“躺尸”①。问问出过海、横渡过印度洋之人，一路是否看见过死鱼就行，谁都一定会回答没看过。就是要这样回答。不管在海上往返过多少次，也不会看见任何一条鱼停止呼吸——不，不应该说“停止呼吸”，鱼的话应该是“停止弄潮”才对——没有人看见过停止弄潮的鱼。古往今来，在那烟波浩渺的大海里，夜以继日地烧着煤炭坐着蒸汽船去寻找，也没见过任何一条鱼会漂浮于海面上。由此可断言，鱼一定是特别健壮的物种。那么，为何鱼那般健壮？这也无须等人类研究清楚，我立马就能回答。因为鱼完全喝海水，一直进行海水浴。海水浴对鱼之效果如此显著。既然对鱼有如此显著之效果，那么对人自然也一定是很有益。1750 年理查德·拉塞尔医生②发布了一则夸张的广告，说只要跳进布莱顿③的海水中，百病皆可即刻治愈。完全可以嘲笑他这广告登报登得太晚太晚。就算是猫，只要时机成熟，我们也都可以去镰仓海滨洗浴。不过现在还不行，万事都讲究个时机。好比明治维新前的日本人未能体会到海水浴的功效就死了一样，现如今的猫族还未遇到可以裸体飞入海中的良机。一着急就会坏事儿。今天就有猫被扔弃到筑地的海边去，在它平安回到家之前，我可不会随意就去跳海。在进化法

① 原意为佛祖涅槃时躺着的姿态。

② 理查德·拉塞尔（1714—1771），英国医生。

③ 布莱顿，英国东部海滨城市。

则还未能使我们猫族足以对惊涛骇浪产生相当的抵抗力之前——换言之，日常用语中还未把“猫死了”说成是“猫漂上来了”之前——猫族的海水浴无法轻易进行。

海水浴以后再说，运动我倒是下定决心要做一做。好像在二十世纪的今天，若是不运动就会被认为像个贫民，在外的名声不太好。我不运动，不是说我不运动，而是无法运动、没时间运动、没空运动。过去，运动的人都被讥笑像武士家跑腿的仆人一样，如今反了过来，不运动的人却被看作很低等。世人的评价就像我的眼珠子一样，依时间和场所不断变化。我的眼珠只会变大或变小，而人的评定却会完全颠覆从前的状态。完全颠覆也不要紧，毕竟事物都有两面和两极。让同一事物产生黑白颠倒的变化，正是人类的圆滑之处。“方寸”颠倒过来便是“寸方”，人类还真是可爱。俯下身子从两腿间看“天桥立”① 又有另一番情趣。莎士比亚若一直是亘古不变的莎士比亚就十分无趣，如果没有人偶尔俯下身从两腿间看一看《哈姆雷特》，说：“喂，你这不行啊。”那文学界就不会进步。所以过去不支持运动的那帮人，现在又突然想运动，就连女性都拿着球拍走来晃去，但我丝毫未有不可思议之感。只要别讥笑我等猫族开始运动是自命不凡就行了。

也许有人会疑惑我要做的是哪种运动，我姑且简单说明一番。众所周知，我们猫族很不幸，是没法拿器械的，所以无论是球还是球棒使用起来都很困难。当然，就算会用我们也没钱去买。基于这两个原因，我选择的运动是无须花一文钱，也不须借助运动器械的那种。这么一说或许有人会以为我说的是慢吞吞地散步，或者偷叼一片金枪鱼片逃跑。但只让我的四条腿做力学运动，顺应地球引力在大地上横行霸道，也太过简单乏味了些。尽管有运动之名，但就像主人时常所做的字面上之运动，实则是玷污了运动之神圣。当然，就算是平常的运动，在某种刺激之下也不是不能做。“抢鲣鱼干”“寻大马哈鱼”当然是很有意思的，但这些运动都要有重要的争夺对

① 天桥立，京都府北部著名景点。

象存在才能成立。一旦外部刺激被去掉，这运动就立刻变得索然无味了。还不如搞点需要技艺的运动。我左思右想，例如从厨房的屋檐跳到屋顶上去，在屋顶尖端的梅花形瓦上四腿站立，跑晾衣竿——这很难成功，竹竿太滑溜根本抓不住。还有从背后给小孩来个突然袭击——虽很有意思，但太频繁便会吃不了兜着走，因而每个月至多也就只能试三次。或者往头上套纸袋——这只有痛苦，十分乏味，而且若没有人类帮忙也无法进行，自然是不行。还有用爪子抓挠书的封皮——这一旦被主人发觉，必有挨揍的危险，而且只磨了爪子，全身的肌肉并未得到锻炼。

以上这些都是我所谓的旧式运动。新式运动中，有不少十分有趣。首先是捕螳螂。捕螳螂不是抓老鼠那样的大运动，自然也没有那般大的危险。仲夏到初秋期间，做这种游戏是最上佳的。至于捕捉的方法，首先要到院子里找出一只螳螂来。如果运气好，找一两只并不费事。然后，“唰”的一声逆风跑到螳螂身旁。这时螳螂通常会立刻摆好架势，高举镰刀般的两只前足，仿佛在说“要来就来谁怕谁”。螳螂也是很勇猛的家伙，在不了解对手的力量之前就敢于迎战，真有意思。我用右前脚轻拂一下他举起的前脚，他的前脚因为很软，受到剧烈刺激后立刻弯曲了。这时螳螂君的表情可有意思啦，仿佛是说“哎呀，居然这么厉害”。此时我单脚跳到螳螂君身后，这次从背后轻挠一下他的翅膀。他的翅膀平时都好生折叠起来，我要是挠狠了，翅膀即刻便散开，他那吉野纸般浅色内衣也显露出来。螳螂君即使在夏天也不辞劳苦穿着两件衣裳，真是注重风雅打扮之物。这时，螳螂君的两只前脚总是转为朝后，有时也会转过身来，不过通常只有前脚直立起来。看样子好像摆好架势等我出手。对方一直这个态度我就没法运动了。时间一久我就又稍微拂它一下。都到这分上了，识相的螳螂定是要逃跑的。依然不顾一切反抗的都是相当没教养的野蛮螳螂。如果对方如此野蛮，我就瞄准它攻过来的方向，狠狠地贴身给他一爪子。此时大约他会被我掀飞两三尺远。但如果敌人很老实，往后逃跑的话，我就也同情他，先在院子里的树木上像飞鸟般来回跳上两三圈。跳完回来一看，螳螂君也只逃出五六寸远而已。它已经领教了我的力量，所以也不再有勇气反抗了，只是左右摇晃拼命逃跑。但因为我也左右穷追不舍，螳螂君在最终绝望之际，有时也会意欲振翅高飞试着大显身手。螳螂的双翅为与它的那双前足协调，也长得十分细长，可据说完全是用作装饰的，根本飞不起来。这和人类的英语、法语、德语一样，毫无实用价值。因此，虽然它想利用这无用之物大显身手，但实际对我是毫无效用的。字面上看是大显身手，其实说是拖着翅膀在地面上爬行也不为过。看它这样不免惹猫同情，但为了运动我也别无他法，只好请它原谅。我忽然跑到它前边去，螳螂君出于惯性无法急转弯，不得已只好继续前行，鼻子撞到我的拳头上。此时螳螂君必定保持双翅张开的姿势而倒下。我用前腿按住它，稍事休息。然后又放开，放开一会儿又按住。我用孔明七擒七纵孟获的战略来攻击它。重复这个动作约半个小时后，我看准它身体已经无法再动弹了，便把它叼在嘴里甩上几下。然后又吐出来，这次它躺在地面上一动不动，于是我用手捅它，它要乘势飞起来时，我立马又将它按住。玩腻之后，我便吧嗒吧嗒将它吃进肚里。顺便告诉没有吃过螳螂的人类，螳螂不是什么好吃的东西，而且营养成分其实也不多。

说了捕螳螂之后，来说说捕蝉这项运动吧。这东西虽然一言以蔽之，都称之为蝉，其实内部还有许多不同。就像人类中有油人、暝暝人、斡西依吱咕吱咕人一样，蝉中也有油蝉、暝暝蝉①、斡西依吱咕吱咕蝉②之别。油蝉太执拗，不行。暝暝蝉太霸道，也烦人。只有斡西依吱咕吱咕蝉捉起来最有趣。这种蝉不到夏末是不出来的。每当秋风不断从和服腋下开口处抚摸着肌肤、人类打喷嚏着凉之时，它就摇尾而立，开始鸣叫。这家伙一叫就停不下来，在我看来它除了鸣叫和被猫捕捉之外别无天职。初秋时我就捉这家伙，这便是我的捕蝉运动。

先得向诸位说清楚，既然名字叫蝉，那就不能落到地面上。掉

---

① 日语发音为“暝暝”，实为蛁蟟。

② 日语模拟蝉叫声，发音为“斡西依吱咕吱咕”，实为寒蝉。

落到地面上来的，肯定蚂蚁早已找上门来。我要捉的不是那些已经倒在蚂蚁领地上的家伙，而是专门捉停在高枝上“斡西依吱咕吱咕”叫着的那些家伙。这里顺便想请教一下博学的人类，这种蝉到底是“斡西依吱咕吱咕”地叫呢，还是“吱咕吱咕斡西依”地叫。这解释较大程度上关系到对蝉研究的进展。人优于猫儿之处在于能研究，人的自负也在于能研究，所以若是不能立马给出答复，还请回头仔细考量一下。当然这对我捉蝉是无任何妨碍的。我只要循声上树，瞧准它热衷呐喊的时机，一下捉住就是了。乍一看，这运动似乎很容易，实则很费工夫。我有四条腿，所以在地上行走时我不输其他任何动物。至少从两腿与四腿这一的数学上的差异来判断，我是不输人类的。可至于爬树，却有比我强者。以爬树为天职的猴子先不论，就连猴子的末裔——人类之中，也有一群不可轻侮的家伙。本来爬树这种违背引力勉强而为之事，即使不会也不是耻辱，但在捕蝉运动上，不会爬树便有诸多不便。幸亏我有爪子这个利器，总算勉强可以爬上去，但绝不像旁观者以为的那样轻松。不仅如此，蝉可是会飞的东西。和螳螂君不同，它只要一飞走，我好不容易爬上去的，结果只会陷入爬与没爬没什么两样的悲惨境遇。最后，有时还会遭遇蝉尿撒一身的危险。稍不注意那家伙就会对准我的眼睛来上一泡尿。你逃了就算了，还撒泡尿作甚。还望蝉君以后别对着我撒尿了。蝉这家伙起飞的一瞬间撒泡尿究竟是基于何种的心理状态下产生的机能呢？是因太过难受？还是趁敌人不注意而争取逃跑时间的策略呢？如果是那样，就和乌贼吐墨、混蛋东京人给人看文身、我家主人显摆拉丁语属同类了。这是蝉学上不可忽视的问题，如果充分加以研究，确实有写篇博士论文的价值。这些都是闲话，就说这么多，赶紧言归正传吧。

蝉最喜欢集聚——用集聚这词若是奇怪用集合也行，但用集合又太普通陈腐，还是用集聚吧。蝉最常集聚的地方是青桐树上，青桐树的汉语名又称梧桐树。可是，青桐这种树的叶子十分茂密，又有团扇那么大，这些叶子一重叠一重，茂密到几乎看不清树干，这就大大妨碍了捕蝉运动。我怀疑俗谣中所唱“只闻其声，不见其人”

是不是专为我而作的。无奈我只好循声前行。在从地面往上六尺多高的地方，树干正好分成两杈，我总是在那里稍事休息，透过叶子缝侦察一下蝉的所在。不过在我爬到这里之前，就有急性子的家伙听到我发出的沙沙声响，先行飞走了。只要有一只飞走接下来就挡不住了。蝉在模仿方面还真不输人类。于是它们接二连三都飞了起来，等我终于爬到分叉地，满树已寂然无声。曾有一次我爬到这里，怎么听怎么看都也感觉不到有蝉的迹象，但另寻机会重来一次又太麻烦，于是我暂且休息一下，在树杈上驻守阵地等待第二次机会。不知何时倦意上头，没多久便进入甜蜜梦乡。猛然惊醒之时，我扑通一声从树杈上掉到了院子的石子路上。不过，通常爬一次树还是可以捉到一只的。但没意思的是，要把它弄到地上，我在树上时就必须把它衔在嘴里。因此，下到树下把蝉吐出来的时候，大都已经死了。任凭我如何逗、挠，它都毫无反应。所以，捕蝉真正的有趣之处在我悄悄靠近寒蝉君，瞄准它正在使劲伸缩尾巴的时机，猛地一下用前足将它按住之时。此时寒蝉君就会发出悲鸣，尽情抖动它那薄而透明的翅膀。它的翅膀抖得多快多美，语言都无法形容，着实是蝉世界里的一大奇观。我每次按住寒蝉君时，总是请它给我展示一番此种艺术性的表演。等我看腻了，便稍稍失礼大口一咬，两三下给咽下去。有的蝉到我的嘴里后还要继续这种艺术表演。

捕蝉运动之后，下一项是“滑松”。这没必要长篇大论，所以我简单说说。一说到“滑松”，也许有人以为是从松树上往下滑，其实不然，这也是爬树的一种。只不过捕蝉运动是为了捕蝉才爬树，而“滑松”的目的则是爬树本身。这是二者之差。松树本是常青之树，自从成为款待最明寺北条时赖的燃料之后①一直到今天，总是凹凸不平的一副姿态。因此，再没有比松树的树干更不顺滑的了，也再没有比松树更方便抓手抓脚的了。换言之，也就是最容易抓我爪子的。我一气呵成朝着抓力上佳的树干飞奔上去，又迅速飞跑下来。

---

① 谣曲《盆栽》中载最明寺北条时赖寄宿在佐野源左卫门常世家中时，常世将收藏的梅、松等盆栽烧掉生火用以做饭招待时赖。

往下跑时有两种方法，一种是头倒立朝着地面往下爬，另一种是保持上攀的姿势，尾巴朝下退下来。考考你们人类，哪种方法更难你们知道吗？按人类肤浅的想法，一定会认为既然要下来，肯定是朝下跑更轻松。那就错了。你们只知道源义经攻陷鹎越①之事，想着义经都是头朝下从鹎越的断崖上坠落的，所以猫自然也是头朝下下来。你们可不应该这样瞧不起我们猫。想想看，猫爪是朝哪个方向生长的？所有猫的爪子都是向后弯折的。因此才像消防钩一样，将东西钩住往里拉容易，反方向推出去却很难使上力。假设我现在轻松爬上松树，我原是生在地上的动物，自然倾向肯定不允许我长期停留在松树之巅。一放手自然会掉下来。可松手掉落实在太快，因此必须采取某种手段来减缓这自然倾向。这就是所谓的“降下来”了。掉下来与降下来似乎差别很大，其实没有想象中那么大的不同。将掉下来放缓就变成了降下来，再将降下来加快就会变成掉下来。掉下来与降下来，不过是“掉”与“降”一字之差而已。我既然不愿意从松树上掉下来，就必须将掉下来放缓而降下来。也就是说必须借助某物来对抗下落的速度。正如刚才已讲那样，我的爪子都是朝后生长的，如果头朝上用爪子抓住树干，那么，爪子的力量就可以完全用来制衡下落的势能。于是“掉下来”就变为“降下来”了。这道理如此显而易见。不妨也试试像源义经那样，头朝下从松树上降下来试试。此时，就算有爪子也难派上用场，只会哧溜溜往下滑，无法支撑自身的重量。好不容易打算好“降下来”结果不得已变为“掉下来”，可见，义经在鹎越用过的办法太难了。猫儿当中能有此番技能的恐怕也就只有我一个。因此，我才将这个运动称作“滑松”。

最后讲讲“绕篱笆”运动。主人的院子是用竹篱笆将四角隔开的。与檐廊平行的那面足有十四五米长，但左右两侧的均只有七米左右。如今，我所说的“绕竹墙”运动，是指在这竹篱笆上绕行一

---

① 现日本神户地区地名，因源义经奇袭山谷平氏阵营坠落断崖而闻名。

周而不掉下来。这个运动我时常失败，如果首尾连贯顺利成功的话也聊作慰藉。特别是篱笆隔几米就有一根圆木立柱，可以稍事休息。今天状态比较好，早上到中午我已经走了三个来回，一回比一回顺利。越是顺利就越想做。终于我又来了第四回。第四回进行到一半时，突然从旁边屋顶上飞来了三只乌鸦，在我不到两米的前方整齐列队。真是一群不请自来的家伙，就知道妨碍别人运动！关键是他们又没有此处的户籍，还随便飞到别人家的墙上来，真是岂有此理。于是为了赶走他们我便朝它们喊话："喂！躲开！让大爷我过去。"最前边的那只乌鸦看了看我这边，竟偷笑起来。第二只则不理不睬，专注望着主人的院子。第三只则在竹篱笆上擦嘴，肯定是刚吃过什么东西后飞过来的。我给了他们三分钟时间考虑如何答复我，便一直站在墙上。据说乌鸦通称"勘左卫门"，果然是勘左卫门，我等了这么久，他们也不搭话，更不飞走。不得已，我只好缓缓地向前走。于是最前边的勘左卫门稍稍伸展了一下翅膀。我以为他们总算知道惧怕我的威力准备逃走了，哪知他只是转了个方向调整了下姿势而已。这混蛋！若是在地面上，他可休想全身而退。但没办法我单做"绕篱笆"运动就已十分费工夫，根本没有空闲去和勘左卫门闹别扭。虽这么说，但我又不情愿一直站着等这三只乌鸦躲开。首先，这样等下去脚已难以为继。对方是有翅膀的生物，在这里只能算是停留。所以只要它们想，就可以一直逗留下去。可我今天已是第四回做"绕篱笆"运动，只这样便已筋疲力尽，更何况我在做和走钢索一样困难的表演兼运动呢。即使没有任何障碍物都难保不掉下去，还遇上这三个黑衣家伙挡住去路，真是猫生不易啊。纠结许久后也没有别的办法，要不就从篱笆上下来自主停止运动吧。不然也麻烦，干脆就这么办吧。敌人人多势众，且在这一带又是生面孔。嘴尖得奇特，跟天狗①的孩子一样，一看就知道肯定不是什么好东西。撤退乃万全之策，过于靠近敌人，万一又再掉下去，更是耻辱。我刚这么决定，那头扭向左边的家伙叫了声"傻子"。第二个也有样学样跟

① 传说中的妖怪，鼻子特别长。

着叫“傻子”，最后的那家伙更是认认真真地连叫了两声“傻子，傻子”。我再如何性格温厚，也忍不下去了。在自家宅邸内受此等侮辱，可是有损我鼎鼎大名。如果你说我名字都没有，哪存在损及大名之说，那么换个说法，也关系到我的体面。总之，我决不能让步。俗语所谓“乌合之众”，可不是什么好词，所以就算他们有三只，没准也都弱不禁风。我心一横，管他的，能前进多少就前进多少，于是缓缓地向他们靠近。乌鸦们仍表现出若无其事的样子，相互间似乎在交谈。这越发让人怒不可遏了。这竹墙要是再宽上个五六寸，我肯定会让他们吃不少苦头，可遗憾的是，不管我怎样发怒都只能慢慢向前挪步。终于离先头的乌鸦只差五六寸了，再撑一口气就是胜利。而就在此时，这三个勘左卫门好像事先商量好了一样，忽然翅膀一扑，往上飞了一两尺。他们翅膀扇起的风突然吹到我脸上，我猛地一惊，一下子踩空了，扑通一声摔到地上。我想这可真是惨败啊，再抬头往上一看，那三只家伙仍停在原地，一起伸着尖嘴俯瞰着我呢，分明是瞧不起的眼神。真是恬不知耻，还停在别人院子里。我狠狠地瞪着他们，却完全无用。我拱起腰来嘴里念念有词发出怒吼声，更没用。就像俗人懂不得象征诗的灵妙之处一般，他们对我发出的愤怒信号也未显现出任何反应。想想看其实也对，我适才一直把他们当作猫族来看待了，这是我的错。要是对方是猫，面对我的此番愤怒，肯定会有所回应。可不巧对方是乌鸦。面对这群乌鸦勘左卫门先生们，又能怎么样呢？就跟实业家急迫地想压倒主人一样，跟源赖朝送给西行法师一只我的银制雕像一样①，跟勘左卫门先生在西乡隆盛②君的铜像上拉屎一样，都是事与愿违之事。善于见机行事的我认识到终究是无能为力，便干脆利落地回到了檐廊上。已是晚饭时间，运动固然好，但过犹不及。我整个身子总觉得肌肉松软，四肢无力。不仅如此，初秋的太阳依旧毒辣，运动中暴晒后

① 《东鉴》记载，源赖朝曾送与西行法师一直银制猫像，可西行一出门就将其转送给了在玩耍的孩子。

② 西乡隆盛（1827—1877），明治维新义士。其铜像位于上野公园内。

的皮毛充分吸收了夕阳的热量，现在浑身发热，难以忍受。毛孔里渗出的汗水若是往下流就好了，却像油脂一般粘在毛的根部。背上奇痒无比。出汗发痒和因跳蚤咬而发痒是截然不同的。若是嘴能触及之处，可以用嘴去咬，若是脚能伸到的范围，我也可以去挠，但这次痒的地方是脊椎正中间的区域，是我自力难及之处了。这种时候，要么看到个人凑上去使劲蹭上一番，要么在松树皮上好好摩擦一阵，必须二选一，否则就会很不舒服，难以安眠。人是愚蠢之物，当猫发出抚摸猫的声音——“抚摸猫的声音”照字面讲应该是人抚摸猫时人发出的声音，但按我猫的想法，意思明显不对，所以不应该叫“抚摸猫的声音”而应该叫“猫被抚摸时叫出的声音”——总之人是愚蠢的，当我发出喵喵的撒娇声，靠近他们的膝畔时，他们大都会误以为我在表达爱意，于是不但任我所为，还时常会抚摸我的头部。但是近来我的毛里繁殖了一种称作跳蚤的寄生虫，我一靠近他们，他们就会提起我的颈后毛，把我抛到一边去。看来只因为这些不足入眼、无足轻重的小跳蚤，他们就厌弃我了，人还真是“翻手为云覆手为雨”薄情寡义啊。顶多也就一两千只跳蚤嘛，亏你们人类做得出这般见利忘义之事来。据说人类世界通行的爱之法则是这样的：在对自己有利时，需爱他人。由于人对我的态度俄而突变，再怎么痒我也不能借助人力了。所以除了第二种松皮摩擦法以外别无他法了。然而我刚准备从檐廊走下去蹭痒，又转念一想：不，这方法有利有弊，并非上策。我之所以这样说，不是因为别的，就是因为松树上长满了松脂。这松脂可是执念极强的东西，一旦粘了一点在我的毛尖上，就算是打雷，或者波罗的海舰队①全军覆灭，也绝不会轻易弄掉的。还不只这样，这松脂刚牢牢粘在五根毛上后，立刻就会蔓延到十根，我才发觉已经粘住十根之时，它已经粘住了三十根。我本是个淡泊明志有“茶人”般风范的猫，对于这种顽固不化、恶毒、纠缠不休且执念深重的东西厌恶至极。即使是天下数一数二的美猫娘，若有此等品性我也坚决拒绝，更何况这松脂？这

① 俄国的舰队。后来在日俄战争时被日军覆灭。

东西本来和车夫家大黑两眼中乘着北风流出来的眼屎毫无差别，还竟敢把我这身淡灰色毛衣给糟蹋得如此不堪，真是太不像话。这种东西请稍微替别人想想，可不管我怎么说它，它也没有听话的迹象。只要我把脊背往那松皮上一靠，它保准立马出现，粘我身上。和这种不明是非的傻蛋周旋，不仅有损颜面，还关乎我的皮毛长相。因此，浑身再痒我也只能忍着。可是，这两种方法都不行，我就甚是不安了。如果再不想办法，奇痒难耐纠缠不休的最终结果，没准会发展成病症。就没有什么别的办法了吗？我抬起后腿思考着，忽然想起了一件事。我家的主人不是时常拿着毛巾和肥皂飘然出门吗？三四十分钟后他回来时，那朦胧的脸色中略带红晕，看上去舒畅了许多。对主人这般脏乱之人都会产生此等效果，那么对我肯定更起作用。我本就十分俊朗，虽然没必要再打扮成小白脸，但万一染上病，只活了一年几个月就夭折，便是对不住天下苍生了。据说主人去的地方是人类为了打发时间而想出来的公共澡堂。人造出来的肯定不是什么像样的东西，但此番境遇下的我，试一试也未尝不可。若是没什么效验之处，下次不去便是了。不过，那是人们为自己建造设置的澡堂，他们有允许我等异类之猫进去的气度吗？这还是个疑问。我想，主人可以大大方方地进去，未必会拒绝我进入吧，可万一真吃了闭门羹，我在外的名声可就不太好了。最好还是先去观察一下情况。看来这样差不多是可行的，我便叼起毛巾准备出发。想法差不多确定了，我便慢悠悠地朝着澡堂进发。

从横街左拐，对面便高高屹立着一根樋竹似的东西，上边一层薄薄的烟在飘浮。这就是公共澡堂了。我悄悄从后门溜了进去。说什么走后门是因为害怕或者没本事的人，肯定就是那些非走正门不可之人出于某种嫉妒心而发的牢骚罢了。从古至今，聪明人都是从后门突然袭击的。《绅士养成方》的第二卷第一章第五页上有明确记述，书的下一页上还写着：“后门乃是可写入绅士的遗书，具备德性之门也。”我可是二十世纪的猫，这点教养我还是有的。所以还是别轻视我为妙。话说回来，我溜进去一看，左边是劈开的松木，八寸来长，堆成小山。旁边的煤炭则堆成小岗一样。也许有人要问，为什么说松柴就是“小山”一样而说煤就要讲“小岗”呢？其实也没有特别的意思，不过是山和岗换着说说而已。人类吃米，吃鸡，吃鱼，吃各类禽兽，把各类糟物都吃尽了，最后竟堕落到吃起煤来，真是可怜。

我一看尽头处，有个近两米宽的入口敞开着。再往里一看，里边空空荡荡，安静极了。对面屋里反倒是频繁传出人声，我当即断定所谓的澡堂肯定就在声音发出的那边。我从松柴和煤炭之间的谷地穿过去，左拐往前走，右手边有个玻璃窗，窗外圆形小桶堆成三角形，也就是金字塔的形状。桶本是圆形的东西，呈三角之状应该并非本意，我悄悄对小桶诸君心中情绪表示谅解和同情。小桶南侧留有一段四五尺长的隔板，好像是在迎接我。这隔板离地面有一米高，正好是我能跳上去的高度，跟为我定制的一样。我想这可好，便纵身一跃，所谓的浴室就即刻出现在我的鼻尖前、眼皮下、正对面了。要说天下什么最有意思，自然是吃到从未吃过的东西，见从未见过的事物。没有比这更能使人身心愉悦的了。诸位如果也能像我家主人那样，一周三次泡在这澡堂中，过个三四十分钟，那真是极佳的。倘若您和我一样还未见过澡堂，那么赶快去看看吧。不见父母最后一面都行，但这地方一定要看看。世界虽大，此等奇观独此一家。

要说这奇观奇在何处，连我都难以启齿的。这玻璃窗中，唧唧哇哇乱嚷的人个个都是赤身裸体的。跟台湾的原住民一样。简直是二十世纪的亚当。讲起服装的历史，就说来话长啦，详细论述还是交给托伊费尔斯德列克先生①。详论虽免，但我还是简单说说。人类原都是有服装的。十八世纪前后在大英帝国巴斯②温泉处，纳什·理查德③制定严格规则时，要求浴室内男女都必须要用衣服从肩到腿

① 托伊费尔斯德列克，卡莱尔《衣裳哲学》中创造的虚拟人物。按该书记载，德国教授托伊费尔斯德列克著有《衣裳：起源与影响》。

② 英国西南部巴斯市。罗马时代起作为温泉地就很有名。

③ 纳什·理查德（1674—1762），曾任温泉地巴斯的礼仪长官，改善设施状况，实行风俗改良政策。

将自己包裹起来。距今六十年前，也是在英国某一城市，建立某所绘画学校时发生的事。因为是绘画学校，临摹裸体画和裸体像、购买裸体模型，陈列在校内各处都是不可避免的，可一到举行开学典礼的阶段，却发生了让当局和学校的教职员都极其为难之事。要举行建校典礼，就必须招待市里的淑女们出席。但是按当时贵妇的想法，人类都是着装的动物，不是只穿着一层皮的猴子的子孙。人不穿衣服就和大象没有鼻子，学校没有学生，军队没有勇气一样，失去了其本来面貌。既然失去了本来面貌，就不再算是人，而是兽类。即使只是些模型，但和兽类一般的人为伍，也有损她们这些贵妇人的高贵身份。因此她们拒绝出席。学校的教职员虽也觉得她们是一群不通情理的妇女，可历来在东西方世界女人都被认为是一种装饰品。固然她们干不了力气活，也当不了志愿兵，却是开学典礼不可欠缺的装饰工具。因此没办法他们只好到布店去买来三十五匹八分七的黑布，让这些"兽类之人"都穿上衣服。而且一副不能失礼的表情，郑重其事把他们脸上也遮上了黑布。这样才算无须停滞，顺利举行了典礼。可见衣服对人类是多么重要。

最近有不少先生老师大肆主张画裸体画，宣扬裸体艺术，这是错误的。以我这个生下来到现在，一天也未裸体过的猫的角度来看，这一定是错误的。裸体是希腊罗马的遗风，后来受文艺复兴时期淫风的催发才又流行起来。希腊人、罗马人平时看惯了裸体，他们毫不觉得这会和风俗教化扯上什么利害关系。但北欧是个寒冷的地方，日本也是，没人敢在大街上光着身子走动，若是在德国、英国，裸着身子直接就冻死了。人都怕死，所以就穿上衣服，大家都穿上衣服，人自然就成了着装的动物。一旦成了着装动物之后，突然再遇到裸体动物，就不认可他是人，而觉得他是兽了。所以欧洲人、特别是北方的欧洲人将裸体画、裸体像当作兽来对待，当作比猫还逊色的兽来对待。美？美就美呗，那就将它看作美美的兽就行了。

我这样说，也许有人会问，你没见过西洋女性穿的礼服吗？我是猫，还真没有见过西洋女性的礼服。但我听说，她们露胸、露肩还露手臂，并将这样的装束称作礼服。真不像话。十四世纪前，她们的打扮可不是这样滑稽的，她们的穿着还是和常人一样。为什么现在她们会变得如此下作，和杂技团演员一样了呢？理由讲起来太麻烦，就不多说了。知道的人自然知道，不知者摆个不知道的脸就好了。历史上如何姑且不论，现在她们虽然在夜里扬扬得意于此种异样的姿态，但内心中还是葆有人之所以为人之处，所以一到白天，她们就缩肩藏胸，把手臂都包裹起来，身体各个部位都不外露。不仅如此，她们认为就算是露一只脚趾也是非常羞耻的。这么看来，她们的所谓的礼服不过是愚人的东西，傻瓜和傻瓜在一起交流时才允许穿上。如果有人不以为然，那不妨大白天到大街上袒个胸露个肩试一试。裸体信奉者也一样。如果他们真觉得裸体好的话，不如让他们的女儿脱干净，顺带自己也裸着去上野公园散散步。不行？不是不行，而是西方人不那样做，所以自己也不做。现实中不是就有人穿着这样极不合理的礼服大摇大摆出现在帝国饭店吗？一问她们为何穿成这样，没什么理由，只是洋人这样穿自己便也这样穿罢了。洋人强势厉害，所以即使硬去模仿，被人当作傻瓜，也一定要这么做。面对体长之物就要敢于被其包裹，面对强者要甘于被折断，面对重物则要甘于被其压迫，如不这样事事卑躬屈膝，就不是聪明人的表现。如果有人说自己就是要成为这样的聪明人，这当然是自由，他人无权干涉。不过，请不要吹嘘日本人很了不起就行。做学问也是同理，不过这和服装无关，此处就省略了。

衣服对人类如此重要，以至于使人疑惑：到底人是衣服，还是衣服是人。简直可以说，人的历史既不是肉的历史，也不是骨的历史，更不是血的历史，而是衣服的历史。所以一看见不穿衣服的人，就会觉得他不像人，仿佛遭遇了一个怪物。如果怪物都约定好大家一起做怪物，那么所谓怪物这个称谓也就自然消失了，怪物自然也就无所谓了。但这样一来，人类自己就为难了。古时候，自然平等地创造了人，将他们抛到这个世界上。所以不管什么样的人，刚生下来时都是赤裸的。假如人的本性是安于平等的话，那就应该这样赤裸裸地生长下去。可是，有一个赤裸的人说：“大家都一样赤裸，那我这个个体的努力便丧失了价值，费尽心血的成效也无法体现。

必须要有个办法让所有的人一眼就能看出我就是我，不是别人。要这样的话，我就得在身上穿点让人一见销魂之物。”他用了十年时间想究竟有什么办法，终于发明了男士内裤，并即刻把它穿在身上，耀武扬威地四处走动，好似在说：“怎么样？怕了吧？”这就是现如今人力车夫的先祖。

可能有人会觉得奇怪，只是发明一条内裤就花了整整十年未免太长，但这是从今天回过头看古代时，因自身蒙昧而妄下之结论。其实在当时，没有比这更大的发明了。据说笛卡尔想出连三岁小孩都懂的真理“我思故我在”也花费了十多年的时间。

大凡思考都是很费事的，所以花十年时间发明内裤，必须说车夫的智慧已经相当厉害了。内裤一发明出来，车夫就成了世上最有声望之人。车夫们成天穿着内裤在天下大道之上趾高气扬、横行阔步，实在让人觉得可恨，于是又出现了一个不甘心的怪物用了六年工夫发明了大褂这种无用之物。于是内裤的势力顿时衰败，人类历史迎来了大褂的全盛时代。菜店老板、药铺掌柜、布店执事都穿大褂，所以都是这个伟大发明家的末裔。内裤时期、大褂时期之后紧接着的是裙裤时期。这是一位曾大动肝火说“大褂这家伙算什么东西”的怪物想出来的，以前的武士和现在的官员皆属此种。这么一来，怪物们都争先恐后地标新立异，最终甚至出现了模仿燕尾的畸形装束。不过回过头想想，这绝不是勉强、胡乱、偶然想出来的，而是众人都想胜过别人而产生的勇猛心，凝聚而成的各类新式样，是为了显示自己与他人不同，不受人摆布而要摆布他人之心下产生的。从此种心理可以得出一大发现。那就是：自然忌讳真空，人类厌恶平等。在业已厌恶平等，不得已必须将衣服如骨肉般罩在身上的今日，若想舍掉已成为人类本质一部分的衣服，回到赤条条的原始公平时代去，只会被看作是狂人所为。就算有人甘冒狂人之名，那也无法倒回去。倒回去之人在文明人眼中看来，只会被以为是怪物。有人说，将全世界亿万人全都强行推回怪物世界中，这样就可以平等了，大家都是怪物，谁也无须觉得羞耻了。可这么一来真的就能安心了吗？实际还是不行。从整个世界都变成怪物的第二天起，怪物之间的竞争又开始了。不能穿着衣服竞争，那就搞一些别的，那种怪物之间特有的、别的竞争。赤裸就赤裸，这方面没差别，总会有其他差别的。看来，人类这衣服是永远脱不掉了。

然而，现在我眼下这一群人，却把不应该脱掉的内裤、大褂乃至裙裤全都脱到架子上，毫无顾忌地把人类本来的狂态在众目睽睽之下暴露出来，而且安然谈笑风生，纵横捭阖。我方才说的一大奇观指的就是此事。十分荣幸，在此我谨为诸位文明君子介绍其一斑之态。

澡堂里乱哄哄的，我也不知该从何说起。怪物们做的事都毫无规律，所以要条理分明地梳理清楚相当费事。先说说浴池吧。是不是该叫浴池我也不好说，大约就是等同于浴池的东西吧。这东西宽三尺，长估摸着有九尺，一分为二，一边是白色的开水，据说号作药汤，好似融入了石灰，颜色浑浊。还不只是浑浊，是那种油到发亮，重度的浑浊。仔细一闻，有些发臭。也并不奇怪，毕竟是一个星期更换一次。另一边本该是普通浴池，但我发誓那也算不上是透明澄澈的。颜色上充分显示了它拥有搅混消防水缸同等的价值。

接下来是关于怪物们的叙述。这非常费事。消防水缸般的普通浴池里站着两个年轻小伙，他们面对着水池一直站着，哗啦啦地往肚子上浇水。真会享福。双方在皮肤黝黑这点上皆是无可挑剔地同等发达。我正想着这两个怪物倒是很结实，不久，一个人一边用毛巾擦抹胸前一边问：“小金，我这地儿总觉着疼，怎么搞的啊？”小金热心地忠告道：“那是胃。胃这东西可是要命的地方，要小心着啊，否则危险可大了。”那人指着左肺说：“但我说的是左边哦。”“左边就是胃啊，左胃右肺嘛。”“是吗？我还一直以为这地儿才是胃呢。”说着敲了敲自己的腰附近。小金说：“那是小肠的疝气。”

就在此时，一个二十五六岁的小胡子男咚的一声跳进了普通浴池，于是他身上附着的肥皂沫便和污垢一起浮了上来，仿佛铁锈水般，闪闪发亮。他身旁一个秃头老爷子抓住一个平头青年说着什么，两个人都只有头部浮在水面上。“老了，不行啦。人一老，就比不过小伙子啦。不过，洗澡水还是热点好，否则总是不舒服。”“大爷，您挺结实的。我有您这样精神头儿就好啦。”“精神也没了。只是还没生病罢了。人只要是不干坏事，可以活到一百二十岁呢。”“啊?人能活那么久呀?”“能活。一百二十岁是可以保证的。维新前牛込①那边有个叫曲渊的旗本武士，他家的一个男佣就活了一百三十岁。”“那家伙活得可真长啊。”“是啊，活得太长连自己的岁数都忘了。据说一百岁以前，他还记得自己的岁数，之后就忘了。我认识他的时候他刚好一百三十岁，那时他还没死。之后怎样我就不知道了，保不齐现在还活着呢。”说着，这老大爷从浴池中起身出来。刚才那个小胡子男，一面把自己周围的水撒满云母状的肥皂沫，一面嘻嘻地偷笑着。这次填补上老爷子的位置进浴池来的，和一般的怪物不同，是一个在背上刺有文身的人。那图案好像是岩见重太郎②挥舞大刀斩杀巨蟒之事，可惜刺青尚未竣工，蟒蛇未能得见。所以文身里的重太郎先生看起来有点扫兴。他跳进浴池后脱口而出：“这水热死了!”紧接着又有一个人进入：“这也太……再凉点就好了。”看来他也皱着眉头忍受着过烫的泡澡水。他和重太郎先生互看一眼，便打招呼道：“呀，头儿，是您啊。”重太郎先生回了句“哟”。不久又问：“阿民最近是怎么了?”“怎么了?还不是喜欢干他那点事呗。”“那事儿也不能老干啊……”“对啊。那家伙心地不好……不知为何，大家都不喜欢他。不知为何，大家都不太信任他。手艺人可不能那样呀。”“就是。阿民不懂得谦虚，太傲了，所以大家才不信任他。”“真的是，还总以为自己有两把刷子，到头来吃亏的还不是自己。”“白银町老人都死得差不多了，现在也就剩桶店的元大爷、砖瓦店的老板还有头儿您啦。我是本地出生的，阿民就不知道是打哪儿来的了。”“就是。他还真行，让自己混到现在那个样子。”“对，不知为什么就是不招人喜欢。和别人也没什么交往。”两个人从头到尾都在攻击阿民。

---

① 今东京饭田桥附近。

② 岩见重太郎，日本安土桃山时代传说中的武者。草双纸作品中多次登场，擅长击退山贼。

消防水缸般的普通浴池就说这么多，再看看白汤那边，人还真是奇多，与其说是人入浴池，还不如说是水入人中更恰当些。而且这些人都是悠闲之物，刚才开始都是只进不出。这么多人泡，而且一个星期才换一次水，怪不得水这么脏。我仔细一看浴池中的人，发现原来苦沙弥先生被挤压到左侧角落，满脸通红缩成一团。可怜的是，如果有人让条路他就能出来了，可谁也不动，主人也没有想要出来的迹象，只是一动不动，任凭皮肤烫得通红。真是辛苦了。他大概是出于尽量不浪费这两分五厘之洗澡钱的心态，才泡到这般全身通红的吧。但是护主心切的我，在窗台上看着可没少担心，他要是再不出来可是会晕倒在里头的。这时，主人旁边有个浴客皱着眉头说："这水太烫啦，后背处像有热水不断涌出似的。"暗中在寻求其他怪物的同情。有个自我吹嘘的人则说道："什么呀，这才正好呢。药浴不这样就不管用了。我老家那边泡的水比这儿要热上一倍呢。""这个药浴究竟是治什么病的？"一个将叠起的浴巾凹凸不平地顶到头上的家伙问大家。"各种病痛都管用，包治百病。够豪气吧。"说这话的是位肤色和脸型都像极了细长黄瓜的人。这药浴要是真那么管用，他多少应该更健壮些才是。"加入药水后，第三天或第四天药最管用，今天正好是该泡的时候。"又是个看似懂行的人。我一看，原来是个胖男人，多半还是虚胖。"喝也管用吗？"不知何处传来一个尖尖的声音。"凉了以后喝一杯睡觉，奇迹般不会起夜，可以试试看。"只闻答声，不见答人。

浴池方面就讲到这里，再看看洗净身子用的木板间。人也是多着啊。无法成画的亚当们一排拉开，各自以不同的姿势搓洗着身体的各个部位。其中最令人吃惊的是两位亚当，一位仰身而睡，望着高高的采光天窗；另一位则趴着，窥视着水沟之中。这两位还真是悠闲啊。一个和尚面向石壁蹲着，身后的小和尚频繁地替他捶肩。这应该是师傅和徒弟的关系，徒弟代劳搓澡工的工作吧。也有真正的搓澡工。他看起来似乎着了凉，这么热还穿着一件无袖外褂，用椭圆形的小桶给客人肩上浇水。看他右脚的大拇指间夹着一块搓垢用的粗毛织布。这边有一个独占三个小水桶，不断让旁边人用自己肥皂的人，没完没了地高谈阔论地说着些什么。我在想他讲的是什么，仔细一听原来是这样："步枪都是外国传进来。以前都是用刀剑相互砍杀的。外国人都胆小怕事，才造出枪来。好像不是中国造的，是别的外国。和唐内①的时候还没有呢。和唐内就是清和源氏②呀。据说义经从虾夷③去满洲的时候，有个很有学识的虾夷人也跟去了。后来义经的儿子攻打大明，大明受不了，于是派了个使者来见三代将军要求借三千兵马，三代将军留下了那使者家伙不放他回去。那使者叫啥来着？总之是个叫某某的使者，那使者被扣了两年，后来在长崎给他看见了个妓女，他和那个妓女生的孩子就是和唐内。等他回国时大明已经被国贼给灭了……"这说的都是些啥啊，让人不明所以。

这人身后是个二十五六岁阴沉着脸的男的，闷头用热水不断热敷大腿处，似乎是生了疮，很痛苦的样子。他旁边那个十七八岁，你呀我呀随心所欲、滔滔不绝地讲着话的，应该是附近的书生。这书生旁边可以看到个奇特的脊背。他的脊椎骨的关节历历在目，活像从屁股处插入了一根紫竹。而且他的脊背两侧像"十六子跳棋"棋盘上的棋子一样，整齐地各排列着四个灸点。那棋子发红溃烂，有的还化脓了。这样一直写下去，就太多了，以我的本事再怎么叙述也难见一斑。我正为难为何要做这等麻烦之事，此时，入口处突然出现一个身着浅黄棉布衣裳、年龄七十左右的光头。这光头向裸体怪物们恭敬地鞠了一躬，说："各位，感谢大家一直以来的关照。今天天气有点冷，各位慢慢泡着。各位可以在药浴池里进进出出多泡几次，好生暖和一下身子。掌柜的，瞧准了洗澡水的温度啊。"他口若悬河说了一大通。掌柜的也应答了声："好嘞！"讲和唐内那家

① 和唐内，近松门左卫门《国姓爷合战》中的主人公。郑成功为原型。

② 清和源氏，清和天皇的子孙赐姓源氏。为后来源平之战以及建立镰仓幕府的源氏家族的祖先。

③ 京都为首都时代，现日本东北地区北部及北海道都属于边缘的蛮夷的"虾夷"之地。

伙大夸特夸道："真会说话，不那样生意都做不成。"突然碰上了这异类的老爷子，让我有些吃惊，所以此番记述先放一边，专门观察下这老爷子。这老头看到个四岁左右的小男孩，刚从浴池里出来，便招手说："小少爷，这边来。"小孩看见老头跟要踩糯米饼样子似的，一害怕，哇的一声发出悲鸣。老爷子似乎多少有些意外，感叹道："别哭别哭。怎么啦？我老头子很可怕吗？哎呀呀。"他没办法只好话锋一转，对孩子父亲说："小源，今天有点冷呀。昨晚到近江店里偷东西的家伙多蠢啊。便门四角都给划破了，还什么也没有偷着就跑了。估计是碰上巡警或者打更的了。"他既同情又嘲笑了这小偷的有勇无谋，又捉住另一个人说："今天真冷啊，您还年轻，还不太觉得吧。"老爷子自己一个人怕着冷。

我一时间只顾这老爷子，不但把其他怪物们都全然忘却，就连还蹲在浴池里受苦的主人也被我从记忆里抹去了。而就在这时，冲凉与木板间交界处传来一声大叫。一听，无可争议就是苦沙弥先生。主人的声音大到出众，沙哑浑浊难于听清，我也不是第一次见识到。但在这地方，我还是没少吃惊。我瞬间便断定，这定是主人在热水里泡得太久、气昏了头的缘故。如果单单是病态所致，当然无可责备。可他虽气血攻心，本心却一定犹在。为何这么说？只要看看他为何发出此般铜锣大嗓便可了解。他竟然孩子气到与一个不值理睬的自傲书生争吵。"往后退！别往我的桶里溅水。"这般大吼大叫的自然是主人。视角不同结论便不同，所以没有必要断定主人此番狂叫就是由于气血攻心。或许可以这样解释，万人当中可以有一人像高山彦九郎①那样呵斥山贼。主人本人或许也是按此想法来演这出戏的，可对手不以山贼自居，自然就不会出现预期的结果。书生回过头来老实巴交地说："我一开始就在这里的。"这是正常的回答，只是表明自己不想离开，但同时也就意味着不按照主人的想法办。这书生无论是态度还是语气，都不该被骂为山贼。就算主人气血攻

---

① 高山彦九郎（1747—1793），日本宽政年间的奇人。环游诸国演说勤王之策。

心，这点也该是明白的。但是，主人的这番怒吼并不是对书生据地而产生的不满，完全是因为刚才这两人一直高谈阔论、自以为是，与少年之身份完全不合，从头听到尾的主人才大动肝火。所以对方即使是老老实实打了招呼，主人也不就此放过上到木板间来，而是又大喝一声："什么？混蛋。哪有把脏水哗啦啦往别人小桶里溅的家伙？"我心里对这两个小青年早已不满，此时心中也不由自主地喊了声"快哉！"不过，身为学校教员的主人此番言行也不够稳妥。本来主人的性格也太生硬，不太好。就像烧尽的煤渣一样，表面干巴巴的还硬得很。据说以前汉尼拔①翻越阿尔卑斯山时，路中间有块巨大的岩石，妨碍军队通行。于是汉尼拔在这块岩石上浇上醋，再用火烧，待它松软之后，像切鱼糕一样用锯子将其锯开，军队才得以顺利通过。我想，像主人这般生硬之人，在药浴里泡了那么久仍不见软，估计只有浇上醋、用火炙才行。否则这样的书生来上几百个，用上几十年，也治愈不了主人的顽固。这浴池里泡澡之人、这些水龙头前咕噜噜冲澡之人，都是脱掉文明人必不可少之衣服的怪物集团，自然不能以常规常理来约束他们，他们做什么都可以。他们的胃占据了肺的位置，和唐内成了清和源氏，阿民不讲信用，这些都可以。但是，他一旦从冲澡的地方上到地板间，就不再是怪物了。回到了普通人生活之人世，穿上了文明所必需的衣服，因而也必须采取人该采取的行动。现在主人站着的地方是草席，是冲澡处与地板房的分界处。越过这草席，主人就将回到欢言悦色、圆滑机警的世界。在此关键之地，还这样顽固。这顽固对他来说已是不可突破的监牢，是难以治愈的病症。既然是病，便不是轻易可以矫正的。在下愚见，治愈此病方法只有一种，求校长免去他的职务便是。一旦被免职，不知变通的主人定要迷路街头。迷路街头的最终结果就是暴尸街边。换言之，免职之于主人便是死亡的远因。主人虽是喜欢才害上这病的，但因此而死是极不情愿的。他想在不至于死的程

---

① 迦太基的名将。第二次布匿战争期间曾率领军队翻越阿尔卑斯山侵入意大利取得大胜。

度内，来点奢侈的小病。所以如果恐吓他这病犯狠了会要你命的，胆小的主人定会浑身发抖，心有余悸。这心悸后怕之时便是他病愈之日。如果还不能治愈，那估计就无药可救了。

不管主人是怎样傻，怎样病，他毕竟是主人。有诗人说“一饭重君恩”，我虽是只猫，也不能不关心主人的前途。由于心中都是对主人的同情，我放松了对冲澡区的观察。此时朝着药浴池响起了此起彼伏的骂声。这里也吵起来了吗？我回头一看，连出水口附近都没有一寸空余地方，怪物们挤满了浴池，有毛和无毛的腿都乱动着。初秋日暮，冲澡处上方的天花板也笼上一层水蒸气，怪物们你挤我，我挤你的样子只能朦胧可见。“太热了，太热了”的声音贯穿我的耳朵，左耳进右耳出，在我脑中凌乱纠缠。这些声音中，有黄的蓝的红的还有黑的，相互交叠混成一种难以名状的音响，充满浴室之内。就是一种混杂、迷乱的声音而已，并无其他用处。我茫然地被这种光景魅惑住，久久伫立在那里。随后这哇哇的喊声达到了混乱的极限，无法再进一步。在此千钧一发之际，突然从拼命推嚷的人群中站起一魁梧大汉。看他身形，足足比起其他人高出三寸，不仅如此，他的红面之上胡子丛生，甚至不知是脸上长出的胡子，还是胡子里长出了脸。他仰起红面庞，用破钟惊烈日般的声音喊道：“压火！压火！太热啦！太热啦！”这声音和这面容在纷纷扰扰的群众中鹤立鸡群，整个浴池转瞬间仿佛只有他一个人。他是超人，是尼采所谓的超人，是群魔之王，是怪物之首领。我正在这样想着，就听浴池后面传来应答声：“好嘞。”我心里一声“哎呀”，便急忙把视线转向那边，光线暗淡看不太明晰，只见那个穿无袖背心的搓澡工，正狠命将一大堆煤扔进灶里。煤穿过灶门啪啪直响，搓澡工的半边脸也一下被照亮。同时，灶后边的砖墙也冲破黑暗闪出了一缕亮光。我感到有点害怕，便赶忙从窗子上跳下，踏上了回家之归路。回家途中我就在想，在脱掉了大褂、内裤、裙裤、力求人人平等的赤身裸体之中，又出现了个赤身裸体的豪杰，压倒其他群众。可见，就算大家都脱到赤裸，平等也还是难以实现。

回到家一看，天下还是一派太平。主人刚洗完澡的面庞油光发亮，他正吃着晚饭。见我爬到檐廊上，主人便说：“这闲猫。不知去哪儿瞎逛了回来。”我看了看桌上，家里虽没钱，却还做了三四样菜。其中还有一道烧鱼。我分辨不出那是什么鱼，但猜想应该是昨天在台场一带被捕捞上来的吧。我曾说过鱼是结实健壮的生物，可不管怎样结实，还是经不住这样又烤又煮。还不如体弱多病，没准还可以苟延残喘多些时日呢。我这样想着，坐到饭桌旁，盘算着钻个空子吃上一口。我装作似看非看的样子。那些不懂得装模作样的傻子，只能放弃美味佳肴了。主人夹了一筷子鱼，脸上流露出不太好吃的神情，就放下了筷子。坐在主人对面的夫人一言不发，仔细研究着主人筷子上下运动、两颚离合开阖的情况。

“喂，你揍一下猫的头试试！”主人突然向夫人要求道。

“你说打它啊？打它做什么？”

“别管做什么，你就打一下。”主人说。

“是这样吗？”夫人用手掌轻敲了下我的头。一点也不疼。

“它这不没叫嘛。”

“是没叫。”

“再打一下试试。”主人说。

“打几次都一样。”说着夫人又轻轻来了一巴掌。一点也不痛，我仍然一动不动待在原地。但是，主人这样做究竟是为何，我虽聪颖机敏，却还是难以理解。要是知道理由，我便能采取相应办法，只说一句打它一下，不仅使打我的夫人为难，被打的我也很为难。主人两次未能遂愿，稍有些急了：“喂，要打到它叫唤。”

夫人一脸嫌麻烦的表情，问：“你打它叫唤做什么？”说着又啪地给了我一巴掌。我已经知道了对方的目的，这就容易了。只要叫一声，主人就会满足了。主人就是这样愚钝之人，所以我才不喜欢。如果目的是为了让我叫唤，何不早点明说，省得打我两三遍耗费时间精力。我也一次就能解放，不用两次三次反复挨打。如果打不是目的，那么就不应该发出“打”的命令。“打”是对方的事，“叫”是我方的事。一开始就预计我挨打就会叫唤，以为只说“打”就含有我可以随意做主的“叫唤”之动作，这实在失礼，是不尊重他人人格的行为，更是看扁猫的姿态。这很像如蛇蝎般厌恶主人的金田会做出的事，可是，以赤诚为荣的主人还这样，确实太卑劣了。但实际上主人也不是这样的恶人，他的这个命令也不是基于极端的狡猾而发出的。我想他只是像智力欠缺之处大量涌出的蚊虫一样，未加思索就说出了这番话。他以为既然吃饭肚子就会变大，割破就会出血，杀人人就会死，那么便可断定，挨打就会叫唤。但实在遗憾，这并不合乎逻辑。照这个标准推论，掉在河里就一定淹死，吃了天妇罗就一定拉肚子，领了月薪就一定要上班，读书就一定有出头之日。如果这逻辑都通，有人便会为难。挨打就会叫唤这一理论就给我招来了不少麻烦。如果将我看作目白不动堂的报时钟，一敲就响，那我生为猫族还有何意义？我先在内心里驳斥了主人一番，然后才按他要求“喵”地叫了一声。

这时，主人突然问夫人：“刚才叫的这一声喵，是感叹词还是副词？你知道吗？”

夫人面对主人突如其来的问题，不予理睬。老实说，我也以为这是主人刚才洗澡时的怒火还未消除，才提出的怪问题。本来我家主人在左邻右舍中就是出了名的怪人，现实中还真有人断言他就是个精神病。可是主人却有谜一般的自信心，强词夺理地说：“我才不是神经病，是世界上的人有精神病。”附近的人给主人取名叫“疯狗”，主人号称要维持公平，所以叫那些人“蠢猪”。看来，主人真是处处都要维持公平啊，真愁人。他这样的人对妻子提出这样奇怪的问题，对他而言或许不过是小菜一碟，可听者却觉得这人和精神病患者别无两样。所以夫人仿佛置身于卷烟产生的云雾里，一声不吭。自然，我也不会回答。

“喂！”主人突然大喊了自己妻子一声。

夫人吃惊道：“啊！”

“你刚才这个‘啊’是感叹词还是副词？是哪一种？”

“哪一种？这种愚蠢的问题，管它是哪一种哦。”

“怎么会是愚蠢的问题？这可是当下日语学家绞尽脑汁思考的大问题啊。”

“哎哟，你说猫的叫声？不可能吧。你想想，猫的叫声根本就不是日语呀。”

“关键问题就在这里。这是最难的地方。这叫比较研究。”

“是吗？”主人的妻子是个聪明人，她才不想跟这问题扯上关系。“结果搞清楚是哪一种词儿了吗？”

“这么重要的问题，一时半会儿哪弄得明白。”主人一边说，一边大口吃着刚才那烤鱼，顺便也吃起了旁边的猪肉和芋头。“这是猪肉？”“对，是猪肉。”“哼！”他摆出轻蔑的神情，将酒一饮而尽。“再来一杯！”说着伸出酒杯。

“今天真能喝，都上脸了。你自己看看，都红成这样啦。”

“继续喝！你知道世界上最长的字是什么吗？”

“嗯，就是你上次说的那个‘前关白太政大臣’① 吧？”

“那是人名，我问的是最长的字。”

“字？是洋人的字吗？”

“嗯。”

“那我怎么知道。你的酒已经喝得差不多了，赶快吃饭，啊？”

“不，还要喝！我告诉你世界上最长的字好了。”

“好。然后就得吃饭啦。”

“Archaiomelesidonophrunicherata.”

“你胡说八道的吧。”

“什么胡说八道！这是希腊语。”

“意思是什么啊？翻成日语的话。”

“意思不知道。我只知道拼写。往长里写，能写六点三寸长呢。”

别人烂醉后才会说的胡话，主人却在头脑清醒时一本正经地说着，真是蔚为奇观。且今晚酒又喝个没完没了，平时定量喝两小杯，今天已经喝了四杯了。本来两杯下肚脸就已是通红，如今多喝了一倍，脸就跟烧红的铁筷一样，又热又红看着都难受。可他仍然不停，

① 藤原忠通，《百人一首》中藤原忠通的名字前冠以的称谓为“法性寺入道前关白太政大臣”，历来被认为是最长的名字。

又说："再来一盅!"

夫人也受不了了，沉下脸说："今晚就别喝了，难受的可是你自己。"

"不，难受也得喝。现在开始我要练习喝酒，大町桂月①让我喝的。"

"桂月？什么桂月？"鼎鼎大名的桂月在夫人这里变得一文不值。

"桂月可是现今数一数二的批评家。他让我喝，那肯定是要喝的嘛。"

"什么怪理论。桂月也好，梅月也罢，让你喝到难受，也太给别人添麻烦了。"

"不只让喝酒呢，还劝我去交际，去风流浪荡，还劝我去旅行啊。"

"这人真不是好人。还是当今一流的批评家吗？真让人吃惊，竟然劝一个有老婆的人去风流浪荡。"

"风流很好啊，即便桂月不劝，只要有钱，我可能还真会去风流一下。"主人说。

"幸亏没钱。你这个岁数要是风流起来，我可受不了。"

"你受不了那我不去就是了。不过，你得再宝贝点我这个做丈夫的，晚饭多给我弄点好吃的菜。"

"这已经拼尽全力了。"

"这样啊？那好吧，风流浪荡就等我有了钱再去，今晚就喝到这里吧。"说着，他把饭碗递给妻子。今晚他好像足足吃了三碗茶泡饭。我则获得了三片猪肉和一块盐烤鱼头。

---

① 大町桂月，与夏目漱石同时代的评论家，诗人。多次在杂志中发表对《我是猫》等漱石作品的时评。

八

我在说明“绕篱笆”运动时，曾提到过主人的院子是用竹篱笆围绕起来的。但请不要误以为篱笆外立刻就是邻居家，也就是某某次郎家。虽然房租很便宜，但这就是苦沙弥之所以称作苦沙弥之处了。他是不会和小与、次郎这类有小哥之称的人做隔墙比邻、亲密往来的。

竹墙外边是块宽十米左右的空地，尽头蓊然林立着五六株柏树。从檐廊望出去，对面是茂密的森林，住此处的主人仿佛是以无名之猫为友、消磨时光的江湖隐居之士。不过，柏树的树枝并不像想象中那样茂密丛生，其间不费事就可看到一家名为“群鹤馆”的公寓屋顶，这公寓名称卓尔不凡，实则不过是个便宜的公寓住宅。所以，切不可以为苦沙弥先生真是刚才所想象的那种人。不过，这个小公寓都可以叫群鹤馆的话，苦沙弥先生的居所也确有称作卧龙窟之价值。反正取名字无须纳税，彼此间尽可随意取个高傲的名字。这块宽十米多的空地顺着竹墙，东西延伸约二十米，然后突然直角拐弯，围住卧龙窟的北面。这北面就是骚动闹事的种子。北面原本是空地连着空地，大到可以随意撒欢的地步，从两面包围着主人的家。但是卧龙窟的主人自不用说，连身为灵猫的我也为这片空地而烦恼。正如南面煞有介事地长着柏树，北面也并排长着七八棵梧桐树。树干直径已达一尺，如果把木屐铺的老板领来，定会卖上价的。但因主人只是租客，再如何明白这道理也无法付之行动也真是可怜。前些天，学校的勤杂工来砍走了一根树枝，他再来之时已穿上了桐木屐。也没人问他是不是用砍走的树枝做的，他自己倒吹嘘起来。真狡猾。虽有桐树，但对我、对主人一家，都是一文不值的。古语中曾有云“怀玉有罪”①，我们这里则是“生桐无钱”，就是所谓的“空怀至宝”。蠢的不是主人，也不是我，而是房东传兵卫。桐树一直在催促：“怎么还不见木屐铺老板啊？怎么还不见来砍我啊？”房东却置若罔闻，一味地专注于收房租。我对传兵卫并无怨恨，所以他的坏话我就说到这里。

言归正传，向诸位介绍一下这块地方成为闹事火药桶的珍奇故事。不过，可千万别跟主人说，这事听了就忘了吧。这块空地本身最大的不便之处就是它没有外墙。这是一块风可以吹来吹去，人可以自由横穿的一块空地。用“是”还不准确，应该是“过去是”。不追溯到过去，起因便不会明朗。如果起因不明，医生也无法对症下药。所以我必须从主人搬到这里时开始慢慢讲起。空地透风，夏天倒是凉快舒适的。不管怎样粗枝大叶，没钱的人家也不会有被盗之忧。所以主人的房子附近，屏障、土墙、梅花桩、鹿角桩这些都是不需要的。但是我认为这要取决于空地对面住的人或动物的种类。因此，为了解决这个问题，必须要弄明白盘踞对面君子们的性质。是人还是动物都未弄清，就将其称为君子，未免太草率了，但大致他们应该是君子吧。因为这世上可是有一种称为“梁上君子”的小偷，你看，小偷都可以称为君子嘛。当然，我说的君子不是“梁上君子”，那样会惹毛警察的。他们主要是以量取胜，他们的数量可真多，多到拥挤。我说的是一所叫“落云馆”的私立中学，学校里共有八百位君子。为培养他们成为君子，每月收两元钱的学费。看名称是落云馆，也许有人会以为学生们都是风流倜傥的君子，其实不

① 出自《左传·桓公十年》：“周谚有之，匹夫无罪，怀璧其罪。”比喻持有价值高的物品本无罪过却也招来祸事。

然。这样的推测不可信，就好似群鹤馆下无鹤，卧龙窟中竟然有猫一样。各位都知道号称学士或教师当中也有苦沙弥这样气质不同之人，那么也该了解落云馆里的君子并不都是风流汉。诸位若是还不明白，到主人家里来待上三天就好。

如前所述，刚搬到这里来时，那空地上并无围墙，所以落云馆的君子们就和车夫家大黑一样，悠闲进入桐树林中闲聊，吃便当，在矮竹丛上翻来滚去，极尽所能。可接下来他们就开始往里面扔便当的死骸，也就是包饭用的竹叶子、还有旧报纸，旧草鞋、旧木屐，总之凡是冠以旧之名号的东西都往这里扔。对物事一向都满不在乎的主人自然是无所谓，也没提出过抗议就让事情过去了。这是因为主人不了解情况呢，还是了解了也不想追究，我也不得而知。然而随着这些君子们逐渐在这学校接受教育，似乎越来越像君子了，他们企图从北往南逐渐蚕食这里。蚕食这词用来形容君子如果不合适，不用也行，可除此之外就没有别的词了。他们就像逐水草而居的沙漠居民一样，舍弃桐树林，进军柏树林。柏树林所在之处正好是主人客厅的正对面，若不是相当胆大的君子，是不会采取这等行动的。一两天后，他们的大胆更上一层，加上了个“极”字，变成了极大胆。没有比教育的效用更可怕的了。他们不仅是逼近客厅正面，还在客厅正面唱起了歌来。唱的什么歌我已经忘记，但绝不是三十一个假名构成的和歌，是那种很活泼的、更易被俗人听众所接受的歌。吃惊的不仅是主人，连我也叹服于他们的才艺，常不由自主地倾听。可是读者应该也能明白，所谓“叹服”和“觉得碍事”偶尔也是可以并存的。不料此二者在此时正好合二为一，现在想起来，也还觉得遗憾。主人大概也觉得遗憾，才不得已从书斋里飞奔而出，说：“这儿不是你们该进来的地方，滚出去。”主人撵过他们两三次。可是，这些君子都是受过教育的，当然不会因为这点事就安分守己的。刚撵走又进来，一进来就又唱那活泼的歌谣，高声地喧哗。而且因为是君子间的谈话，便也与众不同，说的都是“你这厮”“管你妈的”之类的话。据说那样的话在维新前本是属于武士仆从、轿夫、搓澡工等有专业知识之人，到了二十世纪却成了受教育后的君子们所习得的唯一语言了。有人这么说明：这和过去被一般人所轻视的运动在今日却深受欢迎是同一现象。主人又从书斋中跳了出去，捉住一个最擅长说这种君子专用语的人，质问他为何闯进来。君子立马便忘了“你这厮”“管他妈的”这类高雅的词汇，用颇为庸俗的词语回答道：“我错以为这里是学校的植物园了。”主人告诫他将来不可再犯，之后就把他放了。用“放了”这词听起来好像对小乌龟所做之事一样，有些可笑。但其实是因为他是扯住那位君子的袖子和他讲理的。主人原以为都教育到这个分上了，应该不会再犯。可自女娲氏的时代起，预期就总是与实际背道而驰，所以主人这次又失败了。这次他们从北侧横穿宅子，再从前门离开。因为他们会嘎啦一声推开前门，主人总以为是客人来了，可一看桐树林那边却发出阵阵笑声。

形势越来越不稳定了，教育的功效也愈来愈明显。可怜的主人觉得难以对付，于是躲进书房里，恭敬地承上一封书信给落云馆的校长，信中恳请他多多管教一下他的学生。校长也郑重地给主人回了一封信，说会在那里修一堵篱笆，请他再稍候一些日子。没过几天就来了两三名工人，用了半天左右的时间，在主人房子和落云馆中间建起了一道高三尺多四方格的篱笆。主人欣喜若狂，想着这么一来终于可以安心了。主人真是个傻瓜，君子们的行为举止怎么可能因为这点事就发生变化。

捉弄别人是最有趣的了。就连我这样的猫，也常以捉弄家中的小主子们为乐，所以落云馆的君子们来捉弄我家这傻乎乎的主人是理所应当。而因此感到愤愤不平的，恐怕只有被捉弄之人了。

如若剖析一下“捉弄”这一心理，则可发现有两个要素。第一，被捉弄的一方一定不能表现得满不在乎。第二，捉弄人的一方必须在力量和人数方面都比对方强。前几天主人从动物园回来，曾反复地讲过一段使他深深佩服的事。我一听，原来是他看到小狗和骆驼在吵架。据说小狗像疾风一样绕着骆驼周围狂跑狂吠，而骆驼毫不在意，依旧背着它那背上的大瘤块，站着动也不动。不管小狗怎么狂吠，骆驼就是不把他当回事儿，最后小狗也厌烦了自己就停下来了。主人还嘲笑骆驼反应迟钝，而这事恰好是说明“捉弄”一词最合适的例子。不管怎样擅长捉弄人，要是对方是骆驼，这捉弄也就无法成立了。换言之，对方是狮子或老虎那般强大的动物也不成。还没来得及真正捉弄呢就被撕得四分五裂。一捉弄，它就龇牙咧嘴地发怒，可发怒是发怒，却又奈何我不得，这种能够安心之时，捉弄起来才是非常愉快的。为什么这么说呢？理由颇多——

首先，捉弄他人适合打发时间。不管是人还是猫，无聊时，就连胡须的根数都会想数数看。据说以前被捕入狱的囚犯中有人太无聊了，便每天在墙上重复画三角形度日。世上没有比无聊更难忍受的东西了。若是没什么刺激的、使人活泛起来的事件，光是活着也是难受的。捉弄也就是制造刺激来玩乐的一种娱乐行为。但若不让对方多少发些怒，或是焦躁些、示弱些就算不得刺激。所以以前沉迷于“捉弄”这一娱乐项目的人，要么是不顾他人感受的蠢人闲来无事，要么是除了自己的消遣之外再无暇考虑其他的少年，头脑依然幼稚，精力旺盛到没地儿使。

其次，捉弄他人也是实地验证自己优势的最简便的方法。虽然杀人、伤人或者陷害人也可以证明自己的优势，但不如说杀人、伤人、陷害人都是为达到某种目的而采取的手段，自己的优势不过是实践这些手段后导致的必然结果而产生的现象。因此，一方面想显示自己的实力，另一方面又不想给他人造成巨大危害，这种时候，“捉弄”是再合适不过的了。不稍稍给人点创伤，就不足以从事实上证明自己厉害。不能从事实上证明，就算头脑中觉得安稳，快乐的程度也很浅很淡。人总是愿意靠自己。即使难以靠自己之时，也还是想借助自己的力量。所以，人坚信自己是如此值得依靠，靠自己就能求得安稳，而且这份坚信若不实际运用在他人身上就不能舒心。而且，越是那些不讲道理的俗物，不能依靠自己却又无法沉静的人，越想利用所有机会得以胜券在握。这和会使柔术的人时常想摔人是一样的。柔术水平一般的人总怀有一种十分危险的想法——哪怕一次也好，一定要碰上一个比自己弱的人，即使是不懂柔术的普通人也没关系，就想摔他一次，所以他们才在街上四处晃荡。

除此之外，原因还有许多，过于冗长就直接省略吧。如果还想听，就请带盒鲣鱼干来找我，我随时可以告诉你。参照以上所说可推论，以我的想法，深山中的猴子和学校里的教师是最适合用来捉弄的。将学校里的教师和深山中的猴子同作比较，太糟蹋了——不是对猴子而言是糟蹋，而是对教师而言有些糟蹋之感。但他们确实太相似了也没办法。众所周知从深山抓来的猴子都是被用锁链锁起来的，不管怎样龇牙露齿、拼命咆哮，它也抓挠不到人。教师虽未被锁链锁起来，但被月薪束缚了行动。怎么捉弄他都无妨，他不会辞职去掌掴学生。如果真有辞职的勇气，从一开始他就不会从事教师这种看孩子的职业了。主人是教师，虽不是落云馆的教师，但毕竟还是教师。捉弄他是极其合适，极其轻易，极其顺当的。落云馆的学生是少年。因为捉弄人可以让自己高傲有地位，所以他们心里明白作为教育的功效和成果，他们应该有正当要求获得“捉弄”这一技能的权利。不仅如此，他们很苦恼，若不捉弄人，自己精力过剩的四肢和头脑，在充裕的休息时间里，该如何支配和使用？这些条件都具备之后，主人自然要被捉弄，学生们自然要去捉弄人，无论谁说都是情理之中之事。主人还因此而发怒，真是不懂人情，愚蠢透顶。接下来，我就向诸位逐一介绍，落云馆的学生是如何捉弄主人，而主人又是如何愚蠢地应对的。

诸位应该了解方形格子篱笆是个什么东西吧。它是通风好、修筑简便的一种篱笆墙。我可以从格子眼中自由自在地往来出入，所以修不修筑对我而言都是一样的。可是，落云馆的校长并非为我这只猫而修筑，是为了不让他培育的这些君子钻出去，才特意请工匠来绕着界限修了一圈。确实，就算通风效果再怎么好，人也无法钻过去。要从这个竹子编就的、四寸见方的洞中穿过去，即使请来中国的魔术师张世尊①也不见得能行。所以不可否认，这堵篱笆墙对人来说确实起到了篱笆墙应有的作用。主人看到这堵墙修好，认为“这下可算安心了”，面露喜悦之情也是情理之中。可是主人的逻辑

① 张世尊，应为张世存。入了日本国籍。

中却有个很大的漏洞，是个比这竹篱笆上的洞还要大的漏洞，吞舟之鱼①也会漏网而逃的大漏洞。主人是从墙并非可逾越之物这一假设出发考虑的。既然是学校的学生，不管墙建得如何粗糙，只要有墙之名，明确了界限的所在，他们就绝不会再乱闯进来。就算推翻这个假定，他也断言即使有人想乱闯进来也无妨，因为他以为再瘦小的学生也不可能钻得过这种方形篱笆上的小洞，也就无须担心再有闯入者。的确，只要他们不是猫儿，就钻不过来，他们就算是想钻也办不到。然而，跳跃、飞跃过篱笆，对他们来说却毫无障碍。而且这反倒可以成为一项新运动，增加了他们的乐趣。

墙修好的第二天起，就和没墙以前一样，他们扑通扑通地又跳进了北面的空地。但他们没有深入到客厅正面。万一被追赶，逃跑则需要多费时间，所以他们事先估计好逃跑所需时间，在没有被捉风险的地方打游击战。他们在做什么，东侧的主人是肯定看不见的。要想看到他们在北侧打游击战的状态，要么开着栅栏门从反方向绕到拐弯处，要么从厕所窗户透过篱笆眺望，除此之外别无他法。从窗户眺望时可以一目了然发现他们的所在，但是看清了有几个敌人并不意味着就都能抓住他们，将他们绳之以法。只能从窗子中咒骂他们而已。如果从栅栏门口迂回突进到敌人所在区域，对方听到脚步声，在砰砰当当煞有其事要抓他们之前，他们就已经逃到对面去了。就跟海狗晒着太阳，盗猎船悄悄靠近的场景一模一样。

主人既不可能一直在厕所观望看守，也不可能开着栅栏门一听到有动静就飞奔出去。如果真有那么做的一日，那主人也已经辞掉老师的职务，专攻如何击退这群君子的问题了。要说对主人不利的地方，也就是在书房只闻敌声不见敌人，以及从窗户只见敌人、却难以出手这么两点。深谙此两点的敌人便寻求到了如此策略：若打探到主人是在书房里，那就尽可能哇哇大叫，其中还故意骂街讲些讽刺主人的话，而且声音的出处难以辨明。乍一听以为是在围墙内

① 可吞舟的鱼，形容物体大。《庄子》《列子》《吕氏春秋》等书中均有记载。

闹腾，再一听又好像是在对面张狂。主人一出来，他们要么就逃跑，要么一开始就在对面摆出一副与自己没关系的样子。另一种情况，若是主人在厕所——我从一开始一直频繁使用厕所这个脏词，并非以此为荣，实际也是苦恼万千，无奈记述这场大战又必须使用——如果看到主人是在厕所，那他们就会在梧桐树附近徘徊，故意让主人看到。主人如果从厕所发出响彻四邻的巨大吼声，那么敌人便会毫不慌张地慢悠悠地撤回根据地。敌人根据不同情况使用的不同策略让主人甚为苦恼。主人断定确实他们是进入了院子，拿着手杖出门追赶，结果又鬼都没有一个。以为没人又撤回来，结果从窗户一看肯定又有一两个人踏进了院子里。主人就这么反复地绕到背后看看，又从厕所望望，再从厕所望望，又绕到背后看看，不管怎样都在重复相同之事。“疲于奔命”说的就是主人此时的状态。到底本职是教师还是跟这群孩子头打仗，都不明了了，主人也是气得发昏。当气到顶点之时，就发生了如下的事。

事情大概是由主人的怒气所引起。怒气冲天一词日语汉字写作“逆上”，顾名思义就是逆流而上，这么解释无论是加伦①还是帕拉切尔苏斯②、抑或是扁鹊都不会有异议。可问题是，这“逆上”究竟逆流而上到何处，又是什么东西在逆流而上呢？这两点值得讨论。

据古代欧洲传说，人体内有四种体液循环。其一是怒液，若此液体逆流而上则人会发怒。其二是钝液，若此液体逆流而上，则人的神经会迟钝。接下来是忧液，这会让人阴沉，郁郁寡欢。最后则是血液，这可以让四肢健壮。其后随着人类文明进化，钝液、怒液和忧液都不知不觉消失，现今只有血液还一如往常在循环着。所以，如果问逆流而上的东西究竟是什么，那一定只能是血液。然而这血液的量因人而异，因人的性情不同也有所增减。大约平均一人有五点五升的量。因此，如果这五点五升的血液都逆流而上，那就只有

---

① 加伦，希腊医学家、哲学家。医学、解剖学著作颇多。

② 帕拉切尔苏斯（1493—1541），瑞士医学者，科学者。被称作医化学之祖。

上方燃地炽热，活动迅速，其他各部位都感到疲乏而冰凉。正好这阵子遇上派出所被打砸①，巡警们都不巡街，都待在警局里了。按医学上的诊断，这也是警察血液逆行的结果。治愈此种“逆上”，就需要将血液平均分回原来的各个部位。这样一来，就必须让上来的血液都又降下去。方法有很多。主人的父辈们虽已过世，但他们都用打湿的毛巾盖在头上，脚再伸进暖炉中的方法来祛火。据《伤寒论》说，头寒足热是长命百岁的征兆，湿毛巾可是此等长寿法则中一日不可欠的重要工具。若不喜这一种方法，你可以试试和尚们惯用的手法。居无定所的沙门、行云流水般四处化缘修行的禅僧都必定会在树下石上借宿。选择树下石上并非是要为难自己，完全是为了缓解血液的逆流而上。这可是六祖禅师慧能一边舂米一边思考出来的绝妙办法。不信你坐到石头上试试，屁股保证冰凉冰凉的。屁股一凉，血液自然降下来，这是自然之规律，无可置疑。这么一来，降血液之火的方法确实大都发明出来了，可是促进“逆上”，也就是使血液往上升的良方却暂时还没有，实在遗憾。

这么大致一看，估计大家都以为，血液的逆流而上应该是有害无益的。可不能这么妄下定论。在某些职业中，血液逆流而上或许会非常重要，甚至血液不逆流就什么也做不了。其中最重视“逆上”的当属诗人。“逆上”之于诗人的必需，就好比轮船对煤炭的需求一般不可或缺。若缺了一日就只能拱手吃白饭，和凡人一般什么也做不了了。本来这“逆上”的别名就是“热衷”，若不“热衷”于工作，就无法树立家业，对人类也了无贡献。所以在他们诗人的群体中，虽有“逆上”却不将其称为“逆上”，而是异口同声、煞有介事地称其为灵感。这是诗人们为欺瞒世人故意制造出的名词，其实这就是血液逆流而上而怒气冲天的“逆上”。柏拉图为他们撑腰，将这种“逆上”称作神圣的疯狂，再怎么神圣一提到疯狂人家还是不

---

① 日俄战争终结后签订的《朴茨茅斯条约》引发日本国民不满，当局镇压日比谷公园召开的反对讲和集会，以此为契机东京全市爆发了打砸烧派出所的游行示威活动。

会理你的。所以为了他们好还是叫灵感，这种听着像新型药物的名字比较好。但是，正如鱼糕的原材料是山药，观音像是由一寸八分的朽木雕刻而成，葱花野鸭肉汤面中的食材是乌鸦，便宜租屋中的牛肉火锅里其实是马肉一样，这灵感说白了其实就是所谓的“逆上”。既然是“逆上”，那就只能是临时“热衷”于某些事。没有被送进巢鸭疯人院就是因为这种疯狂的热衷只是临时性的。然而制造这种临时的热衷其实是很困难的。做一辈子的狂人其实容易，但仅在拿起笔面向纸的瞬间变得疯狂热衷，就算是无所不能的神也难以为人量身定做。既然神无法制造出来，那就只能靠自己来创造。

于是，从古至今，“逆上制造术”也和“祛除逆上术”一样烦扰着学者们的头脑。据说有人为了获得灵感，每天吃十二个涩柿子。因为有理论说，吃涩柿子就会便秘，便秘必然引起血液倒流，“逆上”自然就形成了。又有人拿着一罐烫好的酒跳进澡盆。因为他以为在热水中泡澡时喝点酒肯定会血液上头，最终达到“逆上”境界。据该人说，若是还无法成功，就烧一锅葡萄酒热汤泡一下，保证有效。然而他没那个钱，还没找到机会实施就先行呜呼哀哉去世了，真是可怜。还有人以为模仿古人就能制造灵感。这是在运用如下学说，即模仿人的态度动作，就能达到与其人相同的心理状态。模仿醉酒之后胡言乱语的状态，不知不觉就有喝酒般的心境。点一根香坐禅，不知不觉就能体会和尚的心情。所以模仿以前有灵感的大家的做法就一定可以达到“逆上”的境界。据说雨果曾经在疾行的船只上躺着思考如何写文章，所以有人担保坐船仰望星空一定可以达到“逆上”。据说斯蒂文森①曾经俯卧着写过小说，所以只要俯卧着拿起笔，灵感自会找上门来。各色各样的人就如此这般想出了各种各样的办法，但没一个人成功的。至少目前为止人为自主制造“逆上”是无法实现的，虽很遗憾却也无可奈何。不过，毋庸置疑，人类迟早可以自主随意控制灵感发生的时机，为了人类文明的进步，我在此深切盼望这一时机尽早到来。

---

① 斯蒂文森（1850—1894），英国小说家。代表作有《金银岛》等。

关于“逆上”的说明这么些业已足够，接下来我就好好讲讲事情的来龙去脉。不过大凡在大事发生之前必然会发生一系列的小事件。只陈述大事件而忽略小事件是历史学家时常陷入的误区。主人此番气急攻心也是遇见点点小事件后逐渐加剧，最终而酝酿出大事件的，因此若是不按照事情发展的顺序由小及大地陈述，主人是如何气急攻心的就不甚明朗了。若是主人的气急攻心不明朗，必然被归结于徒有其名，世间或许都会轻视觉得也没什么大不了的。主人好不容易达到了气急攻心的“逆上”境界，若不被人赞许这气生得漂亮，那也没什么干劲了，不是吗？接下来要陈述的事件无论大小，皆有损主人名誉。事件本身已经对名誉有害了，至少“逆上”这一点要货真价实，决不能逊色于他人才是，这我要事先声明。主人也并无什么可圈可点异于常人之特性，要是气血攻心的“逆上”都还不有点自负之处，其他方面更没有什么值得称道的地方了。

群聚于落云馆的敌军近日发明了一种达姆达姆弹①。他们利用十分钟的课间休息时间，或者放学后，频繁朝着主人家北侧的空地发射炮弹。这达姆达姆弹通称“球”，用擂杵大小的东西任意朝着敌人发射。就算是威力巨大的达姆达姆弹，从落云馆的运动场那么远的距离射出，也难以击中坐在书房的主人。敌人也并非没有察觉射程过远这一问题，然而这就是战略精妙的地方。旅顺战争时日本海军也曾经实施过间接射击，立下了赫赫战功，所以虽说是滚落入空地的小球，也定会收获相当的战功。何况他们每发射一颗就一齐发出“哇”的一下极具威慑性的吼声，主人被吓得害怕，手脚的血管都不得不缩紧起来。烦闷至极，身体中徘徊着的气血自然会倒升上来。可以说敌人的计策十分巧妙了。

以前希腊有位作家叫埃斯库罗斯②。据说这人有着学者作家共通的脑袋。什么是学者作家共通的脑袋呢？其实就是秃子的意思。

---

① 日俄战争中俄军曾使用过此种炮弹。达姆达姆为地名，在印度，该地生产此种炮弹。

② 埃斯库罗斯（前 525—前 456），古希腊三大悲剧诗人之一。

为什么他们的头会秃呢？定是因为头部营养不足，没有让头发足够生长的活力。学者作家是最频繁使用脑子的人，且大多数也是穷人。所以他们的脑部都营养不足，大家都是秃子。埃斯库罗斯也是作家，自然也必须干脆地秃掉。他的头油光锃亮，跟金橘表皮一样。话说有一天，先生顶着他那头（头出门也不会讲究着装，所以肯定没变化还是那头）大摇大摆让太阳照着走在大街上。这就是一切错误的根源。秃头从远方看可是晃得刺眼的。树大招风，光头也必然要撞上个什么东西才行。此时埃斯库罗斯头上飞过一只秃鹫，仔细一看秃鹫爪子上还有一只不知从哪儿抓的乌龟。乌龟、甲鱼这都很美味，但从希腊时代起就一直有坚硬的盔甲。再怎么美味有盔甲就难办了。烤大虾确实存在，但至今没听过煮乌龟，当时自然也不会有。正当秃鹫也束手无策苦恼之时，它看到遥远的地面上有个闪闪发光的东西。当时秃鹫就觉得“太好了！”要是将乌龟落到那上面，百分之百定会将壳砸碎，一砸碎不就正好吃里面的肉了吗？就是这样就是这样，秃鹫心里暗暗瞄准，便将那乌龟不由分说地从高处扔到了这头上。不巧作家的头比乌龟的壳还要软，秃头反倒被砸得四分五裂，著名的埃斯库罗斯就这样悲惨地结束了一生。最难解的是秃鹫当时的心理状况。它是知道那是作家的头才往下扔的呢，还是误以为是块光秃秃的石头才往下扔的。这一点若能究明白，就可将落云馆的敌人与秃鹫加以对比分析了。

主人的头还不像埃斯库罗斯的那样，也不像其他学者作家们一样闪闪发亮，可是就算他的书房只有六块草席大小，但他也有一间书房，就算他一直都在打盹，但好歹也将脸放在了书本的正上方，既然这样，那必须将其视为学者作家的同类。这么一来，主人的头还没秃只能说明他还没有秃的资格，再过几日就该秃了吧。也就是说，就这几日命运就会让乌龟落在他头上了。这么看来，必须说落云馆的学生瞄准他这头发射达姆达姆弹是十分贴合时宜的。如果敌人持续此行动两周时间，主人的头必定会因畏惧和烦闷而导致营养不足，最终秃成金橘、水壶或者铜壶。若是持续接受两周的炮击，金橘也会被打烂，水壶也会被击漏，铜壶也会有裂痕。如此显而易见的结果却预见不到、一直与敌人死磕到底的，也就只有苦沙弥先生本人了。

某日午后，我照例在檐廊边午睡，梦里我梦见自己成了一只大老虎。我让主人赶紧送鸡肉来，主人唯唯诺诺拿出了一块鸡肉。迷亭也来了，我对迷亭说我想吃大雁，给我做一份大雁肉火锅来。迷亭还是那样改不了信口开河的老毛病，说什么要和泡萝卜还有盐煎饼一起吃才有大雁肉的味道。我一听，张开血盆大口，呜地大吼一声恐吓他，迷亭脸色瞬间铁青，说山下的大雁火锅早就关门了，不知该怎么办才好。我就说那牛肉也行，赶紧去西川家买一斤牛里脊肉来，再不快点我一口吃了你，迷亭赶紧夹起尾巴跑了出去。我因为身体突然变大了，檐廊整个都被我塞得满满的。我正等着迷亭回来呢，突然家中发出巨大声响，牛肉也没吃成我就醒了过来，回归了自我。刚才还对我毕恭毕敬的主人突然间就从厕所飞了出来，给我的侧腹部猛地来了一脚，我刚叫了一声哎呀，主人已经穿上院子里的木屐，从栅栏门绕了出去，奔向了落云馆的方向。我从老虎突然变回了猫，既觉得羞耻也觉得奇怪，但是主人的怒气以及飞来一脚造成的痛楚，让我立马忘记了老虎的事。与此同时，眼看着主人终于要出马和敌军交战了，我顿觉兴奋有趣，于是就忍着痛，从后门追随他而去。主人在追的同时还大吼道“小偷”，我一看原来是个戴着学生帽十八九岁的倔小子正要越过竹篱笆往回撤，我一想，哎呀，这下迟了一步，那戴学生帽的家伙犹如踩了风火轮一样飞快往根据地方向逃窜。主人一看叫“小偷”好像很有效，于是又“小偷”“小偷”地大喊，并追上去。要追上敌人，主人就必须越过竹篱笆，若是深入敌军内部，主人自己就变成小偷了。正如此前所述，主人是发火能力一流的、优秀的“逆上家”。既然已经乘胜追击小偷到此处，我们家这位夫子不惜让自己成为小偷，也要追究到底，他丝毫没有回撤的意思，一直追到了墙根儿底。再往前一步他就要进入小偷的领地了，在此千钧一发之际，敌军中一个长着小胡子的教官若无其事般出马了。两人隔着篱笆在谈判。我一听，原来是无聊到家的议论。

“那是我们学校的学生。”

“既然是学生就该有个学生的样子。为何侵入别人宅邸之内？”

“不是的。只不过是他的小球飞到您那里去了。”

“那又为何不提前打声招呼之后再进来取？”

“我会提醒他今后注意的。”

“那好吧。”

我本以为会是一场龙争虎斗的壮观景象，没想到交涉变为散文般的谈判，什么事也没发生便顺利完结了。主人壮志凌云的只有干劲而已，每次都是这样，一有什么就戛然而止。跟我突然从老虎的梦中醒来变成猫完全没什么两样。我所说的小事件就是这个事情。好了，小事件说完了按顺序一定要说说大事件了。

主人打开客厅的拉门，好像在思考着什么。可能是在制定对敌的防御策略。落云馆似乎正在上课，清朗的声音明晰可辨，原来说话的正是昨天首当其冲出马谈判的那位教官将军。

“公德是十分重要的。我们去地球另一端的西洋看看，不管是法国还是德国或是英国，不管去哪儿都没有不讲公德的国家。再下等的人也都会重视公德。可悲啊，我日本国在此点上还难以与外国抗衡。一提到公德，大家以为都是新新事物，是从外国传来的，那就大错特错了。古时候就有‘夫子之道，一以贯之忠恕而已矣’① 之说。这其中的‘恕’不是别的就是公德一词的出处。我也是人，偶尔也会想放声高歌，可当我在学习之时邻居若是大声歌唱，那我肯定一点也看不进去书了。因此就算是在自己高声朗诵《唐诗选》，心情豁然开朗之时，如果邻居觉得深受烦扰，那也不能装作什么也不知道而一味地干扰别人，相反在那时一定要控制住自己坚决不做。因此，希望诸君各位能谨守公德，切不要做妨碍他人之事。”

主人侧着耳朵，听到了这段讲话，至此他终于哈哈大笑起来。有必要说明一下他的这个笑。讽刺家也许从这笑声中读出了讽刺和冷笑的成分，可是主人绝不是那样人品恶劣的人。与其说不是人品

① 典出《论语·里仁》。

恶劣，不如说是智慧没有发达到那一步。那么主人为什么笑呢？完全是因为高兴罢了。教思想品德课的老师能给他们此般严厉的训诫，他们肯定不会再胡乱发射达姆达姆弹了。主人也暂时不用秃头，逆行爬升的血液一时半会儿虽下不去，但也会逐渐恢复，主人不需要顶着湿毛巾去暖炉里取暖了，也不需要在树下石上借宿了。主人这么笃定，所以笑出声来。有借有还，即使在二十世纪的今日主人依旧这么天真地认为，所以他把这段讲话当真也是理所当然的了。

不久便到了下课时间，讲课声突然停止。其他教室的课业也同时结束了。于是一直被密封在室内的八百士兵同时发出大喊之声，从建筑物中飞奔出来。他们那架势跟被敲落的一尺多长的蜂巢一样，嗡嗡地呼呼地从窗户、门口所有开着洞的地方不由分说争先恐后地飞了出来。这就是所谓大事件的开端。

首先我来说明一下蜂群的布阵。

有人会说，这点战争哪来什么布阵？如果这么想那就大错特错了。普通人一提到战争就以为除了沙河、奉天、旅顺①战争之外没有其他的了，稍微有点诗学基础的野蛮人可能会想到阿喀琉斯②拉着赫克托耳③的尸体，绕特洛伊城走了三圈；或者想到燕赵人士张飞在长坂坡手持一丈八尺的长矛，吓退曹操百万军队等夸张之事。联想当然可以随心所欲，但若因联想而否定其他战争就不可取了。可能在太古蒙昧未开化时代，会有那般战争，可到了太平的今日，在大日本国帝都的中心，若真发生如此野蛮的行动，当属难以置信的奇迹。骚动再怎么声势浩大也敌不过打砸派出所的气势。这么看来，落云馆里八百健儿与卧龙窟主人苦沙弥先生的战争，应该可以算作东京市有史以来发生的大战争之一了。

左氏④记载鄢陵之战时，就先记述了敌军的阵势。从古至今记述

---

① 皆为日俄战争的战场。

② 阿喀琉斯，希腊神话中的英雄。这段时间在《伊利亚特》第二十二卷有所记载。

③ 赫克托耳，特洛伊战争中特洛伊方的统帅。

④ 即《左传》作者，左丘明。

巧妙之作皆沿袭了此种笔法。因此我也要仔细说明一下蜂群的布阵。蜂群首先在竹篱笆外侧列了一纵队，这一队负责将主人诱导至战斗线以内。“还不投降吗？”“不投降不投降”“没戏了输定了”“还不出来受死”“还打不下来”“没可能打不下来”“叫两声试试”“汪汪汪”“汪汪汪”“汪汪汪汪汪”这之后是整个队伍都开始汪汪汪地大喊大叫。纵队稍往右靠着运动场那边是炮击队，他们占据了有利地形。面朝卧龙窟，一位大将端着擂杵大小的东西在一旁待命。与之相对隔了十米左右又有一人面对面站立，这就是炮手了。据称这是在做棒球练习，绝不是战斗准备。我可是个不知棒球为何物的文盲，只听说是从美国引进的游戏，现今中学以上的学校里推行的运动中最流行的就是这个。美国人生性就爱想些离奇的招，被误认为是炮队也理所应当，难怪那么热心教日本人这种会造成邻里纠纷的游戏。或许美国人真把这当成一种游戏也说不定。可是，就算是单纯的游戏，能有如此震惊四邻之功效，根据使用方法不同或也足以用作炮击。以我猫之眼观察，只能想到他们利用此运动之名，而收获炮火之功效。事物就是这样，靠三寸不烂之舌就能颠倒是非。借慈善之名行诈欺之事，号作灵感实际因血液上升而开心。既然有这些存在，那么在棒球这一游戏的名下或许也可以行战争之实。有人说这不过就是世间普通的棒球而已。那么，现在我记述的棒球仅限于特殊场合下的棒球，也就是攻城的炮术。

接下来介绍达姆达姆弹的发射方法。排成一列直线的炮击队中的一人，将达姆达姆弹握在手上，抛向擂杵的所有者。达姆达姆弹到底由什么制成，外人是不明白的。达姆达姆弹就是将坚硬的岩石样的东西小心翼翼地用皮包着缝合起来的一个球状物。如前所述，此弹丸从炮手的一人的手中脱离，风一样飞到站在对面的一人面前，那人挥舞着擂杵猛地敲击回去，偶尔会有没击中的弹丸就此滑走，但大多数时候都会嘭的一声大力弹回去。那势头十分猛烈，轻而易举就能将神经性胃功能不良的主人的头给击溃。炮手这么多业已足够，而偏偏他们周围还站着起哄兼援兵的小将，犹如云霞一般人数众多。嘭的一声，擂杵刚一击中了团子状的东西，“哇!”“吧唧吧唧”、叫唤声、拍手声、“干呀干呀!”“击中了吧!”“这都不行啊?”“还不害怕吗?”“投降吧”“这还差得远呢”这些声音此起彼伏。敲击回去的弹丸三次中肯定有一次会落入卧龙窟宅邸内。要是不落进去攻击的目的就达不到了。达姆达姆弹虽说近来已有许多地方在制造，但也是价格颇高之物，就算是战争也没法充分供给。大概也就一队炮手每人能配有一两个。嘭的一声就把这弹丸给消耗掉，那是不可能的。因此他们设置了一队专门用来捡掉落的子弹的队伍。掉落的地方若是好，捡起来还不费劲，若是掉到草原上或是别人的宅子里就没那么容易拿回来了。所以若是平素的话，则尽可能避免耗费劳力，击打至易捡的地方，但这时可是恰恰相反的。目的并非游戏，而是战争，所以就是要故意将达姆达姆弹击入主人的宅邸之内。既然落入了宅邸之内，就必须得进去捡了。进入宅邸之内最简便的方法就是翻竹围墙。竹围墙之内若有骚动主人定会发怒，主人若不如此就必须得丢盔卸甲投降不可，苦心之余头也会渐渐秃掉。

现在敌军击打出的这一弹，照准不误正好越过竹围墙，击落梧桐树底部的几片树叶，命中第二道城墙，也就是主人院子的竹篱笆。好大的声响。按牛顿第一定律所言，开始运动的物体若不被施加外力，则会以匀速直线一直运动下去。如果物体的运动只有这一定律支配的话，主人此时已经和埃斯库罗斯的命运 样了。幸亏牛顿除制造了第一定律之外还制造了第二定律，主人的小命在危急关头暂时给保了下来。运动的第二定律叫作：运动的变化与施加的外力成正比，且于外力作用的直线方向发生。这在说什么或许有些难解，但那个达姆达姆弹只通过竹篱笆，却没有撕裂拉门击破主人的头颅，从这点来看一定都是牛顿的功劳。没过多久，不出所料敌人好像翻入了宅子内。“是这儿么?”“更往左吗?”院子里响起拿着棒子拨弄竹叶的声音。凡是进主人院子里找达姆达姆弹，都必须要弄出特别大的响声。要是悄悄入内又再悄悄捡走，那最重要的目的就难以达成。达姆达姆弹确实很贵重，但捉弄主人比达姆达姆弹还要重要。就比如此时，从远处分明看清了弹丸的所在地，击中竹篱笆的声音也听见了，击中的具体位置也知道，而且落在哪块地面也了解，所以要想安安静静地捡走完全可以做到。根据莱布尼茨的定义，“空间是可获得的同在现象的秩序”。日语的五十音都是按同一顺序表示的，柳树下必定有泥鳅，蝙蝠与夜月是必然搭配，竹篱笆与球匹配乍一听虽有些不合适，但每日每日球都被抛入别人家宅邸内，映入眼帘的空间的确是习惯此般排列的。一看就能明白。闹出如此大的动静，说到底就是为了挑起与主人的战争。

这么一来，不管多消极的主人都必须迎战了。刚才在客厅听着品德课讲义的主人现在愤然而起，猛然冲出，生擒了敌人一员。对主人来说可真算是干得漂亮。确实是干得漂亮，但一看却是一个十四五岁的小孩。对于胡子都长了老长的主人来说确实有些不合适。可是主人觉得这已经足够了。主人将小孩拉到檐廊前面，让他道歉。此处需要解释一下敌人的策略。敌人昨天看到主人发怒的样子，察觉到今天肯定要轮到自己亲自出马。万一逃跑时没来得及，被抓住一员大将可就麻烦了，所以除了派一二年级的小孩专门捡球以外，再无他法。主人抓住了那小孩，正和他纠缠着讲道理。可是跟一个无关落云馆名誉的小孩子斗气，传出去只会是主人的耻辱。敌人的想法也正是这样。这是普通人的想法，普通人这么想自然是无可厚非。可是敌人却忘了，对方并非普通人，他们漏算了这一步。主人要是有普通人的常识，他昨天就不会夺门而出。而且，上升的怒火可以将普通人激励到普通人之上，可以将有常识之人变为没常识之人。不管是妇女还是孩子，不管是车夫还是马夫的，只要能分辨此理，就不足以火气旺盛的“逆上”来自夸。若不能像主人那样，生擒一个毫无意义的一年级学生来作为战争的人质，那就难以进入“逆上家”的行列中。可怜的是那个俘虏，他只不过是听从高年级学生的命令，做了捡球杂兵杂役的差使，运气不佳，被没有常识的敌将、怒气旺盛的天才给断了去路，还没来得及翻墙就被强行扣押在檐廊前头。

这么一来，敌军也无法安然看着自家将士遭受耻辱了，一个个争先恐后地跳过方格篱笆，从旁门乱闯入院子里。人数约有一打，并排站在主人面前。他们大都没穿外套和西装背心，只将白衬衫的袖子挽起。有的则交叉着胳膊，也有的则套了一块洗褪色的棉绒布披在背上。也有时髦之人，穿着白帆布沿上黑边、当胸绣上黑色带花样外文的上衣。哪一个都是一骑当千的猛将，摆出一副“吾等乃昨夜从丹波国笹山①来此地者”的架势，个个身强体健，肌肉发达。送进中学念书实在可惜了，若是做了渔夫或船夫，定会为国家做巨大贡献。他们好像约好了似的，都光着腿，还把短裤卷高，像是要去帮忙扑灭附近大火的。他们在主人面前一字排开，默然不语。主人也一言不发，双方互相瞪了好大一会儿，眼神中暗含着一股杀气。

“你们这些家伙都是小偷吗？”主人问。气势相当雄壮。主人用槽牙咬碎后的肝火化作火焰，从鼻孔中喷射而出，因此鼻翼扇动得十分厉害。越后地方的狮子舞里狮子的鼻孔应该是模仿人在发怒时的鼻子形状制作出来的吧。若不是那样如何能造出那样吓人的鼻孔来。

“我们不是小偷。我们是落云馆的学生。”

“骗人。落云馆的学生就是私闯民宅的家伙吗？”

“可我们就是。你看，我们还别着学校的徽章，戴着学校的帽子。”

“肯定是假的。落云馆的学生为什么会随意闯进来？”

“因为球飞进来了。”

“为什么球会飞进来？”

“一不小心就飞进来了。”

“真没道理。”

“下次我们会注意的，这次就请原谅我们吧。”

“都不知道是哪儿的人就这么随便越过围墙闯入我宅子内，怎么可能轻易饶过你们。”

“但我们真的是落云馆的学生啊。”

“落云馆几年级的学生？”

“三年级。”

“真的是吗？”

---

① 现日本兵库县境内。明治三十年左右当地民谣在东京流行。

"是的。"

主人朝里面看了看，喂喂喂地叫了几声。埼玉人阿三打开拉门，"啊?"的一声露出脸来。

"去趟落云馆，带个管事的人来。"

"带谁来?"

"谁都可以，带个人来。"

女佣虽然答了一句"好，"但院子前的光景实在太奇妙了，她也并未完全明白要让她做什么。而且从刚才开始事情的发展也太愚昧不堪了，所以她站也不是坐也不是，就在那里偷笑。主人仍然想搞一场大战，想一展他怒火上升的身手。但哪知本该无条件支持自己的自家使者，却不但不用认真的态度来对待，反而在听到吩咐后偷笑不止。主人越发怒不可遏了。

"不是说了吗，谁都可以赶快去叫个人来，不明白吗?校长或者干事或者教导主任都可以。"

"那个，校长……"女佣只听得懂校长这一个词。

"校长、干事、教导主任都可以，不是说了吗，听不懂吗?"

"要是谁都不在，勤杂工可以吗?"

"说什么傻话，勤杂工懂什么啊。"

到这儿女佣好像总算明白了，说了声好的就出去了。估计还是没明白要让她去叫谁，万一真找个勤杂工来怎么办，主人正在担心之时，没承想那位教思想品德的老师从正面过来了。主人待他从容就座之后即刻开始了谈判。

"刚才我家宅邸之内闯入了这些个家伙……"主人像说《忠臣藏》① 台词一样用起了古风的词。"真是贵校的学生吗?"句尾略带讽刺。

品德课老师也并未特别惊讶，平心静气地环视了一圈列队的各位勇士，再用往常相同的瞳孔看着主人，如下般答道:

---

① 日本以赤穗义士事件为题材编撰的歌舞伎河净琉璃剧本的总称。事件发生在江户时代，但剧目一直常演不衰。

“是的。确实都是学校的学生。一直以来都在努力训诫他们不要引发此类事件。给您添麻烦了……你们几个，为什么要越过围墙？”

学生就是学生，在品德课老师面前没人敢吭一声。乖乖地待在院子一角，像遭遇大雪天的羊群一动不动。

主人回答道：“估计是球滚进来了，不得已吧。住在学校附近，难免球偶尔会飞过来。不过他们也太乱来了。就算是飞过了围墙，悄悄地捡走，别闹出那么大动静，估计还有原谅的余地。”

“您说的是。我们一直都提醒他们要注意。无奈人数太多……看来以后天天都要数落你们才行了啊？如果球不小心飞进来了，必须从正面绕进来，打好招呼再取。听见没有？——学校太大了总是要管教，真是没办法。运动又是教育上必须的，没法禁止。一允许他们做运动吧一不小心就给您造成了困扰，请您一定要原谅。今后一定让他们绕到正门，给您打过招呼之后再来取。”

“没事，您这么明事理就好。球扔多少都没关系，只要从正门进来然后提前打好招呼就行。那么，这几位学生我就交给您了，请您领回去吧。让您特意跑一趟实在抱歉。”主人还是老样子，虎头蛇尾。品德课的老师带着这群丹波国筐山来的勇士们从正门撤回了落云馆。我所谓的大事件到此就告一段落了。要是有人笑道：“什么大事件？”那就尽情笑吧。对别人来说可能不是大事件，我可是写了的，是对主人而言的大事件，而非对一般人而言的大事件。若有人骂道“有头无尾，强弩之末”，那请记住，这就是主人的特色。也请记住，主人能成为写作滑稽文的素材也正因为他有此特色。如果有人说主人跟十四五岁的小孩一般见识实在太蠢了。那我也同意，的确太蠢了。所以大町桂月才会评价主人“稚气未脱”。

我已经叙述了小事件，刚刚又叙述完了大事件，现在我准备描绘一番大事件之后的余波以结束全篇。可能有读者会以为我写的东西都是想到哪儿写到哪儿的，我可不是那般轻率的猫。我所写的每一字每一句里都包含着宇宙的一大哲理，这自不必说。而且我所写的一字一句皆是层层相连、首尾相应、前后相照，若有人把它当作闲言碎语随意读读，某天忽然就会发现这些文字竟变成不那么容易理解的教义箴言，绝不是躺着，或是伸一只脚，一目十行地阅读之物。据说柳宗元读韩退之的文章时，都要先用蔷薇露水净手，读我写的文章至少也要自费购买杂志，借友人读完的来凑数，除了说你没规矩再没他词。接下来要叙述的内容，我自已称之为余波。若是以为既然是余波那肯定是没什么意思，也不用读了，那只会让你追悔莫及。请务必认真读到最后。

大事件发生之后的第二天，我散步之心骤起，便走到大街上。刚要转弯去横街时，在转角处看到金田家的主人和铃木藤君，也就是之前的铃木藤十郎君站着，两人频繁地在交流什么。金田君正坐车准备回家，铃木君在金田君不在家之时上门拜访，正准备往回走的途中两人正巧相遇了。近来金田家的宅子对我也没什么稀罕之处了，我也很少往那个方向去。在这里遇见他，还真是有些怀念。铃木我也很久没拜见他尊颜了，我便下定决心偷偷从两人伫立地方的旁边路过。这么一走过，自然两位的谈话就入了我耳。这可不是我的罪过。金田君都有良心雇侦探打探主人的动静，我偶然路过听听他的谈话，他也不至于发怒吧。若是真发怒，那他就是不知道公平一词为何意。总之，我听到了两位的谈话。并不是我想听才听的，我并不想听是谈话自己飞到我耳朵里来的。

“我刚刚去府上拜访来着，刚好在这里碰见您。”藤先生郑重地低头鞠了一躬。

“嗯。这样啊。我这几天正想着见你呢，正好。”

“啊，那真是正好了。您有什么吩咐？”

“哪里哪里，不是什么大事。虽不是什么要紧事，但又是非你不能办的事。”

“有什么我能做的我一定尽力而为。”

“啊，这个……”金田思考着。

“现在不方便说我改日找个合适时机再来府上拜访。什么时间比较合适呢？”

“没有没有，没那么重要。那我就真拜托你了。”

“千万不要客气。”

“就是那个怪人啊。你的那个老友。不是叫什么苦沙弥的吗？”

“对。苦沙弥怎么了？”

“没，没什么。就那事情以来我一直郁郁寡欢，胸闷不悦。”

“还真是的，都怪那个苦沙弥太傲慢了。也不考虑一下自己在社会上的地位，好像天下唯他独尊一般。”

“就是那个问题啊。说什么不对金钱低头，实业家又怎么样之类的，真是够狂妄自大的啊。既然这样，我就得给他看看我实业家的手段。近来好像大大挫伤了他的锐气，但他好像还在硬撑。真是顽强的家伙啊。我可真是吓到了。”

“他还真是不懂利害关系的家伙啊。一味地打肿脸充胖子。从前就是那个德行，丝毫认识不到对自己不利之事，真是无可救药啊。”

“哈哈哈，真是无可救药。我也想了好多办法，最终还请了学校的学生帮忙。”

“那可是绝妙的方案啊。怎么样，有效吗？”

“这个嘛，那家伙也相当苦恼的样子啊。过不了多久肯定就会放弃抵抗了。”

“那可真是太好了。再怎么猖狂也是寡不敌众啊。”

“对啊，一个人终究是没办法的。那之后他也示弱了许多，他具体现在什么样了你可以去帮我看看吗？”

“这事儿啊？没问题小事一桩。我现在就去。一会儿回来我就报告您。真有趣啊，那个顽石不化之人正意气消沉，肯定有好戏看。”

“好，那你回去时记得来一趟，我在家等你。”

“好，那我先走了。”

哎呀呀，这次又是实业家的计谋啊。怪不得，实业家的势力真是强劲啊。让煤灰渣子般的主人气急败坏，让苦闷的主人头秃到苍蝇也能滑倒，陷于与埃斯库罗斯同样的命运之中，这些都是实业家的势力造成的啊。地球绕地轴自转是因何作用而起我不得而知，但让这个世界运转的确定一定肯定是金钱。知道金钱的功力并且能将其威力自由发挥到淋漓尽致的，除了实业家之外别无他人。太阳能安然无事地东升西落全是实业家的功劳。目前为止我一直被养在一个穷教书匠家，不知道实业家有如此利益功效，连我自己都觉得是巨大失败。依然冥顽不灵的主人现在必须要有所醒悟了，继续这么固执地冥顽不灵下去就很危险了。危害到自己的性命了。主人最宝贝的性命有危险了。也不知道他见了铃木君之后会说些什么，不过看他模样就自然知道他究竟有没有醒悟。没时间在这里磨蹭了，我虽只是一只猫，但关系到主人我还是很担心的。赶快小跑几步超过铃木君，先一步回家去。

铃木君依旧是那样善于应变之人。今天依然是金田相关的事绝口不提，尽说些不得罪人的闲谈之话。

“你脸色不太好，发生什么事了吗？”

“没有，什么也没有发生。”

“但脸色是真铁青。你可要小心注意着些啊。现在气候也不好。晚上睡得还好吗？”

“嗯。”

“有什么担忧之事吗？有什么我能帮忙的我都尽量帮，别客气尽管说。”

“担忧？担忧什么？”

“不是不是，要是没有就更好了。要是有的话就说说。担忧可是最狠的毒药啊。这世上就是要笑嘻嘻地过才好。你现在太阴郁了。”

“笑才是毒药呢。一直笑，笑死的人都有。”

“可不能开玩笑。笑门福来啊。”

“从前希腊有个哲学家叫克里希波斯，你知道吗？”

“不知道。他咋了？”

“那家伙就是笑死的。”

“啊？那还真不可思议。不过那都是以前的事嘛。”

“以前和现在有变化吗？他看见驴从银制的大碗里吃无花果，觉得有趣极了于是笑个不停，可这笑怎么也停不下来，最终给活活笑死了。”

“哈哈哈。不过也不用那么没节制地笑。稍微笑笑，适宜地笑笑，那样的话心情也会好啊。”

铃木君正频繁研究着主人的动静，这时正门嘎啦嘎啦地响了。还以为有客人来了，事实上不是。

“不好意思，球飞进来了，请让我进来捡一下。”

女佣从厨房应答了一声“好的”。书生便绕到背面。铃木一脸惊奇地问是怎么回事。

“宅子背后的书生把球投进来了。”

“宅子背后的书生？这背后还住着书生啊？”

“一所叫落云馆的学校啦。”

“啊，这样啊，学校啊。真是吵闹啊。”

“吵吵闹闹个没完，书都看不成。我要是教育部部长立马命令关停了这学校。”

“哈哈哈，你还真是生气了啊。有什么惹你不爽的事情吗？”

“还说什么有没有，这不是一天到晚全是惹人发火的事吗？”

“那么不爽的话搬家不就好了。”

“谁要搬家了，真是不礼貌。”

“你朝我发火也没用啊。不就是小孩儿嘛，你一拳打过去不就行了。”

“你可以我不可以。昨天把他们老师叫来谈判来着。”

“那还真有意思。对方也是惶恐之至吧。”

“嗯。”

此时门又开了，“球掉进来了，请让我进来取一下”的声音又响了起来。

“哎呀，来得还真勤啊，又说来捡球哟。”

“嗯，定了规矩说必须从前门进来取。”

“原来如此，怪不得来得这么频繁。这样啊，我懂了。”

“你懂个啥？”

“什么啊，我是说小孩儿来捡球的原因。”

“今天这已经是第十六趟了。”

“你不觉得吵啊？让他们别来了不行吗？”

“让他们别来他们还是会来，没办法的。”

“要说没办法也就那样了，你也不用一直那么冥顽不化吧。人要是有棱角在这世间摸爬滚打是要吃亏的。圆滑的东西转过去转过来，去哪儿都不会苦累。有棱有角的东西随便转转，可不只是骨折，每转一次棱角都要被磨一下，是很疼痛的。这世上又不是只有你一个人，别人也不会成为你希望的那样。怎么说呢，非要跟有钱有势的人作对，兵戎相向，那就必然会吃亏了。神经会痛，身体会变坏，无人褒奖，而对方却乐得自在，只需要花钱请人办事就行了。寡不敌众，一人难敌众人墙，这道理你是知道的。顽固下去也不是不行，固执己见的同时，对自己的学业也有妨碍，每日的业务也平添烦扰，归根结底都是费力不讨好。”

“不好意思。球飞进来了，我可以绕到背面去捡一下吗？”

“看吧，又来了。”铃木君笑着说。

“这些孩子真不像话。”主人气红了脸。

铃木君访问的意图大概已经达成，说了句“失陪。有空来我家做客”便回去了。

铃木先生刚走，甘木先生就进来了。像主人这样爱发火的“逆上家”能称自己是“逆上家”的古来就不多见，当他们自己都觉得有些怪异的时候，一般都是越过了血气上升的最高峰。主人的血气上升，在昨天大事件当时就已经达到了最高点。谈判虽是虎头蛇尾，但也算有了个了结。当天晚上，他坐在书斋里仔细思索，发觉个中有奇怪之处。是落云馆奇怪，还是自己奇怪，这尚有存疑之处，但奇怪是一定的。他也发觉，自己就算是住在中学校旁，但像这样整年都怒不可遏确是有些奇怪。既然是怪异，那就得想点办法。虽说是想办法，结果还是没办法。除了吃点医生给的药，贿赂一下发火的源头，抚慰一番之外别无他策。参透了这点后，主人便有了个念头：请常给自己诊断的甘木医生来给看看。也不知这念头是愚是贤，总之他注意到了自己血气上升，单这一点就可称作殊胜之志、奇特之想法。甘木医生还是老样子，沉稳微笑着说：“哪儿不舒服？”医生大都要问“哪儿不舒服”。对于不说“哪儿不舒服”的医生，我是无法信任的。

“老师，看来是不行了啊。”

“啊？怎么可能。”

“医生开的药真的有用吗？”

甘木医生也震惊了。但他毕竟是位温厚的长者，并未特别激动。

“不会没有用的。”甘木医生沉稳地回答道。

“我的胃病怎么吃药都还是老样子。”

“没这回事。”

“真的没有吗？稍微有所改善吗？”主人竟然向别人问起了自己胃的状况。

“是的，不会突然间就治好的，都有个过程。现在已经比以前好很多了。”

“真的是这样吗？”

“还是容易动怒吗？”

“是啊。梦里面都在发火。”

“稍微运动一下或许好些。”

“运动之后发火会更严重。”

甘木医生也无可奈何，说了句：“来给我看看吧。”便开始诊断。等不到诊疗结束主人突然大声问道：

“老师，前几天我读了本写催眠术的书，书里说用催眠术可以治疗手脚不干净偷鸡摸狗的坏习惯，还可以治疗很多疾病。是真的吗？”

“嗯，确实有这种疗法。”

“现在也有人用吗？”

“嗯。”

“施行催眠术麻烦吗？”

“不麻烦。我也经常给人做。”

“老师也做啊？”

“对。要我给你做一次吗？道理上讲对任何人都可以施行催眠术，你要是想做，我可以给你做一个试试。”

“真有意思。做一次吧。我本来就很想试一试。不过要是催眠之后再也睁不开眼睛了可就不好了。”

“不会的。来吧我们试试看。”

商谈瞬间成交，主人终于要被施以催眠术了。我以前从没见过这阵仗，所以也在一旁悄悄观摩。医生首先对主人的双眼施术。方法是将两眼眼睑由上往下反复抚摸。虽然主人已经紧闭双目，甘木医生仍然顺着同一方向频繁重复同一动作。过了一会儿，甘木医生问主人：“这样反复地抚摸眼睑，渐渐感到眼皮很重了吧？”主人说：“对，慢慢变重了。”甘木医生依旧同样由上往下抚摸：“越来越重了，对吗？”主人大概也觉得是，一言不发地沉默着。同样的摩擦法又持续了三四分钟。最后甘木医生说：“眼睛这下睁不开啦。”多可怜！主人的眼睛真瞎啦。“真的睁不开啦？”“对，肯定睁不开啦。”主人默默地紧闭着双眼，我也真以为主人成了盲人。又过了一会儿，甘木医生说：“若能睁开就睁开试试，应该是睁不开了。”主人刚说了一句“是吗？”就和平常一样睁开了两只眼睛。主人笑嘻嘻地说：“催眠术没用。”甘木医生也跟着笑了起来，说道：“是啊，催眠术没用。”催眠术最终以失败结束。甘木医生也回去了。

又一个来访的客人——主人家里可没来过这么多客人。在很少交际的主人家里出现这种现象，如谎言般让人难以置信。但客人确实是来了，而且是位稀客。我必须要讲上几句话介绍一下这位稀客，倒不是因为他是稀客。如刚才所说，我正在描述大事件后的余波，而这位稀客又是描述这次余波中不可回避的重要材料。我不知道他叫什么名字，不过说他是位四十左右、长脸、蓄着山羊胡须的人，应该也足够了。迷亭是个美学家，与之相对，这位我打算称他为哲学家。为什么说他是哲学家呢？这并不是因为他像迷亭那样进行自我吹嘘，只是因为当我看着他与主人对话时的神态，总觉得他像个哲学家。他们两人似乎也是老同学，言语间的你来我往都是亲密融洽的。

“啊，迷亭呀，那家伙就像漂在池子里的金鱼麦麸一样，飘忽不定。听说前一阵子，他带个朋友路过一位素未谋面的华族①家门前，

① 1869年日本新政府授予公爵、诸侯的族称。1884年《华族令》中对爵位分配有了具体规定。

他说顺便进去喝杯茶，于是硬把朋友给拽进去啦。还真是随性啊。”客人说道。

“之后怎么样了？”

“怎么样了我倒是没问。反正他就是个天赋异禀的奇人。不过想法倒是完全没有，可不就是金鱼麦麸吗？铃木啊？那家伙也到你这里来啦？那家伙虽不明事理，是个懂得人世十分机灵的人啊，是块挂金表链的料。不过，铃木没有深度，不够沉稳，终究还是不行。他嘴上总说圆滑、圆滑，其实他连圆滑为何意都不懂。如果说迷亭像金鱼麦麸，那么他就像用一根用秸秆捆起来的魔芋，只一个劲儿地滑溜溜，不停抖动。”

主人听了这些奇特的比喻，好像十分佩服。他好久没有这样开怀大笑了。

“这么说来，你自己是什么呢？”

“我吗？是啊，我这种人啊，大概就类似野生日本山药吧。埋在土里，长得老长。”

“你总是这般闲庭自若，泰然处之。我真羡慕。”

“哪里，我不过和一般人一样，没什么值得别人羡慕的。令人欣喜的是，我不羡慕别人，这就够了。”

“经济上最近还宽裕吗？”主人问道。

“老样子，偶尔够偶尔不够的。还吃得起饭，所以没事。”

“我就没那么愉快了，老发火受都受不了。看哪儿都觉得不满意。”

“不满也没关系。不满就发泄，发泄完了心里暂时就舒服了。人是各式各样的，怎么劝别人和自己一样，别人也不会和自己一样的。筷子要是不和别人同样地拿着，吃东西自然有困难。但是，面包就不一样了，面包是最方便的，你可以随心所欲地想怎么切就怎么切嘛。遇到一个手艺好的裁缝，你会穿上一件定制的合身衣服；遇到一个技艺不那么精湛的裁缝，就只能凑合着将就一下了。但是人世自有运转的机制，衣服穿着穿着自然就适应你的骨骼生长状况了。如果父母足够高等，可以生下一个适应当下社会的你来，当然很幸福。但如果不能生下这样理想的你来，那么，你要么忍受与社会的格格不入，要么一直忍耐到能适应社会为止。除此之外没有别的路径可走。”

“可是，像我这样的人永远也适应不了社会。我现在心里也很没底。”

“硬要穿不合身的西服，西服就会绷得开绽。不是和人吵架，就是自杀，总之会引起骚乱。不过你只是感到不痛快，自杀应该不会，吵架估计也不会有。还算勉强可以的。”

“可我每天都在吵架哩。就算没有吵架的对象，一生气不也跟吵架没差吗？”

“原来如此，你这是自己和自己吵架啊。有意思，那样的话，尽可能吵，吵多少次都行。”

“这点可让我头疼啦。”

“那就别吵了呀。”

“对你我才这么说，自己的心可不是那样容易就可以自由操控的。”

“嗯，到底是什么事让你如此不满啊？”

于是从落云馆事件开始，到“今户地区烧制的陶瓷狸猫”这一骂名的由来，还有拚助和喜佐古的刁难，主人滔滔不绝地在这位哲学家面前讲了一通。哲学家默默地听着，最后他终于开口，对主人讲了如下一番话：

“不管是拚助还是喜佐古，无论他们说什么，你装作不闻不问不就行了吗？反正都是一些无聊的破事儿嘛。和中学生怄气有意义吗？还说什么他们妨碍到你了，你就是和他们谈判，和他们争吵，他们照样来妨碍你。每到这时候，我都觉得古代日本人其实要比西洋人厉害许多。西洋人的做法总是以积极为导向，最近很是流行。其实这里边存在着巨大的缺陷。首先第一点，一说积极，就意味着了无止境。即便是一直积极地干下去，也不可能达到满意的区域或完美的境地。比如对面有棵柏树，嫌它遮住了视线就把它砍掉，可砍掉之后前边的便宜公寓楼又碍事了。将公寓除去后，后边又会有一栋房子看着让人窝火。这么一来不就永无止境了吗？西洋人的做法都是这样嘛。拿破仑也好，亚历山大大帝也好，没有一个是满足于自己已取得的胜利的。看别人不顺眼，就和别人吵架，对方不服，于是诉诸法庭，官司打赢了，事情就了结了吗？错！人的心一直到死总是处在焦躁不安之中，片刻都得不到安宁。寡头政治不好，就改用代议政治，代议政治又不行了，于是又想换一种。河太狂妄就架桥，山看不顺眼就开挖隧道，交通不便就铺铁轨，这样下去是永远不可能满足的。可是，人究竟能积极地发挥主观能动性到什么程度呢？

"西方的文明可能真的是积极的、进取的，但它毕竟是由一辈子都活在不满足当中的人所创造的文明。日本的文明，绝不是通过改变外部世界来求得满足。与西方文明大相径庭之处在于，日本文明是在周围环境从根本上无可动摇这一大假定之下发展起来的。在传统日本文明下，亲子关系即使不融洽，日本人也绝不会像欧洲人那样去改良这种关系来求得安宁，而是认为已有的亲子关系不可动摇，只能在这种关系之下来寻求使人心安的手段。夫妻君臣关系也是如此，武士与町人①的区别也是如此，观照自然本身时也是如此。——如果有山相隔，不能到邻近的地区去，人们不会去考虑凿山修路，而是寻找即使不去邻近地区也不会苦恼的办法，养成就算不翻山也能满足的精神状态。所以你想想看，无论是佛还是儒，都从根本上抓住了这个问题。自己再怎么厉害，世界终究永远是不如意的，既拉不回落日，也不能使加茂川倒流。能控制的只有自己的心而已。若能修行使自己的心得以自由控制，落云馆的学生再怎么吵你，你也不照样无所谓吗？再怎么叫你'今户地区烧的陶瓷狸猫'，你都可以毫不在意。拼助这些家伙说了点蠢事，你就骂他一声傻子不也无妨吗。

"据说以前有个和尚，别人要杀他的时候，他说了句：'电光影里斩春风。'可能只有在内心修炼炉火纯青，达到消极的顶点之后，

① 江户时代发展起来的商人阶级。

消极才能呈现出此番灵活的作用吧。我还没到能参透这种难解的道理的地步，但我以为，只觉得西方的积极主义好的想法一定是错误的。就说你吧，不管你怎样贯穿积极主义的处世哲学，学生们来捉弄你，你照样毫无办法。如果你有权利可以将那个学校封闭，或者对方做了足以使你告到警察局去的坏事，那又另当别论，如果不是那样，就算你如何积极出击，也不会取胜的啊。你一旦搞起积极主义来，就会碰上金钱的问题，就会碰上寡不敌众的问题。换言之，你就得必须得向有钱的人低头，你就必须惧怕人多势众的小孩们。你这样穷人一个，还想要积极地去争论，这就是你不满的根源嘛。怎么样，懂了吗？”

主人听着，既不说懂了，也不说没懂。稀客回去之后，主人就潜入书房，书也不读，只是一直思考着什么。

那位铃木藤先生告诉主人要认金钱、随大流。甘木医生劝他用催眠术来使神经镇静。最后这位稀客让他习得消极主义，以求得安心。主人选择哪一条自然是随他心意，不过可以肯定的是，照现状这么继续下去是不行的了。

九

主人是个麻子脸①。据说明治维新之前，麻子脸还是挺时兴的。可在缔结日英同盟后的当下看来，麻子脸多少有些落伍了。麻子脸的衰退和人口的增加成反比，麻子在不远的将来会消失得无影无踪。这是经过医学的精确统计而得出的结论，这是连我这样的猫也不会有丝毫怀疑的高论。我不知道现如今在地球上生活的人中有多少还长着张麻子脸，但就我的交际圈里来看，是一只猫也没有。人的话就只有一个，就是主人。他还真是可怜哪！

我每次见到主人的脸的时候都想，啊，到底是什么样的因果报应才会让他长着这样一张奇怪的脸，还厚颜无耻地呼吸着二十世纪的空气呢？若是在以前，说不定还有些气势，可是在所有麻子都已被命令退缩到胳膊的今日，麻子却依旧占据着鼻头和脸颊而岿然不动，这不仅不足以引以为傲，反倒关乎着麻子的体面。可以的话，就该趁现在将其速速摘去为好。麻子自己也定是每日活得胆战心惊。还是说麻子意欲在族群中道衰落之际，以“不挽落日于中天誓不罢休”之势，蛮横而强硬地占据主人的一整张脸呢？如此说来，则决不能以轻蔑眼光，等闲视之。这麻子是反抗滔滔世俗与不变亘古的

---

① 此章的麻子指天花痊愈后或种牛痘后，脸上或身体上留下的坑洼。

坑洞集合体，是值得我辈大大尊敬的坑洼不平，只是稍有缺点，那是有些脏罢了。

在主人还很小的时候，牛込的山伏町附近有一位叫浅田宗伯的中药名医，据说这位老人出诊时必定乘着轿子慢悠悠地前往。宗伯去世之后，到了他养子的那一代，轿子转瞬变成了人力车。因此要是养子死后，养子的养子继承家业，说不定葛根汤就变成安替比林①了。宗伯在世时，坐着轿子在东京市内招摇过市已很不像样。还坚持这么做的也就只有守旧的死人、被塞进火车里的猪猡，再有就是宗伯了吧。

主人的麻子脸一点也不光彩，这点倒和宗伯的轿子一样。旁人看来，主人或许可怜，可他的顽固毫不逊色于中药名医，他依旧将孤城落日般的麻子脸暴露于天下，每天照样去学校教授英语阅读课。

脸上刻满了十九世纪遗留下的纪念物，站立于三尺讲台上的主人，除了教给学生们课本内的知识以外，定也少不得要对他们加以训诫。他与其反复讲解“猴子有手”②，还不如毫不费力地解释一下“麻子脸对于脸面的影响”这一重大问题，无言之间就将答案传授给学生。要是像主人这样的老师不在了，那些学生们为研究这个问题时还得专门跑图书馆或者博物馆，那定是要花费我们通过木乃伊来联想埃及人同等的劳力。由此看来，麻子脸冥冥之中施与了非凡的功德。

本来主人也并不是为了建功德才让麻子长满脸的。为了预防天花，主人才种了痘的，但不幸的是，原来是种在手臂上的，也不知何时传染到脸上去了。那还是孩童时期的事，并不像现在这般在乎风韵。主人一边嚷着“好痒好痒”，一边胡乱地往脸上挠。最终就像火山爆裂后，熔岩流到脸上去了一般，糟蹋了父母给的脸。主人时不时对妻子说，自己还没得天花之前是颜如玉的美男子，甚至夸耀说以前去浅草参拜观音像时，连西洋人都要回头多看几眼俊美的自

① 西药。主要作用为解热镇痛。

② 当时中学英语课本的第一课的内容。

己。事实也许真的如此，只是遗憾没有谁来做见证人。

不管这麻子脸建了多少功德，教诲了多少人，脏东西就是脏东西，因此自从主人记事以来，他对这张麻子脸十分发愁，想用尽所有手段抹消那丑态。不过这与宗伯那轿子不同，不能因为不喜欢便立刻抛之弃之。时至今日，麻子仍清晰地留在主人脸上。主人对这份“清晰”多少有些在意，据说每当他在大街上往来行走时，总是要数一数遇见多少麻子脸。这些人是男是女，遇见的地点是小川町的商场还是在上野的公园，所有一切他都写进日记里。他确信自己关于麻子脸的知识绝不逊于任何人。前些日子一位留洋归来的朋友来访时，他问道：“你说，这西洋人里也有麻子脸吗？”于是，朋友回答：“这个嘛。”歪着头思索良久后说：“很少！”主人一听，留神地问道：“很少，那就是还是有的？”朋友心不在焉地答道：“即使有，不是乞丐就是临时工，有教养的人里似乎一个也没有。”主人说：“是吗？这和日本有些不一样啊。”

听从哲学家的意见后，主人放弃了和落云馆学生的争吵，之后便将自己关在书房里沉迷于思考。这或许也是接受了哲学家的忠告，打算在静坐之中以消极主义来修养自己灵活之精神。可是他原本就是小肚鸡肠的人，老是琢磨那阴沉沉的心事是不会有什么好下场的。我觉得他倒不如将英文书本送去当铺，跟着艺伎学学喇叭小调要好得多。不过，他那般乖僻的人是无论如何不会听一只猫的忠告的，所以算了，随他去吧。这五六日还是离他远远地过活吧！

从那天算起，今天正是第七天。禅家认为一个七天的周期叫作“一七日”，七日参禅方可见大彻大悟。因此有人便整段日子地打坐。我那主人怎么样了呢？是死是活也差不多该有个结果了。于是我不急不忙地沿着檐廊来到书房门口，准备去探查室内的动静。

书房朝南，有六块草席大小，向阳处摆着一张大桌子。只说大桌子的话表达不清楚。那是一张长六尺、宽三尺、高八寸的大桌子。当然不是商店里卖的现货。而是找附近的木匠店商量之后，定做的一张床铺书桌兼用的稀有物件。至于为何要做这么大一张桌子，又为何起了要在那书桌上瞌睡的念头，我没有问过本人所以也摸不着头脑。有可能只是主人一时兴起，才想出了这么个馊主意。或是我们常见的精神病人那样，把毫不相干的两种观念连接在一起，才肆意将床铺和书桌结合起来。总之是新颖的想法。只是光是新颖，根本派不上实际用场。我曾经看见主人在这书桌上午睡，翻身的时候摔在檐廊上。从那以后，主人就再也不将这书桌用作床铺了。

书桌前铺着一张薄毛呢坐垫，被烟卷连着烧了三个洞。洞口露出的棉花是黑色的。主人背着身端坐在坐垫上。他那脏成深灰色的腰带上打了个死结，剩余部分往左右两边垂落到脚心。前些日子，我一拨弄那腰带，便突然被敲一下头。这带子不是随便可以靠近的。

主人依旧还在思考。明明有俗语说“笨人出主意，浪费时间”，主人却还不明白。我从后往前偷瞄一看，桌子上有个东西正闪闪发光。我不由得眨了两三次眼，心想着这玩意儿真奇怪，忍着那晃眼的光，一动不动地盯着那东西。这才发现那光是从桌上一面转动着的镜子里反射出来的。但是主人为何在书房随意摆弄那镜子呢？说起镜子，那肯定是应该放在洗澡间里的。今天早上我就在洗澡间里见过这面镜子。强调“这面镜子”是因为主人除了这一面便再也没有其他的镜子了。主人每天早上洗完脸梳发的时候定会用上这镜子。说不定有人问像主人这种人还梳发？实际上他干其他事情都懒懒散散的，只有梳发这件事上他小心得很。自从来了这个家之后到现在，不管多么炎热的日子，主人从没有理过平头。他定要留到两寸长，不只是夸张地将头发往左分开，还让右边的部分也反弹回来。这说不定也是精神病的征兆。我心想如此做作的梳发方式和这桌子完全不协调，但这又是不伤害到他人的事，谁也不说什么。他本人也挺心满意足的。那时髦的梳发方式先暂且不提，若问为何留着长发，实际上有这样的理由。天花不仅仅侵蚀了他的脸庞，好像在许久之前就已经攻占到他的头顶了。因此若像普通人一般理个平头或是寸头，那麻子很容易就从短短的发根中显露出来。不管如何梳拢，如何抚摸，还是去不掉那麻麻点点。好像田野间出现的星星点点的流萤，或许有些风雅，但毋庸置疑夫人肯定不中意。将头发留长，麻子就不会露出来，那也就不必暴露自己的短处。要是能成的话，他甚至愿毛都长在脸上，这样也能将那些麻子遮掩起来。“自然生长的毛发，何必花钱将其剪去，向世人吹嘘麻子都长到我的天灵盖上了！”——这就是主人留长发的理由。留长发则是他梳分头的原因，梳分头便是他照镜子的缘由。这就是为什么会将镜子放在浴室的道理。而且，家里确实也只有一面镜子。

本应放在浴室里的镜子，有且仅有一面的镜子既然来到了书房，定是镜子得了梦游症或是主人将其从浴室挪了出来。要是拿来的话是出于何种缘故呢？或许是修养灵活之气的必备道具。从前有个学者拜访高僧，高僧正光着膀子磨着瓦片。学者问高僧：“你在做什么？”高僧答道：“啊，想做一面镜子，正努力磨着呢！”学者吃了一惊，说：“不管你怎么磨都不可能将瓦片磨成镜子的。”高僧高声大笑着嚷道：“是吗？那就算了吧。就像你不管多少书也无法得道。”说不定主人也对这事一知半解才从浴室里将镜子拿出来，得意扬扬地照着镜子。这下可有的热闹了，我偷偷地往里看了看。

主人不知有猫在偷看，正十分专注地盯着那仅有的一面镜子。镜子原本就是令人不快的东西。在深夜里点着蜡烛，在宽敞的屋子里独自一人窥视镜子可是需要极大的勇气的。我第一次照镜子是被家里的小孩强按在镜子前面，那时，我吓了一大跳，绕着屋子跑了三个来回。即使是阳光明媚的白天，像主人这样一个劲儿地盯着镜子，也一定会被自己的脸吓到的。只需看上一眼，就知道那不是一张令人舒服的脸。过了一会儿，主人自言自语道：“还真是脏兮兮的脸。”自己能承认自己的丑陋真是令人敬佩。看他的样子倒真像个疯子，可说的话却是真理。此真理再进一步，就会变成：人会害怕自己的丑陋。人若是不能彻彻底底地感受到自己是可怕的恶徒，则不能称之为久经沙场。未能久经沙场，则无论如何无法得到解脱。主人既然已到了这个境界本应顺带说一句“啊，真可怕！”却怎么也不肯说。说完“还真是脏兮兮的脸”后，又不知想到些什么，呼哧呼哧将脸颊鼓了起来，接着又用手心拍了脸颊两三回。也不知念的是什么咒。这时我感觉有东西像极了这张面孔，仔细想想，那是女佣的面孔。那就顺便介绍一下女佣的脸吧，哎呀呀，那还真是臃肿呢。

前些日子作为伴手礼，有人从穴守稻荷神社拿来了河豚形的灯笼，女佣那脸肿得就跟那个河豚灯笼一模一样。由于肿过了头，两只眼睛都看不见了。原本河豚膨胀起来，是全身都胀得像个圆球似的，可是到了女佣这儿，由于多角形的骨骼，肉便顺着骨头肿胀起来，就好似水肿了的六角钟一般。要是女佣听见了定会发火的，女佣的故事暂且不提，还是回到主人那边。主人就这样将所有空气都吸进了脸颊，鼓起了腮帮子，如前所述，他一边用手拍拍脸颊，一边自言自语道："要是把脸皮绷得紧紧的，麻子也就看不见了。"

接下来，主人转过脸去，镜子里映出他照到阳光的半张脸。主人一副十分惊讶的表情说道："这样的话麻子就很显眼了。果然还是正面来光显得平整些。真奇妙啊。"之后又将拿着镜子的右手往外伸，尽可能拿远了仔细端详，"这个距离的话倒也还凑合，果然不能靠得太近啊——不只是脸，什么的东西都是如此。"他若有所悟地说道。接下来他突然将镜子横过来，以鼻根为中心，朝着中心一下子将眼睛、额头和眉毛皱了起来。看过之后，主人觉得这模样太丧气，说："不行，这不行。"他本人也似乎意识到了，便立刻停了下来。"为什么我会长着这么一张凶狠的脸呢？"带着些许怀疑将镜子收回到离眼睛三寸多远的地方。用右手食指摸了一下鼻翼，接着将手指往桌上的吸墨纸上使劲儿一抹。被吸下来的鼻头上的油脂便圆圆地显现在纸上。把戏还真多！之后，主人摸过鼻翼的那指头转了方向，一下子翻开右眼的下眼睑，出色地完成了俗称的"做鬼脸"。也不清楚他是在研究麻子呢，还是在和镜子比赛瞪眼。主人是个三心二意的人，镜子照着照着，便能生出许多心思来。不，不仅如此，若以相声《蒟蒻问答》为模本，牵强附会非要以善意来解读的话，那主人说不定是为了认清自己的本性，才以镜子为对象做出这所有动作。

人类进行的所有研究其实都是在研究自己。所谓天地，所谓山川，所谓白云，所谓星辰，都不过是自己的别名。任何人都不能找出舍自我而择其他的研究课题。要是人类能超越自我，在超越的瞬间就已失去自我。而且研究自己，除自己本人以外，没有任何人能为代劳。再怎么想研究他人，或是让他人研究自己，都是无稽之谈。

因此自古以来的英雄豪杰都是靠自己的努力成为英雄豪杰的。假如靠他人就能了解自己，就像请别人代替自己吃牛肉还能判断出牛肉是嫩还是老一样荒诞。朝听法，夕闻道，桌前灯下手握书卷，都不过是认识自我的便利手段而已。他人宣扬之法，他人辨明之道，乃至汗牛充栋的典籍书堆里是不可能存在自我的。有的话也是自己的幽灵。不错，在某些情况下，幽灵也许胜于无灵。追逐其影，或许也能碰上本尊，毕竟大多数的影子大抵都离不开实体。从这个意义上说，摆弄镜子的主人还算得上是通情达理。比起那些喜欢将爱比克泰德的学说囫囵吞枣、好摆学者的臭架子人好得多了。

镜子既可以是自负的酿造机，同时也能变成自满的消毒器。若是以浮华虚荣之念面对镜子之时，则没有比镜子更能煽动愚蠢之人的东西了。自古以来，因骄傲自满而损人不利己的事，有三分之二都是镜子的所作所为。法国大革命时，有好事的医生发明了改良版的砍头机器而落下千古罪名。同样，最早制造镜子的人也一定是寝食难安的吧。但同时，每当厌恶自己时，每当自我萎靡时，再也没有比照镜子更好的良药了。美丑一目了然。照镜子的人定会意识到："啊，我生而为人，却长着这样一张丑陋的脸，还引以为傲地活到了今天，真是羞耻。"认识到这一点时，便是人生中最珍贵的时刻。再也没有比认识到自己的愚蠢更宝贵的事情了。在如此自知之明面前，所有傲慢的人都必将低下头颅。或许仍有人昂首挺胸，欲轻侮嘲笑我辈，但是由我看来，那昂首挺胸之貌便已然是低头认输之意。主人并未聪慧到照着镜子便能知晓自己的愚蠢，但也还能公平地坦然面对印刻在自己脸上的麻子瘢痕。自认容颜之丑陋也将会成为领会自己内心卑贱的阶梯吧。真是有前途的男人！这或许也是那哲学家说服主人的结果。

我如此思索之后，又探了探主人的样子。没有注意到我的主人尽情地做着鬼脸，然后说道："好像充血挺严重的，果真是慢性结膜炎啊。"边说边开始用食指用力地搓充血的眼睑。大概是很痒吧，不过那眼睑本来就已红彤彤的，怎么经得起这般揉搓。过不了多久，定会像咸鲷鱼的眼珠一般腐烂的。没一会儿，主人睁开眼睛，朝着镜子望去，果然视线浑浊得像北国的冬日天空一般模糊不清。平常日子里他那眼睛就不清澈明亮，用夸张的形容词来说的话，混沌模糊到连黑眼珠白眼球都已然区分不清了。他精神恍惚，同时眼神也暧昧不清，漂浮不定。有人说这是胎毒所致，也有人解释说这是天花的余波。据说主人小时候为治天花，可没少用木蠹蛾和赤蛙。只可惜主人母亲的努力也毫不起效，至今那眼睛仍旧如出生时那般模模糊糊。我暗自思忖，他那眼珠如此彷徨在晦涩模糊的悲凉境地，不外是他那不清不楚的头脑所导致的，那影响已达到暗淡迷蒙的极致，自然要体现在形体之上。最终让毫不知情的母亲操了许多心。烟起而知有火，眼浊自证其愚。如此看来，他的眼睛是他心灵的象征。既然他的心就像是天保铜钱一样有个洞，那么他的眼睛也和天保铜钱一般，虽然大却不实用。

这回主人开始捋起胡须了。那胡须原本就不识礼数，肆意乱长。即使在这个个人主义流行的时代，胡须如此纷杂任性地生长，给它们的主人带来的麻烦也是不言而喻的。有鉴于此，主人近来加大训练，尽力为那胡须做系统的安排。热情的付出终有回报，最近胡须们渐渐步调一致了起来。主人于是很自豪——此前都是胡须自我生长，而最近是让胡须生长。热情总是被成功所鼓舞，主人见自己的胡须前途有望，便早上也好，傍晚也好，只要手闲下来，便开始对胡须加以驯化。他的野心是将来像德国皇帝一般，蓄起一把上进心极强的胡子。因此，不管毛孔是横着开，竖着开，他都毫不介意，不分青红皂白地抓在一起往上揪。胡须定是难受的，即使是胡须所有者——主人有时也感觉疼痛。但那就是训练。管你愿不愿意就是往上揪。旁人看来，这貌似是捉摸不透的怪癖，但是当事人却觉得这是最正常不过的事。这跟教育者胡乱违背学生的本性教书育人，却还夸口“让你们看看我的本事”一样，都丝毫没有可责备的理由。

主人正满腔热情地训练着胡须，厨房那边传来脸肿成多角形的女佣的声音。“来信了。”女佣一如往常将通红的手突然伸进书房。主人还保持着原来的姿势，右手捋着胡须，左手拿着镜子，就这么朝门口回头一望。这位多角女士一看见主人那倒八字的胡须，便立马回到厨房，趴在锅盖上哈哈大笑起来。主人倒若无其事，慢悠悠地放下镜子拿起信来。第一封是铅印的，写着些看似严肃的文字，上面写道：

敬启者　恭祝多福。回顾日俄战争，乘屡战屡胜之势，已告恢复和平。我忠勇义烈之将士，今大约在万岁声中奏响凯歌，国民之欢喜，若之何如。先前宣战大诏颁发，义勇奉公之将士，久在万里之异境，忍寒暑之苦难，一心安于战事，献命于国家，其至诚永铭不忘。军队凯旋，本月将告终了，据此，本会定于二十五日，代表本区居民，为本区内千余名出征将士举办凯旋庆祝大会，兼以慰藉军人之遗族，欲热忱迎之，聊表感谢之情。祈诸位大力援助，以求此盛典顺利召开，本会无上光荣，敬请赞助，踊跃捐款，不胜希望之至。　谨启

寄信人是位贵族。主人默读一遍之后立即收进信封之中，也不理会。捐款什么的怕是不会捐的。前些日子，主人为东北歉收捐了两日元还是三日元后，逢人便大肆宣扬钱被抢啦！钱被抢啦！既然是捐款，则就决定了钱是给出去的，而不是被抢的。又不是碰上了强盗，被抢的说法不妥当。尽管如此，主人还是觉得像被抢了一般。所以这次，不管说什么要“欢迎军队”啦，又或是华族贵族的邀请函啦，若用强硬手段又另当别论，但仅凭铅印的书信，主人可是不会掏钱的。要主人来说，欢迎军队之前，应该先欢迎他。欢迎过自己后，其他一般人便都能欢迎了。不过主人最近朝夕奔忙，欢迎之类的事就交给贵族们去吧，主人取了第二份封信，说：“啊，这也是铅印的。”

值此寒秋，恭祝贵府日益繁荣昌盛。

敬启者，敝校之事，诚如所知。自大前年起，因二三野心家所扰，一时陷于极困之境。窃以为此皆为吾不肖针作之过所致。深以为戒。卧薪尝胆，其辛苦之结果，终于此以自我之力，

谋契合理想之新校舍建筑费。别无他法，即出版命名为《缝纫秘术纲要别册》。本书为不肖针作多年苦心研究，遵循工艺之原则原理，呕心沥血之作。仅在成本之外略收薄利，愿请一般家庭普遍购买。希此举成一面成缝纫之道发达之助力，同时积薄利充当校舍建筑之资。近来惶恐之至，愿贵府购入所呈《缝纫秘术纲要别册》一部，赐予女佣，权当为敝校建筑费之赞助。盼贵府复赞同购买之意。百拜敬请。敬启

大日本女子裁缝最高等大学院

校长　缝田针作　九拜

主人冷淡地将如此郑重写就的信用力揉成一团，扔进了废纸篓里。针作君难得的三叩九拜和卧薪尝胆，却没派上用场，真是可怜。到了第三封信。第三封信散发着异样的光彩。信封是红白条纹的，像棒糖店的招牌一样花哨。信封正中央用浓重的八分隶字体写着“珍野苦沙弥先生座下”。虽然不敢保证里面会不会出现尊贵之人，但从信表面来看，确实十分华丽。

若以我律天地，则一口吸尽西江水；若以天地律我，则我为陌上之尘。自然要说，天地与我何干？……最先吃海参之人，其胆魄可敬，最先食河豚之男子，其勇气可嘉。吃海参者，为亲鸾①再世，食河豚者，日莲②之分身。如苦沙弥先生之辈，只知葫芦瓢中酸酱之味。食瓢中酸酱之味便可称天下之士者，吾未之见。……

亲友也会出卖你。父母于你也有私心。爱人也会抛弃你。富贵原本就不可靠。爵禄一朝便可失。你脑中秘藏的学问也会长霉。汝何所恃？天地之间汝何所依？神灵吗？神不过是人痛苦万分时捏造的泥人，是人粪便所凝结的臭遗骸。依不能依靠

---

① 亲鸾（1173—1262），日本佛教净土真宗创始人。

② 日莲（1221—1282），日本佛教日莲宗创始人。

之物，还心安理得。嗟乎，此乃醉汉巧言令色，蹒跚走向坟墓。油尽而灯自灭，业尽将留何物？苦沙弥先生，且进清茶！

不把人当人，则无所畏惧。那么不把人当人的人，却对不把我当我的社会而愤怒，那将如何？权贵荣达之士，将不把人当人视为得力，只在别人不将他当作他时才愤然色变。管他色变不色变，混账东西……

当我把人当人，而他人不把我当我时，不平者便爆发式地从天而降。这种爆发式的行动，称之为革命。革命并非不平者所为，而是权贵荣达之士欣然造成的。

朝鲜人参多，先生何故不服？

于巢鸭　天道公平　再拜

针作君可是三叩九拜，这人可只有“再拜”。只因不是拜托捐款的书信，那七拜便一笔勾销，全给免了。此信虽不是募捐，却难懂得很。不论投去哪个杂志都有充分的理由不予采用，因此，我本以为头脑不清的主人定会将它撕得粉碎，没想到他竟来来回回读个没完。也许是他觉得这信中有什么含义，决心要将其中的含义研究出来。

天地之间，未知之事多了去了，但是，却也无一不可对其作解释。不管多么难的文章，只要想对其作解释便可容易地解释出来。说人愚蠢也好，说人聪明也好，这些都很容易就能理解。不仅如此，就算是说人是狗，是猪，也并非什么难解的命题。说山是低洼的也行，宇宙是狭小的也无可厚非。乌鸦是白的，小野小町①是个丑女，苦沙弥先生是君子，也不是讲不通。所以即使这封信毫无意义，只要费点脑筋，给它安上点什么道理，也定会呈现一些含义。特别是像主人这样，会牵强附会地胡乱讲解自己都不懂的英文的人，便更是想要从这封信中找寻深远意义了。被学生问到“天气明明不好，为什么英文还要说‘早上好’”他想了七日之久，被问到“哥伦布

① 小野小町，日本平安时代的美人。

日语怎么说？”主人花了三天三夜来下功夫找答案。对于这样的人来说，尝过葫芦瓢里的酸酱便是天下之士，吃过朝鲜的人参便要闹革命，这些话随时随地都能找出点意义来的。

过了一会儿，主人似乎像悟透了“早上好”一般，也理解了这晦涩语句的意思，大赞道：“真是饱含深意啊。这定是个研究哲理的人。真是高见啊！”从这一番话便可知晓主人的愚蠢。反过来想的话倒也有合理的地方。主人有个癖好，总是喜欢那些不着边际的东西。也不只有主人这样吧。未知之处潜伏着不可小视的东西，神秘莫测的地方总让人觉得高雅。因此俗人将不懂的事情大肆宣扬成懂了的事情，而学者们则将懂了的事情解释得叫人摸不着头脑。大学的讲义里也是如此，将未知的事情讲得滔滔不绝的人深受好评，而讲解已知的事情的人却没有什么人望。主人敬佩这一封信，并非这信中含义一目了然，而是因为这信的主旨在何处，完全难以捉摸；是因为信里突然出现海参，又突然出现了臭粪便。所以主人尊敬这封信的唯一理由，和道家尊崇《道德经》，儒家尊崇《易经》，禅家尊崇《临济录》① 是一般道理，是因为完全不懂。只不过一窍不通又不肯罢休，便胡乱附上注释，装出一副懂了的样子。不懂装懂并对其表示尊敬，这自古以来就是一件快事。——主人恭恭敬敬地将这用八分隶字体写就的文章收卷起来，放在书桌之上，抄起双手陷入了冥想之中。

这会儿，门口传来“有人吗，有人吗”的招呼声。那声音像是迷亭的，却又不像。不停地在叫门。主人在书房里早就听见了叫门声，但依旧两手揣在怀里，纹丝不动。主人坚持出门迎客不是他的职责，他是绝不会从书房出来打招呼的。女佣刚刚出门去买洗衣肥皂去了。夫人正在厕所里。于是迎客的就只剩下我了。我也不喜欢出门迎客。接着，客人便从脱鞋处跳上台阶板，打开纸拉门，毫无顾忌地走了进来。主人和客人也都真是的。原以为他会去客厅，只听纸拉门开了关，两三回，这回朝着书房走来。

“喂，开什么玩笑！你在做什么啊？我给你带客人来了！”

---

① 唐代禅僧的言行录。

“噢，是你啊。”

“说什么‘噢，是你啊！’既然在那儿，倒是说句话啊，简直像座无人的空房子。”

“噢，我在想事情。”

“即使在想事情也能说句‘请进’吧。”

“也不是不能说。”

“还真是心大！”

“从前些天开始我就在努力修养精神了。”

“我还真是好奇啊。修养精神修到连话都不能回的日子时，这客人得多犯难啊。那么沉着，真是受不了。老实说今天我不是一个人来的。我带了位厉害的客人来。你快出去见见吧。”

“你带谁来了？”

“谁都无所谓，你出去见见吧。说是一定要和你见见面。”

“谁？”

“谁都行，快起来吧。”

主人手揣怀里，突然站了起来说：“又是骗人的吧。”走过廊下，闲庭信步地进到客厅。便见到六尺壁龛的正面肃然端坐着一位老人。主人不由得将手从怀中伸出，一屁股坐在了纸隔扇的边上。这样就和老人一同朝西，两人都无法相互寒暄了。古板守旧的人总是繁文缛节。“噢，请您往那边坐。”老人指着壁龛的方向催促主人道。直到两三年前，主人都认为在客厅里坐哪里都是无所谓的，之后听了别人关于壁龛的讲解，知道那是上座演变过来的，是江户来的上使坐的地方。从那以后主人便绝不靠近壁龛了。特别是面对一位素未谋面的老者顽固地在那里坐着，别说坐在上座了，就是打招呼都不能随口说出。于是暂且低下头来，照着对方说的重复道：

“噢，还是请您上座。”

“不，那样我会惶恐无法与您交谈。还是请您上座。”

“不，那样就……还是请您上坐。”主人有一句没一句的学着对方说道。

“哪里，您这么客气真是让我受宠若惊，不敢当啊，还请您别客气，您请……”

“这么客气……受宠若惊……还是您……”主人满脸通红，嘴巴嚅动着说道。精神修养好像并没有什么作用。迷亭君站在纸拉门的影子里笑着看，觉得已经差不多时候了，便从后面推了推主人的屁股，硬是插嘴说道：

“喂，你离开吧。你靠着纸隔扇这么近，我都没有地方坐了。到前面去。”主人不得已，只好往前蹭了一点。

“苦沙弥君，这就是我时常和你提起的静冈的伯父。伯父，这就是苦沙弥君。”

“啊，初次见面。听说迷亭时常来叨扰，便想着何时能来贵府拜听尊教，有幸今日路过贵府附近，便想着来顺致谢意，还望今后诸多关照。”满口古风的腔调，顺顺当当地说了出来。主人既是个不怎么交际，又不怎么说话的人，而且还几乎不曾见过如此有古意的老人家，从一开始就有些怯场，正畏缩不前呢，便听老人家滔滔不绝地说了这么一堆，所以早就将那朝鲜人参啊，棒糖店招牌般的信封啊之类的事忘得一干二净，迫不得已回了些莫名其妙的话。

“我……我……本应登门拜访……请多关照。”说完之后，将头微微从榻榻米上抬起，看见老人依旧在叩拜，吓得又将头贴向了榻榻米。

老人看准机会，边抬头边说：“从前寒舍也建于此，吾亦曾长久地生活在将军脚下，江户幕府土崩瓦解之际，才迁居静冈，其后几乎不曾再来过。如今重游，完全摸不清方向。要不是有迷亭陪着我，还真是什么都做不了。正所谓沧海桑田啊。江户幕府三百年来，就连那样的将军家也……”老人家一说起来便没完，迷亭先生觉得啰唆，说道：

“伯父，将军家也许值得感谢，但明治时代也是不错的嘛。从前有红十字会这类东西吗？”

“那是没有。没有被称作是红十字会的东西。尤其是得以瞻仰皇族尊容之事，若非在明治圣代，是绝无可能的。老朽幸而长寿，还能参加近日的大会，拜听皇族殿下的玉音，已死而无憾。”

“啊，久别故地，再是重游已是三生有幸啦。苦沙弥君，伯父嘛，因为这次红十字会的大会才从静冈出来的呢。今天一起去了趟上野，刚刚回来，所以伯父才穿着我从白木屋百货店那定做的礼服大衣呢。”迷亭提醒主人道。不错，确是穿着礼服大衣，却一点也不合身。袖子过长，领口大开着，后背凹了下去，腋下吊了上来。即使是往丑了做，也很难将难看发挥到这般极致。上面的白衬衫和白色活衣领俨然分离，一抬头，都能看见喉结。最重要的是那黑领结，完全搞不清是打在活衣领上了呢，还是打在衬衣上了。礼服大衣倒也还能忍受，可那白发扎成的丁髻①真是一桩奇观呀。那著名的铁扇怎么样呢？一看，安安静静地放在膝旁。主人这时也终于回过神来，精神修养的结果充分体现在了对老人服装的反应上，他稍稍有些吃惊。过去主人本来不信迷亭之言，觉得伯父不至于像他说的那般，但见过面之后发现，事实是有过之而无不及。若是自己的麻子可以成为历史研究材料，那么老人的丁髻和铁扇便拥有更大的价值。主人本想问问这铁扇的由来，但是想着又不能冷不防地问起，中断话题也是很不礼貌的，便问了个稀松平常的问题：

“上野公园人很多吧？”

“嗯，非常多。而且大伙都死死地盯着我看。最近的人啊，真是变得爱看热闹啊。从前可不是这样的。”

“是的，确实。从前可不这样。”主人这样说道，仿佛他也是个老者。这未必是主人不懂装懂，只当是他那朦胧不清的头脑里随意流出的一句话罢了。

“而且，大家都盯着我这宝贝。”

“那铁扇很重吧。”

“苦沙弥君，你拿一下试试。很重的呢。伯父，您让他试试。”

老人吃力地拿起，说道“抱歉”，将铁扇交给了主人。苦沙弥先生就像是在京都的黑谷神社参拜的人从莲生坊②手中接过长刀似的，

① 日本老人发髻的一种。正面中间头发较少，后部有一发鬏。

② “莲生”为熊谷直实的号。熊谷直实，平安末期武将，后于新黑谷（金戒光明寺）出家，号莲生。寺庙熊谷堂内仍存其遗物。

掂量了一会儿，说了句“真是如此”后，便还给了老人。

“大家都称这是铁扇，其实这叫‘劈胄’，和铁扇是不同的东西……”

“啊？这是用来做什么的？”

“劈头盔的……这是当年趁敌人头晕眼花时所获的战利品。据说从楠木正成①的时代一直用到现在……”

“伯父，那是楠木正成的劈胄吗？”

“不是，也不知是谁的，但是年代久远。说不定是建武②时代的东西呢。”

“也许是建武时代的吧。可倒是让寒月君为难了。苦沙弥君，今天回来的时候，我想着恰好是个好机会，路过大学，顺便去了趟理学部，带伯父去参观物理实验室了。可这劈胄是铁的，害得实验室里磁性的装置都失灵了。”

“不，不可能的。这是建武时代的铁器，品质优良，不会有这种风险的。”

“再怎么优良的铁也不行啊。寒月都这么说，不会错的。”

“你说的那个寒月，就是磨玻璃球的那人吗？年纪轻轻的，真可怜。不是应该做点其他正经工作嘛。”

“可怜哪，不过那也是研究呢。将那玻璃球磨好之后就能成为出色的学者呢！”

“要是磨玻璃球就能成为出色的学者，那么，谁都能成。老朽也能成。玻璃店的掌柜也能成。那种营生在汉土被称为‘玉石匠’，身份极其低微。”老人边说边转向主人，暗暗地盼着主人赞同。

“的确如此。”主人惶恐道。

“如今的一切学问都是形而下之学，看上去好像还行，一到关键时刻，却毫不顶用。从前不一样，武士们做的都是拼命的买卖，为了在危急时刻不显狼狈，平素就注重心灵修行。您也许知道，这可

---

① 楠木正成，日本中世时期著名武将。

② 日本室町时代的年号，1334—1335 年。

不是磨磨玻璃球，搓搓铁丝这般轻而易举的事情。”

“的确如此。”主人依旧惶恐道。

“伯父，所谓心灵的修行，就是不用磨玻璃球，取而代之，将两手揣进怀中打坐吧。”

“要是那样的话就糟了。绝非是那么简单的事情。孟子甚至曾说：‘求其放心。’① 邵康节②曾说：‘心要放。’佛家里有个叫中峰和尚③的，曾训诫：‘具不退转。’都不是容易懂的。”

“说到底，还是没明白。那到底该怎么办？”

“你读过泽庵禅师④的《不动智神妙录》吗？”

“没有，听都没有听过。”

“置心于何处？若置于敌人体力劳动之上，则为敌人体力劳动所夺。若置于敌人长刀之上，则为敌人长刀所夺。若置于杀敌念头之间，则被杀敌之念所夺。置于我长刀之上，则为我长刀所夺。置于我不会被杀这一念头之上，则为我不会被杀之念所夺。置于他人战斗姿势之上，则为他人战斗之姿所夺。总之，心无所置处也。”

“真亏您一字不差地背下来了。伯父的记性真好。这也太长了吧。苦沙弥君，你听懂了吗？”

“的确如此。”主人这回又用的确如此搪塞过去了。

“您说，是这样的吗？置心于何处？若置于敌人体力劳动之上，则为敌人体力劳动所夺。若置于敌人长刀……”老者对着主人又讲了起来。

“伯父，苦沙弥君对这事可是深谙其理呢。最近每日都在书房休养精神，就算来客了也不去迎接，早已达到‘放心’的境界啦，准是明白着呢。”

“啊，佩服佩服——你要不也一同修炼如何？”

---

① 《孟子》告子章句上：学问之道无他，求其放心。

② 邵康节即邵雍，北宋儒者。

③ 中峰和尚，元代天目山禅僧。

④ 泽庵禅师，日本江户初期临济宗僧人。

“嘿嘿，我没那闲工夫啊。伯父您是一身轻松，所以也认为别人都在玩吧。”

“实际上你不就在玩吗？”

“不过，闲中自忙啊。”

“看吧，你太粗心，因此不得不修行了。成语说的是‘忙里偷闲’，没听说过‘闲中自忙’的。对吧，苦沙弥先生。”

“恩，从未听说过。”

“哈哈哈，这下我可招架不住了。话说回来，伯父，好久没尝东京的鳗鱼了，去吃吃看怎么样？再请您喝喝竹叶酒。从这儿坐电车去，立马就到。”

“鳗鱼就算了吧。今天接下来我得去见杉（sha）原，就不奉陪了。”

“是杉原吗？那老爷子还健康吧？”

“不是杉原，是杉（sha）原。你经常搞混真是难办。念错别人的名字是很失礼的。今后要好好注意了。”

“可这不写的是杉原吗？”

“写作杉原念作 sha 原。”

“真是奇怪。”

“这有什么奇怪的。‘习惯读法’自古以来就有了。蚯蚓的和式读法是‘mimizu’。这是习惯读法。这和蛤蟆念作‘kairu’是一回事。”

“哎呀，真是没想到。”

“扑杀蛤蟆时它便改变姿势向上仰。所以它的习惯读法是‘kairu’。篱笆读作‘suigai’，薹茎读作‘kukutachi’，都是一回事。把杉原念作‘shayuan’之类的那时乡巴佬的话，不注意些会被人嘲笑的。”

“那么，现在去杉（sha）原那儿吗？真麻烦。”

“什么，你要是不想去，不去也行，我一个人去。”

“您一个人能去吗？”

“走着去的话有些困难，你给我雇辆车，从这儿坐车去。”

主人惶恐着立马派女佣向车夫家跑去。老人没完没了的寒暄之后，将圆顶礼帽戴上丁髻便走了，留下迷亭。

“他是你的伯父吗？”

“他是我的伯父。”

“原来如此。”主人又坐在了坐垫上，手往怀里一揣，陷入沉思。

“哈哈哈，实乃豪杰啊。有位那样的伯父，我还真是幸福啊。不管带到哪儿去，都是那副样子。你吓了一跳吧。”迷亭君以为主人会吃惊，因而十分高兴。

“哪里，并没怎么吃惊。”

“这样都不吃惊，还真是有魄力。”

“不过你那伯父有些地方还真是了不起啊。主张精神修养之类的，真是佩服。”

“值得佩服吗？你要是到了六十岁，也说不定会像伯父一样成为时代的落伍者呢！跟着老一辈轮流做落伍者，那可不是精明之选哦。”

“你总是担心落伍，但在某些时间场合，落伍之人反而才是了不起的。首先，如今的学问，只是一味向前向前，永无止境，无法满足。这样看来，东洋的学问虽是消极却也大含韵味。因为那时讲求心灵的修行。”主人将前些日子从哲学家那儿听来的话装作自己的学说论述道。

“越说越了不起了。怎么好像八木独仙君也说过同样的话呢？”

听到八木独仙的名字，主人吓了一跳。实际上，前些日子拜访卧龙窟，说服主人后悠然离去的哲学家正是八木独仙。如今主人一本正经论述的东西全是八木独仙那里的现学现卖。不知情的迷亭突然抛出那先生的名字，着实让主人临阵磨枪而来的装腔作势受挫。

“你听过独仙君的讲演吗？”主人有些慌张，追问了一句。

“什么听没听过的，那个男的今日的理论，和十年前在学校时毫无变化。”

“真理不是那么容易变的，不变才显得可靠哪。”

“噢，正是有人袒护，独仙那学说才能行得通啊。首先这八木的姓氏，就起得很好。那胡须简直就是一头山羊。从寄宿时代开始就一直是这副模样长起来的。独仙的名字也是奇怪。以前，他来我这儿投宿的时候，便讲他那一如既往的消极修养的学说。一直都是重复同样的事，没完没了。我说：'你也差不多休息了吧。'他老人家倒轻松说：'不，我还不困。'照例宣扬那消极理论，真是头疼。没办法。'你是不困，我可困死了。你请快睡吧。'我央求他睡下，这倒还好。——可那晚，老鼠出洞，咬了独仙的鼻尖。半夜里便吵闹起来。这先生嘴上说这些大彻大悟的事，可依旧是惜命的，担心得不得了。他责怪我：'鼠疫之毒要是传遍全身就麻烦了。你可得想想办法。'我真是无言以对。之后没有办法只好去厨房，在纸片上粘上些饭粒糊弄过去。"

"怎么糊弄？"

"我骗他说：'这是进口的膏药，是德国名医最近发明的，印度人被毒蛇咬伤时一用就立马见效，所以只要贴上这个的话就没事了。'"

"你从那时起，就对坑蒙拐骗之事深谙其道啊。"

"……独仙君也是个老好人，信以为真，便安心地酣然大睡。第二天起来一看，膏药下挂着一些线头，将那山羊胡子给粘住了，真是滑稽。"

"但是，比那时候要厉害多了吧。"主人说。

"你最近见过他吗？"

"一周之前来过，说了很长时间话才走。"

"难怪，我还想着你怎么宣扬起独仙的消极论来了。"

"说实话，当时可佩服了。还想着自己也要鼓劲儿修养一番呢。"

"鼓劲儿倒是好事。只不过太把别人的话当真，太当真可是会吃亏的哦。到底你总是太相信别人说的话，全盘接受，这是不行的。独仙也只是嘴上说得漂亮，到了关键时刻，和你我都一样。你知道九年前的大地震吧。那时从寄宿宿舍的二楼跳下来受伤的，就只有独仙一人呢！"

"那件事啊，他本人不是另有一番说辞吗？"

“是啊，他本人定会说成是值得庆幸之事。‘禅机玄妙呀，到了十万火急之时，能让人迅速做出应对，那速度快得吓人。其他人一听是地震都狼狈不堪，只有自己从二楼的窗户往下跳，这是修行的功效，令人欣喜。’他还这样一瘸一拐地高兴地说道。真是个嘴硬的家伙，话说回来，再也没有比叫嚷着‘禅’‘佛’之类的人更奇怪的了。”

“是吗？”主人稍稍有些没底气。

“前些日子来的时候，肯定讲了一些禅宗和尚常说的那些梦话吧？”

“嗯，教了我一句‘电光影里斩春风’就走了。”

“‘电光’啊，那时他十年之前的老毛病了，真好笑。那时一提起无觉禅师的‘电光’，宿舍里无人不知无人不晓。而且有时先生一着急，便将‘电光影里斩春风’倒过来，说成‘春风影里斩电光’，真是有趣。下回你试试，等他慢条斯理地说完时，你就从各方面进行反驳，他立马就会颠三倒四，胡言乱语。”

“碰上你这样的捣蛋精，谁挨得住。”

“谁是捣蛋精还不知道呢。我特别讨厌禅家和尚呀、大彻大悟那一套。我家附近有座叫南藏院的寺庙，里面住着个八十来岁的和尚。前些日子雷阵雨，有雷打在了庙里，将和尚院前的一棵松树劈开了。那和尚倒是若无其事，一打听才知道那和尚是个聋子。所以才泰然自若的。大抵都是这样的。独仙一人自己悟道就算了，可他动不动劝诱别人，这不好。眼下就有两个人拜独仙所赐成了疯子。”

“谁？”

“谁？一个就是理野陶然。托独仙的福，专心于禅学，去了镰仓，最后在那儿变成了疯子。圆觉寺门前不是有火车的岔口吗，他跳进那岔口，在轨道上打坐，还嚣张地说要将对面驶来的火车拦住。不错，火车刹住了保了他一命，这回他又号称自己是入火不焚，入水不溺的金刚不坏之身，跳进寺里的莲池里，咕嘟咕嘟地打转。”

“死了吗？”

“那时万幸，到场的和尚恰好路过救了他。不过之后他回到东京，最终因腹膜炎死了。死因是腹膜炎，但患上腹膜炎的原因是在佛堂里吃大麦饭和咸菜，也就是说是独仙间接杀了他。”

“看来，入迷既好也不好啊。”主人有些不快地说道。

“就是嘛。被独仙君坑的，还有另一位同窗呢。”

“这可危险了。是谁？”

“立町老梅呗。这人也完全是受独仙蛊惑，张口就是‘鳗鱼升天’之类的话，最后成真事儿了。”

“什么真事儿？”

“最后鳗鱼升天，肥猪成仙咯。”

“那是怎么回事？”

“八木是独仙，那么立町就是猪仙。没有人像他那样贪吃。那贪吃的毛病，和打坐和尚的坏心眼一起，数病齐发，自然没救啦。一开始我们也没太注意，现在回想起来，净是些奇怪事。他来到我家，说：‘喂，那松树下没有飞来炸肉排吗？我的家乡，鱼糕乘着木板游泳呢！’诸如此类，老说些奇怪的警句。若只是说说也还好，还催我：‘喂，去门前的脏水沟里挖金团来吃吧。’这我可受不了。过了两三天，终于成了猪仙，被关进了巢鸭的疯人院。本来猪是没有成为疯子的资格的。全是拜独仙所赐，他才流落到那儿的。独仙的影响还真是大啊。”

“唉，现在在巢鸭吗？”

“不仅在，而且是个自大狂，气焰嚣张。最近说立町老梅这个名字太无趣，便自称天道公平，自认天道的化身。可凶啦。你去瞧瞧。”

“天道公平？”

“就是天道公平。别看他疯了，还取了个不错的名字。有时还写成孔平呢。说世人陷于迷途之中，一定要去搭救他们。胡乱给朋友寄信，我也收到了四五封，其中有的特别长，我还补了两次邮资呢。”

“那么我收到的也是老梅那儿寄来的咯。”

“你这儿也收到了？真是奇怪啊，是红色的信封吧。”

“嗯，正中是红色，左右是白色。别具一格的信封。”

“那啊，那是专程从中国进口的。体现了猪仙的格言‘天之道白也，地之道白也，人在其中，红也。’……”

“还真是有来历的信封啊。”

“正因为疯了，才讲究呢。不过即使疯了，贪吃的习惯依旧存在，每封信里必写食物的事情真是奇妙。给你寄的信里也写了这些吧？”

“嗯，写了海参。”

“老梅喜欢吃海参。这是自然，还有呢？”

“还写了河豚和朝鲜人参等等。”

“河豚和朝鲜人参的搭配，妙啊！大概是想说如果吃河豚中了毒，就煎朝鲜人参汤喝吧！”

“好像并非如此。”

“不是如此也无所谓啦，反正他是个疯子。就这些吗？”

“还有这么一句：‘苦沙弥先生，且进清茶！’”

“哈哈哈……‘且进清茶’，真是厉害啊！他定打算说服你。干得漂亮！天道公平君万岁！”迷亭先生觉得有趣，大笑道。而主人怀着极大敬意，反复诵读的书信，寄信人竟是个彻头彻尾的疯子，知道这事之后，感觉方才的热情与苦心都成徒劳，生起气来。而且想到自己将疯病患者的文章如此费心劳力地玩味，又觉得丢脸。最后，既然对狂人所作之文如此钦佩，那么自己是否也有些精神异常呢？愤怒、惭愧、担心，三者合力，让主人坐立不安。

正在这时，木门被粗暴地拉开，沉重的脚步声两步就到了脱鞋处。传来大声呼喊：“有人吗，有人吗？”主人动作迟钝，相反迷亭倒是跳脱得很，还没等女佣前去迎客，便一边说“请进”一边两步就跳过中间隔断，跑到门口。迷亭去别人家时，也不等引见便毫无顾忌地大摇大摆进去，确是叨扰。可既然来到家中，便担起了寄食书生的职责接待来客，也实在是方便。不过迷亭再怎么说也是客人，客人去大门口迎接客人，而作为主人的苦沙弥却在客厅纹丝不动。要是普通人，本应随后跟着出门迎客，但苦沙弥就是这样。若无其事地安坐在坐垫上。“安坐”和“安顿”虽然意思大体相同，但实质却千差万别。

飞奔到门口的迷亭反复地在分辩着什么，没一会儿便朝向屋里大声喊道：“喂，大老爷，劳驾您来一趟。您不来不顶用。”主人不得已揣着手慢吞吞地出去。一看，迷亭君手握一张名片，半蹲着跟人打着招呼，样子不太有尊严。那名片上写着“警视厅刑事巡查吉田虎藏”。和虎藏并排站着的是一位年纪二十五六、身材略高、穿着一身细条纹的潇洒男子。有趣的是这男子也和主人一样揣着手，没有说话笔挺地站着。我总觉得此人在哪儿见过，细细观察——何止见过，这人正是前些日子深夜来访，顺走山芋的那个小偷！呀，真没想到今天光天化日之下竟公然出现在大门口。

“喂，这位是刑警，抓住了前几天的小偷，特地来通知你去趟警局的。”

主人看上去终于知道刑警来访的缘由了，低下头朝小偷那边恭恭敬敬地鞠躬。可能因为小偷比虎藏君更俊朗些，所以主人定是以为小偷就是刑警了吧。小偷也肯定惊呆了，但又不能说：“我是小偷”，只好若无其事地站着，还是揣着手。这也难怪，他戴着手铐呢，就是让他将手拿出来也拿不出来。要是一般人，看见这情形大抵是能明白的，可是主人不似寻常人，有个怪癖，总是胡乱地敬重官员和警察。对于有权之人的威势更是惶恐得不得了。不错，他也明白警察之类的不过是包括主人在内的老百姓出钱雇的看门人，可实际碰上的时候却格外的点头哈腰。主人的父亲从前是城郊地区的村长，习惯了对上头唯唯诺诺，低声下气的日子，或许是因果报应，传到他儿子身上了。实在是可怜至极。

警察觉得主人可笑，吃吃地笑着说：“明天上午九点之前，请到日本堤分署来一趟。——被盗之物有什么来着？”

“被盗之物是……”主人刚张嘴，偏偏忘了干净。只记得有多多良三平送的山药。想着山药之类的无所谓了，不过刚说“被盗之物是……”却没有后续，像极了笨蛋，真是令人难为情。别人被盗说不明白那无所谓，自己被盗却不能给出明了的回答，太丢人了。想到这些主人便横下心来说：“被盗之物是……一箱山药。”

小偷这时也觉得十分好笑，将下巴向下藏进衣领之中。迷亭一边哈哈哈地笑一边说：“山药丢了真是可惜啊。”只有刑警倒是格外认真。

“山药好像没找回来，其他的东西倒是大概都拿回来了。——你来看一眼就知道了。还有，交还时需要你写一张字据，别忘了带上印章。——九点之前必须到。日本堤分署。——是浅草警察署管辖的日本堤分署。——那么就此告辞。”刑警独自说完便回去了。小偷也随着出了门，因为手拿不出来，不能关门，便只能任其打开着。主人看上去虽然有些惶恐却也愤愤不平，鼓起腮帮子，嘭地关上了门。

“哈哈哈，你还真是十分尊敬刑警啊。要是一直那么恭恭敬敬的，倒也是个好男人，只是你只对刑警恭敬，这就难办了。”

“人家可是好不容易来通知的呀！”

“就算是来通知的，那也是他们的职责。马马虎虎地应付过去就够了。”

“但这不是一般的职责啊。”

“当然不是一般的职责，是侦探这种十分令人讨厌的职责，比一般的职责更低劣。”

“你说这种话可是会倒大霉的哟。”

“哈哈哈，那就不说刑警的坏话了。不过敬重刑警倒还说得过去，敬重小偷，怎么能不吃惊？”

“谁敬重小偷啊？”

“你啊！”

“我哪里结交过小偷？”

“哪里结交？你不是对小偷鞠躬了吗？”

“什么时候？”

“刚刚不是鞠躬行礼了吗？”

“胡说啊，那是刑警啊！”

“刑警哪能那副打扮？”

“正因为是刑警才是那副打扮！”

“真是顽固。”

“你才顽固。”

“哎呀，首先，刑警到别人家里，怎么可能揣着手，笔挺地站着呢？”

“刑警就不能揣着手啊？”

“你这么凶我可有点害怕。你行礼的时候，那家伙可是一直都站着呀。”

“正因为是刑警嘛，说不准是这样的。”

“真是自信满满。怎么说也听不进去。”

“不听嘛。你只是嘴上说小偷啊，小偷啊，可你从没看清是哪个小偷长什么样的进来。你只是一厢情愿，固执己见罢了。”主人说。

到这儿，迷亭看上去终于死心，断定主人是个无可救药的人，一反往常地沉默下来。主人却以久违地击败迷亭而沾沾自喜。在迷亭看来，主人的价值会因为固执己见而下跌，不过在主人看来正因为固执己见才比迷亭更伟大。世上如此不着边际的事比比皆是。要是认为固执己见便能取得胜利，那一瞬间，此人的人格便大大地掉价。不可思议的是，当事人顽固到死都想为自己争点光，但做梦也没想到后世之人却轻蔑于他，不再理会他。据说这种只图生时快感的幸福被称为猪猡的幸福。

“不管怎样，明天你还是打算去的吧？”

“当然去。说让我九点之前到，八点我就出门。”

“学校怎么办？”

“停课呗。学校算什么。”主人气势汹汹地说道，真是大气！

“真是好大的口气！停课也没关系？”

“当然没关系，我学校付的是月薪，所以不会扣工资的。没事。”主人直白地说道。说狡猾也是狡猾，说单纯也是单纯。

“喂，去倒是可以，你认识路吗？”

“怎么可能知道！坐人力车去的话就没事了吧。”主人气呼呼地说。

"你真是不输于我伯父的'东京通'啊，佩服佩服。"

"你尽管佩服吧。"

"哈哈哈，日本堤分署，那可不是普通的地方哦。是吉原呢！"

"什么？"

"吉原啊！"

"是那个烟柳巷的吉原吗？"

"是啊，说到吉原，东京就只有一个呀。怎么样，想去看看吗？"迷亭又戏谑道。

主人听说是吉原，稍稍有些犹豫，不过立马改变了想法："吉原也罢，烟柳巷也罢，既然说了会去就一定会去的。"主人这是在对用不着较劲的事情较劲。愚人就是喜欢这类事情上赌气。

迷亭君只说了一句："啊，一定会很有趣，去看看吧！"掀起一阵风波的刑警事件到此告一段落。迷亭之后依旧瞎扯闲聊，到了傍晚，便说回去太晚了会被伯父责骂，就回家了。

迷亭回去之后，主人匆匆吃完晚饭，就又折回书房，再次揣着手思考起来。

"照迷亭的话说，我敬佩的并想要仿效的八木独仙君并非是值得仿效的人。他的学说不只是有些不合乎常理之处，更像迷亭说的那样，大约是属于疯癫系统之列。况且他还有两个彻彻底底的疯子追随者。真是危险啊。胡乱靠近的话怕也是会被拖进那系统之中。而天道公平，真名立町老梅，我在文章上对其惊叹之余，笃定那必定是个高见地的伟人，谁知竟是个十足的疯子，现在进了巢鸭疯人院。迷亭的描述，即使当其为戏谑之言，但他在疯人院中想获得盛名而自任为天道之主宰，这恐怕是事实。如此说来，自己说不定也有一些不正常之处。所谓同气相吸、物以类聚，既然对癫狂之说如此钦佩——那自己也是和癫狂缘近之人吧。好吧，就算不被同型之人所同化，要是决定与狂人比邻而居，说不定某一日也会打破那一堵边界上的障壁，不知不觉地和其在一室之内促膝长谈、谈笑风生。这还得了！的确，仔细想来，最近自己的思维活动，连自己都觉得惊讶，奇上加奇，珍外添珍。先不论一勺脑浆的化学变化，意识转化为行动，发而为言语，虽是很不可思议，却有很多地方已失中庸之道。舌上无龙泉，腋下失清风，齿根有狂臭，筋头满疯味，莫奈何。越发不妙了。看情况，也不知道我是否已经成为一个出色的疯子。不过所幸还未伤过人，还未成为世间的障碍，因此还未被赶出街去，仍旧作为东京市民而活着吧！这并非消极啊、积极啊区区小事，首先得从脉搏检查开始，不过脉象似乎没有异样，也不知头有没有发热，但好像血也并未往上涌，说来说去，总叫人担心。”

“如此将自己只和疯子做比较，老是计算相似点，这样无论如何也无法将自己从疯子的领域中解脱出来。这是方法不对。因为以疯子为标准，将自己拉向那边解释才会得出这样的结论。要是以健康人为本位，将自己置于其旁思考的话，或许能得出相反的结论。那么首先必须从身边开始。第一，今天来的穿着礼服大衣的伯父怎么样呢？‘置心于何处？’那也稍稍有些奇怪。第二，寒月如何？从早到晚带着便当磨着玻璃球。这也是疯子的伙伴。第三……迷亭？那家伙将戏谑当作天职，定是疯病的阳性患者。第四是金田的妻子。她那恶毒的心肠完全是超乎常理。一定是百分之百的狂人。第五是金田君。虽然没有见过面，但他对老婆那谦恭的态度、琴瑟和谐的现状就可将他视作非凡之人。非凡是疯癫的别名，所以他也是同类之人。接下来是，——还有很多。落云馆的诸君，从年龄上说还很嫩，但从癫狂这一点来说可是不可一世的出色豪杰。如此数来，大多属疯人同类。这倒意外地让自己安心起来。怕不是社会是疯子的集合体。疯子聚集在一起激烈交锋、相互扭打、相互仇视、相互谩骂、相互争夺，所谓社会，难道不是所有人作为团体，像细胞瓦解又聚合，聚合又瓦解一样地生活下去吗？其中有人多少懂点事理，能辨别是非，反倒成了碍事之人。给他们建了疯人院，将他们押往此处，叫他们不能见天日。于是疯人院关的是正常人，而院外胡闹的却是疯子。疯子在独立存在时总是会被当成疯子，但一旦成了团体，有了势力，就可能成为正常人。大疯子滥用金钱和威势指使小疯子，发动暴乱，却被人们称为出色的人也不少。这么一来，是完全搞不清楚了。”

以上就是主人当晚在荧荧孤灯下苦苦思索时的心理活动。他那不清不楚的头脑在此得到充分体现。尽管他蓄着凯撒似的八字胡，但他是个连疯子和常人的区别都无法分辨的蠢蛋。不仅如此，他难得提出这问题，供自己思索，可最后却没有得出任何结论就作罢了。不管对于何事，他都是个彻底的没有思考能力的人。他的结论茫茫然然，就像进出他鼻孔的朝日牌的香烟，难以捉摸，但不要忘记这就是他所发议论的唯一特色。

我是一只猫。可能会有人怀疑，明明是只猫，怎么会对主人心中所想记述得如此精确呢？但这对于一只猫来说是小事一桩。我曾学过读心术。何时学的？这种无关的事不问也罢。总之就是学过。我趴在人类的膝上睡觉时，将我柔软的皮毛悄悄地贴近人类的肚皮，一道电光亮起，他的心理活动便如囊中之物般映进我的眼里。前些日子，主人温柔地抚摸我的头时，我立即发觉主人有个可怕的念头，让我怒上心头——“将这猫的皮剥下来，做成棉坎肩肯定很暖和吧”。真是可怕。正因如此，能向诸君报告当天晚上主人脑中所思所想，真是我的光荣。只不过主人在想到“完全搞不清楚”之后便酣然入睡，到了第二天一定会将想了些什么忘得一干二净。今后主人要是思考关于疯子的事情，必然重来一遍，从头开始想起。那时，他究竟用何种方法，是否会得出“完全搞不清楚”这样的结论，我不敢保证。但不管他重想多少遍，无论他采取何种方法，最后他都将得出“完全搞不清楚”，这是肯定的。

十

“喂，已经七点了啊。”拉门对面传来夫人的喊声。主人究竟是睁开眼了，还是仍在梦乡，我也不知道。他朝向一边答也不答。这人的臭脾气就是不爱应答。实在不得已必须开口，那也只说一句“嗯”。别小瞧这句“嗯”，还不是那么容易就能冒出来的。若有人懒到连答应一声都嫌麻烦，我总觉得多少还是有些情趣的。但是，这种人是绝对不会受女性欢迎的。就连现在嫁入主人家中的这位夫人，都不稀罕主人的此等情趣，据此推测其他女性也应该也不会喜欢。歌舞伎台词里不也这么唱吗:“父母兄弟都不理睬他，更不可能被与自己毫无干系的妓女所怜爱了。”① 如此看来，在夫人这里都不受欢迎的主人，更不可能被世间一般的淑女所看上。虽说也没必要一直在这里曝光主人有多么不受人欢迎，但因为主人本人的认知总是出现偏差，将不被夫人喜爱的原因全归结于自己上了年纪，看他如此迷惘，我只是为了帮助他早日认清自己，添上一臂之力而已。

夫人已经尽到责任，提醒主人到点该起床了，但对方还是毫不在乎，连答应一声“嗯”都不会，既然如此，夫人便可断定不对的

① 歌舞伎《后月酒宴岛台》（通称《角兵卫》）中的一段，1828 年首演。

一方是主人而非自己。于是她便摆出一副去警局迟到了也与己无关的架势，拿起笤帚和鸡毛掸子，朝着书房进发了。没多久，就听到书房里敲得叮当响的声音，夫人如往常一样开始了清扫。扫除的目的究竟是为了运动还是为了游戏，我也没负责过扫除，所以也并非我应该关注之事，睁一只眼闭一只眼本也可行，但不得不说夫人的扫除法颇无意义。为何无意义？因为夫人是为了扫除而在扫除。鸡毛掸子在拉门上划一通，笤帚在榻榻米上划一圈，就声称扫除结束了。至于为何扫除，扫除成果怎样，夫人一点责任也不负。因此干净的地方永远都干净，有垃圾的地方、有灰尘的地方照样留着垃圾，积着灰尘。既然古来就有“告朔饩羊”① 的典故，扫除估计也一样，做总比不做好。不过扫也不是为了主人好才扫，既然不是为了主人好，却依然每日费力扫除，这就是夫人的厉害之处了。“夫人”与“扫除”，二者因多年的习惯而被强行结合在一起，形成机械般的联想。然而说到扫除的效果，依旧和夫人未出生前一样、和鸡毛掸子以及笤帚发明前一样，未见成效。这么一想，二者的关系就和形式逻辑学中的命题里的“名辞”一样②，与内容并无关联只是形式结合在一起罢了。

与主人不同，我本来就爱早起，这个点早已是饥肠辘辘。在家人用早膳之前，我作为一只猫，身份低贱，是不可能先得到食物的。这就是生而为猫的凄惨之处。汤汁的香味和水蒸气会不会已经在我吃饭的鲍鱼壳碗里升腾起来了呢？单是想到这一点我就难以安坐。面对虚无缥缈之事，明知其虚幻却仍只能选择依赖其而生存。这时只有在脑中描绘依赖之状，实际不为所动、淡定处之才是上策。倘若做不到这一点，那就总会想试验现实与心愿是否一致。明知肯定会失败却还是要去做，真是“不见棺材不掉泪”。我忍受不住饥饿和

① 出自《论语》，告朔之礼是指每月朔日供奉羊羔，祭祀祖庙。子贡以为其为虚礼，应该废除，但孔子主张虚礼也很重要。此处比喻形式化的东西也有其道理。

② 形式逻辑学重视命题的形式，轻视内容。

尝试的欲望，还是挪步去了厨房。

我先看了看炉灶旁的鲍鱼壳碗里，果然和我昨晚舔净时一样，萧索寂然，碗底在天窗透下来的初秋光影中斑驳闪耀。阿三正准备将已经煮好的饭挪到饭桶里，现在正搅拌着炭火炉上烧着的锅里。锅的周围，米汤煮沸时溢出来的汤汁凝固后，干巴巴地牢牢粘住锅面，好像贴上的吉野纸一样。我想，看来米汤已经煮好了，可以先给我吃点了。这时候要是客气可就不行了。即使不能如自己所愿获得食物，试一下总是没有坏处的。于是我下定决心催促一下早饭。就算我只是个家中吃闲饭的猫，饿了乞食也是应该的。这么想着，我喵喵地撒娇式叫了两声，那声音如泣如诉，如怨如诉。可阿三却完全不理会。我早就知道她生来就是多角形的面孔，所以不通人情世故。如何通过叫声唤起她的同情就看我的手段了。这次我换了一种叫法："喵呜喵呜"，那声音连我自己都觉得满含悲壮之情，足以表达天涯游子的断肠思念之情。可是，阿三还是完全不理会。这个女人可能聋了也说不定。但聋子肯定做不成女佣，所以或许是她只对猫的叫声聋。这个世上有一种病叫色盲，当事人自己觉得自己拥有完全的视力，但医生却诊断为残废。估计阿三就是声盲。声盲也肯定是残废。明明是残废却还这么蛮横，就算是在大半夜我想起床小解，让她开开后门她也坚决不给开。少中又少，能有那么几次给开过，之后就再也不放我进屋了。即使是夏天，夜露也是有毒的，更别说秋霜冬雪天里，在屋檐下干坐，静待天明，有多辛苦是常人难以想象的。之前有一次我被拒之门外，遇上了野狗的袭击，在十万火急之际好不容易跳上了放杂物的屋顶，我在那上面一动不动，默默颤抖了一整夜。这些都是因为阿三的不通人情世故所导致的不道德行为。

对着这种家伙叫，肯定不可能有反应的，但俗语有云："饿了的人也会临时抱佛脚"，"人走投无路之时什么都做得出来"，所以我也都会尝试一下。我又换了个法子叫："呜呜呜呜"，这第三种叫法是为唤起阿三注意，专门叫出的一种复杂声音。我自己以为不劣于贝多芬的交响曲。可是对阿三却没半点作用。阿三忽然屈膝，抬起地板上的一块木板，从中取出一块四寸多长的坚硬木炭。因有些长，阿三就将木炭靠着煤炉砰砰砰地敲了几下，木炭碎成三大段，炭粉四处飞散，还进了点在米汤里。阿三可不是会在乎这些细节的人，直接将三块木炭塞入锅底部的炉子中。看来阿三是完全不准备听我唱的交响曲了。无奈我只好悄然准备回去客厅。路过洗澡间时，家中的三个小女娃正在洗脸，吵吵嚷嚷的好不热闹。

虽说是在洗脸，但大的两个在上幼儿园，最小的那个跟在姐姐屁股后面走都走不稳，所以哪能真正的洗脸化妆啊。最小的那个从水桶中拖出湿抹布，反复揉搓着脸。用抹布洗脸肯定不舒服，但妹妹可是每次地震都会高呼“有奇（趣）啊”的主，所以发生这种事也不足为奇。或许这也是因八木独仙君而悟透的道理。俊子不愧是老大，本人自然也以大姐自居，将漱口杯嘎啦啦一扔，说：“妹妹，那可是抹布。”说着就把那抹布一把抢了过来。妹妹也是自信满满之人，可没那么容易就听姐姐的话：“不要，傻叶。”说着又把抹布抢了回来。这句“傻叶”究竟什么意思，由何语源而来，谁也不知道。反正妹妹一发火就总会用这个词。抹布现在在姐姐和妹妹的手里纠缠不清，左右拉扯。抹布的正中间由于张力啪嗒啪嗒挤出了许多水滴，毫不客气地都滴在了妹妹的脚上。要只是脚还勉强能忍受，膝盖附近也完全给濡湿了。妹妹这时候穿着的是“元禄”，什么是“元禄”呢？所有中型大小的花纹的东西都是“元禄”①。也不知是谁教姐姐的，姐姐说：“妹妹，元禄都打湿了，赶紧给我吧。”姐姐的话落落大方。但别看这样，姐姐也是知识渊博之人，能把“元禄”和“双六”② 二词给弄混。

一提到“元禄”我就联想到许多。最小的妹妹经常弄错很多名词的念法，要得人团团转。着火了她会说把“火花”念成“蘑菇”，

---

① 此处指“元禄花纹”样式。“元禄”为日本江户时代的年号。元禄时期商业发达，人们的穿着也比较华丽。这种华丽的花纹称作“元禄花纹”。

② 一种借助骰子玩的棋类游戏。日语发音与“元禄”接近。

说“蘑菇”飞来了①；还会说去“御茶酱女子学校”，又把“水”和“酱”的发音弄混了②；除此之外还会让“厨房”取代“大黑天”的位置，将惠比寿神和厨房并列而语③；有时她又会说，“我不是卖稻草店家里的孩子。”这就捉摸不透了，后来才发现原来她是把“稻草店”和“出租房”的发音给弄混了。④ 主人每次听到这些错误都笑得合不拢嘴，可是他自己在学校教英语时候，犯一些比这还滑稽的谬误，而且还一本正经地教给学生们。

妹妹，别人叫她妹妹，她自己可不这么叫，她叫自己“小妹”。小妹看自己身上的“元禄”打湿了，说了句“元多希希”⑤ 就大哭起来。阿三一看“元禄”打湿了可不好，就从厨房飞奔过来，拿着抹布使劲儿给她擦拭衣服。在这段骚动中相对安静的是二女儿澄子。澄子小姐朝向另一边，打开滚落到架子上的香粉，不停地给自己化着妆。最开始先用蘸了香粉的手指给鼻头来上一抹，这下脸上便竖起一道白色条纹，鼻子的所在稍微分明了些。接着又旋转手指在脸上涂抹，脸上也出现了一团白色。装饰地差不多了，女佣过来了，擦干小妹的衣服之后顺便也把澄子的脸给擦了干净。澄子见状，脸色稍有不满。

我路过时看到此光景，然后从客厅进主人卧室，想悄悄看看主人起床没有。一看，主人的头也不见了，反倒是他那二十五厘米长的大脚又长又厚从被子里伸了出来。若是伸出头来，就会被夫人发现然后叫醒，所以才这么将头蜷缩在被子里吧，跟个缩头乌龟似的。不久扫除完书房的夫人拿着笤帚和鸡毛掸子又来了，跟先前一样站

---

① “蘑菇”念作“kinoko”，“火花”念作“hinoko”，发音接近。

② “水”念作“mizu”，味噌酱念作“miso”，发音接近。御茶水女子学校当时位于东京汤岛地区，是全日本数一数二的女学校。

③ “厨房”念作“daidoko”，“大黑天”念作“daikoku”，发音接近。惠比寿和大黑天都是日本传统的神明。

④ “稻草店”念作“waradana”，“出租屋”念作“uradana”，发音接近。

⑤ 就是元禄打湿了之意。

在拉门口说："还没起来啊？"夫人发声之后，站在远处，眼睛一直盯着主人藏匿的被子。这次主人依然不予回答。夫人从拉门口又往里进了两步，杵着笤帚说："还没起啊，喂。"夫人又问了一次，等待主人的答复。此刻主人已醒了，就是因为醒了才会为防备夫人的袭击，提前将头缩进被子中。只要头不伸出来，或许夫人就不会发觉，主人竟会依赖此等无稽之谈，夫人自是不会允许。不过，第一回夫人叫醒的声音是从客厅传来的，隔了一间房的距离，主人心里想还算可以安心。可哪知突然间杵着的笤帚就离自己只有三尺远了。主人也有些惊讶。不仅这样，第二次的叫醒声不管是距离还是音量，从被子里听都比以前有一倍以上的威力，主人心里终于明白夫人不好惹，于是小声回了一句："嗯。"

"不是让你九点之前到警局吗？你再不起赶不上了。"

"不用你说我也知道起。"主人隔着被子答道。这也算是一种奇观。妻子已经习惯了他这一招。以前以为他答应了就肯定知道起来，哪承想又倒头大睡，看来对待主人这种人，真是丝毫大意不得。于是夫人继续逼近："那就快起啊。"主人自己明明说了要起来，别人叫他快起他还不乐意，像主人这样任性顽固之人，我才看不上呢。说时迟那时快，主人一把推开刚才盖住的被子，两眼大睁怒目而视地瞪着夫人。

"你吵什么吵。不是说了会起吗？说了会起自然会起嘛。"

"说起还不是照样不起，不是吗？"

"我什么时候说话不算数过？"

"一直都说话不算数啊。"

"说什么蠢话。"

"还不知道是谁蠢呢。"夫人怒气冲冲杵着笤帚站在枕边的姿势勇猛极了。就在此时，背面车夫家的孩子小八哇的一声大哭了起来。只要主人一发火，小八必定大哭大闹，这都是车夫老婆命令她这么干的。车夫老婆每逢主人怒吼，就使出小八的哭声这一武器。小八才是最可怜的，就因为有这样一个妈在，才不得不从早哭到晚。若是主人能稍微明白这个道理，尽量少生点气，小八的寿命或许还能延长些。就算真是金田家花了钱拜托车夫老婆帮忙的，拿自己小孩做这么蠢的事，可以断言车夫老婆绝对是个比天道公平君还要激进之人。要是只是主人每次一发怒，小八就吵闹这一件事，那其实还算可以勉强忍受，除此之外，金田还雇了附近的流氓，在墙根下叫主人“今户烧制的狸猫瓷器”，小八每次听到这声响也会大哭。为什么呢？因为虽然主人还没来得及发火，但小八提前预测主人肯定会发火，所以“先哭为敬”了。这么一来，究竟主人是小八，还是小八是主人已经分不清楚了。要想戏耍主人也不用费什么事儿，只需数落一下小八她自然会哭闹，最终必然惹得主人心神不宁。据说以前西洋处决罪犯时，若是本人逃往国外抓捕不到，就造个人偶来代替，而且一定要行火刑。或许这些跟主人作对之人中也有通晓西洋典故的军师，为他们出谋划策也未可知。无论是落云馆的人，还是小八的妈妈，主人都没什么对抗的手段，所以抗争十分艰难。此外还有很多很多艰难困苦之事，或者这么说，主人与镇上所有居民都难以好好相处。不过这和现在讲的事情没什么关联，还是以后有机会再一一道来吧。

主人听到小八哭喊声，一大早就大动肝火，突然站了起来立于被子之上。这样所谓的精神休养、八木独仙什么的都白费了。一跃而起之后，主人不停地用双手扑哧扑哧地挠头，头皮都要给挠掉了一般。积攒了一个月的头皮屑也毫不客气顺势飞到主人颈脖子和睡衣领子上。那场面真是蔚为大观。主人的胡子又如何了呢？一看，又是令人震惊地凌然而立。不知是不是胡子都自觉感知到它的主人在生气，于是自己也不能淡定处之，所以每一根都燃起怒火，以猛烈之势朝各个角落肆意突进。这么看过去可真是一出好戏啊。昨天主人还在镜子前模仿德国皇帝的样子训练胡子列队站好，一晚上过去了，训练的效果荡然无存，直接回归本来面貌，每根胡子各行其是。主人何尝不是一样呢？昨夜的精神休养翻了个日头到了今天，就被擦拭消除得一干二净，主人又回到了全面暴露他与生俱来的野猪般本性的时代。这么个乱来之人，长着一脸乱来的胡子，竟然到现在还没被免职，依然做着教师，我这才知道日本有多广阔。当然也正因为日本之广阔，金田和金田的“狗奴隶”们才能被大家当作人看。主人似乎确信，只要他们还被当成人来看待，那自己就不会被免职。万一真有被免职的一天，就寄封明信片给巢鸭精神病院的天道公平君，问问就知道怎么回事了。

此时主人正用我昨天介绍的混沌太古之眼，努力张望着对面的柜子。这柜子高不到两米，上下分为两层，各嵌有一个小拉门。下方的那一格离被子也就咫尺之遥。主人一起床眼睛一睁，视线自然会集中于此。仔细一看，拉门上的纸有些地方已经破了，“内脏”都已经露出来了。“内脏”中有许多各色各样的东西。有铅字印刷的纸张，还有手写的，有的倒过来了，也有的是逆过去的。主人看到“内脏”的同时，也想知道“内脏”上写的具体内容。刚刚还怒气冲冲要把车夫老婆给抓住，把她鼻头往松树上蹭，现在突然又想知道废纸上写的什么了，真是怪人。不过主人害上这种不碍事的火脾气病也不是一次两次了，不稀奇。就跟小孩哭闹时给一块糯米馅饼就破涕为笑，是一个道理。主人以前在寺庙租房之时，五六个尼姑就住在隔壁。尼姑这类人就是坏心肠女人中最坏的人。这些尼姑好像看透了主人喜怒无常的性格似的，总是敲着做饭的锅打着拍子，唱着：“刚刚还在哭的乌鸦现在又笑了，刚刚还在哭的乌鸦现在又笑了。”主人就是从那个时候开始讨厌尼姑的。

虽然主人讨厌尼姑，但尼姑们说的唱的并没错。主人喜怒哀乐的程度都大于常人，但与之对应，持续得也比常人短很多。往好里说主人算是少有执念、浅薄又倔强的娇儿。既然是娇儿，那么主人刚刚还准备吵架怒吼到都跳起来了，又突然想要读柜子里面纸张上的内容也情有可原。首先映入主人眼帘的是倒立的伊藤博文①。其上方写着明治十一年九月二十八日，看来这位后来的韩国统监②这时就已经开始紧跟政策风向标了啊。主人想知道他那时候究竟是做什

① 日本第一任总理。后于哈尔滨被暗杀。

② 明治三十八年（1905）日本政府设立。初代统监是伊藤博文。

么职位，于是从勉强能看清的地方读出来应该是大藏卿[1]。原来如此，那还真是厉害，再怎么倒立着也是大藏卿啊。再往左看，这下大藏卿又横躺着，正在睡午觉。也对，一直倒立着任谁也无法持久。下方有块木板，上面写着些什么，只有“你”这个字能看清。主人还想看看下文，无奈却都被遮住了。下一行又只露出了两个字“赶快”。主人也想知道这上面写了什么，还是毫无办法。如果主人是警察局的侦查官的话，肯定毫不顾忌翻箱倒柜地找他人东西。侦查官就是没受过高等教育的人，所以为了获得证据才会不惜一切代价，什么都做得出来。那才是难对付的苦主。真希望他们能多少客气一些。如果他们不客气，那就最好坚决不让他们掌握事实。据说，他们甚至以虚构之罪名来坑害良民。良民们拿出税金雇用来的人却给雇主强加种种罪名，真是痴狂般疯魔的行为。主人转眼看了看正中间，“大分县”几个字也倒了个个儿。连伊藤博文都倒立着，大分县倒个个儿也是情理之中。主人读到这里，握紧拳头，朝着天花板高高伸起。看来是要准备打哈欠了。

主人的这个呵欠宛如远处传来的鲸鱼长吠，颇为独具一格。呵欠告一段落后，主人慢蠕蠕地换好衣服，朝洗澡间洗脸去了。等候多时的夫人此刻立马叠好被褥，如往常一样开始打扫。夫人的打扫照旧是老样子，而主人洗脸的方式也是十年如一日的老样子，和我前面说的一样，还是那般嘎嘎啦啦大声地刷牙漱口。主人终于分好了头，肩上搭了条擦手巾，摆驾餐厅，以超然之状落座于长火盆旁。

一提到长火盆，诸位或许会想象是榉木造、带鱼鳞木纹的那种，或是内侧都是全铜铸造的那种，或许诸位还会想象此番光景：一个刚洗完秀发的大姐姐支着一条腿坐在火盆旁，用长烟袋管磕碰着火盆的黑紫檀沿。我家苦沙弥先生的长火盆可没那种意境，不过倒是很古色典雅，典雅到连究竟是用什么材料做的外行都很难看出的地步。长火盆本该用抹布使劲擦拭到光洁透亮，但由于这东西究竟是用榉木还是樱木抑或是梧桐树的木材制成的，本身就不明了，所以

---

① 日本政府大藏省的长官。

几乎没用毛巾擦过，整个充满着一种阴气颇重的氛围。这东西是从哪儿买来的吗？主人又完全不记得自己买过。那又是谁送的吗？好像也没人送过。那就是偷来的咯？这就有些微妙了。从前主人的亲戚中有位赋闲在家的老人，老人去世后，主人住在老房子里替他看家。后来主人成了家从那地方搬走之时，把这用惯了的火盆当成自己的东西也毫不客气地给一起搬了出来。这么做稍稍有些品行不端。虽说是有不端，但世间之人往往不都这样吗？银行家每天和别人的钱打交道，慢慢地就将别人的钱看成自己的。公务员本该是人民的公仆，为了更好地服务民众，才委托其代理公民的某些权力，可是他们每天操纵着这些权力处理事务，渐渐就以为这些权力都只属于自己，轻狂任性地认为对此人民不应置疑。既然世上充满了如此这般之人，那就不能凭长火盆事件便断定主人内心有小偷的禀性。如果主人有小偷的禀性，那么天下人都有小偷禀性了。

主人坐在长火盆旁，面对着饭桌，三面环坐着的是刚才用抹布洗脸的小妹、要去御茶“酱”女子学校上学的俊子，以及将指头插进粉底罐子里的澄子。三个小孩都已开始吃起了早饭。主人公平地环视了一圈三个孩子的脸。俊子的脸有着进口铁刀的刀鞘般的轮廓，澄子是妹妹所以稍微有些像姐姐，也有琉球国朱漆色大盆般的样子，只有这小妹独放异彩。小妹的脸很长。如果只是竖方向很长那世间也并不少见，这孩子是横向脸很长。就算流行文化瞬息万变，但也不至于横向的长脸会成为时尚风潮吧。主人对自己的孩子还是仔细考虑过的。就这几个小不点儿也肯定要长大，还不是长大，而是飞速长大，和禅寺背后的雨后春笋瞬间长成茂林修竹的势头一般。主人每次感叹孩子们又长大了些，就感觉后背发凉，好像背后有追兵在追赶似的。主人再怎么浑不知事也还是知道自己的三个孩子是女娃，既然是女娃就必须得嫁出去，知道要嫁出去也就能进一步知道自己没有能让她们嫁个好人家的能力。主人对这三个小家伙也面露难色。既是困难之事最开始别把她们生出来不就好了，可这就是人类啊。若要给人下个定义，简单得很，只需一条就足够了，那就是：尽找些不必要之事来做而自寻烦恼。

孩子们还真是了不起。老爸坐在对面，这般苦恼于如何安置她们，她们却浑然不知，照旧开心地吃着饭。不过，最让人愁的还是小妹。小妹算年龄正好三岁，夫人专门想了办法，吃饭时给她准备了三岁孩子专用的小型碗筷。小妹可不会就此屈服，她一定会抢过姐姐的碗筷，非要用自己用不惯的大碗筷。放眼世界，无能无才之小人飞扬跋扈，尽想着升个与自己身份地位人格不匹配的官职，那性格和念想就是小妹这个年龄便开始萌芽的。这渊源如此之深刻久远，绝非教育熏陶就能治愈的，还是趁早放弃能掰正他们的希望为妙。

小妹霸占了旁边姐姐的大碗长筷，开始大逞威风。勉强使用自己用不惯的东西，那就必须要逞能了。小妹先将两根筷子根部握紧，猛地往碗底一插。碗中已盛满八分，其上还漂浮着酱汤。筷子一插入碗底，之前好不容易保持的平衡瞬间遭受袭击，碗倾斜了三十度左右。与此同时，表面的酱汤则毫不客气洒得小妹胸前到处都是。小妹可不是因这点事就会畏缩之人，她可是暴君啊。这次她又将插进碗底的筷子给猛地用力拔了出来。同时用那小嘴靠近碗边，将弹上来的米粒往嘴里刨。漏掉的米粒则与黄色汁水相溶，号令一响，便一起扑到小妹的鼻头、脸蛋和下巴之上。没扑得上去的米粒则掉落在榻榻米上，当然，这些米粒本也不在小妹的计算范围之内。她这吃饭方式还真是不分青红皂白胡来一通。我谨以此事忠告金田以及天下有权有势之人。操纵公权力时，方式方法若与我家小妹吃饭时相同，那么吃进嘴里的米粒可是极少的。这些米粒并不会必然飞入你们的口中，而是在外徘徊之后才被你们吃到。所以烦请诸位考虑再三，这可是和各位精于世故的能干之人的身份不相契合的。

本属于姐姐俊子的碗筷被小妹给夺了去，俊子自己一直忍受着用与自己不相称的小碗筷。因为实在太小，所以即使将其盛满俊子也不过三两口就吃完了。俊子不断地伸手向饭桶，她已经吃了四碗了，现在是第五碗。俊子揭开饭桶盖，取出大饭勺，呆看了一会儿。好像俊子也在犹豫究竟是吃还是不吃。似乎最终还是下定决心，看准没煳掉的部分舀了一勺。将这一勺盛到碗里还算无事，当把饭勺

翻过来用力往碗里一抹之时，没来得及进碗里的饭粒就滚落在草席之上了。俊子一点也不慌张，仔细地捡起掉落的饭粒。我还在想她捡起来要做啥，此时俊子已经将捡起来的饭又放回了饭桶之中。哎呀，这可有点脏了。

小妹大显身手用筷子戳饭的时候，也正是俊子盛完饭之时。姐姐就是姐姐，俊子发现小妹脸上被饭粒弄得杂乱无章，便说道："哎呀小妹，不得了，脸上都沾的是饭粒啊。"这么说着，赶紧将小妹的脸给清理干净。俊子首先将寄居在小妹鼻尖的饭粒给拿掉，我本以为拿掉之后姐姐会把饭扔掉，哪知道一口给放嘴里了，吓我一跳。接着是面颊上的，这上面是最多的，左右两边总计得有二十粒。姐姐还是仔细地拿掉每一颗饭粒，然后吃下去；拿到又吃下去，如此反复最终小妹脸上一粒不剩了。二妹澄子刚才一直安静地在嚼着腌萝卜，此时突然从刚盛出来的酱汤里舀起一块红薯，一口抛进嘴里。诸位大概也知道，汤里煮的红薯可热可烫了。即使是大人，不小心些慢慢吃也会有被烫舌头的感觉，更别说澄子这样缺乏吃红薯经验之小孩了，肯定是狼狈不堪的。澄子哇的一口将滚烫的红薯吐到了桌上，其中两三片也不知怎么就滚到了小妹正好够得着的地方。小妹本来就喜欢吃红薯，自己的最爱飞到面前，立马扔了筷子，用手一把抓住红薯片，津津有味地吃了起来。

主人从刚才开始完整目睹了此番不堪之景象，一句话也不说专心吃着自己的饭，喝自己的酱汤，这时候已经在用牙签挑牙缝了。主人对女儿的教育是彻底放任式的，就算现在女儿三人都不约而同成为褐色部或灰式部①，找个情夫私奔，他也照样不闻不问吃自己的饭喝自己的汤吧。总之他就是个不会做事的人。不过话说回来，看看当下这些个会做事的，要么是谎话多端沽名钓誉，要么是先下手为强给人个下马威，再不然就是虚张声势恐吓他人，或者巧言令色陷害他人，不外乎都是这么些人。中学里的这些少年们也有样学样，误以为自己不这么做就无法获得声望，净干些本该以之为耻之事，

① 《源氏物语》作者为紫式部，此处模拟这个名字制造笑点。

还扬扬得意沾沾自喜，以未来的绅士自居。这可不该叫作会做事的，该叫会要流氓的。我是只日本猫，多少也有点爱国心。每每见到这些所谓“会做事”的人就想揍他们一顿，国家多一个这样的人，也就会随之衰败一分。学校中有这样的学生是学校之耻，国家里有这样的人民是国家之耻。明明是国之耻辱，这些人却依旧横行于世，这让我很难理解。日本人连我等猫族的气概都没有，真丢人。和这些会要流氓的人相比，主人真是高等许多的人类了。主人不争不抢不闻不问、无能无才不会卖弄，这就是他超越他人的高等之处。

主人这般不闻不问地吃完早餐之后，终于穿上西服，坐上人力车，往日本堤警察分署去了。主人开门时还专门问车夫知不知道日本堤这个地方，车夫也不多说只是嘿嘿嘿地笑。主人还叮嘱了一句：“就是风俗一条街吉原附近那个日本堤啊。”主人真是滑稽。

主人少有地坐车出门去了，夫人按惯例吃完饭催促孩子们：“赶紧去学校了，要不该迟到了。”孩子们不为所动，说着：“今天学校放假。”完全没有要收拾准备的意思。“怎么可能放假，赶紧的。”夫人的语气中有些责骂。“真的，昨天老师亲口说的放假啊。”姐姐还是不为所动。至此，似乎夫人也觉得有些奇怪，从柜子里拿出日历一看，日历上真的用红字写着今天是休息日。主人竟然不知今日休息，还给学校事务处发去了请假条。夫人也没注意就投进了邮筒里。至于迷亭嘛，他究竟是也不知道呢，还是知道却也装作不知的样子呢，这尚且存疑。夫人惊讶地说了声哎呀，然后对孩子们说：“那就安安静静地玩会儿吧。”取出针线盒做起活儿来。

其后三十分钟，家中一切安稳，没什么值得特别一提之事。正这么想着，突然来了一位奇怪的客人，是个十七八岁的女学生。她穿着后跟歪掉的皮鞋，拖着一条紫色裙裤，头发蓬松像个算盘珠子一样。她从后厨口不打招呼自己就进来了。她是主人的侄女，据说还在学校上学，所以周末才会偶尔前来，和自己的叔叔吵上一架之后就回去。这位大小姐名字叫雪江，很美的名字，可是脸蛋却不及名字，长相很大众化，在街上走个三五里肯定能遇见几个和她长相类似之人。

“婶婶好啊。”说着雪江走进了起居室，在针线盒旁坐了下来。

“哎呀，今天来得挺早啊……”

“今天可是大节日①，我一早就起来了，八点半左右出的家门，急急忙忙赶了过来。”

“这样啊，有什么事吗这么急？”

“没有。就是很久没见婶婶你了，就来看看你，和你坐一会儿。”

“那就别只坐一会儿了，多玩一下。马上你叔叔就回来了。”

“叔叔出门了？还真是稀奇。”

“对啊，今天啊，他去了个奇怪的地方……他去了警察局，奇怪吧？”

“哎呀，去警局做什么啊？”

“据说春天时来偷东西的小偷给抓住了。”

“因此让他去做证吗？还真是麻烦啊。”

“不是不是，是被偷的东西给找回来了。昨天巡警专门来通知的，说什么让去取丢失的东西。”

“哎呀原来是这样啊。要不是这样，叔叔可不会这么早出门啊。要是以往这个时候他肯定还在呼呼大睡啊。”

“没有比你叔叔更贪睡的人了……叫他起来他还火气冲天的。昨天让我今早七点之前一定叫醒他，那我早上就叫了啊。可他就把头埋在被窝里应也不应一声。我还担心他又叫了他一次，他才隔着被角勉强应了一声。真是让人震惊，还有这样的人。”

“叔叔为什么会这么贪睡呢，肯定是神经衰弱吧。”

“你说什么？什么弱？”夫人好像没听过这个词。

“没什么，我就说他真容易动怒。那样子居然还能在学校做老师。”

“哎呀，据说他在学校可安分啦。”

“那就更不好了。这不就是别人说的‘魔芋阎罗王’那种人吗？”

“怎么是‘魔芋阎罗王’了呢？”

---

① 皇室大祭施行之日。秋季就有皇灵祭、新尝祭等多个节日。

“可不就是‘魔芋阎罗王嘛’，在外面跟个魔芋一样圆滑世故，一到家里就变阎罗王，瞎逞威风大发雷霆。”

“还不只是说生气就生气呢，他还不听别人劝。人家让他往东偏要往西。真是个老顽固。”

“这可不就是故意和别人作对嘛。叔叔是以此为乐的。所以要想让他做什么，就要反着说，才能让我们如意。前几日想让他给我买把洋伞，我就故意一直说我不需要不需要，叔叔就说怎么会不需要，于是给我买了。”

“哈哈哈，这招不错。我以后也这么干。”

“就是要这样啊。不这么做可就损失了。”

“前几天保险公司的人来，人家用了各种方式劝他入保，说有这样那样的好处，整整讲了一个小时啊，他还是不愿意入。我们家也没什么积蓄，还有三个小孩，买个保险至少我心里也踏实些，可他倒好，完全不在乎。”

“真是啊，要是真有个什么万一……确实不能放心啊。”雪江这话可不像十七八岁的小姑娘该说的，满嘴家庭主妇的味儿。

“我在一旁听他们谈，可有意思了。说什么‘原来如此。我并不是不认可保险存在的必要性。正因为是必需的所以才有保险公司存在。但是不会死的人就没必要入什么保险了’真是老顽固。”

“叔叔说的啊？”

“对。于是保险公司的人就回他：‘确实，若是不老不死就不用投保了。可是人这命啊看似硬得很，其实无比脆弱。不知不觉可能就深陷危险之中了。’你叔叔又说：‘没事，我已经下定决心我不死了。’啧啧，你看看，这都胡乱说的什么话。”

“就算下定决心也照样会死啊。就跟我一样，下定决心期末考试一定要通过，结果还不是没及格。”

“保险公司的职员也这么说啊。寿命可不是人可以自由决定的。要是靠决心就能长生不老，那谁都不会死了。”

“保险公司的人说得很在理啊。”

“很在理吧。可你叔叔就是不听。一直逞强说自己就是不死，发誓就是不死。”

“真奇怪。”

“还不只奇怪，是太奇怪了。你叔叔最后来了一句‘有投保的钱还不如存银行呢’，就把人家给赶走了。”

“有存银行吗？”

“怎么可能存。他可从来没为自己死后打算过啊。”

“真让人操心。叔叔为什么会变成那样啊。常来这里的他的那些朋友里，也没一个像他那样啊。”

“哪可能有啊，他这样极端的人，世上再找不出第二个。”

“问一下铃木先生的意见或许有用。要是叔叔也像他那样稳重就好了。”

“可是铃木先生在我们家里评价也不太好。”

“看来一切都是反的啊。那，那个人不是也很好吗？那个性格很持重的那个叫什么来着……”

“你说八木先生？”

“对，对。”

“八木先生估计也够呛。昨天迷亭先生来说了好多他的坏话，现在估计没有那么管用了。”

“怎么会啊？他不是挺好的吗？那么意气风发，稳定持重。之前还到我们学校来讲演了来着。”

“你说八木先生？”

“对啊。”

“雪江，八木先生是你们学校的老师吗？”

“不是。虽然不是老师，但淑德妇人会的时候请他来给我们做了演讲。”

“有意思吗？”

“嗯，也不算特别有意思。不过那先生脸不是特别长吗？还长了一缕天神①般的胡子，大家都很佩服地认真听。”

---

① 指日本学问之神菅原道真。

“你刚刚说他跟你们讲话，具体讲了什么啊？”夫人刚一问完，听到雪江声音的三个小孩也活蹦乱跳地跑进了起居室。刚刚他们一直都在竹篱笆外玩耍。

“哎呀呀，雪江姐姐来了。”大的两个高兴地出声道。夫人收起针线活，说：“别吵吵闹闹的，大家都安静地坐好。雪江姐姐正在讲有趣的事情呢。”

“雪江姐姐讲什么啊？我就喜欢听讲故事。”这么说的是俊子。

“是劈啪劈啪山①的故事吗？”这么问的是澄子。

“小妹也要故事。”老三将膝盖从大姐和二姐中间往前蹭了蹭，说道。不过她说的“要故事”可不是要听故事，而是自己要说故事的意思。“哎呀，小妹又要讲故事了。”姐姐这么一笑，夫人就哄小妹说：“小妹一会儿再讲，等雪江姐姐把事情说完。”小妹可听不进去，大声说道：“不要，傻卟。”雪江这下让步了，说，“噢噢，好好，小妹先说。小妹讲什么故事啊？”

“呃，小妹坨，小妹坨，要去哪儿。”

“有意思啊。然后呢？”

“挖（我）要去田野里戛（割）稻子。”

“嗯嗯，记得真清楚啊。”

“你要是库（来）就不好了。”

“不是库，是来。你来就不好了。”俊子插话道。小妹还是一样大吼一声：“傻卟。”吓一下姐姐。小妹讲到一半被姐姐打断了，后面的就都给忘了，接下来就讲不出来了。“小妹，就这么些吗？”雪江问。

“那个，屁股后面可不要放屁哦。噗噗噗地。”

“哈哈哈，真讨厌，谁教你的啊，小妹？”

“阿摊（三）。”

“阿三还真是坏，教小孩子这种事。”夫人苦笑道，“好了，这下

① 日本传说故事。老奶奶被坏蛋狸猫杀害，兔子代替老爷爷给老奶奶报仇的故事。

该雪江姐姐讲了。小妹也要乖乖听着哦。”夫人这么一说，暴君小妹好像也予以认可，暂时沉默。

雪江终于开口说了起来：“八木先生的演说是这样的。从前在一个十字路口正中间，有一个很大的地藏菩萨石像。可不巧，那十字路口正好是车马的交通要道，石像在那里特别碍事。镇上的人们很苦恼，于是都聚集起来，商量如何才能将这地藏菩萨的石像挪到角落去。”

“那是真实存在的事情吗？”

“不知道啊。八木先生也没讲——大家商量了许久，镇上最强壮的男子自告奋勇没问题自己肯定可以解决。于是一人径直前往，用双手的肌肉汗流浃背地拉了又拉，石像就是不动。”

“这地藏菩萨的石像还真是重啊。”

“嗯。那男的后来也累了，就回家休息去了。镇上的人又聚在一起商量了。这次是镇上最聪明的男子跳出来，说包在他身上，让他试试看。他在餐盒里塞满了牡丹饼，来到地藏菩萨面前，一边展示着牡丹饼一边说：‘来这边，来这边。’他以为地藏菩萨也会贪吃，所以用牡丹饼引诱，可最终地藏还是没有动。聪明人想，这样下去可不行，这次换成葫芦装满酒，一手拿酒葫芦，一手拿酒杯，来到地藏面前问：‘想不想喝酒啊，想喝就过来啊。’他就在那儿诱惑地藏菩萨诱惑了三个小时，地藏菩萨仍旧不为所动。”

“雪江姐姐，地藏菩萨他肚子不饿吗？”俊子这么问。“我也想吃牡丹饼。”澄子接过话茬。

“聪明人失败了两次，接下来换成用假钱，对地藏菩萨说，想要钱吧，要的话就过来啊。他一会儿拿出钱一会儿又收起来，依然不见效。还真是个顽固的地藏菩萨。”

“真是。和你叔叔有些相像。”

“对，简直就是叔叔嘛。最终聪明人也厌倦了便也放弃。这之后，又来了一个吹牛皮的人，说这次肯定给解决，就安心等好消息吧。听他这么一说大家感觉好像真的很容易。”

“那爱吹牛皮的人又做了什么呢？”

“这可有趣了。最开始他穿上巡警的衣服，粘上假胡子，到地藏菩萨面前说：‘喂，不挪动的话对你可是没有任何好处的。我等警察可不会坐视不理。’他还在地藏菩萨面前逞威风呢。当今世上伪装成警察的声音也不会有人听命的。”

“是啊。结果呢，那地藏的石像动了吗？”

“怎么可能会动啊。毕竟是叔叔啊。”

“不过你叔叔可是很敬畏警察的。”

“哎呀真的啊？他那种人也会怕警察？这么说来，叔叔也没多厉害。不过话说回来，地藏菩萨还是安然不动。吹牛皮的人发怒了，脱了巡警的衣服，扯下假胡须扔进垃圾桶里，又换上一套有钱人的服装打扮。类比的话，应该和现在的岩崎男爵①差不多的样子。好笑吧。”

“岩崎的样子是什么样子啊？”

“就是一张大饼脸啊。这吹牛皮的人打扮好后，就在地藏周围什么也不做什么也不说，自顾自地一边抽烟一边散步。”

“这是什么意思？”

“他想用烟来呛地藏菩萨。”

“简直像在听说相声似的。结果地藏菩萨被烟雾呛着了吗？”

“肯定不行啊，对方可是石头啊。应付了事的话，随便做做就行了，这下好了，这个人又把自己化装成了殿下。真蠢。”

“啊？那个时候也有殿下啊？”

“有吧。八木先生这么说的。虽说确是惶恐，但真的化装成了殿下。别的不说，单这一点就是大不敬。真是爱吹牛的家伙。”

“你说殿下具体是哪位殿下？”

“哪位殿下？哪位殿下不都是大不敬吗？”

“对啊。”

“化装成殿下也没用。那爱吹牛的人也没办法了，最后说，‘我的手段也用尽了，对那个地藏什么也做不了’然后投降了。”

---

① 即岩崎弥之助，三菱公司的第二代负责人。

“真是大快人心啊。”

“对。真该顺便把他判几年刑。不过话说回来，镇子上的人又开始担心了，于是他们又聚在一起商量，这次没有任何一个人愿意站出来接受挑战。大家都示弱了。”

“这就完了？”

“还有呢。最后他们雇了一大批人力车夫和流氓，在地藏菩萨周围哇哇大吵大闹。他们想只需欺负地藏，让他没法在那儿待着就可以。他们不分昼夜一直吵一直闹。”

“还真是辛苦。”

“就算他们昼夜不停地说闹，地藏菩萨也都不搭理。这地藏还真是顽固。”

“接下来要怎么办呢？”俊子饶有兴味地问道。

“接下来啊。每天怎么样骚乱都不起作用，大概大家也都厌烦了。不过车夫和流氓们每天都能获得津贴。他们还很开心地在那儿大吵大闹。”

“雪江姐姐，津贴是什么？”澄子问。

“津贴啊，嗯，津贴就是钱。”

“钱拿来有什么用？”

“钱啊，我想想……哈哈哈哈，你这个澄子还真会耍人。然后啊，婶婶，他们每天就那样吵闹。这时候镇上有一个叫蠢竹的人。这个蠢竹是一个什么都不知道，而且不把任何人放在眼里的一个蠢蛋。这个蠢蛋看到大家在那吵吵闹闹，上前就说：‘你们在吵什么？花了多少年时间，地藏菩萨也一动不动。真可怜。’”

“这蠢蛋明明自己那么蠢，还自以为是。”

“你别说，还真是一个很厉害的蠢蛋了。大家听着蠢竹说的话，想着不妨让他一试。当然估计肯定也不行，不过让这竹子试试看也无所谓。于是便请竹子出谋划策。竹子话不多说，立马接了下来，上前先把车夫和流氓们拉开说：‘别在那吵吵闹闹的了，先安静一下。’然后飘然来到地藏菩萨面前。”

“雪江姐姐，飘然是蠢竹的朋友吗？”俊子在故事最关键的地方突然提出奇怪的问题。夫人和雪江都噗的一声笑了起来。

“不是，不是朋友。”

“那是什么？”

“飘然啊？飘然就是……还真不好说。”

“飘然是还真不好说吗？”

“也不是。嗯，飘然啊，就是……”

“嗯。”

“你知道多多良三平先生吧？”

“嗯，他给我们送过山药。”

“飘然就是那个多多良一样的人啊。”

“多多良就是飘然吗？”

“嗯，差不多是吧——然后蠢竹来到地藏菩萨的面前，揣着手说：‘地藏菩萨，镇子上的人想要您动一下，您可以动一下吗？’地藏菩萨立马回答：‘原来是这样啊？那怎么不早说。’说完便扬长而去。”

“还真是奇怪的地藏菩萨。”

“接下来才是真正的演说。”

“还有啊？”

“嗯，接下来八木先生说：‘今天是妇人会，我故意讲了这个小故事，目的是想告诉大家我的一些想法。我这么说或许有些失礼，但是咱们的妇人们做事总爱犯一种错误：不从正面选择捷径，反而故意绕远将事情搞复杂。不过，也不仅限于妇人，在当下的明治圣代，男子们也受错误风气影响，多多少少也变成这样。他们也会费些多余的手续和力气，还误以为那是事情的核心，是绅士该有的方针态度。这些都是开化造成的恶果，这些人都是被开化的罪孽所束缚的畸形儿，不值一论。不过诸位妇人们，请尽可能记住我今天讲的小故事，在某些场合，请务必像蠢竹那样，单刀直入地去解决问题。如果各位可以成为蠢竹，那么夫妇间、婆媳间的矛盾一定可以减少三分之一。人类就是越工于心计越不幸。许多妇人都比男人不幸，大都是算计过深的缘故。请务必成为蠢竹。’八木先生的演说就这样。”

“啊？那么雪江你想成为蠢竹吗？”

“讨厌，什么蠢竹啊。谁会想成为蠢的东西啊。金田富子还说八木先生真是失礼，大动肝火呢。”

“你说的金田富子，是对面横街的那位吗？”

“对，就是那位洋气的大小姐。”

“那个人也在雪江你的学校上学吗？”

“没有。只是因为妇人会她来旁听罢了。真是洋气啊，把我震惊到了。”

“不过据说很漂亮啊，不是吗？”

“也就一般吧。没到可以那么自傲的地步。任谁化那么浓的妆也都会出落得很好看。”

“这么说来雪江你像金田那样化个浓妆，比要她美一倍了？”

“哎呀，婶婶你讨厌，还说什么美一倍。我可不知道。不过那位大小姐是真的打扮过头了，家里太有钱了。”

“就算打扮过头，家里有钱不也很好吗？”

“那倒是。不过说真的，那位小姐才真的应该向蠢竹学学呢。她可爱逞威风了。前几天在大家面前吹嘘，收到了一个叫什么名字的诗人送的新体诗诗集。”

“是东风先生吧？”

“哎呀，原来是东风先生啊？他还真是开玩笑不嫌事儿大。”

“不过东风先生好像是认真的。还说自己那么做是理所应当的。”

“就是因为有东风先生那种人在，才助长了金田的气焰嘛。对了，还有更有趣的事，前几日还有人送这位小姐情书呢。”

“哎呀，情书啊，真不害臊。谁啊，谁送的啊？”

“不知道是谁。”

“没写名字吗？”

“有署名，但是个听都没听过的人。那信可长了，据说得有一米多长。里面写了好多奇怪之语，什么‘我对你的爱犹如宗教信奉者对神的崇拜，若是为了你我愿成为祭坛上的羊羔，即使被宰杀也是无上的荣誉'，还说'我的心脏呈三角形，三角形的中心立着丘比特的箭，这箭若是你吹的那我就中头彩了……'"

"这信是认真的吗？不是恶作剧？"

"当然是认真的。目前为止我朋友之中就有三个人看过那封信。"

"这富子也真是的，这种东西还拿着到处炫耀，她可是要嫁给寒月先生的人，这种事情让世人知道了，自己也会很麻烦吧。"

"哪有麻烦啊，可是得意着呢。下次寒月先生来叔叔这里告诉他好了。寒月先生估计还蒙在鼓里什么都不知道呢。"

"可能是吧。寒月近来一直在学校磨他的玻璃球，估计是不会知道了。"

"寒月先生是真要娶那富子吗？寒月君真可怜。"

"怎么会可怜？金田家有钱，要是真碰上个什么万一，还能派上用场，不是挺好的吗？"

"婶婶你一直说钱钱钱的，真是没品啊。比起金钱，爱更重要。没有爱如何成为夫妇啊？"

"啊。那雪江你想嫁到哪里去啊？"

"我现在哪知道啊，八字还没一撇呢。"

就在雪江和她婶婶就结婚事件大谈特谈之时，俊子听不明白，却一直认真地听着。此刻她突然开口说："我也要嫁出去。"这莽撞的希望充斥着童稚的气息，本该对此寄予同情的雪江也吓到了。夫人倒是比较镇定，笑着问："俊子你要嫁去哪儿啊？"

"我啊，本来我是想嫁去招魂神社①的，但不想从水道桥上过，所以现在还烦着呢。"

夫人和雪江听到此等妙答，完全笑得没力气再继续追问下去。这时妹妹澄子跟姐姐商量起来了。

"姐姐也喜欢招魂神社吗？我也喜欢。我们一起嫁去招魂神社吧，好吗？你说不要啊？不要就算了，我自己一个人坐车去就是了。"

---

① 即位于东京都九段的靖国神社。

“小妹也去。”最终小妹也跟着凑热闹也要嫁去招魂神社。三个女儿一起出嫁去招魂神社，主人身上的担子也轻松了许多吧。

这时人力车的声音嘎啦嘎啦响起，停在了门前。门口响起一声有威力的“我回来了”，看来是主人从日本堤警察分署回来了。车夫递进来一个大包袱，女佣赶忙接过，主人悠然进到起居室里来。“呀，你来了啊。”主人一边跟雪江打着招呼，一边往长火盆旁一坐，啪的一声将手上拿着的酒壶一样的东西扔了出去。我既然说是像酒壶一样的东西，那自然不是酒壶，但也不是花瓶，只能说是一种样貌奇怪的陶器。能力有限，我也只能描述这么多。

“这壶真奇怪，警察给了你这东西啊？”雪江一边扶起倒下的陶器，一边问她的叔叔。她叔叔看着她，得意地问：“怎么样，漂亮吧？”

“漂亮？你说这壶啊？这可没多漂亮。不过叔叔你怎么拿了个油壶回来啊？”

“怎么可能是油壶，你也太不懂情趣了。”

“那，你说是什么？”

“花瓶。”

“用作花瓶？瓶口太小，肚子太大了。”

“这才有趣嘛。你也是不懂风流韵事之人，跟你婶婶一副德行。真让我愁啊。”说着主人自己拿起油壶，朝着拉门方向观望打量。

“反正我就是不懂风流。可不像你一样去找警察要油壶。对吧，婶婶。”婶婶可没工夫关注那个，她急着解开包袱，检查失窃的东西是不是都在。“哎呀，这小偷也进步了啊，所有衣服都给洗好了。你来看看，喂，苦沙弥。”

“谁从警察那儿要的啊。我在那儿等得发急，就在附近散了散步，好不容易才淘到的。你是不会懂的，这可是珍品。”

“真是太过珍品了。叔叔你到底去哪儿散步了啊？”

“哪儿？不就是日本堤附近吗？我还进吉原看了看。确实热闹。你见过吉原那道铁门吗？没有吧。”

“谁会去那儿啊。吉原这种地方都是贱妇聚集之所，我可不会去那里。叔叔你身为教师，竟然还去那种地方，真让人吃惊。是吧，婶婶，婶婶。”

“嗯，对。好像少了点什么啊，找回来的就这么些吗？没漏什么？”

“没找回来的就只那山药了。这警察，让我九点钟去，结果害我等到十一点，有这样的人吗？日本警察真差劲。”

“你还说日本警察差劲，去吉原散步更差劲。要是被人知道了，你可是要被免职的。对吧，婶婶。”

“嗯，对。喂，老公，我这腰带只有一半，另一半没了。我还想着到底缺啥，原来是这个。”

“腰带缺了半边就算了吧。我可是等了三个小时，平白无故耗费了三小时时间啊。”主人换成日式服装，靠着火盆继续端详油壶。夫人眼看没办法了只好放弃，将打包好的东西原封不动放进柜子里，回到座位上。

“婶婶，你看叔叔还说这油壶是少有的珍品，这不明显脏兮兮的吗？”

“你在吉原买了这个回来啊？哎呀呀。”

“什么哎呀呀，明明什么都不懂还哎呀呀。”

“我什么都不懂也知道这样的壶不用去吉原，哪儿都能找到一大堆。”

“可就是别处没有啊。这可是很少见的品种。”

“叔叔还真是个石头地藏菩萨。”

“这小孩又开始说混蛋话了。近来这些女学生的嘴越来越厉害了，不管教不行。去给我好好读读《女大学》①。”

“叔叔你讨厌保险对吧。保险和女学生你更讨厌哪个？”

“我可不讨厌保险。保险是必需的。为未来着想，谁都会投保。但女学生可真是无用之物。”

“无用之物就无用之物，无所谓。不过叔叔你不是没买保险吗？”

---

① 江户时代以后用作女性修身养性的教养类书籍。

“下个月就买。”

“真的吗?”

“肯定啊。”

“别买什么保险了。有那钱买点什么不好啊。是吧,婶婶。”婶婶只在一旁偷笑。主人反倒是认真起来:

“你以为你能活一两百岁啊,才说这种不痛不痒的话。你再好好发挥理性思维想想,肯定能认识到保险的必要性。反正下个月开始我肯定投保。”

“好啊,那你就投保吧。前几天你有钱给我买洋伞,还不如把那钱都用来买保险呢。人家说不要不要,还非要给我买。”

“真那么不需要吗?”

“对啊,我才不想要什么洋伞呢。”

“那就还我吧。正好俊子吵着要呢,就给她好了。你今天带来了吗?”

“哎呀,那可真太过分了。好不容易给我买的现在又让我还回来。”

“不是你先说的不需要的吗?这才让你还回来给需要的人啊。我可一点都不过分。”

“我确实是不需要,但你也太过分了。”

“真不懂你这孩子在说什么。不是你说的不需要,所以我才让你还回来啊。这哪里过分了?”

“但是……”

“但是什么啊?”

“但你就是过分。”

“你还真是傻了啊,一直重复说同一句话。”

“叔叔你不也一样在重复同一句话。”

“你一直在重复,我才没办法反复解释的嘛。你不是说了事实上不需要的嘛。”

“我确实说了,不需要是不需要,但就是不想还给你。”

“这还真让我吃惊。你怎么这般不通事理冥顽不化啊,真拿你没办法。你们学校没人教你们逻辑学吗？”

“对，反正我就是这么没受过教育，随便你说。给了别人的东西又叫别人还回来，任谁也说不出这样不近人情的话来。你真该学学蠢竹。”

“学谁？”

“我是说，请你诚实一点，淡泊一些。”

“你明明是个蠢蛋还这般顽固，所以才考试及不了格。”

“我就算没及格留级了也不要叔叔你给我出学费。”

雪江姑娘说到这里，无法抑制感情，一掬泪潸然落到她的紫裙裤上。主人茫然地一直注视着雪江那沉下的面孔，好像在研究这泪究竟起因于何种心理活动。此时，厨娘阿三从厨房走到客厅外，整齐地平放着那双红通通的手说：“有客人来了。”主人问道：“谁啊？”阿三斜眼去偷瞧了一下雪江泪眼婆娑的脸，回答道：“是学校里的学生。”主人向客厅走去。

我为了获取素材研究人类，尾随主人身后，悄悄绕到檐廊那边。要研究人类，若不选择发生某种波澜起伏之时，是不会取得成果的。平时普通人都是普通的样子，我见到和听到的，也都是些平凡没劲之事。但是，一旦有突发情况，这种平凡就会因一种灵妙的神秘作用，而迅速派生出许多奇、怪、妙、异的事物来。简而言之，从我等猫族的角度来看，突发情况下会发生许多对将来学习生活有利之事。雪江姑娘的红泪，正是这种现象之一。雪江姑娘有着如此不可思议、不可捉摸的心理，但与夫人闲谈之时，却不觉得其有何特别之处，可自从主人回来将油壶扔在草席上以后，她立刻就像一条死龙般的软管被气筒注入空气一样，突然一怒而起，发挥出其深奥又不可探知的，巧妙、美妙、奇妙、灵妙的天生丽质来。事实上，这种丽质天下妇女身上都有，只可惜它并不轻易就显现出来。不，其实这种丽质二十四小时随时都在显现，只是不似这般显著明白、毫不掩饰地被表现出来而已。幸亏有主人这种喜欢反着抚摸我们猫族皮毛的、执拗之怪人，我才得以看到此等好戏。只要跟在主人身后，不论走到哪里，都能看到这人生大舞台上的演员们情不自禁地表演起来。我承蒙这位主人收养，使我在这短暂的猫生中，体验到这么许多事情，实在感谢。那么，这次来的客人又是谁呢？

我一看，原来是个大约十七八岁，和雪江姑娘年纪不相上下的书生。他那大大的头剃得精光，头皮都能看见，圆鼻子立在脸正中间。他静候在客厅一角，特征乏善可陈，最明显的也就是头盖骨颇为巨大。都近乎剃成光头了头还那么显大，若是像主人那样留个长发，定会惹人注目。一直以来主人都持此观点：这种头的人肯定做不了学问。事实上可能真如主人所言，但仔细一看他还是有拿破仑般的硕壮之感。至于穿着，和普通书生一样，虽然不确定是萨摩①还是久留米还是伊予②产的条纹布，但准确无疑是件条纹布的夹袍。他这袍子里面衬衣汗衫什么都没穿，据说单套一件夹袍和打赤脚都是意气风发的表现，可到了这个男的身上却只有脏乱之感。特别是榻榻米之上赫然印上的他那三个脚印，一定是源自他光脚的罪过。他坐在自己踩出的第四个脚印之上，畏畏缩缩十分拘谨。本就是拘谨性格之人拘谨起来倒也没什么好说的，但是像他这样剃个寸头的捣蛋鬼这般畏缩不前，总觉得不甚和谐。这种路上遇见老师也不行礼还引以为傲的家伙，让他像正常人一样端坐三十分钟，他也一定十分辛苦。更何况他还得摆出一副谦恭君子、盛德长者般的样子，辛苦程度更是不言而喻了。正因如此，在一旁看着的我觉得好笑。一想到他这种在教室里操场上吵闹万端之人，也能有如此约束自己的能力，就觉得他既可怜又可笑。两人就这么相对而坐，就算是如此愚昧的主人，在学生心中还是有几分重量的。主人肯定因此颇为得意。所谓“积土成山”，势单力薄的学生人一多聚集起来，也能成为不可欺侮之集团，搞出反对游行运动或者罢课这等事来。这跟胆小怕事之人以酒壮胆一个样。将聚众闹事与醉酒后的不省人事画上等号也完全正确。否则，这位穿条纹布的青年人，与其说现在是惶恐不安，倒不如说是悄然无声地退缩在拉门边上。

① 今日本鹿儿岛地区附近。

② 今日本爱媛县附近。

主人推了推坐垫，说了声“铺上坐下吧”。但是这位光头先生依旧身体僵硬，答了声“嗯”之后，一动不动。坐垫当然不会自己说“请你坐上来吧”。洋纱坐垫就在眼前，而这位大光头老兄却就是不坐，真是奇怪。坐垫买来是用来坐的，可不是用来端详的。夫人也不是为了买回来端详才去商场选购的。身为坐垫却不被人铺上坐，对坐垫的名誉是极大的损伤。劝他坐下的主人也多少有些没面子。宁肯毁损主人的颜面，也要与坐垫怒目对视的这位光头先生，绝不是讨厌坐垫本身。说实话，他如此这般端正而坐，除了此前自己祖父丧事那时之外，还从来没有过。所以，从刚才开始他那跪坐得发麻的双腿就已经在诉苦。尽管如此，他还是不肯铺上坐垫就座。坐垫两手空空般立在那里，他就是不坐；主人说了“铺上坐下”，他还是不坐。真是个麻烦的光头佬啊。若是这么客气何不在大家聚集在一起的时候也客气些，在学校时候也客气些，在公寓时候也客气些。不该客气之时反倒拘束，该客气之时又不谦逊——何止不谦逊简直就是举止粗暴——真是品性不良的光头佬啊。

就在此时，身后的拉门嗖的一声开了，原来是雪江姑娘恭恭敬敬地给这小客人上了一碗茶。平时若是见此情景，这小光头就该讽刺主人“端出野蛮茶了”，如今与主人相对而坐就已经很难受了，再来一位妙龄女子用在学校刚学的小笠原式礼仪，装腔作势地以一种别样风味的手法端上来茶碗，更让这小光头苦闷不堪。雪江姑娘送完了茶，关上背后的拉门回起居室后，便一直偷笑不停。这么看来同龄人中女性是要比男性厉害些，比如雪江姑娘就比这小光头要沉着有胆量得多。特别是雪江姑娘刚刚才痛心疾首扑簌簌流下了一滴红泪，此刻的笑声更加显眼了。

雪江退下之后，两人相顾无言，沉默了一会儿之后，主人意识到，这简直是在做无言之修行，才不得已开口问道：

“你叫什么名字来着？”

“古井……”

“古井？古井什么？”

“古井武右卫门。”

“古井武右卫门——的确，这名字可真长啊。这不是现在的名字，是个古时候的名字。四年级了吧？”

“不。”

“三年级？”

“不，二年级。”

“在甲班吗？”

“乙班。”

“乙班的话，我是班主任呢！是吧？”主人有些吃惊。老实说，从入学的时候开始，主人就见过这个大头学生，所以绝不可能忘记。不仅如此，他那大头，主人铭记在心，时不时还梦见。不过不拘小节的主人竟没能把这头和这古风的名字联系起来，也没能和二年级乙班联系起来。因此，当听说这个令人敬佩到都能在梦中相见的大头原来是自己班上的学生时，不由得在心底拍手叫好。但是，这个长着大脑袋的、有着古风名字的、还是自己班上的学生现在究竟为何此时来访，他完全猜不出来。主人原本就不受待见，所以，学校的学生们正月里也好，腊月里也罢，几乎从不登门。登门的古井武右卫门君实在是稀客。但不知其来意的主人却难受极了。他是不可能到主人这般无趣的人家里来玩耍的。若是来劝说主人辞职，则应该更硬气些。不过，武右卫门君又不可能是来商量他自己的私事。思来想去主人还是搞不清楚。看武右卫门君的样子，说不定连他自己也不知道他究竟是为何前来此地。没办法，主人只好开诚布公地问：

“你是来玩的吗？”

“不是。”

“那是有事？”

“嗯。”

“是学校的事吗？”

“嗯，想跟您说说，就……”

“噢。什么事呀？快说吧！”武右卫门却面朝下，沉默着。原本武右卫门作为中学二年级学生，应该是能言善辩的。虽然脑子不像那大头一般发达，但论口才，在乙班却是个佼佼者。前些日子请教主人“哥伦布”日语该怎么翻译，难倒主人的，正是这个武右卫门君。这样一位佼佼者，从方才开始便像个口吃的公主似的，扭扭捏捏，其中定有什么不可不说的原因。这无论如何不能简单地理解为客气。主人也觉得有些蹊跷。

“既然有话，那就快说吧！”

“是有点难以启齿的事……”

“难以启齿？”主人边说着边瞅了瞅武右卫门君的脸。但他依旧低着头，什么也看不出来。没办法，主人稍微改变了一下口气，平静地补充道：

“好吧，不管什么尽管说吧！没有别人听，我也不跟别人说。”

“可以说吗？”武右卫门君还犹犹豫豫。

“没事儿的！”主人随意断定道。

“那我就说了。”说着，这小寸头猛地一抬头，充满希望地看着主人。那眼睛是三角形的。主人鼓起腮帮子，吐着“朝日牌”香烟的烟雾，稍稍撇过头。

“老实说……有件事情我十分苦恼。”

“什么事？”

“您问我什么事，就是因为十分苦恼，所以才来的。”

“所以到底是什么让你苦恼啊？”

“我本不想干那种事，但是滨田总是说：‘借给我吧，借给我吧……’”

“滨田？就是滨田平助吗？”

“是的。”

“你借给滨田住宿费了？”

“哪儿啊，没借。”

“那你借了他什么？”

“把名字借给他了。”

“滨田借你的名字做什么了？”

“寄了一封情书。”

“寄了什么?”

“所以，我说，名字就算了，我当个送信人吧!”

“完全摸不着头脑。到底是谁干了什么?”

“寄情书啦。”

“寄情书? 给谁?”

“所以才说难以启齿。”

“那么，你给哪个女子寄了情书?”

“不，不是我。”

“是滨田寄的吗?”

“也不是滨田。”

“那是谁寄的?”

“不知道是谁。”

“真是云里雾里。那么，谁都没有寄咯?”

“只是名字是我的名字。”

“只是名字是你的名字? 在说些什么完全搞不清! 再说得有条理些! 那收下情书的人是谁?”

“叫金田，对面横街的一个女的。”

“是那个叫金田的实业家吗?”

“嗯。”

“那，所谓‘只是借了名字’，是怎么回事?”

“那家女儿又时髦，又自大，所以就给她寄了情书——滨田说：‘没有署名的话不行。’我说：‘那就写你的名字吧’。他说：‘我的名字太无趣，还是古井武右卫门这个名字好……’所以，最后就借了我的名字。”

“那么，你认识他家女儿吗? 交往过吗?”

“交往什么的根本没有过，连面都没有见过。”

“真是胡闹，给一个连面都没见过的女人寄情书! 那你们是抱着什么样的念头才干出那种事的?”

“只是因为大家都说那家伙狂妄又嚣张，所以为了戏弄她才寄的。”

“越说越离谱！那么，你是公然写上自己的名字寄的吗？”

“嗯。文章是滨田写的。我把名字借给他，远藤夜里到她家送信。”

“那么是三人一起干的咯？”

“是的。但事后一想，要是事情败露，遭到退学，那可就糟了。所以非常担心，这两三天也睡不着，总觉得心不在焉。”

“那还真是干了一件不像话的蠢事！那你写了‘文明中学二年级古井武右卫门’吗？”

“没有，没有写校名。”

“还好没写校名。要是写上校名，那可是关系到学校的声誉了！”

“怎么样？会被退学吗？”

“会啊。”

“老师！我老爹可是个爱唠叨的人。而且老娘是个后妈，所以我如果被退学，那可就糟糕了。真的会被退学吗？”

“所以，就不该胡作非为啊。”

“我本来不想那么干，可最后还是干了。不能帮帮我不让我退学吗？”武右卫门几乎要哭出声来哀求道。夫人和雪江姑娘早在纸拉门后咯咯地笑了起来。而主人始终装模作样，不停地重复：“可不是嘛！”真有意思。

我要说这有意思，可能有人要问：“有那么有意思吗？”这问得很有道理！人也好，动物也好，认识自我是一生的大事。只有认识了自我，人才能作为人而比猫更受尊敬。那时，我也觉得写这些胡话太于心不忍，所以打算立刻停笔。但是，就像自己都不知道自己鼻子的高度一样，人们似乎很难认清自己为何物，所以才会对一只平时轻蔑的猫，提出那样的问题吧！人类看上去尽管狂妄自大，但总是有迟钝的地方。自称“万物之灵”，走到哪儿都扛着“万物之灵”的招牌，可连这么一点点小事都弄不清，还如此若无其事，沉着冷静，不由得让人大笑。他们扛着“万物之灵”的招牌，却吵吵嚷嚷要别人告诉他们自己的鼻子在哪里。既然如此，他们就该摘下“万物之灵”的招牌了吧，可偏偏又到死也不撒手。他们如此明显地自相矛盾，却依旧心平气和，让人觉得有几分可爱。虽然可爱是可爱，却也要心甘情愿承认自己的愚蠢。

我觉得武右卫门君、主人、夫人和雪江姑娘有趣，并不单单因为外部事件相互冲突，冲突的波动又传向别致之处。老实说，是因为那冲突的反响激荡起了人们内心里不同的态度。首先，主人对这件事倒不如说是冷淡的。不管武右卫门君的老爹如何唠叨、老娘如何虐待他，主人都不怎么吃惊，也不可能吃惊。武右卫门被退学和他自己被免职又毫无关系。如果上千的学生都退学了，那老师的衣食之源也许会穷尽，但古井武右卫门君一个人的命运不论怎么变化，都与主人的一朝一夕毫不相干。交情浅薄之时，同情自然也淡。为了一个素不相识的人皱眉、抽泣、叹息，绝不是。人类不是深情又体贴的动物。人只不过活在世上，如同缴税一般，时不时地为了交际而流几滴泪，装出一副同情的样子给别人看罢了。

说起来，虚假的表情，实际上大多是非常累人的艺术。能将这虚假的表情装得漂亮的，被称为“富有艺术良心之人”，为世人敬重。因此，再也没有比受世人敬重的人更靠不住的了。只消一试马上就见分晓。从这一点来说，主人属于拙劣者之流。正因拙劣，所以不被敬重。正因不被敬重，内心的冷淡也出乎意料地展露无遗。从他对武右卫门君反反复复地说“可不是嘛”，也可窥见八九。诸位，千万不可因为主人冷淡，就厌恶他这样的善人。人性本就冷淡，不努力掩饰才是正直诚实的人。假如诸君此时期望主人超越冷淡，那就真是高估人类了。世上连正直诚实的人都寥寥无几，如果再期望过高，那只有泷泽马琴①小说里的志乃和小文吾走出书本，《八犬传》里的人物搬到对面的左邻右舍来，否则，便是无稽之谈。主人的事，先说到这儿。

接下来说说在起居室里大笑的女流之辈。她们将主人的冷淡又更进一步，跃入了滑稽的领域并引以为乐。这群女流将让武右卫门

① 即曲亭马琴（1767—1848），江户时期作家。后文《八犬传》也是他的作品。

君头疼的情书事件当作佛陀的福音一般，身心喜悦。毫无理由，就是喜悦。若是硬要解析，那就是武右卫门君深陷困境让她们觉得高兴。诸位要是问问这群女流："你是否因别人深陷困境而开心大笑?"那么被问的人肯定会说提问者是笨蛋。就算不骂是笨蛋，也会说这是故意刁难，侮辱了淑女的品性。侮辱了品性，也许是事实，但她们因他人深陷困境而开心，也是事实。这样一来，就等于说："我接下来要做侮辱自己品性的事给你们看，你们不许说三道四。"就等于说："我去偷东西，但是决不允许别人说我不道德。如果说我不道德，就是往我脸上抹黑，侮辱了我。"女人可真聪明，想法如此合情合理。既然生而为人，那不管被践踏、被踢或被打，甚至被人所忽视，都要有镇定自若的觉悟。不仅要有镇定自若的觉悟，就算被吐唾沫、被泼大粪，还被高声嘲笑时，也要觉得心情舒畅。否则，便不能和那般号称"聪明的女人"打交道。

武右卫门先生也许觉得自己因一小事而酿成大祸，正陷入恐慌不安之中。而她们却在背后窃笑，十分失礼。但觉着因为自己年纪轻，稚气未脱，在别人失礼时发怒，会被对方冠上肚量小的名号。因此不想落得这个名声，还是老实待着好。最后，稍稍介绍一下武右卫门君的心思。他是担心的化身。他那伟大的头脑里装满了担心，如同拿破仑的头脑里塞满了功名之心一般。那圆鼻子时不时地颤动，那是担心传导到面部神经，条件反射似的无意识活动。他像吞下了一颗炮弹一般，肚子里有一块毫无办法的大疙瘩，这两三天来正束手无策。苦痛之余，又没有其他去处，想着若是去班主任那儿，或许能帮一帮自己。所以才来到自己讨厌的人家里，低下了自己的大头颅。他好像完全忘记了平时在学校，戏弄主人啦，煽动同学给主人难堪啦这些事。还似乎坚信：不论曾经如何戏弄老师，如何令老师难堪，既然背负着班主任之名，就一定会担心自己的。真是太天真了。班主任并不是主人喜爱的职务。那是受校长之命，不得已才做的。说起来，就像迷亭的伯父的那顶圆顶礼帽之类，徒有其名罢了。既然徒有其名，便派不上用场。到了关键时刻，要是名字能派上用场，雪江姑娘就可以只凭名字去相亲了。

武右卫门君不仅任性，而且认为他人一定会亲切待自己，这着实是高估了人类。他也根本没想到会被嘲笑。武右卫门君这次到班主任家来，关于人类，他一定会发现一条真理。因为这条真理，他将来会逐渐成长为一个真正的人吧。那时，他也会对别人的烦忧表现出冷淡吧？别人深陷困境时他也将高声大笑吧？如此下去，天下将被未来的武右卫门君塞得满满的吧？会被金田老板和金田夫人塞得满满的吧？我恳切地希望武右卫门君能立刻醒悟，成为一个真人类。要不然，不管他如何担忧，如何后悔，向善之心如何迫切，是无论如何也不可能像金田君那样获得成功。不，过不久，人类社会就会将他放逐到居住地以外的地方去，何止被文明中学退学啊！

我如此思考着，正觉得有趣呢，门便哗啦一声开了。从玄关的纸拉门阴影后露出半张脸，说道：

“老师！”

主人正对着武右卫门君重复着：“可不是嘛”忽然听见有人从玄关喊他老师。想着是谁呢？一瞥，从纸拉门后斜着探出来的那半张脸正是寒月君。“哦，请进！”只坐着说这么一句。

“有客人吗？”寒月君依旧探着半张脸，反问道。

“哪里，没关系，请进吧！”

“我实际上是来邀请你散步的。”

“去哪儿？又是赤坂吗？那地方就算了。前些日子你硬是要拉我去，我腿脚都累得僵直了。”

“今天没事。好久没出门，出去走走吧？”

“去哪呀？你倒是进来呀！”

“想去上野，听听老虎嚎叫的声音。”

“那多无聊啊。你还是先进来吧！”

寒月君或许觉得隔这么远，谈判怎么也谈不拢，便脱了鞋，慢吞吞地挪进了屋子。依旧穿着那条屁股上打了补丁的鼠灰色裤子。那裤子并不是因为年代久远，或是因为寒月君屁股太沉才破的。据他本人辩解，最近他开始学骑自行车，局部摩擦比较多才磨破的。他做梦也没想到给他那深受瞩目的未来夫人写过情书的情敌也在场，对着武右卫门君“噢”地打了一声招呼，微微点头，便坐在靠近檐廊的地方。

“听老虎嚎叫也是没意思！”

“嗯。现在不去。先四处散散步，到了晚上十一点再去上野。”

“欸？”

“那时公园里的古木森森，可恐怖了呢！”

“可不是嘛！比起白天可要寂静些了。”

“然后，尽量要找个树木繁茂、白天都人迹罕至的地方去走走，不知不觉间肯定会忘记自己住在红尘万丈的都市，心境仿佛是在山中迷路了一般。”

“心境变得那样又如何？”

“心境变得那样之后，稍微伫立一会儿，便能立刻听到动物园里老虎在嚎叫。”

“会那么顺利地叫吗？”

“没问题，会叫的。那叫声，即使在白天，理科大学也能听见。所以到了夜深人静、四顾无人、鬼气逼身、魑魅扑鼻的时候……”

“魑魅扑鼻是怎么回事？”

“不就是用来形容恐怖的时候的事吗？”

“是么，没怎么听说过。然后呢？”

“然后老虎以几乎将上野的老杉树叶全都震落之势嚎叫，可恐怖了。”

“那真是够恐怖的。”

“怎么样？不出去冒冒险吗？我觉着肯定很快活有趣的。我想，无论如何要是不在夜里听老虎的嚎叫声，那就不能说听过老虎的叫声吧。”

“可不是嘛。”主人就像对武右卫门君的恳求表现出的冷淡一般，对于寒月君的探险也是冷淡的。

直到这时，一直羡慕着默默地听他们聊老虎的武右卫门君，听见主人的“可不是嘛！”便又似乎联想到自己身上。又问道：“老师，我很担心，怎么办才好呢？”寒月君用疑惑的表情看着那个大头。我突然灵光一现，便暂且离开客厅，转去了起居室。

起居室里夫人边咯咯地笑，边往京烧的廉价茶碗里哗哗地倒着粗茶，放在一个铅制茶托上说道：

“雪江！劳烦把这个端出去。”

“我不端。”

“怎么了？”夫人有些吃惊，立刻停下了笑声。

“没怎么。”雪江姑娘立刻装出一副若无其事的样子，眼睛仿佛落在身旁的《读卖新闻》① 上。夫人又一次协商道：

“哎呀，怎么突然这么奇怪。那是寒月先生呢，没事儿的。”

“可是，我不嘛。”她的眼神依旧没有从《读卖新闻》挪开。这会儿她连一个字也读不进去的，但若是揭穿她根本没有在读报，大概会哭出来的吧！

“没什么好害羞的呢。”这下夫人边笑着，边特意将茶碗推到《读卖新闻》上。雪江姑娘说：“哎呀！真坏！”她想把报纸从茶碗下抽出来，却被茶托卡住，茶水毫无顾忌地从报纸上流进榻榻米的缝中。“你瞧瞧！”女主人说完，雪江姑娘说着：“哎呀，不得了！”跑向厨房，是想着拿抹布吧？对我来说这滑稽剧，还挺有意思的。

寒月君浑然不知，正在客厅里聊着奇怪的事情。

“老师，纸拉门重新糊过了？谁糊的呢？”

“女人糊的。糊得不错吧？”

“嗯，真是不赖。是那时不时来的那位小姐糊的吗？”

“嗯，她也帮了忙。她还逞威风说：‘若是能将纸拉门糊得这般好，就有资格出嫁了！’”

“欸！的确如此。”寒月君边说边盯着那纸拉门。

“这边倒是平整，右角上纸多了出来，起褶子了呢。”

“是从那儿开始糊的。那是最缺乏经验的时候糊上的！”

“原来如此，这技法有些差啊。那表面是‘超越曲线’，用普通的‘函数’是无论如何也表达不出来的。”不愧是理学家，说一些难

---

① 报纸名。

懂的话。

“那可不！”主人敷衍地答道。

武右卫门君意识到，这样下去，不论哀求到何时，都不会有结果的，便突然将他那伟大的头盖骨顶在榻榻米上，默默中表示了诀别之意。主人说：“你要回去了吗？”武右卫门君却悄然地拖着萨摩木屐出门去了。真可怜！要是置之不顾，说不定他会写下一首《岩头吟》，从华严瀑布上跳下去。归根究底，这都是因金田小姐的洋气和自大惹出的事端。要是武右卫门君死了，变成幽灵，杀了金田小姐也好。那种女人从这世界上消失一两个，对男人来说，丝毫没有困扰，寒月君则另娶一个更有小姐样子的就罢了。

“老师，那是个学生吗？”

“嗯。”

“脑袋好大呀！学问怎么样？”

“脑袋虽大可学问不怎么样。时不时提些奇怪的问题。前些日子让我把哥伦布这个英文词翻译成日语，可让我难堪了。”

“就因为脑袋太大了，才会提出那种多余的问题。先生，你怎么回答的？”

“哎，我马马虎虎给敷衍地翻译了一下。”

“那也翻译了。真了不起！”

“小孩子嘛，要是什么都不翻译出来，他们就不会相信你了。”

“老师也变成了了不起的政治家啊。不过看他刚刚的样子，总觉得有气无力，看上去不像是会给老师难堪的样子啊。”

“今天他有些蔫。真是蠢啊！”

“怎么啦？乍一看，就觉得他很可怜呢。到底怎么啦？”

“唉，干了蠢事！给金田家的女儿寄了情书。”

“咦？就这个大头？近来的书生们可真是了不得啊。真令人吃惊。”

“你也有点担心吧……”

“什么呀，一点儿都不担心，反倒觉得有趣。不管送进去多少情书，都没关系的。”

“你要是这么放心那也无所谓了……”

“无所谓。我当然无所谓。不过，听说那个大头写了情书，真是有些吃惊呢。”

“那个嘛，是开玩笑的。他们觉得金田小姐又洋气，又狂妄自大，就想要戏弄戏弄她。便三个人一起……”

“三个人给金田小姐写了一封情书？真是越来越离奇了。这不就像是一人份的西餐，三个人吃吗？”

“不过，他们有分工的。一人写信，一人送信，一个人署名。刚刚来的，就是署名的那个家伙。他最蠢了。还说他连金田家小姐的面都没见过呢。是怎么干出这种蠢事来的？”

“这可是近来的大事，真是杰作！话说回来，那个大头，竟然给女人写情书，不是很有趣吗？”

“这下可闯大祸啦！”

“什么大祸都没关系，对方是金田嘛。”

“可你是说不定会娶她的人哦！”

“正是因为说不定，所以才没关系。啊，金田什么的，不打紧。”

“就算你不打紧，可……”

“没事，金田小姐也没事儿！不打紧。”

“要是如此也就罢了。那当事人啊，事后遭受良心谴责，害怕了，所以跑到我家来跟我商量。”

“欸？因为这个才无精打采的啊？可见是个小肚鸡肠的人啊。老师是如何打发他的？”

“他说自己定会被学校退学，那是他最担心的。”

“怎么会被退学？”

“因为干了那么不道德的坏事啊。”

“哎呀？不至于说不道德吧？没事儿的。说不定金田小姐认为这是光荣，定在大肆宣扬呢！”

“怎么可能！”

“总之，很可怜呢。虽说做那种事不好，但是，让他那么担心，这会杀死这个男孩子的。他那脑袋虽大，可相貌不怎么丑。鼻子直扇扇的，很是可爱。”

“你怎么跟迷亭一样，尽说些不着边际的话。”

“什么呀，这是时代思潮。老师你太老派了，所以把什么都解释的如此麻烦。”

“但这不是太蠢了吗？胡乱给一个都不认识的人寄情书，这不是缺乏常识吗？”

“恶作剧大都因为缺乏常识嘛。救救他吧！会积功德的呢。看他那样子，会去华严瀑布跳崖的哟。”

“是啊！”

“就这么办吧，如果是个比他年纪大些的、更能懂人情世故的孩子，可就不只如此啦！他们会做了坏事，还佯装不知！要是这么个诚实的孩子都给退学了，其他那些个装模作样、更加过分的家伙，更该公平起见，一个个都赶出校门。”

“这倒也是啊！”

“那么，怎么样？去上野听老虎嚎叫的事？”

“老虎？”

“嗯，去听吧！实际上这两三天，我有事必须要回老家一趟，所以不论去哪儿都不能作陪了。今天是想着一定要一起去散步才来的。”

“是吗？要回老家呀？是有事吗？”

“嗯。有点事。——总而言之，走吧？”

“呃，那就走吧！”

“那走咯！今天我请你吃晚饭。——然后运动一下，现在去上野，正是好时候。”寒月君老是催促，所以主人也动了心，一同出门去了。身后的夫人和雪江姑娘看主人和寒月都走了，肆无忌惮地哈哈大笑个不停。

十一

壁龛前，迷亭君与独仙君隔着棋盘对坐着。

“白玩的话可不干。输了的人得请客，可否?”迷亭君一强调，独仙君就如同往常一样边捋着山羊胡子边说道：“那样一来，难得的高尚游戏就变得俗不可耐了，醉心于打赌胜负的话就了无趣味了，唯有将成败置之度外，以‘白云出岫’的心境来弈一局，才能知晓其个中韵味。”

“又来了，碰上你这样的仙风道骨，真是麻烦，宛若《列仙传》中的人物呢。”

“弹无弦之素琴①。”

“拍无线之电报。”

“闲话少说，下吧。”

“你执白子儿?”

“都行。”

“不愧是仙人哪，真大方。你执白，我自然就执黑了。来吧，下吧，随你在哪儿布棋都行。”

“执黑先行是规矩。”

---

① 陶渊明不解音律，家中常置一把无弦素琴。

“原来如此，这样的话就先让着你，按照棋谱我就从这儿开始布棋吧。”

“棋谱里可没有这种走法。”

“没有也无所谓，这是我新创造的棋谱。”

我见识浅，棋盘这玩意儿是最近才见着的，越想越觉得这东西奇妙得很。四角见方的木板上画隔些格子，胡乱地布些黑白子儿。这样摆就胜了、输了、死了、生了，下棋的人流着急汗瞎嚷嚷。那棋盘至多一尺四方大。用猫前爪随便拨弄两下就乱七八糟了。正所谓“结则草庵，解则原野”。何必淘气，还是悠闲地看着自在得多。开始的那三四十个子儿摆法还不算碍眼，到决定胜负的关键时刻再瞅一眼，哎呀，真是惨哪。黑白棋子挤得满满的，满得似乎要从棋盘上掉下去。虽然挤得很，却又不能让旁边的棋子让开，又没有喝令前面碍事的棋子退下的权利，只得安于天命，一动不动，缩成一团，别无他法。发明棋的是人类，要是人类的癖好能展现在棋盘上，那么，说备受拘束的棋子的命运正代表着人类狭隘的本性也无妨。要是人的本性能通过棋子的命运推断出来，便可断言，人类喜欢亲自把海阔天空的世界用小刀割划出自己的领地，圈绳定界，除去自己的立足之地，丝毫不敢僭越。简而言之，说人类就是硬要自寻苦痛的生物也不为过。

悠闲自在的迷亭君和富有禅机的独仙君，不知打的什么主意，今天从壁橱里翻出来一个旧棋盘，开始了这令人急躁发热的闹剧。真不愧是棋逢对手，开始两人都随意地落子，棋盘上黑白棋子自由地交错乱飞，但棋盘的空间有限，每落一子就填满一个横竖空格，所以再怎么悠闲、再怎么富有禅机，最终自然是都会陷入窘境的。

“迷亭君，你下棋太野蛮了。哪有从这落子的？”

“禅僧的棋也许没有这种下法，但是按本因坊流①的规矩却是有的，有什么法子呢？”

“但这就成死棋了哦。”

---

① 日本围棋流派中的一支。

“臣死且不辞，况彘肩乎？① 这一步棋，就这么下吧。”

“既然如此，‘薰风自南来，殿阁生微凉’②，这样盯住你就没事了。”

“哟，盯得真是厉害。我原以为你没心思盯呢。‘撞吧，八幡钟③’，我这么走，看你怎么办。”

“什么奈何不奈何的，‘一剑倚天寒’④，哎哟，麻烦了。干脆断了它。”

“呀呀，完了完了。那里断了就成死棋了。别开玩笑了，容我悔一步。”

“所以刚刚才告诉你，不能从那里落子。”

“这步落得失礼了。你先把这白子儿拿走。”

“那子儿也悔？”

“顺带把边上的那颗也收走。”

“喂，你脸皮太厚了吧。”

“你看见那颗棋子了吧？——你和我什么关系，别说这么见外的话，赶紧把棋子收走。这正是生死攸关的时候，正是边喊着‘稍等、稍等’边从花道中跑出来的紧要关头。”

“我可不吃这一套。”

“不吃这一套也没关系，你先把棋子拿走。”

“你从刚刚开始已经悔了六步棋了啦。”

“记性真好，往后可是要比之前加倍地悔棋呢。所以才叫你把棋子收走嘛，你还真是顽固呢，你不是坐禅的吗，应该更洒脱些啊。”

“只是如果不吃掉这颗子儿，我就要输了。”

“你不是一开始就不在乎输赢的吗？”

---

① 典故出自《史记》项羽列传中关于鸿门宴的描写。原话为：“臣死且不避，卮酒安足辞。”彘肩暨猪肩部肉，鸿门宴中也出现樊哙食“生彘肩”的描写。

② 据《唐诗纪要》，为唐代柳公权的联句。

③ 富岗八幡宫的钟。

④ 无学祖元回答北条时宗的话。

“我输了是无所谓，只是不想让你赢。”

“了不起的悟性，不愧是‘春风影里斩电光’。”

“不是‘春风影里’，是‘电光影里’，你弄反了。”

“哈哈哈哈，我还觉着差不多到了可以颠倒的时候了，不想果然还是有正经人在，既然这样那我就认了，不悔了。”

“生死事大，无常迅速，你就认了吧，别悔棋了。”

“阿门”，迷亭先生这回在毫不相干的地方啪地落下了一个子。

壁龛前，迷亭君与独仙君为输赢争得正酣，寒月君与东风君紧挨在客厅入口的地方，旁边的主人绷着黄脸端坐着。寒月君面前放着三条鲣鱼干，赤条条地在榻榻米上整齐地摆着，真是奇观。

这些鲣鱼干出自寒月君的怀中，拿出来时还暖和着，手心可以感受到那赤条条的鱼身还带着余温。主人和东风君以奇妙的眼光注视着鲣鱼干，不一会儿寒月君开口道：

“老实说，我四天前刚从老家回来，但因为要办的事太多，跑东跑西，所以没来得及上门拜访。”

“不用那么着急来拜访。”主人照例说了些不招人喜欢的话。

“您这么说虽然也对，但是不早点把这特产奉上我不放心啊。”

“这不是鲣鱼干吗？”

“嗯，这是老家的名产。”

“虽说是名产，好像东京也有这东西呢。”主人拿起最大的那一条鱼干，放在鼻尖下嗅了嗅。

“闻是闻不出鱼干的好坏的。”

“是因为个头大才成为名产的吧。”

“您先尝尝看吧。”

“尝总是会尝的，只是这鱼干怎么没有头呢？”

“所以我才说不早点拿来不放心啊。”

“为什么呀？”

“为什么？那是老鼠啃的。”

“那可危险了，胡乱吃的话可是会染上鼠疫的。”

“没事儿的，老鼠只啃了这一点，没妨碍的。”

“到底是在哪儿被啃的？”

“在船里。”

“船里？怎么回事。”

“因为没有地方放，所以和小提琴一同装进行李袋里，坐上船后，当晚就被啃了。如果只是鲣鱼干倒还好，老鼠还把我心爱的小提琴琴身当作鲣鱼干，稍稍咬了几下。”

“真是冒失的老鼠。住在船上后就如此不辨真假。”主人依然盯着鲣鱼干，说着谁都不明就里的话。

“哪里的话，老鼠不管住在哪儿都是冒失的。所以我把鲣鱼干带到公寓后又担心被咬，我觉着危险，所以晚上睡觉的时候塞到被窝里了。”

“似乎不太干净吧。”

“所以吃的时候先洗洗吧。”

“光洗洗是干净不了的吧。”

“那就蘸上碱水，使劲搓搓应该行吧。”

“小提琴你也搂着睡的吗？”

“小提琴太大了，没法搂着睡……”寒月君刚说道。

“什么，搂着小提琴睡觉？真是风雅啊。‘春意已阑珊，沉重琵琶怀抱里，心头亦慵懒’① 有这样一首俳句，不过那是古时的事情。明治的秀才要是不抱着小提琴睡觉怕是不能超越古人了。‘薄小棉睡衣，漫漫长夜相厮守，挚爱小提琴’怎么样，东风君，新体诗能写这些事吗？”远处的迷亭先生大声地说道，加入到这边的谈话。

“新体诗和俳句不同，匆忙是作不出来的。但写成的那一刻就能发出碰触到灵魂微妙之处的妙音。”东风君认真地说道。

“是呀，我还以为要靠焚烧麻秆来迎接魂灵呢，没想到是靠新体诗的力量才降临的呀。”迷亭君扔下棋局，戏谑了一番。

“你再说这些废话可要输了哟。”主人提醒迷亭君，可迷亭君毫不在乎地说：“胜也好，败也罢，反正对手已如同瓮中之鳖，束手无

---

① 出自《五车反古》，江户俳人与谢芜村句。

策了。我是觉得无聊了，不得已才加入小提琴这一边的。”独仙君用略带激动的语调说：“现在该你走了，我可等着你呢。”

“哎，你已经走了啊。”

“走了，终于落子了。”

“下哪儿啦？”

“在这儿斜着下了个白子儿。”

“原来如此，白子儿斜着这么一放我就输了啊，那样的话，这里……这里……这里都已经穷途末路了。没有哪里好下子啊。我再让你个子儿，你想放哪儿就放哪儿吧。”

“有那么下棋的吗？”

“‘有那么下棋的吗？’既然你这么说那我可下了。在这个角落拐个弯放个子儿。寒月君，你的小提琴太便宜了，所以连老鼠都瞧不起，才敢咬。要不心一横买把好的吧，我从意大利给你买一把三百年前的古董可好啊？”

“那就拜托了，付钱的事顺带也交给你了。”

“买那种老古董，能拉起来吗？”不明就里的主人厉声一喝，对着迷亭君训斥道。

“你是把人里的老古董和小提琴的老古董混同在一起了吧。人里的老古董中不是还有像金田流一般至今还时兴着，小提琴也是越旧越好啊。喂。独仙君，你快下啊。我虽不是在演庆政那出戏，但‘秋日易西沉’① 哟。”

“和你这样急性子的人下棋真是受罪啊。连思考的时间都没有。没办法，在这下个子瞧瞧。”

“哎呀，还是让你把棋给走活了。真是可惜啊，原想着不让你下那儿，才煞费苦心和你瞎扯几句，终是枉然啊。”

“这是自然，你那不是下棋，是胡诌。”

“我这就是本因坊流、金田流、当代绅士流啊。诶，苦沙弥先

---

① 出自义太夫节《恋女房染分手纲》。此处“秋日易西沉”亦是该剧主人公之一庆政的台词。

生，独仙君不愧是到镰仓吃了许久的腌咸菜，不为物欲所动啊。真是佩服至极。棋艺不怎么高，胆子倒是挺大的。”

“所以，像你这样的胆小鬼，多少该学着点。”主人背着身刚回答，迷亭君便吐了吐大红舌头。独仙君好像毫不介意催促着迷亭君道：“喂，该你啦。”

“你是什么时候开始学小提琴的？我也想学来着，但听说可难了。”东风君向寒月君问道。

“嗯，如果只求大概，谁都能学得出来。”

“同样是艺术，对诗歌饶有趣味的人学音乐的话进步一定很快吧。因此我以为自己还是有底子的，你觉得呢？”

“没问题，你要学的话，必定精通的。”

“你是什么时候开始学的呢？”

“高中的时候。老师，我有向您提起过我学习小提琴的始末吧。”

“没有，还没听过。”

“高中时是找小提琴老师教的吗？”

“哪里有什么小提琴老师，是自学的。”

“真是天才啊！”

“自学的人也未必都是天才。”寒月君冷淡地回应道。被称赞为天才还若无其事的大约也只有寒月君了吧。

“那都无所谓了。你先说说你是怎样自学的吧，我参考参考。”

“说说也行。先生，那我就说咯。”

“啊，说吧。”

“现如今，年轻人提溜着提琴盒在大街上来来往往，但是那时的高中生中几乎是没有人玩西洋音乐的。特别是我在的那个学校，简直是乡下里的乡下，质朴到连麻布里草鞋都没有，自然学校里也没有一个学生拉小提琴了。”

“那边好像聊起了什么有趣的事情。独仙君，要不咱们这局就到这儿吧。”

“还有两三处没摆上子呢！”

“有就有吧，无关紧要的地方就都送给你了。”

“话是这么说，可我也不能白要啊。”

“真是死脑筋，一点也不像学禅之人。那咱们就一气呵成下完吧。寒月君那儿聊得很有趣啊。说到那个高中，学生们都是光着脚去上学吗?”

“没有的事!”

“但据说大家都光着脚做军操，向右转之类的把脚底的皮磨得可厚了。”

“不会吧！谁说的啊?”

“谁说的都不打紧。据说便当里装着一个巨大的饭团，像个夏橙一样垂落在腰间，到了时候就吃它。与其说是吃倒不如说是啃。啃着啃着内里出来个咸梅干。据说就是为了啃出咸梅干来才专心致志地啃光周围没有味道的米饭，真是些精力旺盛的人啊。独仙君，这故事你也感兴趣吧。”

“真是质朴刚健的好风气啊。”

“还有更有趣的事呢！据说那儿连烟灰缸都没有。我朋友在那儿供职的时候，出门去买印着‘吐月峰’字样的烟灰缸，别说‘吐月峰’了，就连叫‘烟灰缸’的东西都没有。朋友觉得稀奇，打听一番，人家若无其事地回答道烟灰缸这种玩意，到后边的竹林中切一段竹子下来谁都能做，根本没必要买。这真是展现了质朴刚健好风气的佳话啊。对吧，独仙君。”

“嗯，那真是太好了，但这里必须落一子儿。”

“好吧。落吧、落吧、落吧，这回没问题了吧——我听了那故事，着实吃惊了呢。在那种地方你还能自学小提琴，我真是佩服。《楚辞》里说：‘既茕独而不群兮。’寒月君简直就是明治时期的屈原啊!”

“我才不当屈原。”

“那就是当代的维特①——什么，拿棋子出来数数?你也太一根筋了吧。不用数我都输定了。”

① 歌德《少年维特之烦恼》的主人公。

“但那可说不定。”

“那你来数吧。我可不是计数人。要不去听听一代天才维特君学习小提琴的逸事，我可就对不起祖宗了，失陪了。”迷亭君说着离了席，蹭到寒月君身边。独仙君细心地取了白子儿填在白空，取了黑子儿补上黑空。嘴里不住地数着。寒月君继续说道：

“我们老家当地风俗习惯就这样，人们都特别顽固，只要有人稍稍柔弱一些，人们就说这在外省的学生面前名声不好，便胡乱从严惩罚，可麻烦了。”

“你老家的学生啊，还真是没法说。说起来为何要穿藏青色的和服裤裙，一开始看着还挺别致，然后不知是不是因为穿着这些吹着海风，皮肤黑黢黢的。要是男人倒还无所谓，女人要是那样的话可就难办咯。”只要迷亭君一插嘴，便又不知跑哪儿去了。

“女人也是那般黑黢黢的。”

“那有人要吗？”

“整个家乡的人都这么黑，有什么办法。”

“多么不幸啊，对吧，苦沙弥。”

“女人黑才好呢。那些个苍白的女人，一照镜子就自恋个没完。女人这种东西啊，可难对付啦。”主人喟然叹道。

“但家乡所有人都黑的话，越黑的人不是也会生出自恋之情吗？”东风君理所当然地问道。

“总之女人是不能要的。”主人说。

“说这话回头夫人可得不高兴咯。”迷亭君边笑着边提醒主人。

“啥呀，没事。”

“夫人不在吗？”

“带着孩子刚刚出门了。”

“怪不得这么安静，去哪儿了？”

“不知道去哪儿了，只是随便出去走走。”

“然后随便地回来吗？”

“嗯，你还是单身，多好。”这一说，东风君有些不悦，寒月君则笑嘻嘻的。迷亭君说道：

“只要娶上老婆都会变成这样。喂，独仙君，你也是个怕老婆的人吧。”

“额，等等，四六二十四、二十五、二十六、二十七，窄窄的地界竟有四十六颗呢。本还想再多赢些，凑凑一看，只差十八颗呀——刚刚你说什么？”

“我说你也是怕老婆的吧？”

“哈哈哈，也不是怕老婆。我的老婆从来就很爱我。”

“那还真是失敬了，不过这才是独仙君啊。”

“不只是独仙君，这样的例子还有很多呢。”寒月君为天下的妻子稍稍辩解了一番。

“我也赞成寒月君的说法。我认为人要进入究极之境只有两条路，那就是艺术和恋爱。既然夫妇之爱亦是其中之一，所以人一定要结婚，认真对待这种幸福，否则就是违背天意。对吧，先生？”东风君依然认真地朝着迷亭君说道。

“真是高论。像我这种人是无论如何也达不到这种境地了。”

“要是娶了老婆就更达不到了。”主人哭丧着脸说。

“总之，我们未婚青年必须感受艺术的灵气，并开拓进步的道路，否则就无法理解人生的意义，因此我认为应该首先学习小提琴，适才便向寒月君问起他的经验之谈。”

“不错不错，要听维特君讲他的小提琴物语了。快说吧，我不打岔了。”迷亭君这才收敛了话匣。

“没有人靠小提琴来开拓进步的道路的。要是真靠这游戏来知晓宇宙真理那可就奇了。想要知道其中奥秘，要是没有悬崖撒手、置之死地而后生的气魄是不行的。”独仙君煞有介事地如训诫一般说教道，但连禅字都不知道怎么写的东风君却丝毫不为所动。

“哎，说不定是这样，可是将人的渴望表现到极致的正是艺术。艺术无论如何也是无法舍弃的。”

“既然没办法舍弃，那就依你的意，和你说说我的小提琴逸事吧。像刚刚说的那样，我从开始学小提琴时就已经历尽千辛万苦。首先买小提琴就让我头疼呢，先生。”

“肯定的吧，在没有麻里草鞋的地方也不可能会有小提琴的。”

“不，有是有，我很久以前就开始攒钱，没啥问题，但就是买不成。”

“怎么回事?”

“地方太小，要是买了的话就会立刻被发现。一旦被发现就会被说太狂妄要挨整的。”

“天才一直以来都深受迫害啊。”东风君深表同情道。

“又是天才，请千万别叫我天才。我每天散步，每当经过卖小提琴商店的门口时，没有一天不在想，买了那把多好啊，把它捧在手里的感觉是什么样的呢，啊，好想买啊。”

“这是自然。”迷亭君评论道。“你还真是入迷了啊。”主人无法理解。“你果然是天才啊!”东风君敬佩道。只有独仙君毫不在乎地捋着胡须。

“首先，为什么在那种地方会有小提琴，我就觉得很奇怪。思考之后发觉是理所应当的事。因为这个地方也有女子学校，作为功课，女子学校的学生必须日日练琴，所以才有。当然不是什么好琴，勉强能称作小提琴罢了。所以商店也不重视，将两三把琴绑在一起挂在门面上。我时常散步经过时，那琴啊，时而被风吹着，时而被伙计碰碰，倒能出声来，一听到那声音我的心哪，就跟碎了似的，坐立不安哪。”

“那你可危险了。疯也有好多种呢，见水疯、人来疯，既然你是维特，那你就是‘听小提琴疯’了。”迷亭君揶揄道。

但东风君却越发佩服道：“要是没有这份敏锐的感觉，还成不了真的艺术家呢。真不愧是天才啊。”

“说不准还真是疯了。但是那音色可真是奇绝啊。从那之后拉了好久，再也没有拉出过那么美妙的音律了。是啊，该怎么形容好呢，反正是难以言表啦。”

“不该是琳琳琅琅响的吗?”独仙君说出这难懂的字眼，但很遗憾谁都没有接他的话茬儿。

“我日日都从那店门口散步经过，总算是有三次听见那奇异的音律。第三次听到时候便下了决心无论如何都得买下这琴了。即使会被家乡人谴责，即使会被外县人鄙视——好，即使因遭受铁拳制裁而丧命——即使犯错而受到退学处分——这琴我买定了。”

“真是天才啊。要不是天才的话，就不会如此笃定了。真羡慕啊。这一年来我也想勾起那般强烈的情感，但事与愿违啊。去音乐会之类的总是尽心倾听，却生不出这般兴趣。”东风君一直羡慕着寒月君。

“生不出来才是幸福呢。现如今能心平气和地聊起这事，可那时的苦楚是难以想象的——那之后，先生，我一鼓作气将琴买了下来。”

“嗯，怎么买下来的？”

“那正赶上十一月天长节①的前夜。乡里人全都准备外宿在温泉地，一个人也不在。我称病，那天学校也没去就在家里睡觉。在被窝里只想着一件事，那就是今晚一定要出门去买下那渴望已久的小提琴。”

“装病后没去学校？”

“正是如此。”

“的确是有些天才啊，这么做。”迷亭君说道，稍稍有些吃惊的样子。

“我从被窝里探出头，看见太阳还没西沉，等得可不耐烦了。没有办法只好把头缩进被窝，合上眼睛等，还是耐不住。探出头，深秋的日头照满六尺高的纸拉门的一面，火辣辣的，我火就上来了。纸拉门上有个细长的黑影映入眼帘，时不时地随秋风摇曳。”

“那是什么，那个细长的黑影。”

“那是涩柿子，剥了皮挂在屋檐下晾晒。”

“哦，然后呢？”

“没办法，只好钻出被窝，拉开纸拉门，走到廊前，取了个柿饼吃了。”

---

① 天皇诞生纪念日。明治天皇出生日期为11月3日。

"甜吗?"主人问得像个小孩子。

"那边的柿子可甜了，反正东京这儿是尝不到那种味道的。"

"柿子就这样吧，然后呢?"这回东风君问道。

"之后又缩进被窝，合上眼睛，默默向神佛祈祷天快些黑吧。约摸着三四个小时过后，心想该差不多了把，探出头，深秋的日头依旧照满纸六尺高的拉门，门上有个细长的黑影飘浮着。"

"那不是说过了吗?"

"有好几回呢，之后钻出被窝，拉开纸拉门，取了个柿饼吃，又缩进被窝，默默向神佛祈祷。"

"这不还是一样吗?"

"先生别心急，接着听下去。之后又在被窝里挨了三四个小时，心想这回该差不多了吧，探出头，深秋的日头依旧照满六尺高的纸拉门，门上有个细长的黑影飘浮着。"

"一直都是一样啊。"

"之后钻出被窝，拉开纸拉门，走到廊前，取了个柿饼吃。"

"又是吃柿饼。怎么一直都在吃柿饼啊，没完没了了。"

"我也不耐烦了。"

"比起你，听的人更不耐烦。"

"先生太性急了，故事就难讲下去了，真是头大。"

"听的人也有些头大。"东风君暗自抱了不平。

"大伙既然都头大了，没辙，那讲个大概就结束吧。总之，我吃完了柿饼就钻进了被窝，钻进被窝后又出来吃了柿饼，最后屋檐下挂着的柿饼全被我吃光了。"

"都吃光了之后太阳总该下山了吧。"

"并非如此，我吃完最后一个柿饼后，心想该差不多了吧，探出头，深秋的日头依旧照满六尺高的纸拉门……"

"你饶了我吧，这没完没了了。"

"连我自己都觉得烦了。"

"不过有这份毅力的话，万事都能成了。要是我们不插嘴，估计到明早都还是深秋烈日火辣辣的吧。到底啥时候才去买小提琴啊。"

就连迷亭君似乎也有些不耐烦了。只有独仙君一人泰然自若，管你到明天早上还是后天早上，管你深秋烈日如何火辣辣，他丝毫不为所动。寒月君也慢悠悠地说道：“你问我什么时候去买，我打算一等到入夜就出去买。不过遗憾的是，不管什么时候探出头看，深秋烈日总是火辣辣的。唉，说起那是我的痛苦，可不是现在各位的焦急万分的心态能比的。我吃完最后一个柿饼，看见太阳还没有下山，不由得哭了出来。东风君，我真是不争气地哭了呢。”

“是吧，艺术家本来多愁善感，我深表同情啊，不过你的故事也讲快些吧。”东风君是个好心肠，一直都是一本正经却又滑稽地说道。

“我也很想快点讲，不过太阳总不下山，真苦恼。”

“要是太阳总不下山，听的人也苦恼，干脆就结束吧。”主人似乎也按捺不住地说道。

“如果结束，就更苦恼了。眼看着就要渐入佳境了。”

“那就听下去了，那你早点让太阳下山哦。”

“那么，虽然是让人有些为难的要求，但既然先生开口了，那就无论如何让太阳下山了吧。”

“这样便圆满解决了啊。”独仙君装模作样地说道，倒惹得大家忍不住不约而同地笑出了声。

“终于入夜了，我总算放心下来，吁了口气。走出鞍挂村公寓。我生来不喜喧闹之地，所以特地避开方便的市内，在人迹罕至的荒村暂结了一蜗牛小草庵……”

“‘人迹罕至’也太夸张了吧。”主人提出异议道。

“蜗牛小草庵也夸张了吧。倒不如说‘没有壁龛，只有四张半草席见方’更写实也更有趣。”迷亭君也抱怨道。只有东风君夸奖道：“事实如何无所谓，倒是语言带着诗意还挺好的。”独仙君严肃地问道：“住在那种地方上下学也够呛吧。大概有几里地呢？”

“到学校也就四五条街，原本就是荒村出学堂嘛。”

“那么，学生大多都在那儿住宿吧？”独仙君就是不放过。

“是啊，一般的老百姓家里都住着一到两人。”

“这也叫‘人迹罕至’?”独仙君当头问道。

“对，要是没有学校可不就是人迹罕至了嘛。……说起当晚的穿着，手织布的棉袄，外面套上带着金属纽扣的制服外套，我还格外小心地用外套兜帽蒙住头，尽量不被人看见。正是柿子树落叶的时节，从公寓出来走向南乡街道，一路上满是落叶。每走一步落叶都沙沙作响，让我提心吊胆。总感觉有人在后面跟着我。回头望去，只见东岭寺的森林繁茂得发黑，漆黑地映衬在黑暗中。这东岭寺原是松平家的菩提寺，坐落在庚申山的山麓。和我的住处也就相隔不过一小段街，真是幽静深邃佛刹。森林上方万里无云，是个星光明亮的夜晚，银河斜着穿过长濑川，那尾巴——是呀，那尾巴朝着夏威夷方向去了……”

“夏威夷?这太离奇了。”迷亭君说道。

“终于走到了南乡街道二段，从鹰台町转入市内，穿过古城町，拐过仙石町，越过喰代町，依次穿过通町的一段、二段、三段，然后是过尾张町、名古屋町、鲸鉾町、蒲鉾町……”

“不用穿过这么多条街。关键是你买没买小提琴啊。”主人不耐烦地问。

“卖乐器的商店是金善，也就是金子善兵卫先生。离买到手还远着呢。”

“远就远吧，你倒是快点买吧。”

“遵命，之后来到金善先生的店里，看见店里的煤油灯也点得火辣辣的……”

“又是火辣辣，你的火辣辣，一次两次还说不完，这可麻烦了。”这回迷亭君布下了防线。

“不，这回的火辣辣，也就火辣辣这一次，不必担心……我透过灯影看那小提琴，只见那小提琴映着秋夜灯火，挂着的琴身带着寒光，只有绷得紧紧的一部分琴弦闪着白光，映入眼帘……”

“描述得多美啊!”东风君赞美道。

“就是它了。我一想到那把小提琴心跳就加快，两腿就发软。”

“呵呵。”独仙君嗤笑道。

“不禁闯了进去，从衣袋里掏出钱包，从钱包里拿出两张五元的票子。”

“终于要买了啊？”主人问道。

“琢磨着要买的，但是稍等，这可到了关键时刻。要是莽撞就要失败了。算了吧。于是在千钧一发之时，又改变了主意。”

“什么呀，还没有买吗？不就买把小提琴吗，还真是拖拉。”

“不是拖拉，总觉着还没有到买的时候，没有办法啊。”

“为什么？”

“你问为什么，那是因为入夜还不深，还有很多人来来往往呢。”

“即使有两百人、三百人来来往往这又有什么关系，你还真是奇怪。”主人气哼哼地说。

“如果只是普通人，即使是一千、两千都无所谓。只不过有学校的学生挽着袖子，拿着大手杖徘徊着，实在是无法出手啊。其中有号称‘沉淀党’之人，一直在班中垫底，还很高兴。但偏是这种人柔道很厉害的呢，不能鲁莽地出手买琴啊，否则不知会遭到怎样的麻烦啊。我当然想买下小提琴啦，但终究还是惜命的呢。与其因拉小提琴而被杀，还不如不拉好好活着轻松些。”

“那么，最终也还是没有买咯。”主人催促道。

“不，买了。”

“真是麻烦的人。要买的话早买就好了，不买的话就不买。快做决定吧。”

“啊哈哈哈，世上之事哪儿能随心所欲就做决定的。”寒月一边说道一边点着了“朝日牌”香烟吐着烟雾。

主人看上去有些厌烦，终于进了书房，拿出一本旧的西洋书，随便趴下看了起来。独仙君也不知何时退到壁龛前方，一个人摆弄起棋子，自顾自地下了起来。难得的趣闻逸事因为太过冗长，听众少了一两人，剩下的就只有忠于艺术的东风君和不畏冗长的迷亭君了。

寒月毫无顾忌地向世间吐着长长的烟缕，没多久又以之前的节奏说了起来。

“东风君，当时我是这么想的。反正这天刚黑也是没辙了，但半夜来的话，金善又已入睡，也是行不通。无论如何要趁学生们散步归去而金善还未入眠的时候来买，否则苦心孤诣的计划就要泡汤了。但要准确把握这时机还真是难哪。”

“的确，是不容易啊。”

“我估计那时机就是十点左右。那么，十点前这段时间我必须找个地方消磨，毕竟回家一趟再来也是麻烦。去朋友家聊聊又总觉得忐忑不安毫无趣味。没办法，只好决定这段时间在市内瞎晃悠。不过，要是平常无所事事闲逛的话，两三个钟头一眨眼就过去了，但就那一晚，时间过得真慢——‘一日三秋’说的就是这种感觉吧，我是深深体会到了。”寒月说得如临其境，特意望了望迷亭君。

“古人有云：暖炉待其主，谁知相思苦。又说等人之人可比被等之人难受得多。悬挂在檐下的小提琴是辛苦的，但你像个毫无目标的侦探一般游游荡荡、茫然失措怕是更辛苦吧。如同丧家之犬一般，再也没有比无家可归的狗更可怜的东西了。”

“你说狗也太过分了吧。还没有人将我比作狗呢！”

“我听你的故事，就像读古代艺术家的传记，不胜同情哪。将你比作狗，那是先生的玩笑话，你别在意，快往下讲吧！”东风君慰藉道。即使东风君不慰藉，寒月也自然要往下讲。

“之后，从徒町穿过百骑町、从两替町来到鹰匠町，在县政府门前数了数枯柳，又在医院旁数了数窗灯，在染坊桥上抽了两支烟，然后一看表……”

“到十点钟了吗？”

“真遗憾，还没到。走过染坊桥，往东沿河而上，有三人在按摩。而且有狗在边上叫呢，先生……”

“秋夜里，在河边里听到狗叫，还真有点戏剧性呢，你是个逃亡者的角色吧？”

“我做过什么坏事吗？”

“你是接下来要干。”

“要是如此可怜地买把小提琴都成了坏事，那音乐学校的学生都成罪人了。”

“只要做了人们不认可的事，即使天大的好事，也是罪人，所以这世上没有比罪人更靠不住的东西了。耶稣要是活在那世上也是罪人。好男人寒月君在那种地方买把小提琴也是罪人。”

“罪人就罪人吧。这罪人我认了，不过还没有到十点还真是为难。”

“再数一遍街道的名称吧。要是那样还是没到时间的话就再让‘深秋烈日火辣辣’吧，要是还有时间，就再吃三打柿饼吧，什么时候我都听下去，请一定讲到十点。”

寒月先生默默地笑道：“你抢在我前头都说了，那我只好作罢。那就直接跨越到十点吧。到了约定的十点，我来到金善商店前一看，已是寒夜时分，就连热闹的两替町也没什么人影了，从对面传来的木屐的声音都是冷冷清清的。金善商店已经关上了大门，只有偏门那里留着一扇拉门。我总觉得身后有狗跟着我，怀着这样的心情，我拉开拉门进去，觉得阴森森的。”

这时主人将视线从那脏兮兮的书上移开，问道：“买到小提琴了吗？”“接下来正要买呢。”东风君答道。“还没买到啊，真是久啊。”主人自言自语地说到又开始读起书来。独仙君一句话没说用黑白棋子将棋盘填满了一大半。

“我直截了当地冲进去，还戴着兜帽就说‘我要买小提琴’，围坐在火盆周围说话的四五个小伙计和年轻人吃了一惊，不约而同地看着我。我不禁抬起右手，将兜帽往前一拉，又说了一次‘我要买小提琴’，坐在最前面、伸着脑袋盯着我看的小伙计‘哎’了一句，不走心地答道，起身将挂在店门口的那三四把小提琴一并取了下来。我问他多少钱，答五元二十钱一把。”

“欸，有那么便宜的小提琴吗，不会是玩具琴吧。”

“‘价钱都一样吗？’我问道，‘都一样，每一把都用心做得结实得很。’对方答道。我从钱包里取出五元纸币和二十钱硬币，拿出准备好的包袱皮将小提琴包好。这期间，店里的人都停止了交谈，目不转睛地盯着我。兜帽罩着脸，所以知道他们认不出我，但我总觉得不安，恨不得早一点跑到大街上去。终于将包好的小提琴塞在外套下，走出了店门。掌柜们这才齐刷刷地大声说道：‘谢谢光顾。’倒让我吓了一跳。来到大街上环视了一圈，所幸没有一个人，只在不远处的对面有两三人，边吟诗边走了过来，声音也传到了街上。这可糟了，在金善商店拐角处折向西，从河畔走向药王师路，从榛木村走向庚申山的山脚，我终于回到了住处。到了住处一看，已经半夜两点十分了。”

“整夜都在走路啊。”东风君同情地说道。“终于结束了，还真是长路漫漫啊。”迷亭君长吁一口气。

“接下来才是精彩的部分呢，这之前都是序幕。”

“还有啊，这可不简单，一般人要碰上你都得失了耐性。”

“耐性什么的暂且不提。要是在这里结束了话就像是只凿佛像而不注入灵魂，我再说说吧。”

“说不说随你，反正我是听的。”

“怎么样，苦沙弥先生也听听吧，寒月君已经买了小提琴了，先生。”

“这下是要卖小提琴了吗？要是卖小提琴的话不听也罢。”

“还不到卖的时候呢。”

“那就更没有必要听了。”

“真是难办啊，东风君，只有你听了，真有点扫兴啊，没办法，那就粗略地说一说吧。”

“不必粗略地说，慢慢讲吧。很有趣呢。”

“终于将日思夜想的小提琴买到手了，第一让人发愁的就是没地方放。我住的地方老有人来玩，如果随便找个地方挂起来，或是斜靠着，立马就会露馅儿。挖个洞埋起来再挖出来又太麻烦。”

“那么，你是藏在天花板了吗？”东风君轻巧地说道。

“没有天花板，那就是普通的农户。”

“那可就麻烦了，那你想放哪儿？”

“你觉得我放哪儿了？”

“不知道，是防雨窗套里吗？”

"不是。"

"包进被窝里，放到壁橱里了？"

"不是。"

东风君和寒月君就小提琴的藏匿之所如此这般的一问一答间，主人和迷亭君也频频聊道。

"这该怎么读？"主人问道。

"哪儿？"

"这两行。"

"什么，Quid aliud est mulier nisi amiticiae inimica①……喂，这不是拉丁文吗？"

"我知道是拉丁文，不过该怎么读呢？"

"你平时不是能读拉丁文的吗？"迷亭君见势不妙，立马要闪人。

"当然会，读是会读，不过这怎么念啊？"

"'读是会读，不过这怎么念啊'这话够厉害的。"

"怎么都行，你翻译成英语给我听听。"

"'给我听听'真厉害，我简直和勤务兵一样。"

"拉丁语这事我们先往后放放，先听听寒月君的高谈阔论吧。现在正是关键时刻呢。眼见就要到了被发现这千钧一发的时刻。寒月君，接下来之后怎么样了？"迷亭君突然来了兴致，又加入到寒月君的那一伙，抛下了主人一个人。寒月君顺势来劲了，说起了藏小提琴的地方。

"最后藏在旧衣箱里了。这个衣箱是我离开老家的时候我奶奶送给我的，据说是我奶奶嫁过来时带来的。"

"那还真是古董呢。和小提琴还多少有些不搭，是吧，东风君。"

"嗯，是有一些不搭。"

"和天花板不也不搭吗？"寒月君回了东风君一句。

迷亭此时插了一句："虽然不搭，但藏旧衣箱里可以作成俳句

---

① 英国作家托马斯·纳什（1567—1601）的作品《愚行之解剖》中的词，意思为："女子为何？非友爱之敌也。"

啊：‘深秋寂寞夜，藏于旧时衣箱里，挚爱小提琴。’如何啊，两位？”

“先生今天还真是俳兴大发啊。”

“不只是今天。随时都能信手拈来。我在俳句方面的造诣，就连正冈子规①都得咂舌惊叹。”

“先生和子规先生也有来往吗？”一本正经的东风君直率地问道。

“即使没有来往过也始终通过无线电报来肝胆相照呢。”迷亭君瞎扯道，东风先生不耐烦地沉默下来，寒月君一边笑着一边往下说。

“这下放的地方是找着了，不过下次拿出来就成难题了。如果只是拿出来的话，瞒人眼目看两眼倒也不是做不来，可是只是看两眼就毫无意义了。不拉响是没用的。一拉就会出声，一出声就露馅儿了。只隔了一道木槿篱笆的南邻住着‘沉淀组’的头头呢，真是惊险啊。”

“真是难办啊。”东风君同情地附和道。

“的确，真是难办。事实胜于雄辩，因为会出声，小督局②当年才会被发现啊。要说是偷吃啊制造假币啊之类的还不难处理，但是音乐是没有办法瞒着人奏出来的。”

“只要不出声，还是能办到的。”

“等等，说什么只要不出声还能办到，也有即使不出声也瞒不住的情况。早前我们在小石川的寺庙里过自给自足生活时，不是有个叫铃木的人吗，我们都叫他阿藤来着，他特别喜欢甜料酒。拿着啤酒的酒壶去买甜料酒来自酌自饮。有一天这阿藤先生出门散步了，要是不干就好了，苦沙弥君偷了一点来喝……”

“我怎么可能偷喝铃木的甜料酒，是你喝的吧。”主人突然大声说道。

“唷，我以为你在读书，觉着瞎说两句没事，你果然在听着。真

① 正冈子规，与夏目漱石同时代的俳人。与漱石关系密切。

② 平安末年高仓天皇的妃子。因被平清盛憎恨而藏匿于嵯峨野，源仲国靠她弹的琴声发现的她。

是不能让人大意啊。‘眼观六路耳听八方’说的就是你吧。没错，说起来我也喝了。我也喝了是没错，可是你发现的呢——两位听着，苦沙弥先生原是不会喝酒的。想着是别人的甜料酒，就拼命喝，这就麻烦了，整张脸通红呢，啊不，那样子都不忍心再看第二眼。”

“闭嘴吧，连拉丁语都不会念。”

“哈哈哈，之后阿藤先生回来之后一看啤酒酒壶，连一半都不到了。说一定是有人喝了，环顾一圈，其间，这位大爷缩在角落里，活像一尊红土捏的泥人呢……”

三人不约而同哄然大笑。主人也一边读着书一边哧哧地偷笑。至于独仙君，似乎机关算尽，看上去有些疲倦，趴在棋盘上，不知什么时候已经酣然入睡。

“还有不出声也露馅儿的事呢。我曾去过姥子温泉，和一个老头住在一起。好像是东京一间和服店的退休老板。反正是住在一起，管他是和服店还是二手服装店，不过有一件事可伤脑筋了。那就是我到姥子温泉的第三天，烟就抽完了。大伙也都知道，那姥子温泉也就是山中一间屋子，除去泡温泉，吃饭，干其他任何事情都不方便。在那里断了烟可是遭了大难了。越缺什么就越想什么，一想到没有烟了，就越发想抽了呢。偏不凑巧的是那老头带了一整包袱烟来登山。他每次拿出一些来，坐在人前一口一口地吸起来，仿佛说着‘想抽吗?’。他要光是吸倒还可以原谅，后来竟吐起烟圈来，竖着吐，横着吐，甚至枕着邯郸梦的枕头①吐，又吸进鼻子里再从鼻子里呼出来，反正就是‘显抽’。”

“什么，‘显抽’是什么?”

“炫耀衣服道具叫显摆，炫耀吸烟就是显抽咯。”

“欸，与其这么难受，不如要点来抽。”

“哪能去要啊，我可是男子汉。”

“欸，不能去要啊。”

“也许能去要。但我没去。”

---

① 杂技的一种，用手撑着头横躺着保持飘浮状。

“那怎么办？”

“不是去要，而是去偷！”

“哎呀呀！”

“那老头儿耷拉着条毛巾出去泡澡了，我心想：要吸，就是现在！便一心一意地猛吸起来。啊，真过瘾。没一会儿，纸拉门哗的一声开了。我吃惊地回头一看，正是烟的主人。”

“他没有去泡澡吗？”

“他刚想洗来着，突然发觉忘了拿荷包，才从廊下折了回来。谁稀罕偷他的钱褡子？首先，这是对我的冒犯！”

“看你偷烟的本领，还有什么好说的？”

“哈哈哈，那老头儿也真有眼力，荷包的事先放放。老头一拉开纸门，我那积攒了两天的烟瘾，化作浓浓的烟雾弥漫了整个房间。俗话说：‘坏事传千里！’事情瞬间就败露了。”

“老头儿说什么了吗？”

“到底是年岁大经验多！他什么也没说，还将五六十支卷烟用纸包好递给我说：‘失礼了，要是这陋烟您不介意，就请吸吧！’说完，他又下到浴池去了。”

“这可以称得上是江户趣味吗？”

“不管是江户趣味还是和服店趣味。从那之后我和那老头便肝胆相照，在那儿愉快地度过了两个星期之后才回来。”

“这两个星期，烟都是老头请客吧。”

“哎呀，是这样的。”

“小提琴的故事终于结束了吧？”主人终于合上书，一边起身一边求饶道。

“还没，接下来才是有趣的地方。现在时机正好，您就听听吧。那在棋盘上睡觉的那位先生——叫什么来着，呃，独仙先生——独仙先生也听一听吧，怎么样，那样睡觉的话对身体可不好哟。差不多该起来吧。”

“喂，独仙君，醒醒，醒醒。有好故事听了，快醒醒，人家说这么睡可不好哦，说你夫人要担心的哦。”

“哦”，独仙君一边答道一边抬起脸，口水顺着他的山羊胡子长长地流了一道，就像蜗牛爬过的轨迹一般闪闪发亮。

“啊，困啊，山上的白云恰似我的懒洋洋啊。啊，真是睡了个好觉。”

“我们都公认你睡啦，现在快起来吧。”

“已经醒了，有什么有趣的故事吗？”

“接下来小提琴终于要……要怎么来着，苦沙弥君？”

“要怎么来着，完全猜不着啊。”

“接下来马上就要拉琴啦。”

“接下来马上就要拉琴啦，你到这儿来听啊。”

“又是小提琴吗，真受不了。”

“你是拉‘无弦之素琴’的人没什么受不了的，寒月怕是要拉的嘎吱作响，让邻居都听到，这才受不了。”

“是吗，寒月君不知道拉小提琴而不被四邻听见的方法吗？”

“不知道呢，要是有的话真想问问你。”

“不必问我，只要看见露地白牛①立马就知晓了。”独仙说了句难懂之言。寒月君断定这是独仙君睡糊涂了的呓语，故意不接话茬儿继续往下说。

“我终于想出一条妙计，第二天是天长节，从早上起就待在家中，衣箱的盖子开了关，关了开，一整天都坐立不安。终于等到太阳下山。当衣箱下有蟋蟀鸣叫时，我将那把小提琴及琴弓拿了出来。”

“终于出现了。”东风君说道，可迷亭君却提醒道：“要是胡乱拉的话可就危险了。”

“我先拿起弓，从弓尖到弓把都检查了一遍。”

“不会是做工劣质的东西吧。”迷亭君冷嘲道。

“当我想到这就是我的灵魂的时候，心情就跟武士在漫漫长夜的灯影中将磨得锋利的名刀拔出刀鞘时一模一样。我拿着弓瑟瑟

---

① 无烦恼之清净世界。禅语。

发抖。”

“真是天才。”东风君说道，“真是疯了。”迷亭君紧接着说。“快点拉琴就对了。”主人说。独仙君却是一脸无奈。

“值得庆幸的是弓安然无恙。接下来我又把小提琴拿到油灯旁，里外全检查了一遍。这大约花了五分钟，请记住，衣箱下的蟋蟀始终鸣叫着……”

“我们都记着呢，你就安心地拉琴吧。”

“还不能拉，——所幸小提琴完美无瑕。我放心了，猛然站起……”

“要去哪儿吗？”

“你还是闭上嘴专心听吧，要是我每说一句都插嘴，这故事就没法讲了。”

“喂，大伙，叫你们闭上嘴呢。嘘——嘘。”

“只有你在说话！”

“是吗，真是失礼了。我洗耳恭听，洗耳恭听。”

“我将小提琴夹在腋下，穿着草鞋穿过草门两三步，啊，且慢……”

“终于出门了，是哪儿又停电了吧。”

“现在回去也没有柿饼吃了哦。”

“诸位先生这么七嘴八舌地打岔真是遗憾，我只好对东风君一个人讲了。听好了，东风君，我走出两三步后又折了回来，将离开老家时用三元二十钱买的红毛巾蒙在头上，噗地吹灭油灯，这下子在一片漆黑中，连草鞋在哪儿都看不清了。”

“你到底要去哪儿？”

“你就听着吧。终于找见草鞋，出去一看，星光月夜配上柿子树落叶，红头巾配上小提琴。向右向右，爬着缓坡登上庚申山，东岭寺的钟声‘当’地透过毛巾穿过我的耳朵，在我脑中回响。你猜，此刻是什么时辰。”

“不知道。”

“九点啦。在那漫长秋夜里，我独自一人走了八段山路，登上一个叫大平的地方，平时我胆子很小，定是害怕得不得了，但一旦专心致志了，就变得神奇，当时我完全没有怕不怕的念头，只想着拉小提琴。这个叫大平的地方位于庚申山的南侧，天气好的时候攀登上去，可以从红松林的缝隙间鸟瞰山下的城市，真是远眺绝佳的大平地啊——这地方大约有百来平方大，正中有一块八张草席大小的岩石，北接一口叫作鹈沼的池塘，池塘周围尽是三抱粗的大樟树。因为是山里，所以只有采樟脑的一处小屋有人住，池塘周围即使是白天也不是个令人心情畅快的地方。幸好工兵为演习而开辟了一条道，所以攀登并不吃力。终于来到了那岩石上，铺好毯子，暂且坐了上去。这么晚登山还是第一次，坐在岩石上稍稍平静下来，周遭的寂静便渐渐袭上心来。这种场合能乱人心神的也就只有恐怖了，要是能除去这个恐怖感，剩下的就只有皎皎凛冽的空灵之气了。呆坐二十来分钟，仿佛我独自一人居住在水晶宫中。而我那离群索居的身体——不，不只有身体，就连心神和灵魂都似乎是用琼脂还是什么制成的，透明到令人不可思议，我甚至弄不清是我住在水晶宫里呢，还是水晶宫住在我的身体里……”

“真是不得了。”迷亭君一本正经地讥讽后，独仙略带感动地说：“真是有趣的境界啊。”

“要是这种状态持续下去，怕是到明天早上，都没能拉成那好不容易到手的小提琴，要在岩石上一直呆坐呢。”

“那里有狐狸吗？”东风君问道。

“这种情境下，已辨不出自己和他人，不知是死是活，分不清东南西北的时候，突然从后面的古池里传来‘啊’的一声……”

“终于出现了啊。”

“那声音传至远处，带来回声，伴着大风，穿过满山的秋天的树梢，我这才回过神来。”

“终于安心了。”迷亭君抚着胸说道。

“正是‘大死一番乾坤新’。”独仙君使着眼色说道。寒月君丝毫没有反应。

“之后，我回过神来，一看四周，庚申山一片寂静，连雨滴垂落的声音都没有。哎，我想那刚刚的声音是什么呢？若是人的声音吧太尖了，若是鸟的声音吧又太高亢，若是猴子的声音——这附近也没有猴子。是什么呢，这个问题一旦在脑中生出来，脑中至今为止那万籁俱寂的神经便一下子变得纷繁杂乱起来，宛如当时京城的人们欢迎康诺特爵士①那般疯狂。这中间，我全身的毛孔都突然打开，仿佛长满毛的小腿被喷上了烧酒一般，勇气、胆魄、辨识力、沉着这些东西都蒸发消失。心脏在肋骨下跳起了短衬裤舞，双腿就像是风筝的响笛一般颤抖起来。这可受不了。我猛地将毛毯蒙在头上，将小提琴夹在腋下，晃晃悠悠地从岩石上跳下，飞快地从山路八段跑向山脚，回到住处裹着被子就睡了。时至今日想想也没有比那更恐怖的事情了。东风君。"

"那之后呢？"

"之后就结束啦。"

"没拉小提琴吗？"

"想拉也没法拉啊，那'啊'的一声，即使是你也没法拉的。"

"总觉得你这个故事不过瘾。"

"虽然如此，可这是事实呀。怎么样，先生？"寒月君环视一周，得意地说道。

"哈哈哈哈，干得漂亮。把故事编到这个地步你大概已经费尽心力了吧，我可是以为男版桑德拉·贝罗尼②要在东方的君子之国登场了，才一直洗耳恭听到现在哪。"迷亭君猜想谁会让他解释一下桑德拉·贝罗尼是谁，却出乎意料的没有人问，便自顾自地解释起来："桑德拉·贝罗尼在月下弹起竖琴，在森林中唱起意大利风格的歌，这和你抱着小提琴登上庚申山有异曲同工之妙啊。可惜的是，对方惊着了月中嫦娥，而你却被古池怪狸吓坏了，这千钧一发之处生出了滑稽与崇高的巨大逆差，你一定很遗憾吧。"

"并不怎么遗憾。"寒月君意外地平静地说。

---

① 英国皇族，维多利亚女王的孙子。明治三十九年（1906）访日。

② 英国作家梅雷迪斯（1828—1909）《桑德拉·贝罗尼》小说的主人公。

“你原本是要上山拉琴的，多么时髦啊，因此这才吓唬你的。”这回主人严厉批评道。

“好汉竟向着鬼窟里谋生计，真是可惜啊。”独仙叹息道。独仙君说的所有话，寒月君都没明白。也不只寒月君，怕是谁都不明白吧。

“那这故事就到这儿吧。寒月君，你最近到学校还只顾磨玻璃球吗？”隔了一会，迷亭先生话锋一转。

“没呢，此前我回乡省亲就暂时停了。我已经厌烦磨玻璃球了，老实说正想着作罢呢。”

“可是你不磨玻璃球就做不成博士了呀。”主人略皱眉道。可当事人却意外地平静。

“博士啊，嘿嘿，做不成也无所谓了。”

“可婚期延后，双方都得头大吧？”

“结婚，谁？”

“你啊。”

“我和谁结婚？”

“金田家的小姐啊。”

“咦？”

“咦什么，不是定下了吗？”

“什么定了啊，到处宣扬这事，是对方太任性。”

“这太胡闹了，喂，迷亭，你也知道那件事吧？”

“那件事，你是说鼻子事件吗？要是那事，知道的就不止你我了。那已成公开的秘密，全天下都知道了。现在老有人来问我，何时能在《万朝报》等报刊上光荣地刊登新郎新娘两人的照片呢？东风君三个月前已经作好《鸳鸯歌》这一长篇大作等着了，只因寒月君还没当上博士，他对那得之不易的杰作是否会变成空藏珍宝担心得不得了。”

“还没到担心的程度，总之我是打算将那包含情思的作品公诸于世的。”

“你瞧，你能不能当上博士，已经影响到四面八方了，你再努把力，去磨玻璃球吧。”

“嘿嘿，让你们担心了，真是抱歉，不过，我不当博士也不要紧了。”

“为什么？”

“为什么？我已经有一个老婆了。”

“呀，这真厉害，什么时候秘密结婚的呀？这世道可大意不得。苦沙弥兄，你刚刚听到没，寒月君已经有妻子了。”

“我现在只有妻，没有子啊，所以还不算有妻子。要是结婚不到一个月就生孩子了，那才是大事。”

“你到底何时何地结的婚啊？”主人像个预审的法官那样问道。

“何时？我回老家的时候，她就在家里等着呢。今天给先生拿来的鲣鱼干就是婚礼上亲友们送的。”

“亲戚只送你三条鱼干贺喜，真够小气啊。”

“哪儿啊，在一大堆里只拿了三条而已。”

“那么你老家的姑娘，皮肤也黑黢黢的吧。”

“嗯，漆黑的，和我很配。”

“那么金田家那边你打算怎么办？”

“没打算怎么办。”

“那有点说不过去吧。对吧，迷亭君。”

“没什么说不过去的。嫁给其他人还不都一样，反正所谓夫妻，就是在漆黑夜里头碰头罢了。本来碰不着，却硬要碰在一起，白费力气。既然是白费力气，那么谁和谁碰都无所谓，唯一可怜的就是作了《鸳鸯歌》的东风君了。”

“《鸳鸯歌》嘛，看情况改成寒月君为主的也行，金田家的婚礼上就再作一首别的。”

“不愧是诗人，真是得心应手啊。”

“你拒绝了金田家吗？”主人还是很在意金田家。

“没有，没有拒绝的必要。我从没向她求婚，或是让她嫁给我，沉默就足够了。——真的，沉默就足够了。此时此刻也还有十个、二十个侦探将我们的谈话尽数听去呢。”

一听到侦探这个词，主人立马摆出一张严肃的面孔说道："既然如此，那就闭嘴吧。"但又似乎余兴未了，就侦探一事又发表了如下的长篇大论。

"乘人不备，窃其别人怀中之物的是扒手；乘人不备，窃其别人心中所思的是侦探；不知不觉撬窗偷走他人之物的是小偷，不知不觉诱其失言读其心者是侦探；将大砍刀插在草席之上勒索他人金钱的是强盗，用耸听危言强奸他人意志的是侦探。所以所谓侦探，和扒手、小偷、强盗是同一类人，卑劣至极。要是听他们的就惯坏他们了，绝不能投降。"

"哪儿啊，没事的，即使是一千个、两千个侦探，在顶风处整编队伍进攻过来也不可怕，我可是磨玻璃球的名人——理学士水岛寒月啊。"

"听听，听听，真是佩服啊。不愧是新婚的学士，真是精力旺盛！不过苦沙弥君，要是侦探和扒手、小偷、强盗是同一类人的话，那雇用侦探的金田君又和谁是一类人呢？"

"大概是熊坂长范之类的吧。"

"比作长范，真是不错，眼见一个长范却身首异处了，像对面胡同的'长范'之类的，靠放高利贷敛财，真是贪婪而顽固的人，贪得无厌，即使大卸八块也不会死，要是被那种家伙抓住可是报应，一辈子就完了，寒月君可得当心哪。"

"啊，没事的。'哎呀呀，你这可恶的强盗，早已知晓我的本领，要是还不知好歹硬闯进来，可是要让你吃苦头的。'"寒月君泰然自若地引述了一段宝生流能乐的唱段。

"说到侦探，这二十世纪的人哪，大抵都有变成侦探的倾向，这是为什么呢？"独仙君不愧是独仙君，问出一个与时局无关的超然的问题。

"是物价太高了吧？"寒月君答道。

"是不懂艺术风情吧？"东风君答道。

"人类长出了文明之角，似金平糖①一般毛毛躁躁吧？"迷亭君

① 日本传统糖果。

答道。

轮到主人说了。主人以装模作样的口气开始议论起来。

“这个问题我曾思索良久。依我之见，当代人的侦探化倾向全是因为个人的自觉意识太强了。我所说的自觉意识，不同于独仙君所说的‘见性成佛’‘我与天地同体’等所悟之道……”

“哎呀，越说越玄乎了。苦沙弥君，既然你已开始了你那长篇大论，迷亭在此，也劳驾您接下来听听我对现代文明的不满而堂堂正正作的一番议论。”

“随你，你又没什么可说的。”

“有，多得很。你们前些日子敬警察如神灵，近日又将侦探比作扒手小偷，真是前后矛盾啊。我可是自始至终，从出生以前直至今日都不曾改变过自己的学说。”

“警察是警察，侦探是侦探，前些日子是前些日子，今日是今日。不改变自己的学说便是无发展不上进的证据。所谓‘下愚不可移’说的就是你。”

“真是厉害，要是侦探也如此正经进攻过来，倒还有可爱之处。”

“我是侦探？”

“正因为你不是侦探，我才说你正直的。不跟你吵，不跟你吵。喂，还是洗耳恭听你宏论的后续吧。”

“所谓当代人的自觉意识，是说他们对于自我和他人之间存在着截然不同的利害鸿沟这事知道得太清楚。而且这种自觉意识随着文明的进步一天天变得敏锐起来，最后举手投足都变得不自然。有个叫亨利①的人，他评论斯蒂文森道：‘他走进挂着镜子的房间，每每从镜子前经过，要是不看看自己在镜子里的模样便不罢休，是个时时刻刻都无法忘却自己的人。’真是恰当地描绘了近日的趋势。睡觉的时候不忘我，醒着的时候不忘我，‘我’无时无刻无处不在，弄得人们的行为举止变得小肚鸡肠，作茧自缚，使得世道艰辛，以相亲

---

① 亨利·威廉·欧内斯特（1849—1903），作家，评论家。斯蒂文森的好友。

的年轻男女之心情从早过到晚。‘悠然自得’和‘自在从容’之类的字眼变得徒有其表，毫无意义。从这一点来说，当代人都变得侦探化，小偷化。侦探做的是避他人之眼，只顾自己好处的营生，个人意识要是不强是做不来的。小偷也是时刻担心是否会被抓，是否会被发现，势必要加强个人意识的。当代人睡着的时候也好，清醒的时候也好，都盘算着怎样对自己有利或是不利，势必和侦探、小偷一般，不得不加强个人意识。整天提心吊胆、鬼鬼祟祟地，直到进入坟墓，一刻也不得安心，这就是当代人的心境。这是文明的诅咒，真是愚蠢。”

“真是有趣的解释。”独仙君说道。碰上这种问题，独仙君无论如何是不甘落后的。“苦沙弥君的说法深得我意。古人教导要忘我，而今人却教导勿忘我，真是天差地别。终日被自我意识填满。自然终日是没有片刻太平的。永远处于焦热地狱。要说天下何为良药，那没有比忘我更有效的药了。‘三更月下入无我’，正是咏唱这种至高境界的。今人即使亲热待人，也缺乏自然感情的流露。就连英国引以为傲的贴心行为也似乎外生出个人意识。听说英国国王去印度旅游时，曾和印度的皇族同桌共餐，皇族一时忘记英国国王在前，无意中以本国的吃法，用手去拿盘中的马铃薯，之后满脸涨红，羞愧难当，国王却佯装不知，也用两根指头去拿盘子里的马铃薯……”

“那是英国情趣吗？”寒月君问道。

“我听过这样一个故事。”主人接着说道，“还是在英国，在某个军营里，连队的士官曾许多人一起宴请一个下士。宴会结束后，装着洗手水的玻璃盘子端了进来，那个下士似乎不怎么熟悉宴会，竟将玻璃盘子对着嘴把里面的水喝光了。于是，连队长突然一边祝福下士身体健康，一边将洗指盘中的水一饮而尽。之后并排坐着的士官们也争先恐后地举起洗指盘祝福下士身体健康。”

“还有这样的故事哪！”迷亭君一刻也闲不住。

“卡莱尔第一次谒见女王时，由于他是个不习宫廷礼节的怪人，突然说了句‘可以吗’，便一屁股坐在了椅子上。站在女王身后的众多侍从和宫女都偷偷地笑出声了——不是笑出声了，是禁不住要笑出声，于是，女王转身对身后的人说了些什么，众多的侍从和宫女转眼也坐了下来，卡莱尔这才没有丢面子，这关怀够细致体贴的啊。”

“既然是卡莱尔，大家就算是站着他也会不在乎的吧。”寒月君简评道。

“关怀者的个人意识倒还可以忍受，”独仙君接下去说道，“正因为有个人意识，待人亲切也会变得费事。真是可怜啊。都说随着文明的进步，杀伐之气会随之消散，人与人的交往会变得更加温和，这可大错特错了。个人意识如此之强，怎么可能变得温和？确实，乍一看似乎相安无事，但相互之间人们可辛苦了。就像相扑选手在相扑台正中央开始交手时是一动不动的吧。从旁看来真是温和至极，但当事人内心早已波澜万丈了啊。”

“就拿打架来说吧，从前打架都是用暴力来压迫，还不犯罪，近来倒变得奇妙起来，正是由于个人意识越发高涨了。”话茬轮到迷亭先生头上，“培根曾说：‘顺从自然的力量才能战胜自然。’如今打架也正是遵循培根格言的产物，真是不可思议。就像柔道一般，以敌之力击敌之事。”

“就像水力发电一样。顺着水流倒能使其转化为电力派上用场……”寒月君一开口，独仙君就立马接过话：“所以贫时困于贫，富时缚于富，忧时束于忧，喜时囿于喜。才人毙于才，智者败于智。像苦沙弥君这样暴脾气的人，只要利用你的暴脾气，你立刻就会窜出去，中了敌人的奸计……”

“哈哈，”迷亭君拍手道，苦沙弥君边笑嘻嘻边答道：“不会让他们如愿以偿的。”大伙一听，便笑出了声。

“不过，像金田之类的人会因为什么死亡呢？”

“老婆因鼻子死，主人因罪孽死，走卒因侦探而死。”

“女儿呢？”

“女儿？——没见过，不好说——不外乎是因穿着而死，因饮食而死，或是因醉酒而死。总不会因恋爱而死。说不准会像卒塔婆的小野小町①一般死于路旁吧。”

“那可太惨了。”为她献过新体诗的东风君立刻提出抗议。

“所以说‘应无所住，而生其心’② 这话对得很。要是不到这种境界的话，人会苦不堪言的。”

独仙君又众人皆醉我独醒似的说道。

“别那么神气。你啊，说不准会死在电光影里呢。”

“总之，在文明日益进步的今天，我是活腻了。”主人说道。

“不必客气，去死吧。”主人话一说完迷亭便一语破的。

“死就更不情愿了。”主人倔强地说。

“出生时，没有人深思熟虑后才生的，死亡时却谁都是受尽辛苦。”寒月君冷漠地说了一句格言。

“这和借钱时坦然自若地借，到还钱时却不安起来是一样的。”这种时候也就只有迷亭君能马上应对如流。

“借钱却不想还的人是幸福的，同样，不把死亡当作苦痛的人也是幸福的。”独仙君超凡脱俗地说。

“照你这么说，厚颜无耻便是你所悟的道？”

“是啊，这就是禅语中所说的‘铁牛面者铁牛心；牛铁面者牛铁心。’③ ”

“那么你就是这种人的典型了！”

“也不是。只不过将死亡当作痛苦的事情，那是神经衰弱这种病被发明出来以后的事了。”

“的确。像你，怎么看都像是神经衰弱被发明出来之前的人。”

迷亭君和独仙君斗嘴时尽说些摸不着头脑的话，主人却对着寒月君和东风君诉说着他对文明的不满。

“怎样才能借钱而不还了事，这是个问题。”

---

① 《卒塔婆小町》为能乐剧目之一。原为美人的小野小町年老色衰，后来死于街头。

② 《金刚经》中的一文，意为不被外物束缚，除却执念才能成佛。

③ 禅语。源自《碧岩录》，表示心如铁牛般杠杆也撬不动。

“这不是问题，欠债还钱天经地义。”

“哎呀，讨论嘛，先闭上嘴听着。就像怎样才能借钱而不还了事一样，怎样才能不死了事，这也是个问题。不，早已经成了问题。炼金术就是为此而产生的。所有的炼金术都失败了。人无论如何都是要死亡的，这已经很分明了。”

“炼金术产生以前就已经很分明了啦！”

“哎呀，讨论嘛，先闭上嘴听着。行吧。无论如何都是要死亡这事明了之后就产生了第二个问题。”

“嘿。”

“反正都要死亡的，如何赴死才好呢？这就是第二个问题。自杀俱乐部就命中注定和这第二个问题一同诞生。”

“的确。”

“死亡是痛苦的，但死不成却更痛苦。神经衰弱的国民活着比死亡要痛苦得多，所以才将死亡当作痛苦。不是因为害怕死亡才把它当作痛苦，而是担心怎样死去才最好。只是普通人因智慧不足便跟随自然放浪形骸，最终惨遭人世杀戮。有自己癖好的人不会满足于被世间零切碎割，必定会对死亡方式进行种种考究，之后提出一个崭新的建议。所以以世界今后的趋势来说，自杀者一定会增加，还一定会以自杀者独创的方法离开人世。”

“真是不太平的世道啊。”

“会的，一定会的。亚瑟·琼斯①所写的剧本中有一个常主张自杀的哲学家……”

“他自杀了吗？”

“可惜的是他没有自杀。不过从今往后再过数千年，大家一定会自杀的。可以想见万年之后，再也不会有自杀以外的死亡方式了。”

“这可不得了啊。”

“会的，一定会变成这样的。这样一来，自杀也会积累大量研究，成为一门伟大的学科，落云馆一类的中学也用自杀学取代伦理

① 亚瑟·琼斯（1851—1929），英国剧作家。

学，而成为一门正课开始讲授。”

“真有趣，真想旁听一番。迷亭先生听见了吗，苦沙弥先生的高论。”

“听着呢！那时，落云馆的伦理课老师会这么说吧。‘诸君绝不能墨守所谓公德之类的野蛮遗风。作为世界青年的诸君首先要引起注意的义务便是自杀。但‘己之所欲，可施于人’，自杀进一步发展，将也允许他杀。特别是像这穷书生珍野苦沙弥一般的人，见他活得十分痛苦，尽早将他杀死便是诸君的义务。自然，现如今是开明的时代，禁止使用枪呀、长刀呀、弓矢呀此类卑鄙的行径。只用讥讽这一高尚的技术，将其讽刺至死，才能为自己积德积福，也能为诸君赢得荣誉……’”

“真的有趣的讲演啊！”

“还有有趣的事情呢！现代，警察都是以保护人民的生命财产为第一目的，到了那时，警察就如同打狗一般手执棍棒扑杀天下公民呢……”

“为什么？”

“为什么？现在人都十分看重生命，所以警察才保护的，但到那时，国民活得痛苦，警察慈悲为怀才予以打杀的。自然，稍稍精明的人大都自杀了，被警察打杀的要不就是些没骨气的家伙，要不就是没有自杀能力的笨蛋，或是残疾。想被杀死的人在门口贴张纸，唉，只要写上‘此处有自愿被杀的男人（女人）’，贴在门口，警察便会在合适的时间巡逻到此处，立马如其所愿将其杀死。尸骨嘛，尸骨还是由警察开车来拾去。还有更有趣的事呢……”

“先生的笑谈，开起来还没个完了呢。”东风君大大敬佩道。独仙君又捋着他那山羊胡子，慢条斯理辩解道。

“说是笑谈，也是笑谈，不过若说是预言，说不定就是预言。没有彻悟真理的人，总是被眼前的现象世界所束缚，将泡沫般的梦幻认定为永久的事实，稍稍说一些离奇的事情，立马把它当作笑谈。”

“这就是‘燕雀安知鸿鹄之志哉’吧。”寒月君肃然起敬，独仙君的表情简直就像在说“正是如此”，接着说道：

“从前西班牙有个叫柯尔道巴①的地方……”

“现在还有吗?”

“可能有吧，今昔的问题先放一边，在那里有一个风俗，寺院一旦敲响日暮西沉的晚钟，各家各户的女人都要出来跳到河里游泳……”

“冬天也游吗?”

“那就不太清楚了。不过不管高低贵贱老少，都跳进河里。但没有一个男人参加，只在远处眺望。从远处望去，只见暮色苍茫的波浪上，白花花的胴体朦胧跃动……”

“多么富有诗意啊。可以作成新体诗呢。那是个什么地方?”东风君只要听见有裸体出现，便往前挪了挪身子。

“柯尔道巴啊。在那地方，年轻人不能和女人一起游泳，也不允许在远处看清那曼妙身姿，年轻人觉得很遗憾，便搞了个恶作剧……”

“咦?搞的什么花样?”听到“恶作剧”，迷亭君可高兴坏了。

“他们贿赂寺庙的撞钟人，将作为日落信号的撞晚钟时间往前提了一个小时。女人嘛，都很愚蠢的，想着‘晚钟响了’，便个个聚集到河岸，穿着汗衫和细筒裤便扑通扑通地跳进河里。虽然跳进河里了，但与以往不同太阳还没有下山。”

“表示深秋烈日火辣辣吗?”

“往桥上一看，许多男人站在那儿眺望着。女人们都觉得害羞，却又无计可施。只涨得满脸通红。”

“所以?”

“所以，人啊只会被眼前的习惯所迷惑，而忘却根本的原理，不小心的话是不行的。”

“诚然，真是难能可贵的教诲啊。被眼前的习惯所迷惑的故事我这儿也有一个。最近我读了一本杂志，里面有这样一篇关于诈骗犯的小说。假设我在这里开了一个书画古董店。在店门口摆了些一些

① 西班牙南部城市。此故事见于法国小说家梅里美作品《卡门》中。

大家的画呀、名人的遗物啦。当然不是赝品，都是地地道道、不掺半点假的上等品。正因为是上等品，所以价格一定很高。这会儿走来一位好奇的顾客，问道：'这幅狩野元信①的画多少钱啊？'我说就六百日元吧。那位客人说：'我倒是想买，只是手边没有六百日元，很遗憾，只好作罢。'"

"他一定是这么说吗？"主人照例不善于装模作样地说道。迷亭君佯装不知地说道：

"哎呀，小说嘛。权当这么说了。那时我说：'哎呀，钱的话没关系，您要是喜欢就拿去吧。'客人犹豫地说：'这可不行。''那就按月分期付款吧。这样细水长流，反正今后您是我们的主顾……哎呀，您就别客气了。每个月十日元怎么样？哎呀就算算每个月五日元也没问题。'我十分坦率地说。之后我和客人间问问答答两三回，最后将狩野法眼元信的画以六百日元月付十日元，卖给他了。"

"就跟看《不列颠百科全书》一般呢！"

"百科全书很精确，我的就很不精确了。接下来终于要开始巧妙地欺骗了。仔细听着，寒月君，每个月十日元，你觉得要多少年能还清呢？"

"当然是五年咯。"

"当然是五年。那这五年是觉得长还是短呢？独仙君。"

"一念万年，万年一念。说短也短，说长也长。"

"什么啊，是道歌②吗？真是没有常识的道歌。之后五年间每月支付十日元，也就是说对方支付六十回就够了。但那便是习惯的可怕之处，六十回，如果每月重复同样的事情，到了第六十一回果然还是想支付十日元，第六十二回也想支付十日元。六十二回、六十三回，随着回回重复，到了日子就非付十日元不可。人啊，看上去很聪明，可万一被习惯所迷惑，就会忘了根本，这是大弱点。利用这弱点，我每月便多得十日元。"

---

① 日本狩野派三大画家之一。代表作《大德寺大仙院客殿袄绘》等。

② 蕴含道德训诫之意的和歌。

"哈哈哈，还没到这么健忘吧。"寒月君笑道，主人稍带严肃地说："不，这种事完全有可能的呢。我就曾月月不算账，偿还大学时借下的贷款，最后竟被对方给拒收了。"他把自己的丑事当作天下普通人的丑事公开说道。

"看吧，这种人就在现场，看来所言不虚啊。所以听了我刚刚说的文明的未来记①，却把它当作笑话来看的人，正是那些把六十回就能还清的钱却正当地以为要一生来偿还的人。特别是像寒月君啊、东风君这种缺乏经验的诸君来说，可得好好听听我们所说的话，千万别被骗了。"

"遵命，月供一定在六十回以内还完。"

"不，听上去像是笑话，却是有实际参考价值的呢。寒月君。"独仙君面向寒月君说道。"比如说吧，苦沙弥君和迷亭君向你劝告道：'你擅自结婚很不妥当，快向金田家谢罪。'你怎么办。去谢罪吗？"

"要我谢罪那还是算了吧。若是对方谢罪的话还另说，反正我是没有这个打算的。"

"要是警察命令你道歉呢？"

"那也恕难从命了。"

"要是大臣或是贵族呢？"

"那就更做不到了。"

"看看，过去的人和现在的人变化多大啊。古时是朝廷光凭自己的威势便能为所欲为的时代，接下来是凭借朝廷的威势也不能为所欲为的时代，现在则是不论你是哪位殿下还是阁下，都不能超限度地凌驾于个人人格之上的世道了。说得严重点，对方越有权利，被凌驾的那一方就越感到不快，也越想反抗，这就是现在的世道。所以，现如今与古时的不同，竟催生出这样的新现象：正因为有朝廷的权威，反而很多事才无法办到。换作古人来看，这几乎是无法想象的事情，但当前却合情合理地行之于世。世间人情的变迁还真是

① 想象未来而当作记录给记下来。

不可思议啊，迷亭君的未来记若说是玩笑，倒也是玩笑，但若要说有所启发，却也蛮蕴意深远的。”

“难得有这样的知己，我无论如何都得把未来记写下去了呢。像独仙君的学说那样，若是如今还有人凭着朝廷的威势仗势欺人、拿着两三百竹矛横行霸道，那就是坐在轿子里和火车赛跑的顽固分子——哎呀，这号人就像是死脑筋的糊涂虫、放高利贷的长范先生。只需静静看着他们要手段就好了——我的未来记不是只顾当下的权宜之计，而是关于人类全体命运的社会现象。仔细看眼下的文明倾向，预卜遥远未来的趋势，便知结婚是不可能的事。别吃惊，结婚之所以不可能，理由如下：和我之前说过的一样，现在的世道是以个人为中心的世道。从前，户主代表一家，郡守代表一郡，领主代表一国，代表者之外的人完全没有人格，即使有，也不被承认。这现象急剧变化，变得人人都开始主张个性，在路上碰见谁似乎都要说你是你，我是我。两个人要是在路上碰见，便在心中嚷道‘你小子是人，我也是人’，擦肩而过。个人意识竟强到如此地步。个人意识同等加强，意味着个人意识也同等减弱。在他人很难再加害自己这一方面来说，自我个性确实得到加强，但是自己变得很难再干预他人这一方面来说，个性却又是明显比以前弱了很多。变强自然高兴，变弱却是谁也不待见的。一边固守‘他人不能犯我毫厘’这一强处，同时又想着犯别人‘哪怕犯之毫厘也好’，硬是扩大弱点。如此一来，就失去了人与人之间的空间，生存变得很憋屈。能做的只有一个劲儿地自我膨胀，膨胀至爆炸，痛苦地生活着。因为痛苦，所以大家都用各种方法寻求人与人之间富余的空间。这样的人自作自受地受着苦，在迫不得已的时候想出的第一个解决方案便是父母和子女分居。在日本，到山里去瞧瞧，各家各户所有人都挤在一间房子里游游荡荡。毫无值得强调的个性，即使有，也不强调而不了了之。对于文明人来说，即使是亲子之间，如若不让个性肆意扩张也觉得吃了亏。自然而然要保证两者相安无事必须分居。欧洲文明更进步，比起日本早就实行了这一制度。即使碰巧有父母子女同居的情况，儿子跟老子借钱也要带利息，也像陌生人一般交付房租。

正是因为老子承认儿子的个性，并予以尊敬，才形成了如此良好的风气。这种风气迟早也是要引进日本来的。亲戚早已分离，亲子今日分居，一直以来被压抑的个性得到发展，并且随着个性发展，对个性的尊敬也无限制地延展，以至于再不分居就无法安生。但是父子兄弟已然分居的今天，已经没有什么可以再分离了，所以作为最后的方案，便是夫妻分离。从当代人的想法来看，正因为在一起才成为夫妻，那可是大错特错。想要在一起，势必要达到足够的情投意合。若是从前，不必多说，什么异体同心了呀，看上去是夫妻二人，实际上却是一人。所以才称为'偕老同穴'，死后化作一穴之狸。真是野蛮，现在则行不通啦。丈夫就是丈夫，妻子也还是妻子。但是，妻子穿着无裆裙裤在女子学校练就出坚强的个性，梳着西式发型进来，怎么也不可能事事再顺着丈夫的心意而来了。而且，事事顺着丈夫心意而来的妻子那不是妻子，那是人偶。越是要成为贤惠的夫人，个性就越发突出。越突出就越和丈夫合不来，合不来自然就会和丈夫起冲突。所以既然被称之为贤妻，一定会从早到晚都和丈夫冲突。这是无可厚非的事。可是，越是娶了个贤妻双方的痛苦就增加得越多。夫妻间则像水和油一样出现明显的间隔。要是双方调和，那间隔保持在水平线上还好说，只是水和油要是互相推动，夹击之下就会像大地震一般七上八下。于是，夫妻杂居于一处，对于双方都是坏事，这个道理才逐渐被人们知晓……"

"如此说来，夫妻都要分手了吗？真担心啊！"

"会分手的，一定会分手的。天下的夫妻都会分手的。到现在为止都是同居的夫妻，但今后那些同居的夫妻会被世人认定没有做夫妻的资格。"

"这么说的话，像我这样的人就会被编进无资格的那一组咯。"寒月君在关键时刻说到自己的无聊事。

"生在明治时代真是幸运啊。像我就因为写了未来记，头脑比时势先进了一两步，所以过起了单身日子。有人叫嚣人是失恋的产物，浅见者所视之物真是浅薄得很。那先暂且不说，还是接着说未来记吧。那时有一名哲学家从天而降，宣扬一些破天荒的真理。真理如此说。人类是富有个性的生物。消灭了人的个性，就是消灭了人类。既然要让人类的意义得到完全体现，那么付出任何代价都无妨，必须在保证其个性的同时使其发展。被那种陋习所束缚，不情不愿地结婚，是违背人类自然趋势的野蛮之风。且不论个性尚不发达的蒙昧时代，在文明的今日依旧落此窠臼而恬不知耻，实在是愚谬至极。在已达到文明开化巅峰的现代，两种个性间不会有任何理由以不寻常的亲密感情联结在一起。这虽然是显而易见的道理，但一些没有受过教育的青年男女被一时卑劣情感驱使，擅自举行合卺之礼，实在是悖德没伦至极。吾等为了人道，为了文明，为了保护那些青年男女的个性，不能不全力抵抗这种野蛮之风……”

“先生，我完全反对您的学说。”东风君此时用巴掌拍着膝盖，斩钉截铁地说道，“在我看来，这世上没有比爱和美更加珍贵的东西了。多亏这二者，给予我们慰藉，使我们完全。多亏这二者，使我们情操高尚，品性高洁，同情心得到净化。因此，无论我们出生于何时何地，都不能忘却这二者。这二者出现在现实世界中，爱就成了所谓的夫妻关系，美就分身为诗歌和音乐。所以我想只要人类生活在地球表面，夫妻和艺术就不会消亡。”

“要是不消亡当然很好，可是如果像哲学家刚刚说的那样消亡了的话也是没有办法，只好绝望了。什么艺术？艺术也将和夫妻一样落得同样的下场。所谓个性发展也意味着个性的自由吧，所谓个性自由也就意味着我是我，他人是他人吧。那么艺术岂不没有可能存在了吗？艺术繁荣，需要艺术家和欣赏者的个性达到一致。不管你是多么了不起的新体诗诗人，不管你如何坚持，要是没有一个人读你的诗觉得有趣，那么很遗憾，欣赏你的新体诗的人也就只有你自己了。无论你作多少篇《鸳鸯歌》都是毫无意义的。所幸出生在明治时代的今日，普天之下都很爱你的诗吧……”

“哪里，还没有到那种程度。”

“要是现在还没有到那种程度，到了人文发达的未来，也就是那个大哲学家出世，开始主张非结婚论的时候，就更没有人读了。并非因为是你写的才没有人读，而是因为那时人人都有自己独特的个性，对别人所作的诗文丝毫不感兴趣。现在在英国等地方这种倾向表现得十足。现在英国小说家的作品里展现了极其明显的个性，梅雷迪斯①，詹姆斯②，拥有很少读者吧。那样的作品，要不是富有个性的人来读会觉得很无趣的，自然读者很少。这种倾向渐渐发展，待到婚姻变成不道德的时候，艺术就完全消亡了。对吧，你写的诗文我不懂，我写的诗文你不懂。到了那一天，我和你之间哪儿还有什么艺术可言！"

"理是这么个理，但我凭直觉总觉得不以为然。"

"你是凭着直觉觉得不以为然，我是凭着'曲觉'觉得不以为然。"

"可能是'曲觉'吧，"这会儿独仙君开口了。"越是放任个性自由，人与人之间就一定变得越憋屈。尼采之所以提出超人哲学，也正是因为这种憋屈无处释放，没有办法只好变形为那种哲学。乍一看，那像是尼采的理想，但那不是理想，是不满。苟活在个性发展的十九世纪，连睡觉的时候都不能毫无顾忌地对着邻居翻身，那老兄才变得有些自暴自弃，胡说八道起来。读那著作，与其说令人畅快，倒不如说使人可怜。那声音不是奋勇前进的呼号，总觉得是怨恨痛愤的声音。那也难怪。以前只要有一个圣人，则'天下翕然聚于旗下'，真是痛快。要是如此快事成为事实，则没有必要要像尼采那样用纸笔的力量将其表现在书本上，所以不论是荷马也好，《契维·柴斯》③ 也好，同样是写超人的性格，给人感觉却完全不同。写得十分欢快。因为有欢快的事实，并将这欢快的事实写在纸上，所以是不会有苦涩之味的。到了尼采的时代这就行不通了。没有一个英雄问世。即使有，也没有人尊他为英雄。从前只有一个孔子，所以孔子很有权势，现在却有许多孔子。说不准全天下都是孔子。

---

① 梅雷迪斯·乔治（1828—1909），英国小说家，诗人。

② 亨利·詹姆斯（1843—1916），生于美国，后入籍英国。代表作有《鸽子的翅膀》等。

③ 英国古代民谣之一。

所以尽管摆架子说‘我是孔子!’也不会有威信。因威名难立所以愤愤不平、因为愤愤不平才在书本上散布超人哲学。我等盼望自由，也得到了自由。得到自由之后，结果又感到不自由，因而烦恼。因此西洋文明似乎看上去要好一些，却终究也是靠不住。与之相反，东方自古以来重精神修行。那才是正道。你看吧，个性发展的结果就是大伙都得了神经衰弱，到不可收拾的时候，才发掘出‘王者之民荡荡焉’这句话的价值，才醒悟到不可轻视‘无为而治’。但到醒悟之时已是毫无办法，就像酒精中毒后才想到‘啊，要是不喝酒该多好啊’一般。”

“大伙说的，大部分都是厌世的学说。不过我这人也怪，听了这么多，却依旧无动于衷。这是为什么呢?”寒月君说道。

“那是因为你娶了老婆嘛。”迷亭君立马解释道。这时，主人突然如下说道：

“娶了老婆，就觉得女人真好，真是大错特错。作为参考，我给你们念一点有趣的东西，都好好听着。”说着，拿起刚才从书房里带出的旧书，“这书虽是本旧书，可从那个时代就对女人的恶德看得清清楚楚。”

寒月君问道：“真是惊人，这是什么时候的书?”“作者叫托马斯·纳什，十六世纪的书。”

“越发惊人了。那个时候就已经有人说我老婆的坏话了啊?”

“这里面骂了各种女人，那之中也肯定包括你的老婆。所以，你就听下去吧。”

“嗯，我听。实在是太难得的机会了。”

“书中写道，首先，应介绍以下自古以来贤哲们的女性观。喂，都在听吗?”

“大伙都在听呢，连单身汉的我都在听。”

“亚里士多德说：‘既然女子皆为无用，若要娶妻，娶大则不如娶小。比起大无用，小无用灾患少些……’”

“寒月君的妻子是大无用还是小无用?”

“属于大无用之类的哪!”

“哈哈哈，真是有趣的书，快，往下念。”

“有人问：‘何为最大奇迹？’贤者答曰：‘贞妇……’”

“贤者是谁？”

“书中没有写名字。”

“肯定是被女人甩了的贤者吧。”

“接下来第欧根尼①出场。有人问：‘若要娶妻，应在何时？’第欧根尼答曰：‘青年未到，老年已迟。’”

“这先生是在酒桶中思考的吧。”

“毕达哥拉斯②说：‘天下可畏者有三，曰火，曰水，曰女人。’”

“没想到希腊的哲学家还真是说一些愚蠢的话呢。要是让我说，天下无可畏之物。入火而不焚，落水而不溺……”说到这里独仙君便词穷了。

“遇美色而不心醉吧。”迷亭先生当了救兵。主人立刻接下去读道：

“苏格拉底说：‘驾驭女人，是世间最大难事。’狄摩西尼③说：‘欲苦其敌，其上策莫过于赠之吾女，使其日夜疲于家庭风波，从此一蹶不振。’塞内加④说：‘妇女和无知是世上两大灾厄。’马卡斯·奥莱里阿斯⑤说：‘驾驭女子之难处，恰似船舶。’贝罗塔⑥说：‘女子满身绫罗之癖好，实为遮其天生之丑之下策。’巴莱拉斯⑦曾书信其有告曰：‘天下之事，皆可避女子而成。愿黄天垂怜，望君切勿堕入女人之圈套。’他又说道：‘女子所谓何物？非友爱之敌乎？非避

---

① 第欧根尼，古希腊哲学家。强调自足自然的生活。犬儒派代表人物。

② 毕达哥拉斯，古希腊哲学家、数学家，提倡禁欲主义。

③ 狄摩西尼，古希腊最伟大的雄辩家。

④ 塞内加，古罗马政治家，剧作家。

⑤ 马卡斯·奥莱里阿斯（121—180），罗马皇帝。

⑥ 贝罗塔，罗马喜剧作家。

⑦ 巴莱拉斯，罗马通俗史学家。

之不及至苦痛乎？非必然之灾害乎？非自然之诱惑乎？非如蜜之毒药乎？若道摒弃女子为非德，则不得不道不摈弃女子则更为可责……’”

“够了，先生。拜听了这么多贱内的坏话，我是再也听不下去了。”

“还有四五页呢！接着听下去，如何？”

“说个大概就够了。夫人差不多也该回来了吧。”迷亭开玩笑道，这时，起居室那头传来“阿清、阿清”夫人呼唤女佣的声音。

“这可麻烦了。夫人可在家呢！”

“嘿嘿嘿嘿。”主人边笑边说，“管她呢！”

“夫人、夫人，您什么时候回来的呀？”

起居室寂静一片没有回音。

“夫人，刚刚的话您都听到了吧，欤？”

还是没有回答。

“刚刚那些啊，不是您丈夫的想法，是十六世纪纳什的学说，您就放心吧。”

“不认识你说的那人。”夫人在远处简单地回了一句。寒月君窃笑着。

“我也不认识，真是抱歉，哈哈哈。”迷亭君放肆地笑道。这时，家门哗的被拉开，也没一句“失礼了，有人吗”，只听见沉沉的脚步声，客厅的纸拉门粗暴地被拉开，多多良三平君的脸出现在那儿。

三平君今天与往常不同，穿着洁白的衬衫，套着新做的长外衣，已经让人有些惊讶，更别说他右手提溜着四瓶重重的啤酒，一边放在鲣鱼干边上，也不打招呼便扑通一声随意坐下，真是令人诧异的武士风范。

“老师的胃病近来怎么样了？像这样一直在家里闷着，是不行的。”

“也说不上是坏还是怎么样。”

“我虽然没说，可您的脸色不好啊。老师的脸色发黄哪！最近钓鱼正是好时节，从品川租一条小船——我上个星期日去了。”

“钓着什么了吗?”

“什么都没钓着。”

“钓不上来也有意思吗?”

“养浩然之气嘛。诸位，怎么样啊。去钓过鱼吗?钓鱼可有意思了呢。在大海上乘着小船四处漂荡。”他毫不客气地说。

“我想在小海上驾着大船四处漂荡呢!”迷亭接过他的话。

“既然是钓鱼，要是不钓上鲸鱼或是人鱼，那可就没意思了。”寒月君答道。

“那种东西能钓上来吗?文学家还真是没有常识啊……”

“我不是文学家。”

“是吗?那你是什么呢?要是成为我这样的商人的话，常识可是最重要的呢。老师，近来我的常识可是大大地丰富起来了。无论如何只要待在那种地方，自然而然就变成这样了。”

“变成什么样了?”

“烟也是如此。抽朝日牌的呀、敷岛牌的呀都太掉份儿了。”边说着，边拿出了包着金纸的埃及香烟，一口一口地吸了起来。

“你有那么多钱这么奢侈吗?”

“钱是没有，但总会有的。抽上这种烟，信誉可就大不同啊。”

“比起寒月君磨玻璃球，这信誉来得多轻松，多好啊。不费工夫，还真是‘轻便的信誉’啊。”迷亭君对寒月君说道，寒月君还没接上话，三平君开口了:

“您就是寒月先生吗?最终还是没能当上博士吗?正因为您没当上博士，所以我就要了。”

“博士吗?”

“不是，是金田家的小姐。实际上，我一直觉得不好意思。但是对方让我无论如何要了她吧，娶了她吧。最后下决心娶了。先生，我一直觉得对不住寒月君，担心得不行。”

“您就别推辞了。”寒月君说道。

“你要想娶就娶了吧。”主人暧昧地答道。

“那真是大喜事啊。所以不管什么样的姑娘都不必担心谁娶。像我刚刚说的那样，这位优秀的绅士不是就要做佳婿了吗？东风君的新体诗有素材了，快写啊！”迷亭君以一贯的语气说道。

三平君说道：“您就是东风君啊？我结婚的时候您能给我写些什么吗？我马上就拿去铅印，分发给大家，也往太阳杂志社投投。”

“嗯，那就写些什么吧。什么时候要用呢？”

“什么时候都行。从现成的里面选一篇也行。作为报酬，婚礼的时候邀请您来吃喜酒，请您喝香槟。您喝过香槟吗？香槟很好喝的——老师，婚礼的时候打算请乐队过来，将东风君的诗作谱成曲演奏出来如何？”

“随你的便吧。”

“老师，您不能给谱成曲吗？”

“胡说。”

“诸位里面有谁会谱曲吗？”

“落榜的佳婿候选人——寒月君可是小提琴的妙手啊。你可得好好拜托他。不过，只是香槟，他怕是不会答应的。”

“虽说都是香槟，四日元、五日元一瓶的可不好喝。我请客用的可不是这么便宜的东西，你能给谱一首曲子吗？”

“嗯，当然谱。就算二十钱一瓶的香槟我也谱。就算不要钱也行。”

“不会求你白干活的，会还礼的。要是不喜欢香槟的话，这样的谢礼如何呢？”边说边从上衣的暗袋中拿出七八张照片，纷纷放在草席之上。有半身像，有全身像，有站着的，有坐着的，有穿着和服裙裤的，有穿着长袖和服的。有梳着高岛田发型的。全是些妙龄女子。“先生，候选者有这么多呢！作为谢礼，我在这里面给寒月君和东风君介绍一位，这位怎么样？”说着将一张照片塞到寒月君眼前。

“真不错，请一定给我介绍。”

“这个很好吧？”又塞给他一张。

“那个也不错呢，请一定介绍给我。”

“介绍哪个？”

“哪个都行。”

“你还真是多情啊。先生，这位是博士的侄女。”

“是吗？”

“这位性格好极了。又年轻。现在十七岁——有上千日元的陪嫁呢。——这位是知事的女儿。”三平君自言自语道。

“不能全都娶回家吗？”

“全部吗？还真是贪心呢。你是一夫多妻主义吗？”

“不是多妻主义，是肉食论者。”

“不管什么主义，把你那些赶紧收起来吧，好吗？”主人训斥道。

三平君说：“那么，诸位一个也看不上吗？”他一边问，一边把相片一张张收进了口袋。

“那些啤酒是怎么回事？”

“那是伴手礼。是为了提前庆祝，我在街角的酒铺买来的。喝一杯吧。”

主人拍手唤来女佣打开了酒盖。主人、迷亭、独仙、寒月、东风五人恭恭敬敬地举起酒杯，祝贺三平君的艳福。三平君脸色大悦地说：“我邀请在座诸位参加我的婚礼，大家都会出席的吗？都会的吧。”

“我就不去了。”主人立刻答道。

“为什么？这可是我一生一次的大事啊。不来吗？真是没有人情味啊！”

“不是没有人情味，我不去。”

“是没有和服吗？外褂和裙裤总是有的吧，偶尔出现在人前还是好的，先生，我给您介绍些名人。”

“恕难从命！”

“去了会治好胃病的呀！”

“胃病治不好也没关系。”

“既然如此顽固，也不能勉强。您怎么样？肯赏脸吗？”

“我吗？是一定去的。要是可以的话，还想当个媒人呢！香槟三献闹春宵——什么，媒人是铃木藤？我想也可能是他。那可真遗憾啊，不过也没办法，要是有两个媒人是不是就多了。不过就是作为个普通人也会出席的。"

"您呢?"

"我吗?'一竿风月闲生计，人钓白苹红蓼间。'"

"那是什么，是《唐诗选》① 吗?"

"不清楚是什么。"

"不清楚呀，真是难办了。寒月君会来的吧。老交情了。"

"肯定去的，要是不听听乐队演奏我谱的曲，可是遗憾呢。"

"那是自然，你呢，东风君?"

"是啊，我可想在两位新人面前朗读新体诗呢!"

"那太高兴了。先生，我从出生以来还没有这么高兴过。所以再干一杯吧。"说着他把自己买来的啤酒一个人咕嘟嘟喝了起来。喝得满脸通红。

秋日短，一会儿就天黑了。烟蒂乱糟糟地被扔进火炉，往里一看，火炉里的火早已熄灭。悠闲自在的诸君也似乎有些。"已经不早了，回家吧。"独仙君首先站了起来。接着"我也走了"的声音响起，如同戏院散场后一般，客厅变得冷清起来。

主人吃过晚饭进书房去了。夫人拢了拢略显单薄的衬衫，缝着洗得都褪了色的便服。孩子们并枕而眠。女佣去洗澡了。

看上去逍遥自在的人，叩其内心深处，总有悲伤之音。了悟人世的独仙君却仍旧双脚踏着大地。迷亭君心中或许无忧无虑，可世间却不像画中那般美好。寒月君终于不再磨玻璃球，从家乡把太太接了来。这是理所应当的。可是理所应当的生活过久了定会很无聊吧。东风君十年之后，说不定会领悟到胡乱献新体诗的错误吧。至于三平君，就难说他是居于水还是隐于山了。他只要平生能请人喝喝香槟酒，得意扬扬，也就足够了。铃木藤先生定是要到处闯荡的，闯闯荡荡泥泞满身。就算泥泞满身也比不闯荡的人神气得多。我生而为猫在人间已经两年多了。自认为没有比我更见多识广的了，不

---

① 传为明代文人李攀龙编撰的唐诗选集。日本江户明治时期非常流行。

过，前些日子有个叫卡特尔·摩尔①的素不相识的同胞，突然自命不凡起来，我稍稍有些吃惊。仔细一打听，据说它原来早在一百多年以前就已经死了，由于一时的好奇心，为了吓唬我特地变成幽灵，从遥远的冥界赶来。这猫去与母亲会面时，曾叼了一条鱼作为礼物，谁知半路它竟忍不住自己给吃了，实在是不孝啊。但它才气又不输于人类，有时还作诗，吓它家主人一跳。像这种猫中豪杰已在一个世纪以前就出现，像我这样无用之物，还是早点告辞，回到那无何有之乡，也是不错的选择。

主人早晚因胃病而死，金田老板早晚因贪欲而死。秋叶几乎已落尽。死亡是世间万物之定数，要是活着也派不上什么大用场，早些赴死说不定还更明智些。若照诸位先生所说，人的命运最终可以归结为自杀，要是不小心些，猫也可能生在那憋屈的世道。真是可怕。总感觉有些闷闷不乐。还是去喝喝三平君带来的啤酒，给自己打打气吧。

我转到厨房。秋风吹得门咔嗒作响。风沿着门缝吹了进去，油灯不知什么时候灭了。想必是个月夜吧，此刻从窗外渗进来些月影。茶盘上并排摆着三个玻璃杯，其中两只里面还留着半杯茶色的水。装在玻璃杯里的，即使是热水，也让人觉得冰凉，更别说在这寒夜里月影高照，那液体静静地挨着一个闷火罐，还没碰上嘴呢，就已经让人觉得寒津津的，一点也不想喝。不过，百谈莫若一试。三平君等人喝了那东西之后，满脸通红，呼吸变得热燥燥的。猫要是喝了它，也肯定会快活起来吧。反正这命也不知道什么时候要死。万事都得趁活着的时候做。死后在墓地里再喊“啊，真遗憾啊！”也无济于事。我下定决心，喝喝看看吧，便顺势伸进舌头，吧嗒吧嗒喝

---

① 德国作家霍夫曼（1776—1822）作品《公猫摩尔的人生观》中的主人公。该作品于1822年以前发表，主人公摩尔这只猫会写作。藤代素人于明治三十九年（1905）五月号《新小说》发表《卡特尔·摩尔口述、素人笔记》，文中曾言及《我是猫》，并称摩尔才是同族中以文章立于世界的鼻祖，批评本作品中的猫不尊重前辈。

了几口，不禁大吃一惊。舌尖像针扎似的，麻酥酥的。也不知人类是何来奇想去喝这腐烂味的东西，猫是无论如何喝不下去了。猫和啤酒怎么也对不上眼，这可不好。我将伸出去的舌头收了回来，又转念一想："人类常把'良药苦口'挂在嘴边，一感冒的话便皱着眉头喝那些奇怪的东西。是喝了之后病才好的呢，还是为了病好才喝的呢？至今仍是个谜团。现在正好，我就用啤酒来解决这个问题吧！要是喝下去，五脏六腑都变得苦苦的，那也就罢了，要是和三平君那样快乐到忘乎所以，那便是赚大发了，可以对附近的猫传授一番。啊，会怎么样呢？交给天命吧！下决心了，我再一次伸出舌头，睁着眼喝不舒服，于是丝丝地闭上眼，又吧嗒吧嗒喝了起来。

我一忍再忍，终于将一杯啤酒喝光时，奇妙的现象出现了。一开始只是舌头麻酥酥的，感觉像是嘴巴受到外部压迫一般苦苦的，喝着喝着，逐渐舒服起来，喝光第一杯时也并没有费多大劲儿。于是第二杯也不费力地喝光了，顺便又把洒在茶盘上的啤酒也悉数舔进了肚子。

之后，没过多久，我为了观察自己的变化，便一动不动地蹲着。渐渐的身子暖了起来。眼睛火辣辣的。耳朵也发烫。很想唱歌。想着"我是猫""我是猫"，很想跳舞。想对着主人和迷亭君还有独仙君说："吃屎去吧！"想去疯挠金田老板，想去把金田家女主人的鼻子咬掉。什么都想干。最后，想踉踉跄跄站起来，站起来又想摇摇晃晃地走。琢磨着这真是有趣，就想出门去。出了门之后想跟月亮打打招呼，真是太高兴了。

所谓"怡然自得"便是说的这种滋味吧。我一边遐想一边漫无目的瞎走，像是散步，又不像，抱着这样的心情随意迈着软绵绵的双腿，总是想打瞌睡，完全搞不清我是在睡觉还是在走路。想睁开眼吧，但眼皮重得很。于是只好作罢。管它是大海，是高山，一点都不怵。我刚把软绵绵的前爪迈出去，便只听扑通一声，吓我一跳——糟了，我连思考的工夫都没有，只意识到完蛋了，一塌糊涂了。

当我回过神来时，已经浮在水面上了。觉得难受，用猫爪乱挠一气，但挠到的只有水，一挠便沉到水里。没有办法，只好用后爪往上蹬，用前爪挠，咯吱咯吱作响稍稍有些效果。终于露出头来，往四周一看，我掉在了一个大缸里，这口大缸，直到夏天，密密麻麻地长着一种叫作雨久花的水草，之后，乌鸦来吃光了水草便用来洗澡。一洗澡，这水就少了。水一少，乌鸦就不来了。我近来还寻思着，最近水少了许多，已然见不着乌鸦了，真没想到我竟替乌鸦在这缸里洗起澡来了。

水面距缸沿有四寸多。我伸直猫爪也够不着。跳也跳不出去，要是悠闲地待着便一个劲儿地往下沉，要是挣扎吧，又只能听见猫爪挠水缸的咯吱咯吱的声音。挠着缸壁时，感觉好像浮起来了一些，但是爪子一滑，又立刻沉了下去。沉下去太难受了，于是我又咯吱咯吱地挠缸壁。没一会儿就累了。我心里虽是着急，可是爪子也不怎么听使唤。最后是因为下沉才挠的缸壁呢，还是因为挠了缸壁才下沉，我自己也不清楚了。

那时，我边痛苦边想，我遭受如此灾难就是因为想爬出水缸。我极其渴望爬出去却也深知爬不出去。我的腿长不到三寸。好吧，就算浮在水面，从漂浮之处尽力伸出前腿去，也无法够到有四寸多高的缸沿。爪子够不到缸沿，我再怎么挣扎，再怎么着急，就算这百年间粉身碎骨也是无法逃脱出去。明知逃不出去却想要逃出去，这实属勉强。勉强硬干自然是痛苦的。无聊！自寻烦恼，自我折磨，真是愚蠢！

“算了吧。随它去吧。咯吱咯吱挠缸壁就到此为止吧。前腿、后腿、头、尾巴都顺其自然，不再抵抗了。”

渐渐地，我感觉变得舒服起来，也不知是痛苦还是高兴，也分不清是在水里还是在客厅。在哪儿、做什么都无所谓，舒服就好。不，连舒服都已感觉不到了。斩落日月，粉齑天地，我进入了不可思议的太平之中。我死了，死了之后才得到太平。太平是非死而不能得到的。南无阿弥陀佛，南无阿弥陀佛。感谢！感谢！